本書出版得到國家古籍整理出版專項經費資助

中國古典文學基本叢書

楊炯集箋注

第一册

祝尚書　箋注

中華書局

圖書在版編目(CIP)數據

楊炯集箋注:典藏本/祝尚書箋注. —北京:中華書局,2016.4
(中國古典文學基本叢書)
ISBN 978-7-101-11603-8

Ⅰ.楊… Ⅱ.祝… Ⅲ.唐詩-注釋 Ⅳ.I222.742

中國版本圖書館 CIP 數據核字(2016)第 042629 號

責任編輯:馬 婧

中國古典文學基本叢書
楊炯集箋注(典藏本)
(全四册)
祝尚書 箋注
*
中 華 書 局 出 版 發 行
(北京市豐臺區太平橋西里 38 號 100073)
http://www.zhbc.com.cn
E-mail:zhbc@ zhbc.com.cn
北京市白帆印務有限公司印刷
*
850×1168 毫米 1/32 · 50⅝印張 · 8 插頁 · 1268 千字
2016 年 4 月北京第 1 版 2016 年10月北京第 2 次印刷
印數:1501 - 2500册 定價:248.00 元

ISBN 978-7-101-11603-8

目録

五言排律

五言絶句

楊炯集箋注卷三

序

楊炯集箋注卷四

碑

楊炯集箋注卷五

碑

銘

表

議

楊炯集箋注卷六

神道碑

楊炯集箋注卷七

神道碑

楊炯集箋注卷八

神道碑

楊炯集箋注卷九

墓誌

楊炯集箋注卷十

墓誌

行狀

祭文

贊

楊炯集箋注附録

附録一　傳記逸事評論

附録二 著録序跋提要

附録三 楊炯年譜……一五四九

前言

在人才輩出、群星璀燦的大唐帝國早期，出現了王勃、楊炯、盧照鄰、駱賓王四位作家，時稱「四才子」，文學史又稱「初唐四傑」。在唐代近三百年的文壇上，「四傑」也許算不上犖犖大家，但任何一部中國古代文學史，又都無法回避他們的成就和貢獻。四人都時運不濟，命運多舛，雖早得大名，一時光芒四射，卻又像流星般地劃過太空，很快消失了，留下來的多爲散佚大半的詩文作品，供後人鑒賞、研究。本書箋注的，就是「四傑」之一楊炯的盈川集，爲了讓讀者不致陌生，我們將它更名爲楊炯集。

一、楊炯的身世、思想與政治立場

楊炯（六五〇——？），祖上蓋生活在北方朔漠，北周及隋唐時代占籍華州華陰縣（今陝西華陰市）。華陰在漢代隸屬弘農郡（治今河南靈寶市），而「弘農楊氏」是個赫赫有名的官宦世家。楊炯曾十分自豪地回顧列祖列宗的榮耀，寫道：「楊氏之先，其來尚矣。在皇爲皇軒，在帝爲帝嚳，在王爲周武，在霸爲晉文：此之謂不朽。西京爲丞相，東漢爲司徒，魏室爲九卿，晉朝爲八座：此之謂世禄。」（常州刺史伯父東平楊公墓誌銘）且不論所述歷史人物是否與楊炯家族有血緣關係，也不説皇王帝霸以上，僅就中古論，至少在楊炯心中，就有着令他激動不已的輝煌：西漢楊敞，昭帝時仕至丞相；其裔孫東漢楊震，家族中四世爲司徒、太尉，連高門孔融也不得不贊嘆：「楊公四世清德，海内所瞻。」（後漢書楊震傳）時至魏晉六朝，雖有九卿（曹魏時期的楊阜）、八座（晉代楊珧）可稱，但明顯地有些中衰。直到北周，楊初仕至大將軍，入隋封華山郡開國公、常州刺史，他便是楊炯的曾祖父。在隋唐鼎革之際的政治大動亂中，楊初子楊虔安欲領兵歸唐，被軍閥王世充所殺，於是唐開國後贈大將軍，以表忠烈。他的犧牲，使楊家在新王朝的政治版圖中得到了一席之地，從而世禄不墜。楊初的另一個兒子楊虔威，仕唐爲左衛將軍，封武安公，他便是楊炯的祖父。

自北周而下，楊家似乎多習武，爲將門，其家族大約屬於後魏逐漸形成的關隴軍事集團。但到楊虔威的孫輩，卻出了個弄文的「神童」、「才子」——楊炯。楊炯生於高宗繼位的第二年，即永徽元年（六五○）。他生而聰敏，六歲便考中童子科，也就是俗所稱的「神童」。唐代童子科的録取條件是：「十歲以下，能通一經及孝經、論語，卷誦文十，通者予官，通七，予出身。」（新唐書選舉志上）對於一個六歲的孩子，在當今尚不及入小學的年齡，他就已經能通經、誦文，檢徐松登科記考，這在唐代也罕見，可見楊炯的智商極高。十一歲時，楊炯待制弘文館。所謂「待制」，是説他已有了在弘文館做官的資格，但卻需要等待皇帝下令正式任命。成年後，楊炯娶開國大將李靖姪女亦即鎮軍大將軍李客師之女爲妻（見隰川縣令李公墓誌銘）。楊炯在梓州官僚贊之自贊中稱「吾少也賤」，而宋之問祭楊盈川文卻說「子之妙年，香名早傳」。其實，「吾少也賤」只是用孔子之典而已，楊炯家雖不是貴族，卻是名門，其伯父楊德裔娶宗室女（見伯母東平郡夫人李氏墓誌銘），而他又與新貴族聯姻，不可謂「賤」。不過，楊炯的仕途并不暢達，他在弘文館待制，一「待」就是十六年，直到上元三年（六七六）考中制科，方才補爲弘文館校書郎。

楊炯自幼通經，深受儒家思想的熏陶。他在咸亨中所作新都縣學先聖廟堂碑、長江縣先聖孔子廟堂碑兩文中，表明他對孔子和儒家思想體系有着全面、深刻的認識。如在新都縣學先聖廟堂碑文中，他歷述孔子言行事迹，從「至精」、「至神」、「至剛」、「至柔」、「至文」、「至明」、「至恭」、「至和」八方面加以評論，可謂推崇備至。在所作的諸多神道碑、墓誌銘中，對爲國立功、以死報國的武將們進行了熱情的頌揚，又特別表彰儒將，如曰「踐仁義於區域，白璧已輕；許然諾於樞機，黄金豈重。因心孝友，宜於自然；率志沖情，得乎天性」（大周明威將軍梁公神道碑），「唯公被服忠孝，周旋禮樂」（唐右將軍魏哲神道碑），等等。當然，楊炯絶非醇儒，他的思想是以儒家爲主體，融會了讖緯之學，特別對星曆、遁甲等方術熱情很高，又喜言兵，在詩文中隨處流露出來，有着將門之後的思想殘留，而對官方大力倡導的道教、佛教，雖有涉獵，但似乎興趣不大。

楊炯校書郎任滿後，因病在家呆了一年多。高宗永隆二年（六八一），楊炯的仕途似乎出現了燦爛的曙光：是年閏七月，以中書令薛元超薦，被授予崇文館學士，遷太子詹事府司直。崇文館是太子府的學館，司直爲東宫憲司，雖然二者官都不高（司直正七品上），但卻步入了上流社會，所事者乃皇太子，所與者皆社會名流，機會很多，前程似錦。縱觀楊炯一生，爲崇文館學士大約是他人生中最得意的時期。可惜好景不長。永淳二年（六八三）末，高宗駕崩，太子李顯即位爲皇帝（中宗）。但只做了兩個月，就被其母武則天所廢，立她的另一個兒子李旦爲皇帝（睿宗），然令他居於别殿，不預朝政，武氏自己臨朝稱制，已經是事實上的皇帝。這固然引起皇族及功臣舊族的强烈不滿，紛紛起兵討伐，最有名的，便是開國大將徐勣（曾賜姓李）之孫徐敬業。此事本與楊炯無關，但所謂「城門失火，殃及池魚」，不料他的從父弟楊神讓參加了徐敬業起兵，失敗後，與他父親、也就是楊炯叔父楊德幹一齊被殺。此事連累了楊炯，還算幸運，只是被貶官，出爲梓州（治今四川三臺縣）司法參軍，總算渡過了這場令楊家人心驚肉跳的家族危機。高宗時代，楊炯視高宗爲英主，歌頌之不遺餘力，有詩曰：「金泥封日觀，碧水匝明堂。業盛勛華德，興包天地皇。」（奉和上元酺宴應詔），而他的恩主薛元超曾因與反對立武則天爲后的上官儀書信往來，被流放多年，而高宗死後，他佯稱病瘖，拒絕與武氏合作。楊炯蓋因年輕，從現存文獻看，他對立后及後來武氏集團奪權所引發的一系列殘酷的政治鬬争，似乎没有參與，也没有表態，但他内心深處的糾結，是可想而知的。尤其是徐敬業起兵和武氏集團對反對派的血腥鎮壓，蓋深深震撼并影響了楊炯的政治立場，所以在赴任梓州司法後，便忙不迭地寫了一首長詩和劉長史答十九兄，以表明自己的態度，與反對派徹底劃清界限。是詩對潤州司馬劉延嗣在城破後不降徐敬業的舉動大加贊揚，曰：「耿介酬天子，危言數賊臣。……受禄寧辭死，揚名不顧身。精誠動天地，忠義感神明。」又謂

「懦夫仰高節，下里繼陽春」。總之，從此之後，楊炯或迫於淫威，成了武氏集團的旗幟鮮明的擁護者，其姿態之高，在當時的文人隊伍中殆不多見，尤其是與同爲「四傑」之一、曾爲徐敬業作討武曌檄（即代李敬業傳檄天下文）的駱賓王形成鮮明對比。

武則天并不滿足臨朝稱制，而是要改朝换代，做名副其實的女皇帝。載初元年（六八九）九月，她革唐命，改國號爲周，改元天授，加尊號爲神聖皇帝。天授二年（六九一），楊炯梓州司法任滿後回到洛陽，與宋之問分直習藝館，掌教習宫人書畫衆藝。據宋之問祭楊盈川文説，楊炯入習藝館乃「大君（指武則天）有命，徵子文房」，即武皇帝親自挑選的。楊炯對此自然十分感激。如意元年（六九二）秋七月，武則天親御洛城南門，舉辦盂蘭盆法會，楊炯於是上盂蘭盆賦，對武周王朝進行了全面歌頌：「武盡美矣，周命惟新。聖神皇帝於是乎唯寂唯静，無營無欲。壽命如天，德音如玉。任賢相，惇風俗。遠佞人，措刑獄。省遊宴，披圖籙。捐珠璣，寶菽粟。罷官之無事，恤人之不足。鼓天地之化淳，作皇王之軌躅。」天册萬歲元年（六九五）秋八月，他又上老人星賦，再次歌頌武則天道：「聖上猶復招列仙，擇群賢，日慎一日，玄之又玄。兵戈不起，至德承天。臣炯作頌，皇家萬年。」約在此後不久，楊炯被選爲新設置不久的盈川縣令，并卒於官，卒年不可確考。一代才子，一顆耀眼的文學明星，於是乎殞落，蓋年不足五十。我們没有更多的史料，去解讀這位著名作家在文場、官場的心路歷程，但從上面的簡單介紹，仍可大致了解他的身世、思想和在唐初複雜的政治生態中的立場與態度。

二、楊炯的文學思想與詩文創作

自六朝以降，文學不斷新變，既經歷了飛速發展，也累積了諸多弊端。魏徵等在所撰隋書文學傳序中寫道：「江左宮商發越，貴於清綺；河朔詞義貞剛，重乎氣質。氣質則理勝其詞，清綺則文過其意。理深者便於時用，文華者宜於詠歌。此其南北詞人得失之大較也。若能掇彼清音，簡兹累句，各去所短，合其兩長，則文質斌斌，盡善盡美矣。」這裏既指出了六朝時期南北文學之所長所短，也指出了有唐文學發展的方向。但是，文學的革弊創新并不容易，魏徵所期望的融會南北的道路更加漫長。就詩歌論，唐初雖對齊梁詩風有所革正，但就總體言，仍難根本動摇它在詩壇的主導地位，而到宫廷詩人上官儀等第二代作家，又掀起了一股新的逆流，真所謂餘風未殄，新弊復作。這對王勃、楊炯等第三代作家提出了新的挑戰。

楊炯的文學思想，集中表現在所作王勃集序中。該序曰：

嘗以龍朔初載，文場變體，争構纖微，競爲雕刻。糅之金玉龍鳳，亂之朱紫青黄。影帶以徇其功，假對以稱其美。骨氣都盡，剛健不聞。思革其弊，用光志業。

「争構纖微」以下數句，即龍朔「變體」所生新弊，簡言之，一是過於雕琢，二是詞藻華麗，三是太講究用事和聲律對偶。這些，現代學者稱之爲「形式主義」，并認爲楊炯所指，乃是以上官儀爲代表的「上官體」，亦即宫體詩。這是對的。舊唐書上官儀傳：「上官儀，本陝州陝人也。……遊情釋典，尤精三論，兼涉獵經史，善屬文。……舉進士。太宗聞其名，召授弘文館直學士，累遷秘書郎。時太宗雅好屬文，每遣儀視草，又多令繼和，凡有宴集，儀嘗預焉。……（高宗）龍朔二年（六六二），加銀青光禄大夫、西臺侍郎、同東西臺三品，兼弘文館學士如故。本以詞彩自達，工於五言詩，好以綺錯婉媚爲本。儀既貴顯，故當時多有效其體者，時人謂爲『上官體』。」爲應對這場挑戰，王勃發出了詩文革新的號召。關於王勃的文學主張，楊序接着寫道：

> 八紘馳騁於思緒，萬代出没於豪端。契將往而必融，防未來而先制。動摇文律，宫商有奔命之勞；沃蕩詞源，河海無息肩之地。……壯而不虚，剛而能潤，雕而不碎，按而彌堅。

「八紘」以下數句，是説詩文創作應當境界開闊，融會古今，活用音韻，詞采豐富；而「壯而不虚」四句，則是王勃理想中的文章風格，或者説是他革新詩文的目標。應當説明，楊序雖明裏是對王勃領導的詩文革新理論的梳理和總結，其實不分彼此，暗中也是夫子自道，表明他堅定地站在文學革新的前沿。

弄清了楊炯在初唐詩文革新中的立場和主張，我們就可以較準確地把握并探討他詩文創作的成就和不足。

在現存楊炯作品中，詩歌存量較少，連集外佚詩詠竹、薛洗馬宅宴田逸人在内，只有三十五首，包括五言古詩四首，五言律詩十五首，五言排律十四首，五言絶句二首。可以相信，這在他詩歌實際創作的總量中，只是很小的一部分。古今各種唐詩選本經常入選的擬樂府詩從軍行，無疑是楊炯的代表作：

烽火照西京，心中自不平。牙璋辭鳳闕，鐵騎繞龍城。雪暗凋旗畫，風多雜鼓聲。寧爲百夫長，勝作一書生。

首句「烽火照西京」，用西漢故事，代指唐初北方少數民族入侵。鳳闕，指長安。龍城，泛指少數民族首府。是詩表達書生愛國從軍的英雄氣概。軍旅生活是艱苦的，戰争是慘烈甚至殘酷的，詩人用「雪暗凋旗畫，風多雜鼓聲」作了具體描述和高度概括。詩中没有朔漠沙場的哀怨，更没有腥風血雨的畏縮，有的是一往無前的勇敢和對勝利的渴望。尾聯「寧爲百夫長，勝作一書生」，是對從軍士子思想情操的濃縮和升華，是讀書人追求完美高尚價值觀的自覺，使讀者望到了一個道德高度。「寧爲百夫長」，這極樸素的語言，表達了充滿青春活力的、昂揚奮發的愛國情懷。它氣魄之宏大，境界之崇高，爲此前同類作品所無，故杜甫説「近伏盈川雄」（贈秘書監江夏李公邕），良有以也。可以毫不誇張地説，是詩完全可以與王勃送杜少府之任蜀州比美，儘管題材、風格完全不同，卻各臻其妙，是「四傑」詩歌創作的雙璧，也是唐詩中的精華。

楊炯五言古詩三峽三首中的西陵峽，是另一類型的優秀作品，除「雄」外，又表現了詩人思想的「深」：

絶壁聳萬仞，長波射千里。盤薄荆之門，滔滔南國紀。楚都昔全盛，高丘烜望祀。秦兵一旦侵，夷陵火潛起。四維不復設，關塞良難恃。洞庭且忽然，孟門終已矣。自古天地闢，流爲峽中水。行旅相贈言，風濤無極已。及余踐斯地，瓌奇信爲美。江山若有靈，千載伸知己。

若按文選的分類法，是詩可入「游覽」；但從本質論，它又是「詠史」。詩仍然保持着風格雄壯的本色，如用「聳」描寫絶壁，用「射」字描寫長波，極爲生動形象，動人心絃。因西陵峽接近戰國時楚國先王的墓地夷陵（在今湖北宜昌市）和郢都（今湖北江陵），於是詩人的目光不再停留在奇山異水，而是將思緒回溯到遥遠的古代。自「楚都」到「難恃」六句，講的是一段久已湮没在歷史塵埃中的血淋淋的亡國史，爲了讀懂它，這裏略做些解釋。所謂楚都，即楚之郢都。烜，祭祀隆重貌。高丘，泛指西陵峽一帶山峰。宋玉高唐賦有「巫山之陽，高丘之阻」句，故稱。望祀，望祭山川。「秦兵」二句，史記楚世家：楚頃襄王二十年（前二七九），「秦將白起拔我西陵。二十一年，秦將白起遂拔我郢，燒先王墓夷陵。楚襄王兵散，遂不復戰，東北保於陳城」。其後不久，楚國滅亡。「洞庭」二句，「洞庭」代指三苗氏，「孟門」代指夏。三苗氏有洞庭之險，夏桀有孟門之險，但皆因無德，故終於亡國。讀詩至此，不難發現詩人在舟過西陵峽時，除了對壯麗山河的禮讚外，在現實與歷史中，他想了很多很多。欲國家强盛，在德不在險，對統治者來説，這無疑是血的警示，永遠的箴言。像這種有深度的作品，還可舉出一些，嘗鼎一臠，足以説明楊炯詩歌創作的成就。下字剴切，不拖泥帶水，是構成他雄壯詩風的主要因素。但雄壯不等於粗放，警策的詩句表達出深刻的思想，才堪稱上乘之作。當然，由於所處的時代，詩歌革新的成果有限，就現存楊炯作品看，像上面所舉的優秀詩篇還不夠多，有的猶存齊梁遺風，而如和輔先入昊天觀星占之類，則純爲推遁甲、演星占了，很少有詩味。楊炯雖然傑出，仍無法擺脱歷史條件的限制。

在現存楊炯文集中，存量最大的是文章，包括八篇賦，二十二篇碑文（碑記、墓誌及神道碑），十一篇各體雜文。由於本文不是專門研究楊炯作品的論文，故只作些簡單介紹。

在八篇賦中，青苔賦、幽蘭賦、庭菊賦、浮漚賦四篇，皆詠物抒情小賦。作者善於體物，更善於以小見大，從而提高作品的思想性。比如青苔賦、浮漚賦，青苔乃低等植物，浮漚即水泡沫，可謂是再瑣屑凡俗不過的題材了，但作者通過對它們生存形態的描繪，化俗爲雅，仍從中體悟出若干人生的大道理。如青苔賦曰：「苔之爲物也賤，苔之爲德也深。夫其爲讓也，每違燥而居濕；其爲謙也，常背陽而即陰。重扃秘宇兮不以爲顯，幽山窮水兮不以爲沉。有達人卷舒之意，君子行藏之心。」浮漚賦曰：「迹均顯晦，妙合虚無。同至人之體道，亦隨時而不拘。夫其得坻則止，乘風則逝。處上下而無窮，任推移而不繫。似君子之從容，常卷舒而不滯。故其在陽則隱，在陰則出。泄泄悠悠，匪徐匪疾。固自然以見體，託行潦以凝質。類達人之修身，故不欺於暗室。」物性竟然與人性相通，不僅僅是天人合一，更説明人的美好修爲，是大自然的普遍法則。詠物抒情小賦歷經漢魏六朝的發展，留給後人的空間已不是很多。上舉兩賦，楊炯以物擬人，刻畫細緻入微，在很短的篇幅中，仍能發掘出新的意藴，消解了卑微與偉大的界限，讀來清新可喜，充分展示出他的創作才能。

楊炯衆多的碑誌雜文，全用駢體寫作，即杜甫戲爲六絶句所謂「王楊盧駱當時體」；後來蓋受到新生代作家的指責，而杜甫則歷史地看待他們，反批評責難者爲「輕薄爲文哂未休」。唐初詩文雖經歷了初步的改造和革新，但似乎在詩歌領域較有進步，而文體變革的步伐卻相對滯後，故齊梁氣味還較濃烈。前引王勃集序所批評的那些文弊，其實在楊炯等「四傑」的駢文中都不同程度地存在，他們雖都主張改革，但如前賢所說，「四傑」仍然是「明而未融」。某種寫作模式一旦定型，即便已經認識到它的落後，或弊病已表現得十分明顯，但要改變起來卻不容易。這是因爲人的認知能力較强，變化較快，而文章體裁和寫作模式卻相對穩定和牢固，同時又受到習慣勢力的制約，故人們常説「知易行難」。

楊炯（也包括「四傑」中的另三位）駢文的最大弊病，是用典太過繁密，以至陳言充斥，而又喜用故事述時事，讀起來猶如猜謎，有的還近乎啞謎。如楊炯瀘州都督王湛神道碑中有這樣一聯：「恩深母子，比王元之事親；夢感夫妻，等衡卿之至孝。」上聯出自搜神記卷一一：「王裒，字偉元，城陽營陵人也。……母性畏雷，母没，每雷，輒到墓曰：『裒在此。』」（事又見晉書王裒傳）下聯亦出自搜神記同卷：「衡農，字剽卿，東平人也。少孤，事繼母至孝。常宿於他舍，值雷風，頻夢虎嚙其足，農呼妻相出，於庭叩頭三下，屋忽然而壞，壓死者三十餘人，唯農夫妻獲免。」將二人的字各取一字，與姓組合爲「王元」、「衡卿」，他們是誰？真讓讀者如墜五里雲霧，作注者則「踏破鐵鞋無覓處」。爲文如此，真讓人嘆息。雖然這只是個别極端的例子，但用事、造語奇特卻是普遍的風格，故楊炯的駢文很難讀，這是不争的事實。至於用詞華而不實，「影帶」（由一事帶出另一事）爲文，也不同程度地存在，尤其是後者較突出，故有的文章雖篇幅不小，内容卻很單薄，如梓州惠義寺重閣銘的浮華和冗闒，即可爲例。

不過，若就駢文自身而論，正如杜甫所説，「四傑」的「當時體」有如「江河萬古流」，是永恒的存在。上面所舉楊炯文章之弊，并不表明他駢文水平不高，相反，在「初唐四傑」中，他的駢文成就不亞於王勃；也可這樣說：楊炯等「四傑」，是最後一批受齊梁遺風影響較深的駢文大家。而如楊炯王勃集序的脈絡清晰，諸多碑誌、行狀的述事簡潔，用典雖夥，大多妥貼，且格局廓大，景象開闊，若不以駢散論，在今天都可爲法。這無疑是改革使然。楊炯學問淵博，涉獵面極廣，故駢文藴含了廣博的知識，也表現出他駕御典故的超强能力。他所作神道碑、墓誌銘及行狀，實乃北周至唐初的人物傳記。如所記述蕭彪（北周時改名宇文彪）在齊梁革代、家族殘殺中被迫投奔北魏的史實（後周青州刺史齊貞公宇文公神道碑），王義重（唐恒州刺史建昌公王公神道碑）、李楚材（原州百泉縣令李君神道碑）、王湛（瀘州都督王湛神道碑）、高則（唐上騎都尉高君神道碑）等墓主由隋歸唐時的去就抉擇，無不讓我們了解他們在政權鼎革時期彷徨、矛盾甚至帶有投機意味的真實心態，具有很高的史料價值。

三、楊炯文集的流傳與整理

楊炯最終死於盈川令任上。他的詩文作品，宋之問在祭楊盈川文中説：「子文子翰，我緘我持。」因楊炯無嗣，雖有一弟，恐不喜此道，故死後文稿由朋友和同僚宋之問保存，而編纂成集，很可能也出於宋氏之手。舊唐書本傳：「文集三十卷。」舊唐書經籍志也著録「楊炯集三十卷」。這個三十卷本，到宋初已不存，故崇文總目著録，就只有二十卷。郡齋讀書志袁本卷四上（衢本卷一七）著録二十卷本時，晁氏解題道：「集本三十卷，今多亡逸。」可見二十卷本是三十卷本之「亡逸」，而非合併。宋史藝文志七除著録楊炯集二十卷外，又有拾遺四卷。可以想象，歷唐末五代戰亂，至少尚有二十卷保存下來，已算幸運之至。遺憾的是，二十卷本以及拾遺，至宋以後也散佚了。

明清時代，不少詩歌叢刻本中有楊炯集上下二卷刊行，卷上賦，卷下詩。是本以明佚名輯活字本唐五十家詩集爲早，清江標曾以唐人五十家小集之名刊行。明活字原刊本今分藏於國家圖書館等單位，上海古籍出版社於一九八一年影印。前輩藏書家以爲該本乃宋槧，經專家比較研究，定爲明銅活字本，約刊於弘治或正德年間。學界認爲，此二卷本很可能源於南宋時期的坊刻本（詳見徐鵬唐五十家詩集前言）。其他如明朱警輯唐百家詩、張遜業輯唐十二家詩、許自昌輯前唐十二家詩等，也收有二卷本。亦有僅收詩一卷者，此略。

明萬曆間，龍游人童佩首先搜採楊炯遺文，勒爲盈川集十卷，并輯附録一卷。傅增湘藏園群書經眼録卷一二嘗著録另一種十卷本楊盈川集，爲「明武勝沈巖校刻本」。此本今唯日本静嘉堂文庫皮藏一部，據今人嚴紹璗日藏漢籍善本書録載，該本原爲陸心源十萬卷樓藏書，乃重刻童佩本，未見。清乾隆四十六年（一七八一），項家達輯刻初唐四傑集，其中楊盈川集十卷，即以童佩本爲主，參考張遜業本、許自昌本、張燮本（此本見下）以及文苑英華等相互點勘而成編，并在卷九補入彭城公夫人尒朱氏、東平郡夫人李氏兩篇墓誌銘。清同治末，鄒氏叢雅居嘗重刊項氏本。童佩本又録入四庫全書（文字略有校改，見四庫全書考證卷七），民國時影印入四部叢刊初編。在明人所輯楊炯詩文全集本中，以童佩本影響最大。

明崇禎十三年（一六四〇），張燮等輯刊初唐四子集，其中有楊盈川集十三卷、附録一卷。較之童佩本，除補入尒朱氏、李氏兩墓誌銘外，篇什别無增益，但分卷不同。

清末佚名輯初唐四傑文集二十一卷，其中楊炯文集七卷，光緒五年（一八七九）由淮南書局刊行，民國時收入四部備要集部唐别集。此本只收文（包括賦），所收篇目及編次全同全唐文，雖輯刊者未予説明，而其底本可想而知。

關於本箋注本的體例，有以下幾點需要説明。

（一）底本。箋注用四部叢刊初編影印童佩本爲底本。

（二）校本。所用校本有：張燮初唐四子集本楊盈川集（簡稱四子集）、上海古籍出版社影印明銅活字本唐五十家詩集（簡稱五十家）、張遜業輯唐十二家詩本（簡稱十二家）。就總體論，這些本子校勘價值均不大。當日明人搜採楊炯遺文，主要出自宋初人所編文苑英華，故該書實爲箋注時的主要校本（用中華書局影印本，簡稱英華），尤其該書原有校語（當是宋人所爲），羅列了當時所見「集本」、「一本」等的異文，參考價值很高。其他如唐文粹、宋人類書、明人總集，全唐詩、全唐文，以及文淵閣四庫全書本等，皆酌以參校。

（三）校勘。凡對校、理校文字譌脱衍倒，皆爲改正；兩可者擇善而從，或不作判斷。正文中的唐人諱字（亦偶有宋諱），若有礙文意則徑改（如避「虎」爲「武」、避「世」爲「代」之類），可通則不改。引文諱字一律不改。因底本文字錯誤甚多，而校本亦不能完全解决問題，故不少文句需弄清所用典故方可辨别正誤，校、注難以分開，故本書校注合一。校注中引文原標點有未安之處，徑改。文字未盡善者，據他本斟情改之。

（四）編次。由於楊炯詩文數量不多，以碑文誌銘爲主，而此類文章大多記有寫作時間段，故重編意義不大，今一仍童佩本原有編次。集外律詩一首（詠竹）、五言絶句一首（薛洗馬宅宴田逸人）、墓誌銘兩篇（彭城公夫人尒朱氏墓誌銘、伯母東平郡夫人李氏墓誌銘），以及梓州官僚贊，今皆編入本集：詠竹插於卷二「五言律詩」之末，薛洗馬宅宴田逸人置於「五言絶句」之末。兩篇墓誌銘依類編入卷十之首，梓州官僚贊則置於卷十之末。因底本文類無「贊」，兹新立之。新輯得楊炯文章斷句若干，置於卷十之後，不作注。另，全唐文卷一九一在楊炯名下收公獄辨一文，不詳出處。考明賀復徵編文章辨體彙選，其卷四三三載有該文，作者即題楊炯，則全唐文蓋即據賀氏彙選；而全唐文卷八六七又收録該文，作者卻爲楊夔。考文苑英華卷三六一收有公獄辨，作者正爲楊夔，而明以前文獻，無楊炯作公獄辨之記載。則該文題楊炯乃賀復徵之誤。中華書局原點校本楊炯集沿其誤，據全唐文收於補遺中。本書不再補入，於此説明。

（五）附録。底本卷二原附有楊炯姪女詩一首，今作爲逸事，移入新編附録一。原書附録一卷，實只寥寥十一則，有的取材不當，且文字多錯訛，今重輯爲附録一傳記逸事評論、附録二著録序跋提要，而將筆者所纂楊炯年譜，作爲附録三，以供參考。

上世紀八十年代初，筆者碩士論文選題爲論四傑與唐初詩歌革新運動，然入題後才感到，閲讀是個大難關。除王、駱二集有清人注本外，楊、盧二集因無注，詩還可以明白大意，文則基本讀不懂（不識典故）。於是開始搜輯材料，有心以後爲之作注。畢業恢復工作後，遂抓緊時間先注盧集，即後來由上海古籍出版社出版的盧照鄰集箋注。該箋注稿於一九八五年十月初交付出版社。約在是年秋冬之際，曾登門拜訪前輩唐詩研究專家劉開揚先生，先生知道盧集箋注已完成，十分高興，於是鼓勵道：「四傑還剩一家，你不如將楊集一起注了。」（先生原話）。那時還算年輕，不知注楊之難，於是懵懵然動筆。不料剛作詩注一卷及部分賦注，我供職的川大古籍研究所承擔了編纂全宋文的任務，要求所有人員都轉入宋代，於是只得將注稿棄置僻處，不再理會。這一放就是二十多年，一直在宋代「混」，没有再回唐的打算了。三年前，中華書局作「十二五」規劃，要我報古籍整理項目，於是想起了這個舊課題。前年初退休，九月份開始重理舊業，在電腦旁穩坐了兩年多，然後修改、校訂又逾一年，没有節假日，苦不堪言，當然，有收穫時也會樂不可支，——終於在苦樂交戰中成稿。

在寫作過程中，參考了徐明霞先生點校本楊炯集、傅璇琮先生楊炯考及楊炯簡譜（中華書局點校本楊炯集附録），同事張志烈先生初唐四傑年譜。中華書局俞國林先生爲立項費心不少，而劉彦捷女士、馬婧女士先後擔任責編，更爲本書審稿、出版竭心盡力，一併在此深致謝忱。鄙人雖年入古稀，然自知水平不高，啃楊集這塊「硬骨頭」，實在力所不逮，錯誤疏漏定然不少，跂望讀者、專家不吝指正。

祝尚書

二〇一三年中秋寫於成都江安河畔

二〇一五年元旦校訂畢

楊炯集箋注卷一

賦

渾天賦 并序〔一〕

顯慶五年，炯時年十一，待制弘文館〔二〕。上元三年〔三〕，始以應制舉，補校書郎〔四〕。朝夕靈臺之下，備見銅渾之象〔五〕。尋返初服〔六〕，卧疾丘園。二十年而一徙官，斯亦拙之效也。世之言天體者，未知渾、蓋孰是〔七〕；世之言天命者，以爲禍福由人〔八〕。故作渾天賦以辯之。其辭曰：

【箋注】

〔一〕序自述顯慶五年（六六〇）待制弘文館時「年十一」，可推知楊炯生於高宗永徽元年（六五〇）。上元三年（六七六）應制舉中第，「補校書郎」當在次年，不久因病「返初服」。則所謂「二十年而一徙官」，「二十年」當由顯慶五年待制時算起，至調露二年（六八〇）實滿二十年（本年八月改永隆元年）。按舊唐書職官志：「凡入仕之後，遷代則以四考爲限。」楊炯上元三年應制舉，補校書郎當在次年，至是年爲四考滿任，待別遷改官職，故曰「返初服」。賦當作於調露二年。

〔二〕「待制」句，作者年十一「待制」，則「待制」指雖已舉神童（童子科，見兩唐書本傳），但并無官職，尚等待皇帝下詔。與「待詔」同。漢書哀帝紀：「待詔夏賀良等言……」注引應劭曰：「諸以材技徵召，未有正官，故曰待詔。」弘文館，據唐六典卷八門下省，「武德初置修文館，武德末改爲弘文館。……（弘文）隸門下省，自武德、貞觀以來皆妙簡賢良爲學士。故事：五品已上稱爲學士，六品已下爲直學士。又有文學直館，并所置學士，并無員數，皆以他官兼之。儀鳳中，以館中多圖籍，置詳正學士校理」。楊炯「待制」時年甚少，又無官職，蓋多在弘文館讀書也。

〔三〕「上元」句，上元，唐高宗年號。上元三年爲六七六年，是年十一月改元爲儀鳳元年。三年，文苑英華（以下簡稱英華）卷一八作「二年」，後姚鉉編唐文粹，又作「三年」。考楊炯祭汾陰公（薛元超）文（見本書卷一〇）有「公春華之日也，又陪游於層城」二句，「春華」代指太子庶子（說詳該文注），「陪游層城」即指作者應制舉後補校書郎。據楊炯所作薛振行狀，薛元超年「五十四，遷中書侍郎，尋同中書門下三品，兼檢太子左庶子」，而薛氏五十四歲時，正爲上元三年，可證作「三年」是。清徐松登科記考卷二繫於「二年」，當沿英華而誤。

〔四〕「始以」二句，制舉，即制科，科舉常科外之科目，由皇帝臨時下詔取士。新唐書選舉志：「其（制科）爲名目，隨其人主臨時所欲。」補校書郎，此前楊炯待制弘文館，所補當即弘文館校書郎。唐六典卷八門下省：弘文館「校書郎二人，從九品上。……校書郎掌校理典籍，刊正錯謬」。

〔五〕「朝夕」二句，靈臺，觀測天文之高臺。歷朝皆有之，且其來歷極悠久。詩經大雅有靈臺詩。後漢書祭祀志中李賢注引禮含文嘉曰：「禮，天子靈臺，所以觀天人之際，陰陽之會也。揆星度之驗，徵六氣之端，應神明之變化，覩日氣之所驗，爲萬物獲福於無方之原，招太極之清泉，以與稼穡之根。」唐代靈臺屬太史局。舊唐書天文志下：「舊儀，太史局隸秘書省，掌視天文、曆象。」武則天嘗改爲渾天監、渾儀監、太史監等。徐松唐兩京城坊考卷一西京：「承天門街之西，第六橫街之北：從東第一，宗正寺；次西，御史臺；次西，司天監。」注：「本隸秘書省，爲太史局，後別爲渾儀監，尋復舊名，而不屬秘書。監內有靈臺，以候雲物，崇七丈，周八十步。」銅渾，即渾天儀。舊唐書天文志上：「貞觀初，將仕郎、直太史李淳風始上言：『靈臺候儀是後魏遺範，法制疏略，難爲占步。』太宗因令淳風改造渾儀，鑄銅爲之，至七年（六三三）造成。淳風因撰法象志七卷，以論前代渾儀得失之差。……其所造渾儀，太宗令置於凝暉閣，以用測候。既在宮中，尋而失其所在。」作者所見銅渾，當即李淳風所造。象，英華作「儀」，校：「一作象。」

〔六〕「尋返」句，初服，爲百姓時所穿衣服。返初服，指不做官。楚辭屈原離騷：「退將復修吾初服。」楊炯爲校書郎已滿任，故云。

〔七〕「世之」二句，世，原作「代」，避太宗李世民諱，徑改。其下「世之言天命者」同。渾、蓋，即渾天論、蓋天論，古代兩種天體學理論。張衡渾天儀（見嚴可均輯全後漢文）：「渾天如雞子（引者按：即雞蛋），天體圓如彈丸，地如雞中黄，孤居於内。天大而地小。天表裏有水，水之包地，猶殼之裹黄。天地各乘氣而立，載水而浮。周天三百六十五度四分度之一（今按：所言「度」非角度，而是將圓周分爲三百六十五又四分之一度。分、秒爲度以下單位，分法各不一，如劃一度爲十分、一分爲百秒等。以下引書凡涉天文之度、分、秒同，不再注），又中分之，則一百八十二度八分之五覆地上，一百八十二度八分之五繞地上（案：太平御覽卷二渾儀引作「日月星辰繞地下」），故二十八宿半見半隱。其兩端謂之南北極，北極乃天之中也，在正北，出地上三十六度。然則北極上規經七十二度，常見不隱。南極天之中也，在正南，入地三十六度。南極下規七十二度，常伏不見。兩極相去一百八十二度半强。天轉，如車轂之運也，周旋無端，其形渾渾，故曰渾天也。」宋書天文志一：「蓋天之術，云出周公旦訪之殷商，蓋假託之説也。其書號曰周髀（按：即周髀算經）。髀者表也。周天之數也。其術云：『天如覆蓋，地如覆盆，地中高而四隤，日月隨天轉運，隱地之高，以爲晝夜也。天地相去凡八萬里，天地之中，高於外衡六萬里，地上之高，高於天之外衡二萬里也。』」

〔八〕「以爲」句，禍福由人，三國志魏書陳群傳：「皇女淑薨，追封謚平原懿公主。群上疏曰：『……臣以爲吉凶有命，禍福由人。』」句謂今言天命者不信天命，而歸之於人事。

客有爲宣夜之學〔一〕，喟然而言曰：旁望萬里之黄山，而皆青翠；俯察千仞之深谷，而皆黝黑。蒼蒼在上，非其正色，遠而望之，無所至極。日月載於元氣，所以或中或昃；星辰浮於大空，所以有行有息〔二〕。故知天常安而不動，地極深而不測〔三〕。可以作觀象之準繩，可以作譚天之楷式〔四〕。有稱周髀之術者，囅然而笑曰：陽動而陰静，天迴而地游。天如倚蓋，地若浮舟〔五〕。出於卯，入於酉，而生晝夜；交於奎，合於角，而有春秋〔六〕。天則西北既傾，而三光北轉；地則東南不足，而萬水東流〔七〕。比於圓首，前臨胸者，後不能覆背〔八〕；方於執炬，南稱明者，北可以言幽〔九〕。此天與而不取，惡遑遑而更求？

【箋　注】

〔一〕「客有」句，「客」乃虚擬，即文心雕龍詮賦「述客主以首引」之所謂「客」。宣夜之學，古代天體學説之一。後漢書張衡傳：「作渾天儀，著靈憲、算罔論。」李賢注引漢名臣奏蔡邕曰：「言天體者有三家：一曰周髀（按即蓋天），二曰宣夜，三曰渾天。宣夜之學絶，無師法。」

〔二〕「旁望」至「有息」，晉書天文志上天體：「宣夜之書亡，惟漢秘書郎郗萌記先師相傳云：『天了無質，仰而瞻之，高遠無極，眼瞀精絶，故蒼蒼然也。譬之旁望遠道之黄山而皆青，俯察千仞之深谷而窈黑，夫青非真色，而黑非有體也。日月衆星，自然浮生虚空之中，其行其止皆須氣焉。是以七曜或逝或住，或順或逆，伏見無常，進退不同，由乎無所根繫，故各異也。』」按：所言乃宣夜説之主要思想，其大要有三：天無形、無體、無質；日月星辰乃自然生成，浮於空中，行止靠「氣」推動；北極不動，其他星斗皆圍遶北極運動。黄山，原作「横山」，據此改。或中或昃，有行有息，唐五十家詩集（以下簡稱五十家）作「或中而或昃」、「有行而有息」，即各多一「而」字。

〔三〕「故知」二句，晉書天文志上天體：「成帝咸康中，會稽虞喜因宣夜之説作安天論，以爲：『天高窮於無窮，地深測於不測。天確乎在上，有常安之形；地魄焉在下，有居静之體。……』」則安天論之核心，以爲天不動，稱「天有常安之形」，此與宣夜説一致；然其將天與地截然分開，又與宣夜説異。

〔四〕「可以作譚天」句，譚天，「譚」通「談」。談天即議論天文。史記荀卿傳：「齊人頌曰：『談天衍，雕龍奭。』」集解引劉向别録曰：「騶衍之所言五德終始，天地廣大，盡言天事，故曰『談天』。」

〔五〕「有稱」六句，囅然，笑之狀。晉書天文志上天體：「漢靈帝時，蔡邕於朔方上書，言：『宣夜之學，絶無師法。周髀術數具存，考驗天狀，多所違失。……』」「蔡邕所謂周髀者，即蓋天之説也。其本庖犧氏立周天曆度，其所傳則周公受於殷高（按：前引宋書天文志作「商」），周人志之，故曰周髀。髀，股也；股者，表也。其言天似蓋笠，地法覆槃，天地各中高外下。」按：蓋天説之核心論點爲「天員如張蓋，地方如棊局」（見晉書天文志上天體引周髀家云）。天圓，謂天若半圓球（即所謂「蓋」），居於地之上；地方，謂地爲平面方形，或喻作「輿」，即如大車廂。天主動，地主静，而周髀算經則力圖爲蓋天説建構起可計算之數學模型。

〔六〕「出於卯」六句，爲王蕃之渾天理論。晉書天文志上儀象引吴時中常侍王蕃之論曰：「春分日在奎十四少强，秋分日在角五少弱，此黄赤二道之交中也。去極俱九十一度少强，南北處斗二十一、井二十五之中，故景居二至（引者按：即夏至、冬至）長短之中。奎十四角五，出卯入酉，故日亦出卯入酉。日晝行地上，夜行地下，俱百八十二度半强，故日見之漏五十刻，不見之漏五十刻，謂之晝夜同。夫天之晝夜以日出没爲分，人之晝夜以昏明爲限。日未出二刻半而明，日入二刻半而昏，故損夜五刻以益晝，是以春、秋分漏晝五十五刻。」則王蕃不僅具體説明黄道在天體之走向與位置，且以此爲依據，指出太陽出入方位之四季變化，以及晝夜長短之原因。

〔七〕「天則」四句，列子湯問：「共工氏與顓頊争爲帝，怒而觸不周之山，折天柱，絶地維，故天傾西北，日月星辰就焉；地不滿東南，故百川水潦歸焉。」（又見淮南子天文訓。）三光，即日、月、五星。萬水東流，英華作「萬穴通流」，唐文粹卷四作「萬水通流」。英華似誤。

〔八〕「比於」三句，述姚信所謂「昕天論」。晉書天文志上天體：「吴太常姚信造昕天論云：『人爲靈蟲，形最似天。今人頤前侈臨胸，而項不能覆背。近取諸身，故知天之體南低入地，北則偏高。又冬至極低，而天運近南，故日去人遠，而斗去人近，北天氣至，故冰寒也。夏至極起，而天運近北，故斗去人遠，日去人近，南天氣至，故蒸熱也。極之高時，日行地中淺，故夜短；天去地高，故晝長也。極之低時，日行地中深，故夜長；天去地下，故晝短也。』」則姚信之昕天論，乃以人體爲喻，以爲天與人相似，可做俯仰動作。天體俯仰時，「南低入地，北則偏高」，并由天體俯仰之過程，論證四季變化及晝夜長短之原因。

〔九〕「方於」三句，方，比擬。王充論衡説日篇曰：「今視日入，非入也，亦遠也。當日入西方之時，其下民亦將謂之日中。從日入之下，東望今之天下，或時亦天地合。如是，方〔今〕天下在南方也，故日出於東方，入於〔西方〕。北方之地，日出北方，入於南方，各於近者爲出，遠者爲入。實者不入，遠矣。……試使一人把大炬火夜行於道，平易無險，去人一里（按晉書天文志上引作「十里」），火光滅矣。非滅也，遠也。」王充之論，古代天文家或稱爲「平天説」。其説以爲天、地皆爲平面，日在天平面上繞極運轉，其遠近乃因人之視力所限，常産生錯覺。其思想接近周髀之蓋天説。

太史公有睟其容，乃盱衡而告曰〔一〕：楚既失之，齊亦未爲得也〔二〕。言宣夜者，星辰不可以闊狹有常〔三〕；言蓋天者，刻漏不可以春秋各半〔四〕。周三徑一，遠近乖於辰極〔五〕；東井南箕，曲直殊於河漢〔六〕。明入於地，葛稚川所以有辭〔七〕；日應於天，桓君山由其發難〔八〕。假蘇秦之不死，既莫能知其説〔九〕；儻隸首之重生，亦不能成其算也〔一〇〕。二客嘗亦知渾天之事歟？請爲左右揚搉而陳之〔一一〕。

【箋注】

〔一〕「太史公」二句，太史公，亦爲假託，即文心雕龍詮賦「述客主以首引」之所謂「主」。睟，容光焕發貌；盱衡，揚眉瞪目狀。文選左思魏都賦：「魏國先生，有睟其容，乃盱衡而誥曰……」李善注引孟子「睟然見於面」趙岐注：「睟，潤澤貌也。」又曰：「眉上曰衡。盱，舉眉大視也。」

〔二〕「楚既」二句，史記司馬相如列傳：「相如以『子虛』，虛言也，爲楚稱；『烏有先生』者，烏有此事也，爲齊難；『無是公』者，無是人也，明天子之義。故空藉此三人爲辭，以推天子諸侯之苑囿。其卒章歸之於節儉，因以風諫。」子虛、烏有先生所言皆非，故其上林賦曰：「亡是公听然而笑，曰：『楚則失矣，而齊亦未爲得也。』」

〔三〕「言宣夜」二句，史記天官書：「紫宮、房心、權衡、咸池、虚危列宿部星，此天之五官坐位也，爲經，不移徙，大小有差，闊狹有常。」集解引孟康曰：「闊狹，若三台星相去遠近。」此蓋謂宣夜説不能解釋五宮（即上述紫宮等，亦稱中、東、南、西、北宮）列宿相去遠近不同之現象。

〔四〕「言蓋天」二句，桓譚桓子新論駁揚雄蓋天説曰：「通人揚子雲因衆儒之説天，以天爲如蓋轉，常左旋，日月星辰，隨而東西。乃圖畫形體行度，參以四時曆數昏晝夜，欲爲世人立紀律，以垂法後嗣。余難之曰：『春秋、晝夜欲等平，且日出於卯，正東方，暮日入於酉，正西方。今以天下人占視之，春分日出卯入酉，此乃人之卯、酉，非天卯、酉。天之卯、酉，當北斗極。北斗極，天樞，樞，天軸也。猶蓋有保斗矣，蓋雖轉而保斗不移；天亦轉周匝，斗極常在，知爲天之中也。仰視之，又在北，不正在人上。而春、秋分時，日出入乃在斗南。如轉蓋，則北道近，南道遠，彼晝夜刻漏之數，何從等平？』子雲無以解也（按：所引文字依嚴可均全後漢文卷一五據晉書天文志上、初學記卷一、太平御覽卷二、事類賦天賦注所輯桓子新論）。」

〔五〕「周三」二句，周三徑一，圓周與圓徑比率。晉書天文志上天體：「蔡邕所謂周髀者，即蓋天之説也。……髀，股也；股者，表也。其言天似蓋笠，地法覆槃，天地各中高外下。北極之下爲天地之中，其地最高，而滂沲四隤，三光隱映，以爲晝夜。天中高於外衡冬至日之所在六萬里。北極下地高於外衡下地亦六萬里，外衡高於北極下地二萬里。天地隆高相從，日去地恒八萬里。日麗天而平轉，分冬夏之間日所行道爲七衡六間。每衡周徑里數，各依算術，用句股重差推晷影極游，以爲遠近之數，皆得於表股者也，故曰周髀。」二句謂宣夜説謬誤。

〔六〕「東井」二句，史記天官書：「仲夏夏至，夕出郊東井、輿鬼、柳東七舍，爲楚；仲秋秋分，夕出郊角、亢、氐、房東四舍，爲漢；仲冬冬至，晨出郊東方，與尾、箕、斗、牽牛俱西，爲中國。」又宋書卷二三天文志一：「吴太常姚信造昕天論曰：『嘗覽漢書云：冬至日在牽牛，去極遠；夏至日在東井，去極近。欲以推日之長短，信以太極處二十八宿之中央，雖有遠近，不能相倍。』今昕天之説，以爲『冬至極低，而天運近南，故日去人遠，而斗去人近，北天氣至，故冰寒也。夏至極起，而天運近北，而斗去人遠，日去人近，南天氣至，故炎熱也。……』」二句謂昕天説謬誤。

〔七〕「明入」二句，晉書天文志上天體引葛洪釋曰：「若天果如渾者，則天之出入行於水中，爲的然矣。故黄帝書曰：『天在地外，水在天外。』水浮天而載地者也。……聖人仰觀俯察，審其如此，故晉卦坤下離上，以證日出於地也。又明夷之卦離下坤上，以證日入於地也。需卦乾下坎上，此亦天入水中之象也。天爲金，金水相生之物也。天出入水中，當有何損，而謂爲不可乎？」按：葛洪字稚川，丹陽句容（今屬江蘇）人。由吴入晉，爲邵陵太守。好道教，後至羅浮山煉丹，自號抱朴子，著抱朴子内、外篇，晉書有傳。其説乃駁王充論衡説日篇辨日不入地之論。

〔八〕「日應」二句，日，原作「候」，英華、五十家、全唐文作「日」。宋彭叔夏文苑英華辨證卷一事證「凡用事有可以證他本之非者」條：「如楊炯渾天賦『日應於天，桓君山由其發難』，晉天文志桓君山曰天若如推磨，右轉而日西行者，其光景當照此廊下稍而東耳，不當拔出去，拔出去是應渾天法也。據此則『日應於天』爲是，而文粹乃以『日』作『候』。」則作「日」是，據改。按桓子新論又曰：「後與子雲奏事待報，坐白虎殿廊廡下，以寒故，背日曝背。有頃，日光去背，不復曝焉。因以示子雲曰：『天即轉蓋，而日西行，其光影當照此廊下而稍東耳。無乃是反應渾天家法焉。』子雲立壞其所作。則儒家以爲天左轉，非也。」按：桓譚，字君山，沛國相（今安徽濉溪西北）人，成帝時爲郎，王莽時爲掌樂大夫。光武即位，徵待詔，極言讖之非經，出爲六安郡丞，道病卒。後漢書有傳。

〔九〕「假蘇秦」二句，蘇秦，戰國時著名縱横家，善辯，事迹詳史記蘇秦列傳。

〔一〇〕「儻隸首」句，隸，原作「狸」，據五十家本改。隸首，人名，傳説爲黄帝臣，嘗著算數。史記曆書「蓋黄帝考定星曆」句司馬貞索隱：「按：系本及律曆志，黄帝使羲和占日，常儀占月，臾區占星氣，伶倫造律吕，大橈作甲子，隸首作算數，容成綜此六術而著調曆也。」

〔一一〕「一客」二句，亦知，全唐文作「聞」。揚搉，莊子徐無鬼：「其問之也，不可以有崖，而不可以无崖。頡滑有實，古今不代，而不可以虧，則可不謂有大揚搉乎！」郭象注謂「搉而揚之」；陸德明釋文引許慎云：「揚搉，粗略法度。」又引王云：「搉略而揚顯之。」揚，原作「楊」，據改。此下即爲所揚搉之内容，然所述乃「衆星之部署」。

原夫杳杳冥冥，天地之精〔一〕；混混沌沌，陰陽之本〔二〕。何太虚之無礙，俾造化之多端〔三〕。南溟玉室之宫，爰皇是宅〔四〕；西極金臺之鎮，上帝攸安〔五〕。地則方如棊局〔六〕，天則圓如彈丸〔七〕。天之運也，一北而物生，一南而物死〔八〕；地之平也，影短而多暑，影長而多寒〔九〕。太陰當日之衝也，成其薄蝕〔一〇〕；衆星傅日之光也，因其波瀾〔一一〕。乾坤闔闢，天地成矣，動静有常，陰陽行矣。方以類聚，物以群分，吉凶生矣；在天成象，在地成形，變化見矣〔一二〕。部之以三門〔一三〕，張之以八紀〔一四〕。其周天也，三百六十五度〔一五〕；其去地也，九萬一千餘里〔一六〕。日居月諸〔一七〕，天行地止〔一八〕。載之以氣，浮之以水〔一九〕。生之育之，長之畜之，亭之毒之，蓋之覆之〔二〇〕。天聰明也，聖人得之〔二一〕；天垂象也，聖人則之〔二二〕。其道也，不言而信〔二三〕；其神也，不怒而威〔二四〕。驗之以衡軸，考之以樞機〔二五〕。三十五官有群生之繫命〔二六〕，一十二次當下土之封畿〔二七〕。中衡外衡，每不召而自至〔二八〕；黄道赤道，亦殊途而同歸〔二九〕。表裏見伏〔三〇〕，聖人於是乎發揮；分至啓閉，聖人於是乎範圍〔三一〕。可以窮理而盡性〔三二〕，可以極深而研幾〔三三〕。

【箋注】

〔一〕「原夫」二句，莊子在宥：「至道之精，窈窈冥冥；至道之極，昏昏默默。」郭象注：「窈冥昏默，皆了無也。」此言天地之道，虚無難明。

〔二〕「混混」二句，混混沌沌，謂混然一體，無所分別。藝文類聚卷一天引徐整三五曆紀曰：「天地混沌如雞子，盤古生其中。萬八千歲，天地開闢，陽清爲天，陰濁爲地。」

〔三〕「何太虚」二句，謂冥冥之中，變化多端。周易繫辭上：「陰陽不測之謂神。」韓康伯注（乾隆武英殿仿宋相臺岳氏周易注本，下同，不再説明）：「神也者，變化之極，妙萬物而爲言，不可以形詰者也，故曰陰陽不測。嘗試論之曰：原夫兩儀之運，萬物之動，豈有使之然哉？莫不獨化於大虛，欻爾而自造矣。造之非我，理自玄應；化之无主，數自冥運。故不知所以然，而況之神。」

〔四〕「南溟」二句，南溟，即南海。太平御覽卷一元氣引遁甲開山圖曰：「南溟之山，金堂玉室，上含元氣，實滋神化。」爰皇是宅，謂爲海神居所。爰，語詞。詩經小雅四月：「爰其適歸。」鄭玄箋：「爰，曰也。」太平御覽卷一二雪引金匱：「尚父曰：『南海神曰祝融。』」

〔五〕「西極」二句，西極，指崑崙山。十洲記：「（崑崙）又有墉城，金臺玉樓，……碧玉之堂，瓊華之室，紫翠丹房，錦雲燭日，朱霞九光，西王母之所治也。」又山海經西山經：「崑崙之丘，是實惟帝之下都。」郭璞注：「天帝都邑之在下者也。」

〔六〕「地則」句，晉書天文志上天體：「周髀家云：『天員如張蓋，地方如棊局。』」

〔七〕「天則」句，晉書天文志上天體：「分黄赤二道，相與交錯，其間相去二十四度。以兩儀推之，二道俱三百六十五度有奇，是以知天體員如彈丸也。」又引周禮鄭衆、鄭玄注推之，謂「天體員如彈，地處天之半」。

〔八〕「天之運」三句，謂天體運行南北一周，生物亦經由生到死之輪迴。周禮考工記：「天有時以生，有時以殺。草木有時以生，有時以死。石有時以泐，水有時以凝，有時以澤，此天時也。」

〔九〕「地之平」三句，文苑英華辨證卷一：「按周禮（大司徒）『日南而景短多暑，日北而景長多寒』。

諸史志并同。而文粹作『影長而多暑，影短而多寒』。」意謂唐文粹誤。按影短陽光趨近直射，故多暑，反之則多寒，所辨是。

〔一〇〕「太陰」二句，太陰，即月。隋書天文志中：「月爲太陰之精。」史記天官書：「逆行所守，及他星逆行，日月薄蝕，皆以爲占。余觀史記，考行事，百年之中，五星無出而不反逆行，反逆行，嘗盛大而變色，日月薄蝕，行南北有時，此其大度也。」集解：「孟康曰：日月無光曰薄。京房易傳曰：『日赤黄爲薄。』或曰不交而蝕曰薄。韋昭曰：『氣往迫之爲薄，虧毁爲蝕。』」晉書律曆志下：「求日蝕虧起角術曰：其月在外道，先交後會者，虧蝕西南角起；先會後交者，虧蝕東南角起。其月在内道，先交後會者，虧蝕西北角起；先會後交者，虧蝕東北角起。虧蝕分多少，如上以十五爲法。會交中者，蝕盡。月蝕在日之衝，虧角與上反也。」隋書天文志中引張衡云：「對日之衝，其大如日，日光不照，謂之闇虚。闇虚逢月則月食，值星則星亡。」

〔一一〕「衆星」二句，藝文類聚卷一月引物理論曰：「京房説，月與星至陰也，有形無光，日照之乃光。如以鏡照日，而有影見。」又引舊曆説曰：「日猶火也，月猶水也。火則施光，水則含影。」傅日，原作「傅月」，當誤，據上引改。又「傅」，英華、唐文粹作「傳」，形訛。傅，依附、憑藉也。

〔一二〕「乾坤」十句，周易繫辭上：「闔户謂之坤，闢户謂之乾，一闔一闢謂之變，往來不窮謂之通。」韓康伯注：「坤道包物，乾道施生。」上引繫辭又曰：「天尊地卑，乾坤定矣。卑高以陳，貴賤位矣。動静有常，剛柔斷矣。方以類聚，物以群分，吉凶生矣。在天成象，在地成形，變化見矣。」

韓注：「乾坤，其易之門户。先明天尊地卑，以定乾坤之體。天尊地卑之義既列，則涉乎萬物貴賤之位明矣。剛動而柔止也。動止得其常體，則剛柔之分著矣。方有類，物有群，則有同有異，有聚有分也。順其所同則吉，乖其所趣則凶，故吉凶生矣。象況日月星辰，形況山川草木也。」成形，「形」，英華作「文」，校：「一作形。」按：作「文」誤。

〔一三〕「部之」句，部，原作「剖」，據英華、唐文粹、玉海卷四引改。三門，晉書天文志上二十八舍：「東方，角二星爲天關，其間天門也，其内天庭也。故黄道經其中，七曜之所行也。左角爲天田，爲理，主刑；其南爲太陽道。右角爲將，主兵；其北爲太陰道。蓋天之三門……」

〔一四〕「張之」句，八紀，黄帝内經素問卷二：「天有八紀。」唐王冰注：「八風爲變化之綱紀。八紀，謂八節之紀。」漢書律曆志上：「人者繼天順地，序氣成物，統八卦，調八風，理八政，正八節……」按：八節，即夏至、冬至，春分、秋分，立春、立夏、立秋、立冬。周髀算經卷下之二：「凡八節二十四氣。」漢趙君卿注：「二至者，寒暑之極；二分者，陰陽之和；四立者，生長收藏之始：是爲八節。節三氣，三而八之，故爲二十四。」

〔一五〕「其周天」二句，晉書天文志上儀象：「至吴時，中常侍廬江王蕃善數術，傳劉洪乾象曆，依其法而制渾儀，立論考度曰：前儒舊説，天地之體，狀如鳥卵，天包地外，猶殼之裹黄也；周旋無端，其形渾渾然，故曰渾天也。周天三百六十五度五百八十九分度之百四十五，半覆地上，半在地下，其二端謂之南極、北極。」

〔一六〕「其去地」二句，指用勾股法計算天地之距離。周髀算經卷下之一：「以冬至夜半北游所極也，北過天中萬一千五百里；以夏至南游所極，不及天中萬一千五百里。此皆以繩繫表（引者按：「表」即股）顛而希望之。北極至地所識丈一尺四寸半，故去周十一萬四千五百里；過天中萬一千五百里，其南極至地所識九尺一寸半，故去周九萬一千五百里。」

〔一七〕「日居」句，詩經邶風日月：「日居月諸，照臨下土。」毛傳：「日乎月乎，照臨之也。」

〔一八〕「天行」句，謂天運行，而地静止不動。以上兩句，英華、唐文粹、古儷府卷一引，句中有「而」字，即作「日居而月諸，天行而地止」。

〔一九〕「載之」二句，晉書天文志上天體：「虞喜族祖河間相聳又立穹天論云：『天形穹隆如雞子，幕其際，周接四海之表，浮於元氣之上。譬如覆奩以抑水，而不没者，氣充其中故也。』」又載葛洪駁渾天説：「故黄帝書曰：『天在地外，水在天外。』水浮天而載地者也。」

〔二〇〕「生之」四句，老子：「道生之，德畜之，長之育之，成之熟之，養之覆之。」「成之熟之」，又作「亭之毒之」。老子校釋朱謙之案曰：「傅奕引史記云：『亭，凝結也。』廣雅云：『毒，安也。』畢沅曰：説文解字『毒，厚也』。釋名『亭，停也』。據之，是亭、成，毒、孰，聲義皆相近。」

〔二一〕「天聰明」二句，尚書説命中：「惟天聰明，惟聖時憲。」孔穎達正義：「聰，謂無所不聞；明，謂無所不見。惟聖人於是法天，言聖王法天以立教於下，無不聞見。」

〔二二〕「天垂象」二句，周易繫辭上：「天垂象，見吉凶，聖人象之；河出圖，洛出書，聖人則之。」

〔二三〕「其道」二句，周易繫辭上：「默而成之，不言而信，存乎德行。」

〔二四〕「其神」二句，禮記樂記：「天則不言而信，神則不怒而威。」

〔二五〕「驗之」二句，衡軸、樞機，指旋璣玉衡，古代測天儀器。史記天官書：「北斗七星，所謂『旋、璣、玉衡，以齊七政』。」索隱案：「尚書『旋』作『璿』。馬融云：『璿，美玉也。機，渾天儀，可轉旋，故曰機。衡，其中横筩。以璿爲機，以玉爲衡，蓋貴天象也。』鄭玄注大傳云『渾儀中筩爲旋機，外規爲玉衡』也。」

〔二六〕「三十五官」句，晉書天文志上天文經星引張衡云：「衆星列布，體生於地，精成於天，列居錯峙，各有攸屬。在野象物，在朝象官，在人象事。其以神著，有五列焉，是爲三十五名。一居中央，謂之北斗；四布於方各七，爲二十八舍。」因「在朝象官」，故稱三十五星座爲「三十五官」。

〔二七〕「一十二次」句，史記天官書：「二十八舍主十二州，斗秉兼之，所從來久矣。」張守節正義引星經云：「角、亢，鄭之分野，兖州；氐、房、心，宋之分野，豫州；尾、箕，燕之分野，幽州；南斗、牽牛，吴、越之分野，揚州；須女、虚，齊之分野，青州；危、室、壁，衛之分野，并州；奎、婁，魯之分野，徐州；胃、昴，趙之分野，冀州；畢、觜、參，魏之分野，益州；東井、輿鬼，秦之分野，雍州；柳、星（按天官書作「七星」）、張，周之分野，三河；翼、軫，楚之分野，荆州也。」晉書天文志上十二次度數：「十二次。班固取三統曆十二次配十二野，其言最詳（引者按：見漢書天文志）。又有費直説周易、蔡邕月令章句，所言頗有先後。魏太史令陳卓更言郡國所入宿度，今附而次之。」所附此略，可參讀。

〔二八〕「中衡外衡」二句，晉書天文志上天體：「髀，股也；股者，表也。其言天似蓋笠，地法覆槃，天地各中高外下。北極之下爲天地之中，其地最高，而滂沲四隤，三光隱映，以爲晝夜。天中高於外衡冬至日之所在六萬里。北極下地高於外衡下地亦六萬里，外衡高於北極下地二萬里。天地隆高相從，日去地恒八萬里。日麗天而平轉，分冬夏之間日所行道爲七衡六間。每衡周徑里數，各依算術，用句股重差推晷影極游，以爲遠近之數，皆得於表股者也。故曰周髀。」按四庫全書周髀算經提要曰：「以七衡六間測日躔法斂，冬至日在外衡，夏至在内衡，春秋分在中衡。當其衡爲中氣，當其間爲節氣，亦終古不變。古蓋天之學，此其遺法。」按：七衡，即測天儀器之七根横管，用以瞄準天體，所謂「旋、璣、玉衡」之「衡」是也，其中有中衡、外衡。

〔二九〕「黄道赤道」二句，晉書天文志上儀象：「至（漢）順帝時，張衡又制渾象，具内外規、南北極、黄赤道。……至吴時，中常侍廬江王蕃善數術，傳劉洪乾象曆，依其法而制渾儀，立論考度曰：前儒舊説，天地之體，狀如鳥卵，天包地外，猶殼之裹黄也；周旋無端，其形渾渾然，故曰渾天也。周天三百六十五度五百八十九分度之百四十五，半覆地上，半在地下。其二端謂之南極、北極。……赤道帶天之紘，去兩極各九十一度少强。黄道，日之所行也，半在赤道外，半在赤道内。與赤道東交於角五少弱，西交於奎十四少强。其出赤道外極遠者，去赤道二十四度，斗二十一度是也。其入赤道内極遠者，亦二十四度，井二十五度是也。」黄道與赤道東、西相交，故謂「殊途而同歸」。

〔三〇〕「表裏」句，見伏，或見（同「現」）或隱。周髀算經卷上之二「故曰：月之道常緣宿，日道亦與宿正」趙君卿注：「内衡之内，外衡之北，圓而成規，以爲黄道，二十八宿列焉。月之行也。一出（見）一入（伏），或表或裏。五月二十三分，月之二十而一蝕道一交，謂之合朔交會，及月蝕相去之數，故曰緣宿也。日行黄道，以宿爲正，故曰宿正，於中衡之數，與黄道等。」

〔三一〕「分至」二句，分至，左傳僖公五年：「凡分至啓閉，必書雲物。」杜預注：「分，春、秋分也；至，冬、夏至也。啓，立春、立夏；閉，立秋、立冬。雲物，氣色災變也。」又周髀算經卷上之二：「故春、秋分之日，夜分之時，日所照適至極，陰陽之分等也。冬至、夏至者，日道發歛之所生也。至，晝夜長短之所極。」又曰：「春、秋分者，陰陽之修，晝夜之象。」趙君卿注：「修，長也，言陰陽長短之等。」按：謂春、秋分晝夜長短相等，而冬至夜最長，夏至晝最長。範圍，周易繫辭上：「範圍天地之化而不過，曲成萬物而不遺，則物宜得矣。」韓康伯注：「範圍者，擬範天地而周備其理也。」

〔三二〕「可以窮」句，窮理盡性，周易説卦：「發揮於剛柔而生爻，和順於道德而理於義，窮理盡性以至於命。」

〔三三〕「可以極」句，周易繫辭上：「夫易，聖人之所以極深而研幾也。」韓康伯注：「極未形之理則曰深，適動微之會則曰幾。」

天有北斗，杓攜龍角，衡殷南斗，魁枕參首〔一〕；天有北辰，衆星環拱，天帝威神〔二〕。尊之以耀魄，配之以勾陳，有四輔之上相〔三〕，有三公之近臣〔四〕。華蓋巖巖，俯臨於帝座〔五〕；離宮奕奕，旁絶於天津〔六〕。列長垣之百堵〔七〕，啓閶闔之重闉〔八〕。文昌拜於大將，天理囚於貴人〔九〕。泰階平而君臣穆〔一〇〕，招摇指而天下春〔一一〕。東宮則析木之津〔一二〕，壽星之野〔一三〕。箕爲敖客〔一四〕，房爲駟馬〔一五〕。天王對於攝提〔一六〕，皇極臨於宦者〔一七〕。左角右角，兩曜之所巡行〔一八〕；陰間陽間，五星之所次舍〔一九〕。後宮掌於燕息〔二〇〕，太子承於冢社〔二一〕。宗人宗正，内外敦叙於家邦〔二二〕；市樓市垣，貨殖畢陳於天下〔二三〕。北宮則靈龜潛匿〔二四〕，騰蛇伏藏〔二五〕。瓠瓜宛然而獨處〔二六〕，織女終朝而七襄〔二七〕。登漸臺而顧步，御輦道而徜徉〔二八〕。聞雷霆之隱隱〔二九〕，聽枹鼓之硠硠〔三〇〕。南斗主爵禄〔三一〕，東壁主文章〔三二〕。須女主布幣〔三三〕，牽牛主關梁〔三四〕。羽林之軍所以除暴亂，壘壁之陣所以備非常〔三五〕。西宮則天潢咸池，五車三柱〔三六〕。奎爲封豕〔三七〕，參爲白虎〔三八〕，胃爲天倉，婁爲衆聚〔三九〕。旄頭之北，宰制其胡虜〔四〇〕；天畢之陰，蓄洩其雷雨〔四一〕。太陵積尸之肅殺〔四二〕，參旗九斿之部伍〔四三〕。樵蘇之地，出入於園苑〔四四〕；萬億之資，填積於倉庾〔四五〕。南宮則黄龍賦象，朱鳥成形〔四六〕。五帝之座，三光之庭〔四七〕。傷成於鉞，誅成於鑕；禍成於井，德成於衡〔四八〕。執法者，廷尉之曹，大夫之象〔四九〕；少微者，儲宮之位，處士之星〔五〇〕。天弧直而狼顧〔五一〕，軍市曉而雞鳴〔五二〕。三河之交，鶉火通其耀〔五三〕；七澤之國，翼軫寓其精〔五四〕。南河北河，象闕於是乎增峻〔五五〕；左轄右轄，邊荒於是乎自寧〔五六〕。

【箋　注】

〔一〕「天有北斗」三句，史記天官書：「北斗七星，所謂『旋、璣、玉衡以齊七政』。杓攜龍角，衡殷南斗，魁枕參首。」索隱案：「春秋運斗樞云『斗，第一天樞，第二旋，第三璣，第四權，第五衡，第六開陽，第七摇光。第一至第四爲魁，第五至第七爲標，合而爲斗』。」集解引孟康云：「杓，北斗杓也。龍角，東方宿也。攜，連也。」又正義：「魁，斗第一星也。言北方斗，斗衡直當北之魁，枕於參星之首；北斗之杓連於龍角。」

〔二〕「天有北辰」三句，史記天官書：「中宫天極星，其一明者，太一常居也。」索隱案：「爾雅『北極謂之北辰』。」晉書天文志上：「北極，北辰最尊者也，其紐星，天之樞也。天運無窮，三光迭耀，而極星不移，故曰『居其所而衆星共之』（引者按：語出論語爲政）。」天帝，「天」，唐文粹作「大」。

〔三〕「尊之」三句，晉書天文志上中宫：「北極五星，鉤陳六星，皆在紫宫中。……鉤陳，後宫也，大帝之正妃也，大帝之常居也。……鉤陳口中一星曰天皇大帝，其神曰耀魄寶，主御群靈，執萬神圖。抱北極四星曰四輔，所以輔佐北極而出度授政也。」勾、鉤同。又曰：「東蕃四星，南第一星曰上相，其北，東太陽門也；第二星曰次相，其北，中華東門也；第三星曰次將，其北，東太陰門也；第四星曰上將：所謂四輔也。西蕃四星，南第一星曰上將，其北，西太陽門也；第二星曰次將，其北，中華西門也；第三星曰次相，其北，西太陰門也；第四星曰上相：亦曰四輔也。」

〔四〕「有三公」句，史記天官書：「中宮天極星，……旁三星三公，或曰子屬。」正義：「三公三星在北斗杓東，又三公三星在北斗魁西，并爲太尉、司徒、司空之象，主變出陰陽，主佐機務。」

〔五〕「華蓋」二句，晉書天文志上中宮：「大帝上九星曰華蓋，所以覆蔽大帝之坐也。」

〔六〕「離宮」二句，離宮，指營室七星；天津，指天河。史記天官書：「（紫宮）後六星絶漢抵營室，曰閣道。」正義：「漢，天河也。……營室七星，天子之宮，亦爲玄宮，亦爲清廟，主上公，亦天子離宮別館也。」奕奕，詩經小雅巧言：「奕奕寢廟，君子作之。」毛傳：「奕奕，大貌。」

〔七〕「列長垣」句，晉書天文志上中宮：「紫宮垣十五星，其西蕃七，東蕃八，在北斗北。一曰紫微，大帝之坐也，天帝之常居也，主命主度也。一曰長垣，一曰天營，一曰旗星，爲蕃衛，備蕃臣也。」百堵，謂垣極長。詩經小雅鴻雁：「之子于垣，百堵皆作。」毛傳：「一丈爲板，五板爲堵。」

〔八〕「啓閶闔」句，史記天官書：「蒼帝行德，天門爲之開。」索隱案：「天門，即左右角間也。」同上司馬相如傳載哀二世賦：「排閶闔而入帝宮兮。」正義引韋昭云：「閶闔，天門也。」淮南子曰：

西方曰西極之山，閶闔之門。」閶，城門。

〔九〕「文昌」二句，史記天官書：「斗魁戴匡六星曰文昌宫：一曰上將，二曰次將，三曰貴相，四曰司命，五曰司中，六曰司禄。在斗魁中，貴人之牢。」索隱：「春秋元命包曰：『上將建威武，次將正左右，貴相理文緒，司禄賞功進士，司命主老幼，司災主災咎也。』」集解引孟康曰：「傳曰『天理四星在斗魁中。貴人牢名曰天理』。」又索隱：「在魁中，貴人牢。樂汁圖云『天理理貴人牢』。」「天理」，原作「大理」，英華作「天理」，是，據改。

〔一〇〕「泰階」句，史記天官書：「魁下六星，兩兩相比者，名曰三能。三能色齊，君臣和；不齊，爲乖戾。」集解引蘇林曰：「能音台。」索隱：「魁下六星，兩兩相比，曰三台。案：漢書東方朔『願陳泰階六符』。孟康曰：『泰階，三台也。台星凡六星。六符，六星之符驗也。』應劭引黄帝泰階六符經曰：『泰階者，天子之三階：上階，上星爲男主，下星爲女主；中階，上星爲諸侯三公，下星爲卿大夫；下階，上星爲士，下星爲庶人。三階平，則陰陽和，風雨時。』」

〔一一〕「招摇」句，史記天官書：「杓端有兩星：一内爲矛，招摇；一外爲盾，天鋒。」集解引孟康曰：「近北斗者招摇，招摇爲天矛。」又引晉灼曰：「更河三星，天矛、鋒、招摇，一星耳。」晉書天文志上中宫：「招摇……主胡兵。……招摇欲與棟星、梗河、北斗相應，則胡當來受命於中國。」指，即謂「相應」，「胡」來受命於中國，故稱「天下春」。

〔一二〕「東宫」句，史記天官書：「東宫蒼龍，房、心。心爲明堂。」索隱引文耀鉤云：「東宫蒼帝，其精爲龍。」又引爾雅云：「大辰，房、心、尾也。」天官書又曰：「尾爲九子，曰君臣；斥絶，不和。」索隱引宋均云：「屬後宮場，故得兼子。子必九者，取尾有九星也。」正義：「尾，箕。尾爲析木之津，於辰在寅，燕之分野。」晉書天文志上十二次度數：「自尾十度至南斗十一度爲析木，於辰在寅，燕之分野，屬幽州。」爾雅：「析木謂之津（鄭樵注：即漢津），箕、斗之間，漢津也（鄭樵注：箕，龍尾；斗，南斗。天漢之津梁）。」則東宮、析木俱在辰，故云。

〔一三〕「壽星」句，晉書天文志上十二次度數：「自軫十二度至氐四度爲壽星，於辰在辰，鄭之分野，屬兖州。」則壽星與析木同在辰。

〔一四〕「箕爲」句，史記天官書：「箕爲敖客，曰口舌。」索隱引宋均云：「敖，調弄也。箕以簸揚，調弄象也。箕又受物，有去去來來，客之象也。」敖，原作「傲」，據此改。

〔一五〕「房爲」句，史記天官書：「東宮蒼龍，房、心。」索隱：「房爲天府，曰天駟。爾雅云：『天駟，房。』詩記曆樞云：『房爲天馬，主車駕。』」又晉書天文志上二十八舍：「房四星，爲明堂，天子布政之宫也，亦四輔也。……亦曰天駟，爲天馬，主車駕。」

〔一六〕「天王」句，史記天官書：「大角者，天王帝廷。其兩旁各有三星，鼎足句之，曰攝提。攝提者，直斗杓所指，以建時節，故曰『攝提格』。」索隱案：「元命包云：『攝提之爲言提攜也。言提斗攜角以接於下也。』」天王，原作「天皇」，據英華、唐文粹、全唐文及上引改。

〔一七〕「皇極」句，皇極，當指帝坐。晉書天文志上中宫：「帝坐一星，在天市中候星西，天庭也。光而潤，則天子吉，威令行。……宦者四星，在帝坐西南，侍主刑餘之人也。」刑餘之人，即所謂「宦者」。

〔一八〕「左角」二句，史記天官書：「左角，李；右角，將。」索隱：「李即理，理，法官也。故元命包云『左角理，物以起；右角將，帥而動』。」兩曜，日月，當指平道。晉書天文志上中宫：「左右角間二星曰平道之官。」因主平道，故言及兩曜（代指帝后「巡行」）。

〔一九〕「陰間」二句，史記天官書：「月行中道，安寧和平。陰間，多水，陰事。外北三尺，陰星。北三尺，太陰，大水，兵。陽間，驕恣。」索隱案：「中道，房星之中間也。房有四星，若人之房三間有四表然，故曰房。南爲陽間，北爲陰間，則中道房星之中間也。故房是日、月、五星之行道，然黄道亦經房、心。若月行得中道，故陰陽和平；若行陰間，多陰事；陽間，則人主驕恣；若歷陰星，陽星之南北太陰、太陽之道，即有大水若兵，及大旱若喪也。」

〔二〇〕「後宫」句，晉書天文志上中宫：「鉤陳，後宫也，大帝之正妃也，大帝之常居也。北四星曰女御宫，八十一御妻之象也。」又同上二十八舍：「尾九星，後宫之場，妃后之府。上第一星，后也；次三星，夫人；次星，嬪妾。第三星傍一星名曰神宫，解衣之内室。」又曰：「箕四星，亦後宫妃后之府。亦曰天津，一曰天雞，主八風。」

〔二一〕「太子」句，晉書天文志上中宫：「北極五星，鉤陳六星，皆在紫宫中。北極……第一星主月，太子也。」又曰：「五帝坐北一星曰太子，帝儲也。」冢社，大社，皇帝祭神之所，代指政權。

〔二二〕「宗人」二句，晉書天文志上中宮：「宗正二星，在帝坐東南，宗大夫也。彗星守之，若失色，宗正有事；客星守之，更號令也。宗人四星，在宗正東，主録親疏享祀。族人有序，則如綺文而明正。動則天子親屬有變；客星守之，貴人死。宗星二，在候星東，宗室之象，帝輔血脈之臣也。客星守之，宗支不和。」

〔二三〕「市樓」二句，史記天官書：「旗中四星曰天市，中六星曰市樓。市中星衆者實，其虛則耗。」正義：「天市二十三星，在房、心東北，主國市聚交易之所，一曰天旗。……市中星衆則歲實，稀則歲虛。」按天市又稱天市垣。晉書天文志上中宮：「天市垣二十二星（上引史記爲二十三星，略異），在房、心東北，主權衡，主聚衆。」

〔二四〕「北宮」句，晉書天文志上星官在二十八宿之外者：「龜五星，在尾南，主卜以占吉凶。」

〔二五〕「騰蛇」句，晉書天文志上中宮：「騰蛇二十二星，在營室北，天蛇也，主水蟲。」

〔二六〕「瓠瓜」句，史記天官書：「瓠瓜，有青黑星守之，魚鹽貴。」索隱案：「荊州占云『瓠瓜，一名天雞，在河鼓東。瓠瓜明，歲則大熟也』。」又正義：「瓠瓜五星，在離珠北，天子果園。」

〔二七〕「織女」句，史記天官書：「婺女，其北織女。織女，天女孫也。」索隱：「織女，天孫也。案：荊州占云『織女，一名天女，天子女也』。」又正義：「織女三星，在河北天紀東，天女也，主果蓏絲帛珍寶。」七襄，詩經小雅大東：「跂彼織女，終日七襄。」鄭玄箋：「襄，駕也。駕謂更其肆也。從旦至莫七辰，辰一移，因謂之七襄。」孔穎達疏：「更其肆者，周禮有市鄽之肆，謂止舍處也。

而天有十二次，日月所止舍也，舍即肆矣。在天爲次，在地爲辰，每辰爲肆，是歷其肆舍有七也。星之行天，無有舍息，亦不駕車，以人事言之耳。晝夜雖各六辰，數者舉其終始，故七，即自卯至酉也。言『終日』，是晝也，晝不見而七移者，據其理當然矣。」此言「終朝」，詩人用事，不拘於文也。

〔二八〕「登漸臺」二句，晉書天文志上中宫：「東足四星曰漸臺，臨水之臺也，主晷漏律吕之事。西足五星曰輦道，王者嬉游之道也，漢輦道通南北宫，其象也。」按：此亦以人事言天事。地上之漸臺，漢武帝造。漢書郊祀志下：「（建章宫）北治大池，漸臺高二十餘丈，名曰泰液。」顔師古注：「漸，浸也。臺在池中，爲水所浸，故曰漸臺。」

〔二九〕「聞雷霆」句，晉書天文志上中宫：「軒轅十七星，在七星北。軒轅，黄帝之神，黄龍之體也；后妃之主，士職也。一曰東陵，一曰權星，主雷雨之神。」

〔三〇〕「聽枹鼓」句，指天鼓。史記天官書：「天鼓，有音如雷非雷，音在地而下及地。其所往者，兵發其下。」硠硠，象聲詞。文選司馬相如子虚賦：「礧石相擊，硠硠礚礚，若雷霆之聲。」張銑注：「言轉石相擊而爲聲。」

〔三一〕「南斗」句，晉書天文志上二十八舍：「南斗六星，天廟也，丞相太宰之位，主褒賢進士，禀授爵禄。」

〔三二〕「東壁」句，晉書天文志上二十八舍：「東壁二星，主文章，天下圖書之秘府也。」

〔三三〕「須女」句，晉書天文志上二十八舍：「須女四星，天少府也。須，賤妾之稱，婦職之卑者也，主布帛裁製嫁娶。」

〔三四〕「牽牛」句，晉書天文志上二十八舍：「牽牛六星，天之關梁，主犧牲事。……又曰，上一星主道路，次二星主關梁，次三星主南越。」

〔三五〕「羽林」二句，史記天官書：「（北宮）其南有衆星，曰羽林天軍。軍西爲壘，或曰鉞。」正義：「羽林四十五星，三三而聚，散在壘壁南，天軍也。」又曰：「壘壁陳十二星，横列在營室南，天軍之垣壘。」

〔三六〕「西宫」二句，史記天官書：「西宫咸池，曰天五潢。五潢，五帝車舍。」索隱案：「元命包云『咸池主五穀，其星五者各有所職。咸池，言穀生於水，含秀含實，主秋垂，故一名「五帝車舍」，以車載穀而販也』。」又正義：「五車五星，三柱九星，在畢東北，天子五兵車舍也。」

〔三七〕「奎爲」句，史記天官書：「奎曰封豕，爲溝瀆。」正義：「奎，天之府庫，一曰天豕，亦曰封豕，主溝瀆。」

〔三八〕「參爲」句，史記天官書：「參爲白虎。三星直者，是爲衡石。」集解引孟康曰：「參三星者，白虎宿中，東西直，似稱衡。」

〔三九〕「胃爲」二句，史記天官書：「婁爲聚衆。胃爲天倉。」正義：「婁三星爲苑，牧養犧牲以共祭祀，亦曰聚衆。」又：「胃主倉廩，五穀之府也。」按「聚衆」，此作「衆聚」，蓋爲協韻而倒用其名。

〔四〇〕「旄頭」二句，史記天官書：「昴曰髦頭，胡星也，爲白衣會。」正義：「昴七星爲髦頭，胡星，亦爲獄事。……搖動若跳躍者，胡兵大起。」「旄頭之北」，指天街。史記天官書：「昴、畢間爲天街。其陰，陰國；陽，陽國。」正義：「天街二星，在畢、昴間，主國界也。街南爲華夏之國，街北爲夷狄之國。」又集解引孟康曰：「陰，西南，象坤維，河山已北國；陽，河山已南國。」因二星主國界，故曰「宰制」。又晉書天文志上二十八舍：「昴七星，天之耳目也，主西方，主獄事。又爲旄頭，胡星也。昴、畢間爲天街，天子出，旄頭罕畢以前驅，此其義也。黄道之所經也。」

〔四一〕「天畢」二句，史記天官書：「畢曰罕車，爲邊兵，主弋獵。」正義：「畢八星，曰罕車，爲邊兵，主弋獵。……畢動，兵起；月宿則多雨。」

〔四二〕「太陵」句，史記天官書：「輿鬼，鬼祠事，中白者爲質。」正義：「輿鬼四星，主祠事，天目也。……中一星爲積屍，一名質，主喪死祠祀。」又晉書天文志上中宫：「太陵八星在胃北，亦曰積京，主大喪也。積京中星衆，則諸侯有喪，民多疾，兵起。太陵中一星曰積屍，明則死人如山。」「太陵」，「太」原作「天」，據改。

〔四三〕「參旗」句，史記天官書：「（參）其西有句曲九星，三處羅：一曰天旗，二曰天苑，三曰九游。」游，集解引徐廣曰：「音流。」則「游」爲「斿」之假借字。正義：「參旗九星，在參西，天旗也，指麾遠近以從命者。」又曰：「九游九星，在玉井西南，天子之兵旗，所以導軍進退，亦領州列邦。」因其「導軍進退」，故稱「部伍」。

〔四四〕「樵蘇」二句，指廥積。樵蘇，泛指芻藁之類。史記天官書：「胃爲天倉。其南衆星曰廥積。」集解引如淳曰：「芻藁積爲廥也。」正義：「芻藁六星，在天苑西，主積藁草者。不見，則牛馬暴死。」又晉書天文志上星官在二十八宿之外者：「天廩四星在昴南，一曰天廥，主蓄黍稷以供饗祀，春秋所謂御廩，此之象也。」

〔四五〕「萬億」二句，指天庫、天倉之類。史記天官書「五帝車舍」正義：「五車五星，三柱九星，在畢東北，天子五兵車舍也。西北大星曰天庫，……次東曰天倉。……占：五車均明，柱皆見，則倉庫實；不見，其國絶食，兵見起。」胃亦主倉廩，見本文前注引。又晉書天文志上星官在二十八宿之外者：「天倉六星，在婁南，倉穀所藏也。南四星曰天庾，積廚粟之所也。天囷十三星，在胃南。囷，倉廩之屬也，主給御糧也。」

〔四六〕「南宮」二句，史記天官書：「南宮朱鳥，權、衡。……權，軒轅。軒轅，黄龍體。」索隱引文耀鉤云：「南宮赤帝，其精爲朱鳥。」又引孟康曰：「軒轅爲權，太微爲衡。」正義：「軒轅十七星，在七星北，黄龍之體，主雷雨之神，後宮之象也。」

〔四七〕「五帝」二句，史記天官書：「衡，太微，三光之廷。匡衛十二星，……其内五星，五帝坐。」索隱引宋均曰：「太微，天帝南宮也。三光，日、月、五星也。」正義：「太微宫垣十星，在翼、軫地，天子之宫庭，五帝之坐，十二諸侯之府也。」所謂「五帝坐」，正義曰：「黄帝坐一星，在太微宫中，含樞紐之神。四星夾黄帝坐：蒼帝東方靈威仰之神；赤帝南方赤熛怒之神；白帝西方白昭矩之神；黑帝北方叶光紀之神。五帝并設，神靈集謀者也。」

〔四八〕「傷成」四句，史記天官書：「德成衡，觀成潢，傷成鉞，禍成井，誅成質。」索隱案：「德成衡，衡則能平物，故有德公平者，先成形於衡。觀成潢，爲帝車舍，言王者遊觀，亦先成形於潢也。傷成鉞者，傷，敗也，言王者敗德，亦先成形於鉞，以言有敗亂則有鉞誅之。」又集解引晉灼曰：「東井主水事，火入一星居其旁，天子且以火敗，故曰禍也。」又曰：「熒惑入輿鬼，天質，占曰大臣有誅。」質，古代刑具，即殺人所用砧墊。「鑕」乃「質」之後起字。禍成於井，「禍」，英華、全唐文作「福」，誤。

〔四九〕「執法」三句，史記天官書：「匡衛十二星，藩臣：西，將；東，相；南四星，執法；中，端門；門左右，掖門。」正義：「南藩中二星間爲端門。次東第一星爲左執法，廷尉之象；第二星爲上相；第三星爲次相；第四星爲次將；第五星爲上將。端門西第一星爲右執法，御史大夫之象也。」大夫，原作「大臣」。英華、全唐文「臣」作「夫」。文苑英華辨證卷一：「按晉志，左執法，廷尉之象；右執法，御史大夫之象。而（唐）文粹作『大臣之象』。」所辨是，據晉志改。

〔五〇〕「少微」三句，史記天官書：「廷藩西有隋星五，曰少微，士大夫。」索隱：「春秋合誠圖云『少微，處士位』。又天官占云『少微一名處士星』也。」正義：「廷，太微廷；藩，衛也。少微四星，在太微西，南北列：第一星，處士也；第二星，議士也；第三星，博士也；第四星，大夫也。」按：史記天官書曰：「衡，太微，三光之廷。匡衛十二星，藩臣。」正義：「太微宮垣十星，在翼、軫地，天子之宮庭，五帝之坐，十二諸侯之府也。」因其爲「十二諸侯之府」，故此稱之爲「儲宮之位」；然少微星在廷藩之西，所稱似牽强。

〔五一〕「天弧」句，指狼星、弧星。史記天官書：「（參）其東有大星曰狼。狼角變色，多盜賊。下有四星曰弧，直狼。」正義：「狼一星，參東南。狼爲野將，主侵掠。」又曰：「弧九星，在狼東南，天之弓也。以伐叛懷遠，又主備賊盜之知姦邪者。弧矢向狼動移，多盜；明大變色，亦如之。矢不直狼，又多盜；引滿，則天下盡兵也。」

〔五二〕「軍市」句，晉書天文志上星官在二十八宿之外者：「軍市十三星在參東南，天軍貿易之市，使有無通也。野雞一星，主變怪，在軍市中。」故言軍市而及雞鳴。

〔五三〕「三河」二句，晉書天文志上十二次度數：「自柳九度至張十六度爲鶉火，於辰在午，周之分野，屬三河。」原注：「費直，起柳五度。蔡邕，起柳三度。」按：三河，原作「三川」，據改。三河，漢書高帝紀上：「悉發關中兵，收三河士。」注引韋昭曰：「河南、河東、河内也。」交，英華作「郊」，誤。

〔五四〕「七澤」二句，七澤泛指古代楚地諸湖泊，此代指楚。文選司馬相如子虛賦：「臣聞楚有七澤，嘗見其一，未覩其餘也。」史記天官書：「翼爲羽翮，主遠客。」正義：「翼二十二星，軫四星，長沙一星，轄二星，合軫七星皆爲鶉尾，於辰在巳，楚之分野。」

〔五五〕「南河」二句，史記天官書：「東井爲水事。其西曲星曰鉞。鉞北，北河；南，南河。兩河、天闕間爲關梁。」正義：「南河三星，北河三星，分夾東井南北，置而爲戒。南河南戒，一曰陽門，亦曰越門；北河北戒，一曰陰門，亦爲胡門。兩戒間，三光之常道也。」又曰：「闕丘二星在南河南，天子之雙闕，諸侯之兩觀，亦象魏縣書之府。」按：象魏，宫闕；縣，同「懸」，懸書謂懸掛朝廷之文書。

〔五六〕「左轄」二句，史記天官書：「軫爲車，主風。」索隱引宋均云：「軫四星居中，又有二星爲左右轄，車之象也。軫與巽同位，爲風，車動行疾似之也。」又晉書天文志上二十八舍：「轄星傅軫兩傍，主王侯，左轄爲王者同姓，右轄爲異姓。星明，兵大起。遠軫，凶。轄舉，南蠻侵。」因包括左、右轄在内之翼二十二星主夷狄，「星明，兵大起」，言「邊荒自寧」，亦嫌牽强。

乃有金之散氣，水之精液〔一〕。法渭水之横橋〔二〕，象昆明之刻石〔三〕。歲時占其水旱〔四〕，滄溟應其潮汐〔五〕。織女之室，漢家之使可尋〔六〕；飲牛之津，海上之人易覯〔七〕。日也者，衆陽之長，人君之尊〔八〕。天雞曉唱〔九〕，靈烏晝踆〔一〇〕。扶桑臨於大海〔一一〕，若木照於崑崙〔一二〕。太平太蒙，所以司其出入〔一三〕；南至北至，所以節其寒温〔一四〕。龍山銜燭〔一五〕，不能議其光景；夸父棄策〔一六〕，無以方其駿奔。月也者，群陰之紀〔一七〕，上天之使〔一八〕，異姓之王〔一九〕，后妃之事〔二〇〕。方諸對而明水浹〔二一〕，重暈匝而邊風駛〔二二〕。裁盈蚌蛤，則虜騎先侵〔二三〕；適鬬麒麟〔二四〕，則暗虚潛值〔二五〕。五星者〔二六〕，木爲重華〔二七〕，火爲熒惑〔二八〕。鎮居戊己，斯爲土德〔二九〕。太白主西〔三〇〕，辰星主北〔三一〕。俯察人事，仰觀天則。比參右肩之黄，如奎火星之黑〔三二〕。五材所以致用〔三三〕，七政於焉不忒〔三四〕。同舍而有四方〔三五〕，分天而利中國〔三六〕。赤角犯我城，黄角地之爭。五星同色，天下偃兵〔三七〕。趨前舍爲盈，退後舍爲縮；盈則侯王不寧，縮則軍旅不復〔三八〕。或向而或背，或遲而或速〔三九〕。金火犯之而甚憂〔四〇〕，歲鎮居之而有福〔四一〕。

【箋注】

〔一〕「乃有」二句，史記天官書：「星者，金之散氣，〔其〕本曰火。……漢者，亦金之散氣，其本曰水。」索隱：「案：水生〔於〕金，散氣即水氣。河圖括地象曰『河精爲天漢』也。」

〔二〕「法渭水」句，謂横橋上法牽牛星。漢書武五子傳戾太子據：「族滅江充家，焚蘇文於横橋上。」注引孟康曰：「横音光。」又引顔師古曰：「即横門渭橋也。」又三輔黄圖卷一咸陽故城：「（秦始皇）引渭水灌都，以象天漢，横橋南渡，以法牽牛。」同書卷六橋又曰：「横橋，三輔舊事云：秦造横橋，漢承秦制，廣六丈三百八十步，置都水令以掌之，號爲石柱橋。漢末董卓燒之。」

〔三〕「象昆明」句，謂昆明池象天河。西京雜記卷一：「武帝作昆明池，欲伐昆明夷，教習水戰。……池周回四十里。」又曰：「昆明池刻玉石爲魚，每至雷雨，魚常鳴吼，鬐尾皆動。漢世祭之以祈雨，往往有驗。」昆明池之由來，三輔黄圖卷四池沼述之甚詳，且引關輔古語曰：「昆明池中有二石人，立牽牛、織女於池之東西，以象天河。」又引張衡西京賦曰：「昆明、靈沼，黑水玄阯。牽牛立其右，織女居其左。」昆明，五十家作「昆池」。

〔四〕「歲時」句，謂星變可以占水旱。其例在史記天官書中頗多，如曰：「西宮咸池，曰天五潢，五潢，五帝車舍。火入，旱；金，兵；水，水。」索隱：「謂火、金、水入五潢，則各致此災也。」

〔五〕「滄溟」句，滄溟，即大海。句謂潮汐與天文運行相應。太平御覽卷六八潮水引抱朴子曰：「糜氏云：潮汐，潮，朝來也；汐，夕至也。一月之中，天再東再西，故潮水再大再小也。又夏時日居南宿，陰消陽盛，而天高一萬五千里，故夏潮大也。冬時日居北宿，陰盛陽消，而天卑一萬五千里，故冬潮小也。又春日居東宿，天高一萬五千里，故春潮漸起也。秋日居西宿，天卑一萬五千里，故秋潮漸減也。」又曰：「天河從北極分爲兩頭，至於南極，其一經南斗中過，其一經東斗中過，兩河隨天轉入地下，過而與下水相得，又與海水合，三水相蕩，而天轉排之，故激涌而成潮水。」今按：所引文字不見於傳本抱朴子內外篇。

〔六〕「織女」二句，宋祝穆古今事文類聚前集卷一一引荆楚歲時記：「漢武帝令張騫使大夏，尋河源，乘槎經月而至一處，見城郭如官府，室內有一女織。又見一丈夫牽牛飲河。君問云：『此是何處？』答曰：『可問嚴君平。』」據漢書張騫傳，騫於武帝元鼎二年（前一一五）以中郎將出使烏孫，曾分遣副使使大宛、康居、月支、大夏等國。

〔七〕「飲牛」二句，張華博物志卷一〇：「舊説云天河與海通。近世有人居海濱者，年年八月，有浮槎去來，不失期。人有奇志，立飛閣於槎上，多齎糧，乘槎而去。……奄至一處，有城郭狀，屋舍甚嚴，遥望宫中多織婦，見一丈夫牽牛渚次飲之。」

〔八〕「日也者」三句，漢書李尋傳：尋説帝舅曲陽侯王根曰：「夫日者，衆陽之長，煇光所燭，萬里同晷，人君之表也。」又晉書天文志中：「日爲太陽之精，主生養恩德，人君之象也。」

〔九〕「天雞」句，瓠瓜，一名天雞，在河鼓東，已見本文前注。史記曆書：「時雞三號，卒明。」索隱：「三號，三鳴也。言夜至雞三鳴則天曉。」

〔一〇〕「靈烏」句，淮南子精神訓：「日中有踆烏。」高誘注：「踆，猶蹲也，謂三足烏。」

〔一一〕「扶桑」句，山海經海外東經：「黑齒國……下有湯谷。湯谷上有扶桑，十日所浴，在黑齒北。」又淮南子天文訓：「日出於暘谷，浴於咸池。」

〔一二〕「若木」句，楚辭屈原離騷：「折若木以拂日兮。」王逸注（按：或疑乃王逸子王延壽之徒作，以下同，不再説明）：「若木在崑崙西極，其華照下地。」又淮南子墬形訓：「若木在建木西，末有十日，其華照下地。」

〔一三〕「太平」二句，謂地域不同，人之性格亦異。爾雅釋地：「岠齊州以南，戴日爲丹穴（郭璞注：岠，去也。齊，中也）。北戴斗極爲空桐（郭璞注：戴，值），東至日所出爲大平，西至日所入爲大蒙（郭璞注：即蒙汜也）。大平之人仁，丹穴之人智，大蒙之人信，空桐之人武（郭璞注：地氣使之然也）。」太、大古同。太蒙，「蒙」原作「象」。英華、五十家、全唐文作「蒙」。文苑英華辨證卷四稱「凡郡縣名及地名有不可以他本而輕改者」，即舉此文爲例，蓋以爲乃唐文粹誤改，并引爾雅爲證。所説是，今改。

〔一四〕「南至」二句，詳見史記律書，有曰：「南至於箕，箕者，言萬物根棋，故曰箕，正月也，律中泰蔟。泰蔟者，言萬物蔟生也，故曰泰蔟。其於十二子爲寅。寅言萬物始生螾然也，故曰寅。南至於尾，言萬物始生如尾也。南至於心，言萬物始生有華心也。」「北至於胃。胃者，言陽氣就藏，皆胃胃也。北至於婁。婁者，呼萬物且内之也。北至於奎。奎者，主毒螫殺萬物也，奎而藏之。九月也，律中無射。」

〔一五〕「龍山」句，楚辭屈原天問：「日安不到，燭龍何照。」王逸注：「言天之西北，有幽冥無日之國，有龍銜燭而照之。」按山海經海外北經：「鍾山之神，名曰燭陰，視爲晝，瞑爲夜，吹爲冬，呼爲夏。」郭璞注：「燭龍也，是燭九陰，因名云。」又大荒北經：「西北海之外，赤水之北，有章尾山。有神，人面蛇身而赤，直目正乘。……是燭九陰，是謂燭龍。」淮南子墜形訓：「燭龍在雁門北，蔽於委羽之山，不見日。其神人面龍身而無足。」則所謂「龍山」，指燭龍所居之山。

〔一六〕「夸父」句，山海經海外北經：「夸父與日逐走，入日。渴欲得飲，飲於河渭。河渭不足，北飲大澤。未至，道渴而死，棄其杖，化爲鄧林。」郭璞注：「夸父者，蓋神人之名也。」策、杖義同。

〔一七〕「月也者」二句，説文：「月，闕也，大（太）陰之精。」晉書天文志中七曜：「月爲太陰之精。」

〔一八〕「上天」句，淮南子天文訓：「日月者，天之使也。」

〔一九〕「異姓」句，晉書天文志中七曜：「（月）列之朝廷，諸侯大臣之類。」

〔二〇〕「后妃」句，晉書天文志中七曜：「以之（月）配日，女主之象。」

〔二一〕「方諸」句，謂月。淮南子天文訓：「物類相動，本標相應，……（故）方諸見月則津而爲水。」高誘注：「方諸，陰燧大蛤也。熟磨令熱，月盛時以向月下，則水生。」

〔二二〕「重暈」句，謂日。晉書天文志中：「日旁有氣，員而周帀，内赤外青，名爲暈。日暈者，軍營之象。周環帀日，無厚薄，敵與軍勢齊等。若無軍在外，天子失御，民多叛。日暈有五色，有喜；不得五色者有憂。」日暈匝有戰事，故云「邊風駛」。

〔二三〕「裁盈」二句，謂月。吕氏春秋卷九精通：「月也者，群陰之本也。月望則蚌蛤實，群陰盈；月晦則蚌蛤虛，群陰虧。」高誘注：「月十五日盈滿，在西方，與日相望也。蚌蛤陰物，隨月而盛，其中皆實滿也。」又曰：「虛，蚌蛤肉隨月虧而不盈滿也。」唐開元占經卷一一月占一引河圖帝覽嬉曰：「月未當望而望，是謂趣兵，以攻人城者大昌；當望不望，以攻人城者有殃，所宿之國亡地。」

〔二四〕「適鬬」句，謂日。太平御覽卷八八九麒麟引春秋演孔圖曰：「蒼之滅也，麟不榮也。麟，木精也，麒麟鬬，日無光。」

〔二五〕「則暗虛」句，虛，原作「虎」，各本同。後漢書天文志上劉昭注引張衡靈憲曰：「當日之衝，光常不合者，蔽於地也，是謂闇虛。在星星微，月過則食。」則「虎」當爲「虛」之誤，據改。「暗虛潛值」，謂遇月蝕也。

〔二六〕「五星」句，指木（歲星）、火（熒惑）、土（鎮星）、金（太白）、水（辰星）。

〔二七〕「木爲」句，史記天官書：「歲星一曰攝提，曰重華，曰應星，曰紀星。」又晉書天文志中七曜：「歲星曰東方春，木。」

〔二八〕「火爲」句，史記天官書：「察剛氣以處熒惑，曰南方火，主夏。」晉書天文志中七曜：「熒惑曰南方夏，火。」

〔二九〕「鎮居」二句，史記天官書：「曆斗之會以定填星之位。曰中央土，主季夏，日戊、己，黄帝，主德，女主象也。」晉書天文志中：「填星曰中央，季夏，土。」填、鎮通。

〔三〇〕「太白」句，史記天官書：「察日行以處位太白，曰西方，秋。」晉書天文志中七曜：「太白曰西方秋，金。」

〔三一〕「辰星」句，史記天官書：「察日辰之會，以治辰星之位。曰北方水，太陰之精，主冬。」晉書天文志中七曜：「辰星曰北方冬，水。」

〔三二〕「比參」二句，史記天官書：「太白白，比狼；赤，比心；黄，比參左肩；蒼，比參右肩；黑，比奎大星。」正義：「比，類也。」晉書天文志中：「凡五星有色，大小不同，各依其行而順時應節。色變有類，凡青皆比參左肩，赤比心大星，黄比參右肩，白比狼星，黑比奎大星。不失本色而應其四時者，吉；色害其行，凶。」

〔三三〕「五材」句，漢書刑法志：「古人有言：『天生五材，民并用之，廢一不可。』」顔師古注：「五材，金、木、水、火、土也。」

〔三四〕「七政」句，史記天官書：「北斗七星，所謂『旋、璣、玉衡以齊七政』。」索隱案：「尚書大傳云：『七政，謂春、秋、冬、夏、天文、地理、人道，所以爲政也。人道政而萬事順成。』又馬融注尚書云『七政者，北斗七星，各有所主：第一曰正日；第二曰主月法；第三曰命火，謂熒惑也；第四曰煞土，謂填星也；第五曰伐水，謂辰星也；第六曰危木，謂歲星也；第七曰剽金，謂太白也。日、月、五星各異，故曰七政也』。」前説於義較長。

〔三五〕「同舍」句，史記天官書：「五星皆從辰星而聚於一舍，其所舍之國可以法致天下。」天下，即四方。

〔三六〕「分天」句，史記天官書：「五星分天之中，積於東方，中國利；積於西方，外國用〔兵〕者利。」

〔三七〕「赤角」四句，史記天官書：「五星色白圜，爲喪旱；赤圜，則中不平，爲兵；青圜，爲憂水；黑圜，爲疾，多死；黄圜，則吉。赤角犯我城，黄角地之争，白角哭泣之聲，青角有兵憂，黑角則水。……五星同色，天下偃兵，百姓寧昌。」「黄角地之争」之「地」，原作「天」，各本同，據此引及晉書天文志中七曜改。

〔三八〕「趨前」四句，史記天官書：「（歲星）其趨舍而前曰贏，退舍曰縮。」索隱：「趨音聚，謂促。」同書又曰：「（填星）贏，爲王不寧；其縮，有軍不復。」按：贏，晉書天文志中七曜作「盈」。

〔三九〕「或向」二句，史記天官書：「（太白）出西爲刑，舉事右之背之，吉。反之皆凶。」反之，即向之也。又曰：「用兵象太白：太白行疾，疾行；遲，遲行。」

〔四〇〕「金火」句，史記天官書：「金在北，歲偏無。火與水合爲焠，與金合爲鑠，爲喪，皆不可舉事，用兵大敗。」

〔四一〕「歲鎮」句，史記天官書：「歲填一宿，其所居國吉。……其居久，其國福厚。」

觀衆星之部署，歷七曜之驅馳〔一〕。定天下之文，所以通其變〔二〕；見天下之賾，所以象其宜〔三〕。然後播之以風雨，威之以霜霰〔四〕。或吐霧而蒸雲，或擊雷而鞭電〔五〕。一句而太平感〔六〕，膚寸而天下遍〔七〕。白日爲之晝昏〔八〕，恒星爲之不見〔九〕。爾乃重明合璧〔一〇〕，五緯連珠〔一一〕。青氣夜朗〔一二〕，黄雲旦扶〔一三〕。握天鏡〔一四〕，授河圖〔一五〕。若曰賜之以福〔一六〕，此明王聖帝之休符。至如怪雲祅氛〔一七〕，冬雷夏雪〔一八〕。日暈長虹〔一九〕，星芒伏鼈〔二〇〕。陰有餘而地動〔二一〕，陽不足而天裂〔二二〕。若曰懼之以災，此昏主亂君之妖孽。

【箋注】

〔一〕「觀衆星」二句，七曜，指日、月、歲星、熒惑、填星、太白、辰星，詳晉書天文志中七曜。兩句謂星空中所有星宿，皆由日、月、五星所統率。

〔二〕「定天下」二句，周易繫辭上：「通其變，遂成天地之文；極其數，遂定天下之象。非天下之至變，其孰能與於此！」

〔三〕「見天下」二句，周易繫辭上：「聖人有以見天下之賾，而擬諸其形容，象其物宜。」孔穎達疏：「賾，謂幽深難見。聖人有其神妙，以能見天下深賾之至理也。而擬諸其形容者，以此深賾之理擬度諸物形容也。……象其物宜者，聖人又法象其物之所宜。」按：此指天象，與繫辭所指易象異。以上四句，謂普天下之文、之象，皆由日、月、五星變化所致。

〔四〕「然後」二句，謂天以風雨霜霰示警。史記天官書：「天行德，天子更立年；不德，風雨破石。」索隱案：「天，謂北極，紫微宮。」

〔五〕「或吐」二句，謂觀自然變化以定吉凶，史記天官書稱之爲「候息耗」，曰：「若煙非煙，若雲非雲，郁郁紛紛，蕭索輪囷，是謂卿雲。卿雲，喜氣也。若霧非霧，衣冠而不濡，見則其域被甲而趨。夫雷電、蝦虹、辟歷、夜明者，陽氣之動者也，春夏則發，秋冬則藏，故候者無不司之。」

〔六〕「一旬」句，一旬，謂迅疾。「太平感」，言太平之祥瑞感應。史記禮書：「或言古者太平，萬民和喜，瑞應辨至。」正義：「辨音遍。」

〔七〕「膚寸」句，春秋公羊傳僖公三十一年：「觸石而出，膚寸而合，不崇朝而遍雨乎天下者，唯泰山爾。」何休注：「側手爲膚，案指爲寸。」言其觸石理而出，無有膚寸而不合。」

〔八〕「白日」句，言天象反常。太平御覽卷八七九晝昏引史記、後漢書、晉書、宋書、隋書等，晝昏皆爲凶兆。如引後漢書曰：「獻帝時，白晝昏，董卓擁兵發帝陵（按：事見後漢書獻帝紀）。」

〔九〕「恒星」句，左傳莊公七年：「夏，恒星不見，夜明也。星隕如雨，與雨偕也。」又漢書五行志下之下：「嚴公（即莊公，避明帝諱）七年『四月辛卯夜，恒星不見，夜中星隕如雨』。董仲舒、劉向以爲常（即「恒」，避文帝諱）星二十八宿者，人君之象也；衆星，萬民之類也。列宿不見，象諸侯微也；衆星隕墜，民失其所也（見唐開元占經卷七六引）。」皆災異之兆。

〔一〇〕「爾乃」句，重明，即重輝。太平御覽卷七星下引崔豹古今注曰：「漢明帝爲太子時，令樂人作歌詩曰星重輝，言太子比德，故云重也。」合璧，漢書律曆志上：「宦者淳于陵渠復覆太初曆晦朔弦望，皆最密，日月如合璧，五星如連珠。」注引孟康曰：「謂太初上元甲子夜半朔旦冬至時，七曜皆會聚斗牽牛分度，夜盡如合璧連珠也。」又顔師古注：「言其應候不差也。」

〔一一〕「五緯」句，五緯，即五星。史記天官書：「水、火、金、木、填星，此五星者，天之五佐，爲緯。」連珠，見上注。又太平御覽卷七瑞星引易坤靈圖曰：「至德之萌，五星若貫珠。」同書卷八七二引作「連珠」。

〔一二〕「青氣」句，太平御覽卷八七二氣引應劭漢官儀曰：「世祖封禪，久有白氣一丈東南極，望正直壇，所有青氣上與天屬，遥望不見，此瑞命之符也。」

〔一三〕「黄雲」句，初學記卷一雲引周禮「保章氏以五雲之物辨吉凶」，鄭司農注云：「二至二分觀雲色，……黄爲豐。」又引東方朔傳：「有黄雲來如覆車，五穀大熟。」又引洛書曰：「黄帝起，黄雲扶日。」

〔一四〕「握天鏡」句，明孫瑴編古微書卷三六洛書録運法「有人卯金，握天鏡」句，「卯金」爲「劉」字，蓋漢人讖緯之説。徐陵皇太子臨辟雍頌：「皇帝世膺下武，體兹上德。握天鏡而授河圖，執玉衡而運乾象。」

〔一五〕「授河圖」句，太平御覽卷五星上引論語讖曰：「仲尼曰：吾聞堯率舜等遊首山，觀河渚。有五老遊河渚，一老曰：『河圖將來，告帝期。』二老曰：『河圖將來，告帝謀。』三老曰：『河圖將來，告帝書。』四老曰：『河圖將來，告帝圖。』五老曰：『河圖將來，告帝符。』龍銜玉苞金泥玉檢封盛書，五老飛爲流星，上入昴。」

〔一六〕「若曰」句，若曰，尚書酒誥：「王若曰：明大命於妹邦。」僞孔傳釋「若曰」爲「順其事而言之」。

〔一七〕「至如」句，晉書天文志中雲氣：「妖氣，一曰虹蜺，日旁氣也，斗之亂精。主惑心，主内淫，主臣謀君，天子詘，后妃顓，妻不一。二曰牂雲，如狗，赤色，長尾；爲亂君，爲兵喪。」

〔一八〕「冬雷」句，太平御覽卷八七六冬雷引京房易妖占曰：「天冬雷，地必震。教令撓，則冬雷，民飢。」晉書五行志下引京房易傳曰：「夏雪，戒臣爲亂。」又太平御覽卷八七八不時雪引易通卦驗曰：「乾得坎之蹇，則夏雨雪。」又引詩推度災曰：「逆天地，絶人倫，則夏雨雪。」

〔一九〕「日暈」句，日暈，晉書天文志中十煇：「日旁有氣，員而周帀，内赤外青，名爲暈。日暈者，軍營之象。周環帀日，無厚薄，敵與軍勢齊等。若無軍在外，天子失御，民多叛。日暈有五色，有喜；不得五色者有憂。」長虹，太平御覽卷八七八虹蜺引易通卦驗曰：「虹不時見，女謁亂公。虹者，陰陽交接之氣，陽倡陰和之象。今失節不見者，似人君心在房内，不循外事，廢禮失義，夫人淫恣而不制，故曰女謁亂公。」又引春秋潛潭巴：「虹五色迭至，照於宫殿，有兵革之事。」又引京氏别對災異曰：「虹蜺近日，則奸臣謀；貫日，客代主其服也。釋安樂，試非常，正股肱，入賢良。」

〔二〇〕「星芒」句，芒，唐文粹、五十家、全唐文作「流」，誤。文苑英華辨證卷一：「按前漢（天文）志：『句始，〔出於北斗旁，狀如雄雞。〕其怒，青黑色，象伏鼈。』宋均曰：『怒，謂芒角刺出。』而文粹作『星流伏鱉』。」謂作「流」誤，是。按：所指當爲蚩尤星。漢書天文志：「蚩尤之旗，類彗而後曲，象旗。見則王者征伐四方。」注引孟康曰：「熒惑之精也。」又引晉灼曰：「吕氏春秋云其色黄上白下也。」

〔二一〕「陰有餘」句，太平御覽卷八八〇地震引京房易占：「地動，陰有餘。」

〔二二〕「陽不足」句，史記天官書：「天開縣物，地動坼絶。」集解引孟康曰：「謂天裂而見物象，天開示縣象。」太平御覽卷八七四天裂引京氏易妖占：「天裂，陽不足，下害上之象。天裂見人，兵起，國亡。天開見光，血流滂滂。」

昔者顓頊之命重、黎，司天而司地〔一〕；陶唐之分仲、叔，宅西而宅東〔二〕。其後宋有子韋，鄭有裨竈，魏有石氏，齊有甘公〔三〕。唐都之推星，王朔之候氣〔四〕，周文之視日〔五〕，吳範之占風〔六〕，有以見天地之情狀，識陰陽之變通。詩云「謂天蓋高」〔七〕，語曰「惟天爲大」〔八〕，至高而無上，至大而無外〔九〕。四時行焉，萬物生焉〔一〇〕。群神莫尊於上帝〔一一〕，法象莫大於皇天〔一二〕。靈心不測，神理難詮。日何爲兮右轉？天何爲兮左旋〔一三〕？盤古何神兮立天地〔一四〕？巨靈何聖兮造山川〔一五〕？螟何細兮師曠清耳而不聞，離朱拭目而無見〔一六〕？鵬何壯兮摶扶摇而翔九萬，運海水而擊三千〔一七〕？黿與蛇兮異其短長之質〔一八〕，椿與菌兮殊其小大之年〔一九〕。鍾何鳴兮應霜氣〔二〇〕，劍何伏兮動星躔〔二一〕。列子何方兮御風而有待〔二二〕，師門何術兮驗火而登仙〔二三〕。魯陽麾戈兮轉於西日〔二四〕，陶侃折翼兮登於上玄〔二五〕。女何冤兮化精衛〔二六〕，帝何恥兮爲杜鵑〔二七〕。爭疆理者有零陵之石〔二八〕，聞絃歌者有蓋山之泉〔二九〕。若怪神之不語〔三〇〕，夫何述於此篇。以天乙之武也，焦土而爛石〔三一〕；以唐堯之德也，襄陵而懷山〔三二〕。以顔回之賢也，貧居於陋巷〔三三〕；以孔丘之聖也，情希於執鞭〔三四〕。馮唐入於郎署也，兩君而未識〔三五〕；揚雄在於天禄也，三代而不遷〔三六〕。桓譚思周於圖讖也，忽焉不樂〔三七〕；張衡術窮於天地也，退而歸田〔三八〕。我無爲而民自化〔三九〕，吾不知其所以然而然〔四〇〕。

【箋注】

〔一〕「昔者」二句，史記太史公自序：「昔在顓頊，命南正重以司天，火正黎以司地。」又天官書：「昔之傳天數者：高辛之前，重、黎。」正義：「左傳云蔡墨曰『少昊氏之子曰黎，爲火正，號祝融』，即火行之官，知天數。」按國語楚語下：「及少皞之衰也，九黎亂德，民神雜糅。……顓頊受之，乃命南正重司天以屬神，命火正黎司地以屬民，使復舊常，無相侵瀆，是謂絶地天通。」韋昭注：「重、黎，顓頊掌天地之臣。」

〔二〕「陶唐」二句，陶唐，即堯。史記五帝本紀：「帝堯者，放勳。」正義引徐廣云：「號陶唐。」仲、叔，指羲仲、羲叔，和仲、和叔，即羲和氏之四子。宅西、宅東，實兼指南、北。尚書堯典：「乃命羲和，欽若昊天，曆象日月星辰，敬授人時。分命羲仲，宅嵎夷，曰暘谷。……申命羲叔，宅南交，平秩南訛，敬致。……分命和仲，宅西，曰昧谷。……申命和叔，宅朔方，曰幽都，平在朔易。」僞孔傳：「重黎之後羲氏、和氏，世掌天地四時之官，故堯命之，使敬順昊天。昊天，言元氣廣大。」即羲氏掌天官，和氏掌地官，四子掌四時。宅，居也。

〔三〕「其後」數句，史記天官書：「昔之傳天數者，……於宋，子韋；鄭則裨竈；在齊，甘公；楚，唐昧；趙，尹皋；魏，石申。」正義：「裨竈，鄭大夫也。」集解引徐廣曰：「或曰甘公名德也，本是魯人。」正義引七録云（甘公）「楚人，戰國時作天文星占八卷」。又云「石申，魏人，戰國時作天文八卷也」。子韋，原作「子禕」，據史記改。

〔四〕「唐都」二句，史記天官書：「夫自漢之爲天數者，星則唐都，氣則王朔，占歲則魏鮮。」又太史公自序：「太史公學天官於唐都。」

〔五〕「周文」句，史記陳涉世家：「周文，陳之賢人也，嘗爲項燕軍視日。事春申君，自言習兵，陳王與之將軍印，西擊秦。……章邯擊，大破之，周文自剄。」視日，集解引如淳曰：「視日時吉凶舉動之占也。」

〔六〕「吴範」句，三國志吴書吴範傳：「吴範字文則，會稽上虞人也。以治曆數、知風氣聞於郡中。舉有道，詣京都，世亂不行。會孫權起於東南，範委身服事，每有災祥，輒推數言狀，其術多效，遂以顯名。」爲騎都尉，領太史令。孫權立爲吴王，論功封都亭侯，然「恚其愛道於己也，削除其名」。

〔七〕「詩云」句，見詩經小雅正月：「謂天蓋高，不敢不局；謂地蓋厚，不敢不蹐。」毛傳：「局，曲也；蹐，累足也。」

〔八〕「語曰」句，見論語泰伯：「巍巍乎唯天爲大，唯堯則之。」

〔九〕「至高」二句，淮南子繆稱訓：「道至高無上。」又莊子天下：「至大無外，謂之大一；至小無内，謂之小一。」釋文引司馬彪云：「無外不可一，無内不可分，故謂之一也。天下所謂大小皆非，形，所謂一二非至名也。至形無形，至名無名。」按：所謂「一」，亦即「道」。

〔一〇〕「四時」二句，論語陽貨：「子曰：天何言哉，四時行焉，百物生焉，天何言哉！」

〔一一〕「群神」句，尚書舜典：「肆類于上帝，禋于六宗，望于山川，遍于群神。」釋文：「王云：上帝，天也。馬云：上帝，太一神，在紫微宫，天之最尊者。」僞孔傳：「群神，謂丘陵墳衍、古之聖賢，皆祭之。」此即謂上帝尊於群神。

〔一二〕「法象」句，易繫辭上：「法象莫大乎天地，變通莫大乎四時。」

〔一三〕「日何爲」二句，晉書天文志上天體：「周髀家云：天員如張蓋，地方如棊局。天旁轉如推磨而左行，日月右行，隨天左轉，故日月實東行，而天牽之以西没。譬之於蟻行磨石之上，磨左旋而蟻右去，磨疾而蟻遲，故不得不隨磨以左迴焉。」則「右轉」當爲「左轉」，然對句爲「左旋」，故不得已而用「右」，所謂以文害義是也。

〔一四〕「盤古」句，立天地，謂開天闢地。太平御覽卷二天部下引三五曆紀：「天地開闢，陽清爲天，陰濁爲地，盤古在其中，一日九變。」

〔一五〕「巨靈」句，楚辭屈原天問：「鼇戴山抃，何以安之？」王逸注：「有巨靈之鼇背負蓬萊之山而抃舞。」又列子湯問：「渤海之東不知幾億萬里，有大壑焉，……其中有五山焉：一曰岱輿，二曰員嶠，三曰方壺，四曰瀛洲，五曰蓬萊，……而五山之根無所連箸，常隨潮波上下往還，不得蹔峙焉。仙聖毒之，訴之於帝。帝恐流於西極，失群仙聖之居，乃命禺彊使巨鼇十五舉首而戴之。迭爲三番，六萬歲一交焉，五山始峙而不動。」

〔一六〕「螟何細」二句，列子湯問：「江浦之間生麽蟲，其名曰焦螟，群飛而集於蚊睫，弗相觸也。栖宿去來，蚊弗覺也。離朱子羽方晝拭眥揚眉而望之，弗見其形；𧢼俞、師曠方夜擿耳俛首而聽之，弗聞其聲。」張湛注：「離朱，黄帝時明目人，能百步望秋毫之末。」又曰：「鯱俞未聞也。師曠，晉平公時人。」陳景元釋文：「鯱俞、師曠，皆古之聰耳人也。」

〔一七〕「鵬何壯」二句，莊子逍遥遊：「窮髮之北有冥海者，天池也。有魚焉，其廣數千里，未有知其修者，其名爲鯤。有鳥焉，其名爲鵬，背若太山，翼若垂天之雲，摶扶摇羊角而上者九萬里，絶雲氣，負青天，然後圖南，且適南冥也。」又曰：「鵬之徙於南冥也，水擊三千里，摶扶摇而上者九萬里。」

〔一八〕「龜與蛇」句，莊子天下：「龜長於蛇。」釋文引司馬彪云：「蛇形雖長，而命不久；龜形雖短，而命甚長。」

〔一九〕「椿與菌」句，莊子逍遥遊：「小知不及大知，小年不及大年。奚以知其然也？朝菌不知晦朔，蟪蛄不知春秋，此小年也。楚之南有冥靈者，以五百歲爲春，五百歲爲秋；上古有大椿者，以八千歲爲春，八千歲爲秋。」朝菌，釋文引司馬彪云：「大芝也。天陰生糞上，見日則死。一名日及，故不知月之終始也。」又釋大椿云：「木，一名櫄。櫄，木槿也。」引李頤云：「生江南，一云生北户南。此木三萬二千歲爲一年。」

〔二〇〕「鍾何鳴」句，山海經中山經：「（豐山）有九鍾焉，是知霜鳴。」郭璞注：「霜降則鍾鳴，故言知也。」或謂豐山在南陽。全唐文卷四五一喬潭霜鍾賦：「南陽豐山，有九鍾焉，霜降則鳴，斯氣感而應也。」

〔二一〕「劍何伏」句，晉書張華傳：「初，吴之未滅也，斗牛之間常有紫氣，道術者皆以吴方强盛，未可圖也，惟華以爲不然。及吴平之後，紫氣愈明。華聞豫章人雷焕妙達緯象，乃要焕宿，屏人曰：『可共尋天文，知將來吉凶。』因登樓仰觀。焕曰：『僕察之久矣，惟斗牛之間頗有異氣。』華曰：『是何祥也？』焕曰：『寶劍之精，上徹於天耳。』……因問曰：『在何郡？』焕曰：『在豫章豐城。』華曰：『欲屈君爲宰，密共尋之，可乎？』焕許之。華大喜，即補焕爲豐城令。焕到縣，掘獄屋基，入地四丈餘，得一石函，光氣非常，中有雙劍，并刻題，一曰龍泉，一曰太阿。……遣使送一劍并土與華，留一自佩。」按「龍泉」，「泉」當作「淵」，唐人以高祖諱改。戰國策韓策一：「龍淵、太阿，皆陸斷馬牛，水擊鵠雁。」

〔二二〕「列子」句，莊子逍遥遊：「夫列子御風而行，泠然善也，旬有五日而後反。彼於致福者，未數數然也。此雖免乎行，猶有所待者也。」

〔二三〕「師門」句，文選左思魏都賦：「師門使火以驗術，故將去而林燔。」張載注：「師門者，嘯父弟子，亦能使火，爲孔甲龍師，孔甲不能修其心意，殺而埋之外野，一旦風雨迎之，訖，則山木皆燔。……嘯父，冀州人也。……師門者，本嘯父弟子，故附冀州。」

〔二四〕「魯陽」句，淮南子覽冥訓：「魯陽公與韓搆難，戰酣，日暮，援戈而撝之，日爲之反三舍。」

〔二五〕「陶侃」句，晉書陶侃傳：「陶侃字士行，本鄱陽人也。吴平，徙家廬江之尋陽。」早孤貧，爲縣吏，積功遷至荆州刺史。蘇峻叛晉，温嶠推侃爲盟主，擊殺之，封長沙郡公，都督八州軍事。嘗

「夢生八翼，飛而上天，見天門九重，已登其八，唯一門不得入。閽者以杖擊之，因墜地，折其左翼。及寤，左腋猶痛」。上玄，文選揚雄甘泉賦：「惟漢十世，將郊上玄。」李善注：「上玄，天也。」按周易坤卦：「天玄而地黄。」故云。

〔二六〕「女何冤」句，山海經卷三：「發鳩之山，其上多柘木。有鳥焉，其狀如烏，文首，白喙，赤足，名曰精衛，其鳴自詨。是炎帝之少女，名曰女娃。女娃遊於東海，溺而不返，故爲精衛。常銜西山之木石，以堙於東海。」

〔二七〕「帝何恥」句，華陽國志蜀志：望帝杜宇「禪位於開明，帝升西山隱焉。時適二月，子鵑鳥鳴，故蜀人悲子鵑鳥鳴也」。又有化鵑之説。宋葛立方韻語陽秋卷一六引成都記：「杜宇，又曰杜主，自天而降，稱望帝。好稼穡，治郫城。後望帝死，其魂化爲鳥，名曰杜鵑。」

〔二八〕「争疆理」句，太平御覽卷二六九縣尉引荆州圖記曰：「澧陽縣西百三十里，澧水之南岸，有白石雙立，狀類人形，高各三十丈，周迴等四十丈。古之相傳，昔有充縣左尉與零陵尉共論疆，因相傷害，化爲此石，即以爲二縣界首，東標零陵，西碣充縣。充縣廢省，今臨澧縣則其地也。」

〔二九〕「聞絃歌」句，太平御覽卷四六蓋山引紀義宣城記曰：「登蓋山一百許步，有泉。俗傳云：昔有舒氏女，未適人，其父析薪於此，女忽坐泉處，牽挽不動。父遽告家，比來，唯見清泉湛然。其女性好音樂，乃作絃歌，即泉涌浪迴，復有赤鯉一雙躍出。今作樂嬉遊，泉猶故沸涌。」

〔三〇〕「若怪神」句，論語述而：「子不語怪、力、亂、神。」何晏集解引王肅注：「怪，怪異也；力，謂若奡盪舟、烏獲舉千鈞之屬；亂，謂臣弑君、子弑父；神，謂鬼神之事。或無益於教化，或所不忍言。」

〔三一〕「以天乙」二句，天乙，即湯。史記殷本紀：「主癸卒，子天乙立，是爲成湯。」謂湯雖有滅夏之英武，然無奈而有旱災。說苑君道：「湯之時，大旱七年，雒坼川竭，煎沙爛石。於是使人持三足鼎祝山川，教之祝曰：『政不節耶？使人疾耶？苞苴行耶？讒夫昌耶？宮室營耶？女謁盛耶？何不雨之極也！』」

〔三二〕「以唐堯」二句，尚書堯典：「湯湯洪水方割，蕩蕩懷山襄陵，浩浩滔天。」僞孔傳：「蕩蕩，言水奔突，有所滌除。懷，包；襄，上也。包山上陵，浩浩盛大，若漫天。」

〔三三〕「以顔回」二句，論語雍也：「子曰：賢哉回也，一簞食，一瓢飲，在陋巷，人不堪其憂，回也不改其樂。賢哉，回也！」

〔三四〕「以孔丘」二句，論語述而：「子曰：富而可求也，雖執鞭之士，吾亦爲之；如不可求，從吾所好。」何晏集解引鄭（玄）曰：「若於道可求者，雖執鞭之賤職，我亦爲之；如不可求，從吾所好。」

〔三五〕「馮唐」二句，兩君，指漢文帝、景帝。史記馮唐列傳：「馮唐，以孝著，爲中郎署長，事文帝。……七年，景帝立，以唐爲楚相，免。武帝立，求賢良，舉馮唐。唐時年九十餘，不能復爲官，乃以唐子馮遂爲郎。」

〔三六〕「揚雄」二句，漢書揚雄傳：「當成、哀、平間，（王）莽、（董）賢皆爲三公，權傾人主，所薦莫不拔擢，而雄三世不徙官。……王莽時，……雄校書天禄閣上。」三代，即三世，「代」避太宗諱。

〔三七〕「桓譚」二句，後漢書桓譚傳：「桓譚字君山，沛國相人也。……善鼓琴，博學多通，徧習五經，皆詁訓大義，不爲章句。能文章，尤好古學。」以大司空宋弘薦，拜議郎、給事中，數上書駁俗儒讖記。「後有詔會議靈臺所處，帝謂譚曰：『吾欲〔以〕讖決之，何如？』譚默然良久，曰：『臣不讀讖。』帝問其故，譚復極言讖之非經。帝大怒曰：『桓譚非聖無法，將下斬之！』譚叩頭流血，良久乃得解，出爲六安郡丞，意忽忽不樂，道病卒，時年七十餘。」

〔三八〕「張衡」二句，後漢書張衡傳：「張衡字平子，南陽西鄂人也。」「衡善機巧，尤致思於天文、陰陽、曆算。……安帝雅聞衡善術學，公車特徵拜郎中，再遷爲太史令。遂乃研覈陰陽，妙盡琁璣之正，作渾天儀，著靈憲、算罔論，言甚詳明。」「論曰：崔瑗之稱平子曰：『數術窮天地，制作侔造化。』」文選卷一五張衡歸田賦舊注：「歸田賦者，張衡仕不得志，欲歸於田，因作此賦。」

〔三九〕「我無爲」句，老子：「故聖人云：我無爲而民自化，我好静而民自正。」河上公注：「聖人言我修道承天，無所作爲，而民自化成也。聖人言我好静，不言不教，民皆自忠正也。」民，原作「人」，避太宗諱，據此改。

〔四〇〕「吾不知」句，吕氏春秋卷一九上德：「古之王者，德迴乎天地，澹乎四海，東西南北極日月之所燭，天覆地載，愛惡不臧，虚素以公，小民皆之。其之敵而不知其所以然，此之謂順天。」又淮南子泰族訓：「民交讓争處卑，委利争受寡，力事争就勞，日化上遷善，而不知其所以然，此治之上也。」

青苔賦〔一〕

粵若稽古聖皇〔二〕，重暉日光〔三〕。開博望之苑〔四〕，闢思賢之堂〔五〕。華館三襲〔六〕，璵軒四下。地則經省而書坊〔七〕，人則後車而先馬〔八〕。相彼草木兮〔九〕，或有足言者；吁嗟青苔兮〔一〇〕，今可得而聞也。

【箋　注】

〔一〕青苔，苔蘚類植物，又稱水衣、地衣等等。藝文類聚卷八二草部下苔引爾雅曰：「蕁，石衣也。」引説文曰：「苔，水衣也。」又引淮南子（按見泰族訓）曰：「窮谷之污，生（以）青苔。」又引古今注曰：「苔，或紫或青，一名員蘚，一名緑錢，一名緑蘚。」清人所編佩文齋廣群芳譜，類苔之名有二十餘種。以「青苔」爲題作賦，現存以江淹爲早，王勃亦有同題之作。賦開首曰：「粵若稽古聖皇，重暉日光。開博望之苑，闢思賢之堂。華館三襲，璵軒四下。地則經省而書坊，人則後車而先馬。」所言皆太子堂館之事。按文苑英華卷一四七載崔融瓦松賦并序，其序曰：「崇文館瓦松者，產於屋霤之上。千株萬莖，開花吐葉，高不及尺，下纔如寸，不載於仙經，靡題於藥録。謂之爲木也，訪山客而未詳；謂之爲草也，驗農皇而罕記。豈不以在人無用，在物無成乎？俗以其形似松，生必依瓦，故曰瓦松。楊炯謂余曰：『此中草木，咸可爲賦。』」則青苔賦必與崔融瓦松賦爲同時之作，所賦即崇文館草木之一也。具體寫作時間不詳，當在薛元超永隆二年（六八一）薦爲崇文館學士後不久。

〔二〕「粵若」句，粵，語詞，義同「曰」。尚書堯典：「曰若稽古。」僞孔傳：「若，順；稽，考也。」

〔三〕「重暉」句，重暉，猶言再放光芒。常指前後相繼，如藝文類聚卷一六儲宮引周王褒爲百僚請立皇太子表曰：「臣聞洊雷居震，春方應守器之禮；明兩作離，少陽纂重暉之業。」日光，「日」原作「月」。十二家唐詩（以下簡稱十二家）、全唐詩卷一九〇作「日」。上句既謂「聖皇」，則作「日」是，因改。

〔四〕「開博望」句，博望苑，漢武帝爲衛太子所建宮苑。漢書武五子傳：「戾太子據，元狩元年（前一二二）立爲皇太子。……及冠就宮，上爲立博望苑，使通賓客。」顏師古注：「取其廣博觀望也。」又三輔黃圖卷四苑囿：「博望苑，武帝立子據爲太子，爲太子開博望苑以通賓客。漢書曰：『武帝年二十九乃得太子，甚喜。太子冠，爲立博望苑，使之通賓客，從其所好。』又云：博望苑在長安城南，杜門外五里有遺址。」元和郡縣志卷一京兆府長安縣：「漢博望苑，在縣北五里，武帝爲太子據所立，使通賓客。」

〔五〕「闕思賢」句，思賢之堂，即思賢苑，漢文帝爲太子所建宮苑。西京雜記卷三：「文帝爲太子立思賢苑以招賓客，苑中有堂隍六所。客館皆廣廡高軒，屏風幃褥甚麗。」以上兩句，乃以漢擬唐。

〔六〕「華館」句，三襲，言其高。爾雅釋山：「山三襲，陟。」郭璞注：「襲亦重。」

〔七〕「地則」句，指崇文館舊隸司經局，又名桂坊。通典卷三〇職官東宮官：「魏文帝始置崇文觀，以王肅爲祭酒，其後無聞。貞觀中，置崇賢館，有學士、直學士員，掌經籍圖書，教授諸王，屬左春坊。龍朔二年（按：當爲三年〔六六三〕，見舊唐書高宗紀上），改司經局爲桂坊，管崇賢館，而罷隸左春坊。……後沛王賢爲皇太子，避其名，改爲崇文館。」

〔八〕「人則」句，後車，代指文學侍從之臣。曹丕與朝歌令吴質書，稱其河曲之游時，「從者鳴笳以啓路，文學託乘於後車」。先馬，又作「洗馬」，官名。漢書百官公卿表上：「太子太傅、少傅，古官。屬官有太子門大夫、庶子、先馬、舍人。」注引張晏曰：「先馬，員十六人，秩比謁者。」又引如淳曰：「前驅也。國語（按見越語）曰句踐親爲夫差先馬。先或作洗也。」詳參顧炎武日知録卷二四洗馬。

〔九〕「相彼」，詩經小雅伐木：「相彼鳥矣，猶求友聲。」鄭玄箋：「相，視也。」

〔一〇〕「吁嗟」句，句末原無「兮」字，據五十家、十二家補。

借如靈山偃蹇，巨壁崔巍〔一〕。畫千峰而錦照，圖萬壑而霞開〔二〕。王孫逝兮山之隈，披薜荔兮踐莓苔〔三〕。悵容與兮徘徊〔四〕，一去千年兮時不復來。至若圓潭寫鏡〔五〕，方流聚玉〔六〕。苔何水而不清，水何苔而不緑。漁父遊兮漢川曲，歌滄浪兮濯吾足〔七〕。桂舟横兮蘭枻觸〔八〕，溆浦遭迴兮心斷續〔九〕。

【箋注】

〔一〕「借如」二句，借如，有如、比如。靈山，山之美稱。偃蹇，楚辭屈原離騷：「望瑶臺之偃蹇兮。」王逸注：「高貌。」又同書東方朔七諫：「高山崔巍兮。」王逸注：「崔巍，高貌。」

〔二〕「畫千峰」二句，謂山壑之美，有如圖畫。陶淵明詠貧士：「朝霞開宿霧，衆鳥相與飛。」李白游水西簡鄭明府：「天宮水西寺，雲錦照東郭。」可參讀。圖，英華卷一四七作「圓」，誤。壑，英華校：「集作壁。」亦誤。

〔三〕「王孫」二句，楚辭淮南小山招隱士：「王孫游兮不歸，春草生兮萋萋。」王逸注：「隱士避世在山隅也。」同書屈原離騷：「貫薜荔之落蕊。」王逸注：「薜荔，香草也，緣木而生。」又同書屈原九歌山鬼：「若有人兮山之阿，被薜荔兮帶女羅。」曹植應詔：「涉澗之濱，緣山之隈。」阿、隈義同，謂山曲也。莓苔，文選孫綽游天台山賦：「踐莓苔之滑石，搏壁立之翠屏。」李善注：「莓苔，即石橋之苔也。……異苑曰：天台山石有莓苔之險。」逝，英華卷一四七作「遊」。

〔四〕「悵容與」句，文選司馬相如子虛賦：「於是楚王乃弭節徘徊，翱翔容與。」郭璞注：「容與，言自得也。」同書曹大家東征賦：「悵容與而久駐兮，忘日夕而將昏。」

〔五〕「至若」句，謂潭水清澈如鏡。江淹青苔賦：「若其在水，則鏡帶湖沼，錦匝池林。」寫，即「瀉」字。盧照鄰宴梓州南亭詩序：「圓潭瀉鏡，光浮落日之津。」

〔六〕「方流」句，文選顏延年贈王太常詩：「玉水記方流，琁源載圓折。」李善注引尸子曰：「凡水，其方折者有玉，其圓折者有珠也。」

〔七〕「漁父」二句，楚辭屈原漁父：「歌曰：滄浪之水清兮，可以濯吾纓。滄浪之水濁兮，可以濯吾足。」洪興祖補注：「禹貢：『嶓冢導漾，東流爲漢；又東爲滄浪之水。』注云：『漾水至武都，爲漢；至江夏，謂之夏水；又東，爲滄浪之水，在荆州。』孟軻云：『有孺子歌曰：「滄浪之水清兮，可以濯吾纓；滄浪之水濁兮，可以濯吾足。」清斯濯纓，濁斯濯足矣，自取之也。』……余按：尚書禹貢言導漾水東流爲漢，又東爲滄浪之水。不言過而言爲者，明非它水，蓋漢、沔水自下有滄浪通稱耳。」因滄浪之水爲漢、沔水之通指，故言漁父所隱爲漢川。

〔八〕「桂舟」句，楚辭屈原九歌湘君：「沛吾乘兮桂舟。」王逸注：「乘桂木之船，沛然而行，常香淨也。」又同篇：「桂櫂兮蘭枻。」王逸注：「櫂，楫也。枻，船旁板也。」洪興祖引五臣云：「桂、蘭，取其香也。」

〔九〕「漵浦」句，漵浦，原作「浦漵」，各本同。浦漵，水邊也，如何遜詠白鷗：「孤飛出浦漵，獨宿下滄洲。」按此用屈原事。楚辭屈原九章涉江：「入溆浦余儃佪兮。」王逸注：「溆浦，水名。儃佪，一作邅迴。」洪興祖引五臣云：「邅，轉；迴，旋也。」則作「浦溆」誤，徑改。按：以上一段，寫隱居、流離之士與青苔。

別有崇臺廣廈，粉壁椒塗〔一〕。梁木蘭兮椽瑇瑁〔二〕，草離合兮樹珊瑚〔三〕。白露下，蒼苔蕪。暗瑤砌，澀瓊鋪〔四〕。有美人兮向隅〔五〕，應閉門兮踟躕。心震盪兮意不愉，顔如玉兮淚如珠。請循其本也，見商羊兮鼓舞〔六〕，召風伯兮雷赴〔七〕。占顧兔兮離畢星〔八〕，雷闐闐兮雨冥冥〔九〕。皓兮蕩兮，見潢汙之滿庭〔一〇〕；倏兮忽兮，視苔蘚之青青。

【箋注】

〔一〕「別有」二句，椒塗，謂以椒塗牆壁。漢書車千秋傳：「曩者，江充先治甘泉宮人，轉至未央椒房。」顔師古注：「椒房，殿名，皇后所居也。以椒和泥塗壁，取其温而芳也。」

〔二〕「梁木蘭」句，梁木蘭，謂以木蘭做屋梁。楚辭屈原九歌湘夫人：「桂棟兮蘭橑。」王逸注：「以桂木爲屋棟，以木蘭爲榱也。」洪興祖補注：「爾雅：『棟謂之桴。』注：『屋檼也。』」又曰：「橑音老。說文：『椽也。』一曰星橑，簷前木。爾雅曰：『桷謂之榱。』」木蘭，爾雅翼卷一二木蘭：「木蘭，葉似長生，冬夏榮，常以冬華。其實如小柿，甘美。一名林蘭，一名杜蘭。皮似桂而香，生零陵山谷及泰山，狀如楠，樹高數仞。」瑇瑁椽，謂以瑇瑁飾椽。史記司馬相如列傳載子虚賦：「其中則有神龜蛟鼉，瑇瑁鼈黿。」張守節正義：「（瑇瑁）似觜鑴，甲有文，出南海，可以飾器物也。」

〔三〕「草離合」句，離合，草名。西京雜記卷一：「終南山多離合草，葉似江蘺，而紅緑相雜，莖皆紫色，氣如蘿勒。」珊瑚，説文：「色赤，生於海，或生於山。」太平御覽卷八〇七珊瑚引漢武故事曰：「武帝起神堂，前庭植玉樹，葺珊瑚爲枝。」徐陵玉臺新詠序：「漢帝金屋之中，玉樹以珊瑚作枝，珠簾以玳瑁爲柙。」

〔四〕「澀瓊鋪」句，澀，天泠門環不靈便貌。瓊鋪，鑲玉之金鋪。文選左思蜀都賦：「金鋪交映，玉題相暉。」劉淵林注：「金鋪，門鋪首，以金爲之。」按清沈自南藝林彙考卷九引留青日札：「楊炯青苔賦曰『暗（「澀」之誤）瓊鋪』，謂扉上有金玉龍獸以銜環者。」

〔五〕「有美人」句，向隅，隅，角落也。劉向説苑貴德：「今有滿堂飲酒者，有一人獨索然向隅而泣，則一堂之人皆不樂矣。」此謂極失意。

〔六〕「見商羊」，孔子家語卷三辨政：「齊有一足之鳥，飛集於公朝下，止於殿前，舒翅而跳。齊侯大怪之，使使聘魯問孔子。孔子曰：『此鳥名曰商羊，水祥也。昔童兒有屈其一腳，振訊兩眉，而跳且謡曰：「天將大雨，商羊鼓儛。」今齊有之，其應至矣。』」按：據四庫全書總目提要考證，孔子家語乃魏「王肅自取左傳，國語，荀、孟、二戴記割裂織成之」，「特其流傳既久，且遺文軼事往往多見於其中，故自唐以來，知其僞而不能廢也」。此及以下引是書，皆可如是觀，不再説明。

〔七〕「召風伯」句，風伯，即飛廉，風神也。楚辭屈原遠遊：「風伯爲余先驅兮。」王逸注：「飛廉奔馳而在前也。」電赴，極言其快。

〔八〕「占顧兔」句，顧兔，代指月。楚辭屈原天問：「厥利維何，而顧菟在腹？」王逸注：「言月中有菟，何所貪利，居月之腹而顧望乎。」畢星，史記天官書：「畢曰罕車，爲邊兵，主弋獵。」正義：「畢八星，曰罕車，爲邊兵，主弋獵。……畢動，兵起；月宿則多雨。」此言將雨。

〔九〕「雷闐闐」句，楚辭屈原九歌山鬼：「靁填填兮雨冥冥，猨啾啾兮狖夜鳴。風颯颯兮木蕭蕭。」王逸注：「言己在深山之中遭雷電暴雨，猨狖號呼，風木摇動，以言恐懼失其所也。」闐闐、填填同，象聲詞。

〔一〇〕「皓兮」二句，皓，通「浩」。文選班固答賓戲并序：「應龍潛於潢汙。」李善注引服虔曰：「左氏傳注曰：蓄小水謂之潢，不洩謂之汙。」以上一段，寫失寵美人與青苔。

爾其爲狀也，羃歷緜密〔一〕，浸淫布濩〔二〕。斑駁兮長廊，貪緣兮枯樹〔三〕。肅兮若遠山之松柏，汎兮若平郊之煙霧。春澹蕩兮景物華，承芳卉兮籍落花。歲崢嶸兮日云暮〔四〕，迫寒霜兮犯危露。觸類而長〔五〕，其生也蕃，莫不文階兮鏤瓦，碧地兮青垣。别生分類，西京南越〔六〕，則烏韭兮綠錢〔七〕，金苔兮石髮〔八〕。

【箋注】

〔一〕「羃歷」句，文選左思吴都賦：「羃歷江海之流。」劉淵林注：「羃歷，分布覆被貌。」「羃」、「冪」同。

〔二〕「浸淫」句，文選王襃洞簫賦：「浸淫叔子遠其類。」李善注：「浸淫，猶漸冉相親附之意也。」同上司馬相如上林賦：「布濩閎澤，延曼太原。」郭璞注：「布濩，猶布露也。」又吕向注：「言衆草布徧延蔓於原澤之上。」王勃青苔賦：「若夫弱質綿冪，纖滋布濩。」

〔三〕「夤緣」句，文選左思吴都賦：「夤緣山嶽之岊。」劉淵林注：「夤緣，布藤上貌。」枯，英華、十二家作「古」。

〔四〕「歲峥嶸」句，文選鮑照舞鶴賦：「歲峥嶸而催暮心。」張銑注：「峥嶸，零悴貌。」

〔五〕「觸類」句，文選杜預春秋左氏傳序：「推此五體，以尋經傳，觸類而長之。」吕向注：「逢事如此類者生其義矣。觸，逢也；長，生也。」

〔六〕「西京」句，西京即長安，此代指北方。南越，秦末趙佗在今廣州所建國名，武帝時舉國内屬，詳史記南越列傳。此代指南方。

〔七〕「則烏韭」句，烏韭、緑錢，皆青苔之别稱。本草綱目卷二一草，謂苔衣蒙翠而長數寸者有五，「在石曰烏韭」。又初學記卷二七苔引廣志：「空室無人行則生苔蘚，或青或紫，一名圓蘚，一名緑錢。」

〔八〕「金苔」句，金苔、石髮，亦青苔之别稱。王嘉拾遺記卷九：「晉（錦繡萬花谷後集卷一八引作

「晉惠帝時」）祖梁國（同上引「梁」作「梨」）獻蔓金苔，色如黄金，若螢火之聚，大如雞卵。投於水中，蔓延於波瀾之上，光出照日，皆如火生水上也。乃於宫中穿池廣百步，時觀此苔，以樂宫人。宫人有幸者，以金苔賜之。置漆盤中，照耀滿室，名曰夜明苔。著衣襟則如火光。帝慮外人得之衒惑百姓，詔使除苔塞池。及皇家喪亂，猶有此物，皆入胡中。」又初學記卷二七苔引周處風土記：「石髮，水苔也。青緑色，皆生於石也。」

苔之爲物也賤，苔之爲德也深。夫其爲讓也，每違燥而居濕；其爲謙也，常背陽而即陰〔一〕。重扃秘宇兮不以爲顯，幽山窮水兮不以爲沉。有達人卷舒之意〔二〕，君子行藏之心〔三〕。唯天地之大德〔四〕，匪予情之所任。

【箋　注】

〔一〕「常背陽」句，王勃青苔賦：「宜其背陽就陰，違喧處静。」

〔二〕「有達人」句，論語述而：「君子哉，蘧伯玉！邦有道則仕，邦無道則可卷而懷之。」淮南子原道訓：「舒之幎於六合，卷之不盈於一握。」高誘注：「舒，散也。」

〔三〕「君子」句，論語述而：「子謂顔淵曰：『用之則行，舍之則藏，惟我與爾有是夫！』」

〔四〕「唯天地」句，周易繫辭下：「天地之大德曰生。」韓康伯注：「施生而不爲，故能常生，故曰大德也。」謂青苔乃天地所生，其品質非由我愛惡之情所能評判。

卧讀書架賦〔一〕

儒有傳經在乎致遠〔二〕，力學在乎請益〔三〕。士安號於書淫〔四〕，元凱稱於傳癖〔五〕。高眠孰可，詎貽邊子之嘲〔六〕；甘寢則那，寧恥宰予之責〔七〕。伊國工而嘗巧，度山林以爲格〔八〕。既有奉於詩書，固無違於枕席。

【箋注】

〔一〕本賦疑爲楊炯早年待制弘文館讀書時作，具體年份不可考。

〔二〕「儒有」句，周易繫辭上：「探賾索隱，鉤深致遠。」孔穎達正義：「物在深處能鉤取之，物在遠方能招致之。卜筮能然，故云鉤深致遠也。」

〔三〕「力學」句，禮記曲禮上：「先生問焉，終則對，請業則起，請益則起。」孔穎達正義：「益，謂受説不了，欲師更明説之。」

〔四〕「士安」句，晉書皇甫謐傳：「皇甫謐字士安，幼名静，安定朝那人，漢太尉嵩之曾孫也。……居貧，躬自稼穡，帶經而農，遂博綜典籍百家之言。沈静寡欲，始有高尚之志，以著述爲務，自號玄晏先生。著禮樂、聖真之論。後得風痹疾，猶手不輟卷。……耽翫典籍，忘寢與食，時人謂之『書淫』。」

〔五〕「元凱」句，晉書杜預傳：「杜預字元凱，京兆杜陵人也。」以平吴功進爵當陽縣侯。既立功之後，從容無事，乃耽思經籍，爲春秋左氏經傳集解，又參考衆家譜第，謂之釋例。又作盟會圖、春秋長曆，備成一家之學，比老乃成。「時王濟解相馬，又甚愛之，而和嶠頗聚斂，預常稱『濟有馬癖，嶠有錢癖』。武帝聞之，謂預曰：『卿有何癖？』對曰：『臣有左傳癖。』」

〔六〕「高眠」二句，後漢書邊韶傳：「邊韶字孝先，陳留浚儀人也。以文章知名，教授數百人。韶口辯，曾晝日假卧，弟子私嘲之曰：『邊孝先，腹便便，懶讀書，但欲眠。』韶潛聞之，應時對曰：『邊爲姓，孝爲字，腹便便，五經笥。但欲眠，思經事。寐與周公通夢，静與孔子同意。師而可嘲，出何典記？』嘲者大慚。」

〔七〕「甘寢」二句，論語公冶長：「宰予晝寢。子曰：『朽木不可雕也，糞土之牆不可杇也。』」何晏集解引包(咸)曰：「朽，腐也。雕，雕琢刻畫。」又引王肅注：「杇，鏝也。此二者以喻雖施功猶不成。」

〔八〕「伊國工」二句，國工，猶言國手。山林，英華於「林」下注：「疑。」疑當作「材」。按「山林」亦略可通，姑仍之。格，格式，標準。謂工匠手藝高超，選材極嚴，方作成此書架。

朴斲初成，因夫美名。兩足山立，雙鉤月生〔一〕。從繩運斤，義且得於方正〔二〕；量枘製鑿，術仍取於縱横〔三〕。功因期於學殖〔四〕，業可究於經明〔五〕。不勞於手，無費於目。開卷則氣雜香芸〔六〕，掛編則色連翠竹〔七〕。風清夜淺，每待蘧蘧之覺〔八〕；日永春深，常偶便便之腹〔九〕。股因兹而罷刺〔一〇〕，膺由是而無伏〔一一〕。庶思覃於下幃〔一二〕，豈遽留而更讀〔一三〕。其利何如，其樂只且〔一四〕。巾遂掛於簾幌，履誰曳於階除〔一五〕。每偶草玄之字〔一六〕，不親非聖之書〔一七〕。比角枕而嗟若，匹瑶琴而病諸〔一八〕。

【箋　注】

〔一〕「雙鉤」句，鉤，鉤掛簾帷之具。書架有鉤，故下文言「巾遂掛於簾幌」。鉤形曲如缺月，故聯想及「月生」。公孫乘月賦：「隱員巖而似鈎，蔽修堞而分鏡。」

〔二〕「從繩」二句，從繩運斤，謂依墨綫動斧，將書架製作方正形狀，以象徵爲人方正之義。方正，與姦邪柔媚對。賈誼弔屈原賦：「賢聖逆曳兮，方正倒植。」易无妄：「大亨以正，天之命也。」王弼注：「剛自外來而爲主，於内動而愈健，剛中而應，威剛方正，私欲不行，何可以安。使有妄之道滅，无妄之道成，非大亨利貞而何？」

〔三〕「量枘」二句，楚辭屈原離騷：「不量鑿而正枘兮。」王逸注：「量，度也；正，方也；枘，所以充鑿也。」洪興祖補注：「鑿，穿孔也。枘，刻木端所以入鑿。」兩句謂造書架時削木入孔，横竪相交，有如縱横之術。縱横術，即合縱連横之術，戰國時形成學派。史記主父偃傳：「主父偃者，齊臨菑人也，學長短縱横之術。」

〔四〕「功因」句，學殖，「殖」原作「術」。英華卷一〇六作「植」，校：「疑作殖。」全唐文卷一九〇作「殖」。按下句爲「經明」，此當作「學植」或「學殖」，以與之對應。左傳昭公十八年：「夫學，殖也，不學將落。」杜預注：「殖，生長也。言學之進德如農之殖苗，日新日益。」殖，亦寫作「植」，如晉書王凝之妻謝氏傳：「又嘗譏玄學植不進。」兹統改爲「殖」。

〔五〕「業可」句，經明，謂明經術。漢書夏侯勝傳：「勝每講授，常謂諸生曰：『士病不明經術。經術苟明，其取青紫如俛拾地芥耳。』」

〔六〕「開卷」句，香芸，即芸香，草本植物，花葉可以避蠹驅蟲，故古人用以保護圖書。太平御覽卷九八二芸香引説文曰：「芸香，似苜蓿。」又引雜字解詁曰：「芸，杜榮。」初學記卷一二引魚豢典略：「芸臺香辟紙魚蠹，故藏書臺稱芸臺。」

〔七〕「掛編」句，編，指書册。掛編謂置書於架。翠竹，此代指書籍，因古代以竹簡寫書故也。句謂書上架後，竹篋之色連成一片。

〔八〕「每待」句，莊子齊物論：「昔者莊周夢爲胡蝶，栩栩然胡蝶也。自喻適志與，不知周也。俄然覺，則蘧蘧然周也。」成玄英疏：「蘧蘧，驚動之貌也。」此言夜間醒來。

〔九〕「常偶」句，便便，腹部肥滿貌。此言春日假寐，見前注引後漢書邊韶傳。

〔一〇〕「股因兹」句，戰國策秦一：「（蘇秦）説秦王書十上而説不行。……歸至家，妻不下紝，嫂不爲炊，父母不與言。……乃夜發書，陳篋數十，得太公陰符之謀，伏而誦之，簡練以爲揣摩。讀書欲睡，引錐自刺其股，血流至足。……期年揣摩成。」句謂既可卧讀，不再有讀書欲睡、如蘇秦刺股之苦。

〔一一〕「膂由是」句，膂，心也，此代指腰身。無伏，不再俯伏。謂可輕鬆卧讀，而無俯身折腰之苦。

〔一二〕「庶思」句，覃，深入。謂深思有如董仲舒。漢書董仲舒傳：「董仲舒，廣川人也。少治春秋，孝景時爲博士。下帷講誦，弟子傳以久次相授業，或莫見其面。蓋三年不窺園，其精如此。」

〔一三〕「豈遽」句，北史孫搴傳：「搴學淺行薄，邢邵嘗謂曰：『須更讀書。』搴曰：『我精騎三千，足敵君羸卒數萬。』」

〔一四〕「其樂」句，詩經王風君子陽陽：「其樂只且。」鄭玄箋謂「其且樂此而已」。且，英華校：「疑作中。」誤。

〔一五〕「履誰」句，莊子列禦寇：「無幾何而往，則户外之屨滿矣。」成玄英疏：「適見脱屨户外，跣足升堂，請益者多矣。」此謂不必曳履於階，即可就讀。

〔一六〕「每偶」句，謂以聖經賢傳爲伴。漢書揚雄傳下：「哀帝時丁、傅、董賢用事，諸附離之者或起家至二千石。時雄方草太玄，有以自守，泊如也。」

〔一七〕「不親」句，非聖之書，指諸子書。漢書東平思王傳載王鳳奏，謂「諸子書或反經術，非聖人，或明鬼神，信物怪」。又後漢書周燮傳：「不讀非聖之書，不修賀問之好。」

〔一八〕「比角枕」二句，角枕，用角裝飾之枕。詩經唐風葛生：「角枕粲兮，錦衾爛兮。」謂卧讀書架，較之角枕已可興歎，更不宜與瑶琴相提并論。諸，「之乎」合音字，表感歎。

爾其臨窗有風，閉户多雪。自得陶潛之性〔一〕，仍秉袁安之節〔二〕。既幽獨而多閑，遂憑兹而偏閲。讀易則期於索隱〔三〕，習禮則防於志悦〔四〕。儻叔夜之神交〔五〕，固周公之夢絶〔六〕。其始也一木所爲，其用也萬卷可披〔七〕。墨沼之前，謂江帆之乍至〔八〕；書林之下，若雲翼之新垂〔九〕。動静隨於語默，出處任於輓推〔一〇〕。必欲事於所事，實斯焉而取斯〔一一〕。

【箋注】

〔一〕「自得」句，與上「臨窗有風」爲一事。陶淵明與子儼等疏：「偶愛閒静，開卷有得，便欣然忘食。見樹木交蔭，時鳥變聲，亦復歡然有喜。常言：五六月中，北窗下卧，遇涼風暫至，自謂是羲皇上人。」

〔二〕「仍秉」句，與上「閉户多雪」爲一事。後漢書袁安傳：「袁安字邵公，汝南汝陽人也。……後舉孝廉，除陰平長、任城令，所在吏人畏而愛之。」李賢注引汝南先賢傳曰：「時大雪積地丈餘，洛陽令身出案行，見人家皆除雪出，有乞食者。至袁安門，無有行路。謂安已死。令人除雪入户，見安僵卧。問何以不出，安曰：『大雪人皆餓，不宜干人。』令以爲賢，舉爲孝廉也。」按：「爾其」至此四句，謂無論是何季節，皆在窗下室内卧讀不輟，有如陶、袁。

〔三〕「讀易」句，索，原作「素」，全唐文作「索」。按周易繫辭上：「探賾索隱，鉤深致遠。」孔穎達正義：「索謂求索，隱謂隱藏。卜筮能求索隱藏之處，故云索隱也。」則「素」乃「索」之形訛，據全唐文改。

〔四〕「習禮」句，志悦，志意愉悦。論語泰伯：「立於禮。」何晏集解引包（咸）曰：「禮者所以立身。」又漢書藝文志引易曰：「有夫婦父子君臣上下，禮義有所措。」習禮既爲立身，則當苦心研讀，提防僅爲性情愉悦。

〔五〕「儻叔夜」句，謂神交嵇康而好老、莊。晉書嵇康傳：「嵇康字叔夜，譙國銍人也。……學不師受，博覽無不該通，長好老莊。」「康嘗採藥游山澤，會其得意，忽焉忘反。……山濤將去選官，舉康自代。康乃與濤書告絶，曰：『……老子、莊周，吾之師也。』」後鍾會譖之於文帝，謂其「言論放蕩，非毁典謨，帝王者所不宜容」，遂被害。

〔六〕「固周公」句，論語述而：「子曰：甚矣吾衰也，久矣吾不復夢見周公。」何晏集解引孔（安國）曰：「孔子衰老，不復夢見周公。明盛時夢見周公，欲行其道也。」此與上句，謂若能與嵇康神交已心滿意足，原不敢夢見周公。

〔七〕「其始也」二句，謂書架只用少量木材製成，卻可插放萬卷圖書。

〔八〕「墨沼」二句，沼，原作「浸」，據英華、五十家、四子集、十二家、全唐詩改。墨沼，即硯池。謂當和墨寫作時，如在江上忽遇帆船，可乘而立濟，言順利也。與下文「濟筆海兮爾爲舟航」句同意。

〔九〕「書林」二句，莊子逍遥遊：「鵬之背不知其幾千里也，怒而飛，其翼若垂天之雲。」謂在書林之下，作文有如大鵬展翅，言能高翔遠到也，與下文「騁文囿兮爾爲羽翼」句義同。

〔一〇〕「動静」二句，謂或動或静，當看是否有人進言；或出或處，任憑他人推薦。周易繫辭上：「子曰：君子之道，或出或處，或默或語。」韓康伯注：「君子出處默語，不違其中，則其迹雖異，道同則應。」此反用其義，言士子之動静、出處，皆掌握在有司。

〔一一〕「必欲」二句，説苑卷七政理：「（孔子）復往見（宓）子賤，曰：『自子之仕，何得何亡？』子賤曰：『自吾之仕，未有所亡，而所得者三：始誦之文，今履而行之，是學日益明也，所得者一也。奉禄雖少，鬻鬻得及親戚，是以親戚益親也，所得者二也。公事雖急，夜勤弔死視病，是以朋友益親也，所得者三也。』孔子謂子賤曰：『君子哉若人！君子哉若人！魯無君子者，斯焉取斯。』」此謂上官欲有所事事，則當取於此讀書之人。

因謂之曰：爾有卷兮爾有舒，爲道可以集虚〔一〕；爾有方兮爾有直，爲行可以立德〔二〕。濟筆海兮爾爲舟航〔三〕，騁文囿兮爾爲羽翼。故吾不知夫不可，聊逍遥以宴息〔四〕。

【箋　注】

〔一〕「爾有卷」二句，爾，指在書架讀書者。卷、舒，見前青苔賦「有達人」句注。爲道，莊子人間世：「唯道集虚。虚者，心齋也。」郭象注：「虚其心，則至道集於懷也。」據莊子，疑「爲」當作「唯」。

〔二〕「爾有方」二句，周易坤卦：「六二：直、方、大，不習，無不利。」王弼注：「居中得正，極於地質，任其自然，而物自生。不假修營而功自成，故不習焉而無不利。」孔穎達正義：「俱包三德（指直、方、大），生物不邪，謂之直也；地體安静，是其方也；無物不載，是其大也。既有三德，極地之美，自然而生，不假修營，故云不習無不利。」此言讀書者當如地之直、方、大。立德，左傳襄公二十四年：「太上有立德，其次有立功，其次有立言，雖久不廢，此之謂不朽。」

〔三〕「濟筆海」句，筆海，文章（無韻文爲筆）之海。謂天下文章之多，如大海浩瀚無邊。舟航，淮南子氾論訓：「古者大川名谷，衝絶道路，不通往來也，乃爲窬木方版以爲舟航。」爾，此指書籍。言欲渡過文章之海，書籍便是舟船。下句「騁文囿」義同。

〔四〕「聊逍遥」句，楚辭屈原離騷：「折若木以拂日兮，聊逍遥以相羊。」王逸注：「聊，且也。逍遥、相羊，皆游也。……相羊而游，以待君命也。」

幽蘭賦〔一〕

惟幽蘭之芳草〔二〕，禀天地之純精。抱青紫之奇色〔三〕，挺龍虎之嘉名〔四〕。不起林而獨秀〔五〕，必固本而叢生。爾乃丰茸十步〔六〕，綿連九畹〔七〕。莖受露而將低，香從風而自遠。

【箋注】

〔一〕本賦作年不可考。賦幽蘭者，楊炯之前以顔師古爲早，其後漸多，現存唐宋人同名之作凡九篇，見歷代賦彙及補編。

〔二〕「惟幽蘭」句，説文：「蘭，香草也。」蘭之品種、名目甚多。宋羅願爾雅翼卷二蕑曰：「毛氏曰：『蕑，蘭也。』陸璣曰：『其莖似藥草澤蘭，但廣而長節，節中赤，高四五尺。漢諸池苑及許昌宫中皆種之。可著粉中藏衣，著書中辟白魚。蓋今之蘭草都梁香也。』陸氏所説皆是，惟引以解左傳、楚辭之蘭爲非矣。蘭草大都似澤蘭，其澤蘭葉尖，微有毛，不光潤，方莖紫節，八月花白，人多種於庭池。此蘭生澤畔，葉光潤，其陰小紫，所以一名都梁者，盛弘之荆州記曰：『都梁縣有山，山下有水清淺，其中生蘭草，因名都梁，因山爲號。其物可殺蟲毒，除不祥。』」因蘭草原生於高山深谷水澤荒僻幽遠之地，故稱「幽蘭」。

〔三〕「抱青紫」句，青紫，謂緑葉紫莖。楚辭屈原九歌少司命：「秋蘭兮麋蕪，羅生兮堂下。緑葉兮素枝，芳菲菲兮襲予。」又曰：「秋蘭兮青青，緑葉兮紫莖。」

〔四〕「挺龍虎」句，嘉名，謂爲龍、爲虎，指澤蘭。太平御覽卷九九〇澤蘭引本草經：「澤蘭一名虎蘭，一名龍棗。味微温，無毒，生池澤。」又引吴氏本草曰：「（澤蘭）生下地水旁，葉如蘭。二月生香，赤節，四葉相值支節間，三月三日採。」

〔五〕「不起」句，不起林，即不成林，謂不與山林比高争茂，故言「獨秀」。

〔六〕「爾乃」句，丰茸，文選司馬相如長門賦：「羅丰茸之遊樹兮。」李善注：「丰茸，衆飾貌。」即衆多茂盛也。

〔七〕「綿連」句，文選王褒洞簫賦：「翩緜連以牢落兮。」劉良注「緜連」爲「相連」。楚辭屈原離騷：「余既滋蘭之九畹兮。」王逸注：「十二畝曰畹。」洪興祖補注引説文曰：「田三十畝曰畹。」

按：九，此言多也。

當此之時，叢蘭正滋。美庭幃之孝子，循南陔而采之〔一〕。楚襄王蘭臺之宫〔二〕，零落無叢；漢武帝猗蘭之殿〔三〕，荒涼幾變。聞昔日之芳菲，恨今人之不見。至若桃花水上，佩蘭若而續魂〔四〕；竹箭山陰，坐蘭亭而開宴〔五〕。江南則蘭澤爲洲〔六〕，東海則蘭陵爲縣〔七〕。隰有蘭兮蘭有枝〔八〕，贈遠别兮交新知〔九〕。氣如蘭兮長不改〔一〇〕，心若蘭兮終不移〔一一〕。

【箋注】

〔一〕「美庭幃」二句，庭幃，指家庭。南陔，詩經小雅篇名，其序曰：「孝子相戒以養也，……有其義而亡其辭。」晉束晳補亡詩六首南陔：「循彼南陔，言採其蘭。眷戀庭闈，心不遑安。」陔，田埂。

〔二〕「楚襄王」句，蘭臺，楚臺名。宋玉風賦：「楚襄王游於蘭臺之宮，宋玉、景差侍，有風颯然而至。」清一統志卷二六五安陸府：「蘭臺，在鍾祥縣治東。輿地紀勝（按見卷三三郢州）『楚王與宋玉游蘭臺』，即此。」

〔三〕「漢武帝」句，猗蘭，漢殿名。北堂書鈔卷一誕載「生猗蘭殿」條引漢武内事：「景帝坐崇方閣上，有丹霞起，赤龍盤棟間，使王夫人居之，改爲猗蘭殿。後夫人夢日，生武帝。」

〔四〕「至若」二句，詩經鄭風溱洧：「溱與洧，方涣涣兮。士與女，方秉蕑兮。」毛傳：「蕑，蘭也。」太平御覽卷九八三蘭香：「韓詩曰：溱與洧，説文云詩人言溱與洧方盛流洹洹然，謂三月桃花水下之時，士與女方盛流秉蘭兮。秉，執也；蕑，蘭也。當此盛流之時，衆姓與衆女執蘭而拂除。鄭國之俗，三月上巳之日，此兩水之上招魂續魄，拂除不祥。」

〔五〕「竹箭」二句，竹箭，代指會稽山。爾雅釋地：「東南之美者，有會稽之竹箭焉。」郭璞注：「會稽，山名，今在山陰縣（按：今浙江紹興市）南。竹箭，篠也。」按竹箭，即箭竹。晉戴凱之竹譜：「箭竹，高者不過一丈，節間三尺，堅勁中矢，江南諸山皆有之，會稽所生最精好，故爾雅云『東南之美者，有會稽之竹箭焉』。」山陰，陰，此指方位。山之北曰陰，與上句「水上」對應。王羲之於永和九年（三五三）三月三日同謝安等四十一人於山陰之蘭亭修禊，羲之以作并書蘭亭序著名於世。

〔六〕「江南」句，枚乘七發：「游涉乎雲林，周馳乎蘭澤。」則蘭澤爲假擬之地名。按七發謂「楚太子有疾，而吴客往問之」，故蘭澤在江南。又太平御覽卷九九〇澤蘭引建康記：「建康出澤蘭。」此則爲蘭草名。同上又引本草經：「（澤蘭）生汝南，又生大澤旁。」

〔七〕「東海」句，漢於東海郡置蘭陵縣，唐初改爲承縣，故地在今山東蒼山縣西南蘭陵鎮。見元和郡縣志卷一一沂州承縣。

〔八〕「隰有蘭」句，劉向説苑卷一一善説：「越人擁楫而歌，歌辭曰……鄂君子晳曰：『吾不知越歌，子試爲我楚説之。』於是乃召越譯，乃楚説之曰：『……山有木兮木有枝，心悦君兮君不知。』」此仿其語。

〔九〕「贈遠别」句，楚辭屈原九歌少司命：「悲莫悲兮生别離，樂莫樂兮新相知。」

〔一〇〕「氣如蘭」句，宋玉神女賦：「吐芬芳其若蘭。」又曹植美女篇：「長笑氣若蘭。」

〔一一〕「心若蘭」句，周易繫辭上：「二人同心，其利斷金。同心之言，其臭如蘭。」

及夫東山月出，西軒日晚。授燕女於春闈〔一〕，降陳王於秋坂〔二〕。乃有送客金谷〔三〕，林塘坐曛。鶴琴未罷，龍劍將分〔四〕。蘭釭熠燿〔五〕，蘭麝氛氲〔六〕。舞袖迴雪〔七〕，歌聲遏雲〔八〕。度清夜之未央〔九〕，酌蘭英以奉君〔一〇〕。

【箋注】

〔一〕「授燕女」句，燕女，指燕姞。史記鄭世家：文公二十四年（前六四九），「文公之賤妾曰燕姞，夢天與之蘭……以夢告文公，文公幸之，而予之草蘭爲符。遂生子，名曰蘭」。至文公卒，子蘭立，是爲繆公。

〔二〕「降陳王」句，降，謂洛神宓妃到來；陳王，曹植也。曹植嘗作洛神賦，謂洛神「轉盼流精，光潤玉顏。含辭未吐，氣若幽蘭」。賦曰「余從京師，言歸東藩。背伊闕，越轘轅，經通谷，陵景山」，又稱「夜耿耿而不寐，沾繁霜而至曙」，故云「秋坂」。

〔三〕「乃有」句，言石崇金谷送別事，因有蘭缸、蘭麝、蘭英（詳下），故及之，謂以蘭飾奢華。石崇金谷詩叙（文字據嚴可均輯全晉文）曰：「余以元康六年（二九六），從太僕卿出爲使，持節監青、徐諸軍事征虜將軍。有別廬在河南縣界金谷澗中。去城十里，或高或下，有清泉茂林，衆果竹柏藥草之屬，金田十頃，羊二百口，雞猪鵝鴨之類，莫不畢備。又有水碓魚池土窟，其爲娱目歡心之物備矣。時征西大將軍祭酒王詡當還長安，余與衆賢共送往澗中，晝夜游宴，屢遷其坐。或登高臨下，或列坐水濱。時琴瑟笙筑，合載車中，道路并作。及住，令與鼓吹遞奏，遂各賦詩，以叙中懷，或不能者，罰酒三斗。……凡三十人。」

〔四〕「龍劍」句，龍劍，指龍淵、太阿二劍。詳見前渾天賦「劍何伏兮動星躔」句注引晉書張華傳。雷焕得雙劍後，遣使送一劍與張華，留一自佩，遂使二劍分離，故後人以此喻朋友分别。

〔五〕「蘭釭」句，蘭釭，以蘭膏燃點之燈。楚辭宋玉招魂：「蘭膏明燭，華容備些。」王逸注：「蘭膏，以蘭香煉膏也。」蘭膏即澤蘭所煉之油。王融詠幔詩：「但願致樽酒，蘭釭當夜明。」

〔六〕「蘭麝」句，太平御覽卷九八一麝引許慎説文曰：「麝如小麋，臍有香。從鹿，射聲，黑色麞也。」麝香氣如蘭，故又稱蘭麝。晉書石苞傳附石崇傳：崇婢妾數十人，「皆蘊蘭麝，被羅縠」。

〔七〕「舞袖」句，初學記卷一五引張衡舞賦：「裾似飛燕，袖如迴雪。」

〔八〕「歌聲」句，張華博物志卷八：「薛譚學謳於秦青，未窮青之旨，於一日遂辭歸。秦青乃餞於郊衢，撫節悲歌，聲震林木，響遏行雲。薛譚乃謝，求返，終身不敢言歸。」

〔九〕「度清夜」句，央，英華卷一四七、十二家、全唐詩卷一九〇作「艾」，義同。

〔一〇〕「酌蘭英」句，蘭英，酒名。文選枚乘七發：「蘭英之酒，酌以滌口。」李善注引漢書曰：「百味旨酒布蘭生。」又引晉灼曰：「布列芬芳，若蘭之生。」劉良注：「酒中漬蘭葉，取其香也。」

若夫靈均放逐〔一〕，離群散侶。亂鄢郢之南都〔二〕，下瀟湘之北渚〔三〕。步遲遲而適越，心鬱鬱而懷楚。徒眷戀於君王，斂精神於帝女〔四〕。汀洲兮極目，芳菲兮襲予〔五〕。思公子兮不言〔六〕，結芳蘭兮延佇〔七〕。

【箋注】

〔一〕「若夫」句，靈均，屈原字。楚辭屈原離騷：「皇覽揆余于初度兮，肇錫余以嘉名：名余曰正則兮，字余曰靈均。」王逸注：「靈，神也；均，調也。言正平可法則者，莫過於天；養物均調者，莫神於地。高平曰原。故父伯庸名我爲平以法天，字我爲原以法地。」按「若夫」至「結芳蘭兮延佇」，皆述屈原放逐事。史記屈原列傳：「屈原者，名平，楚之同姓也。爲楚懷王左徒。博聞强志，明於治亂，嫺於辭令。入則與王圖議國事，以出號令；出則接遇賓客，應對諸侯，王甚任之。」因政治主張與權幸不同，遂遭讒而一再放逐，作離騷等以明志，其中多以蘭喻忠貞。

〔二〕「亂鄢郢」句，楚辭王逸九思遭厄：「見鄢郢兮舊宇。」王逸注：「鄢、郢，楚都也。」文選司馬相如上林賦：「鄢郢繽紛，激楚結風。」李善注引李奇曰：「鄢，今宜城縣也；郢，楚都也。」宜城縣，今屬湖北襄樊市。楚之郢都，在今湖北江陵東，楚平王都此。此所謂「南都」，蓋以張衡南都賦而誤。文選張衡南都賦李善注引摯虞曰：「南陽郡治宛，在京之南，故曰南都。」又引漢書地理志注曰：「南陽屬荆州。」又曰：「荆州，楚故都。」李周翰注：「南都在南陽，光武舊里，以置都焉。桓帝時議欲廢之，故（張）衡作是賦，盛稱此都是光武所起處，又有上代宗廟，以諷之。」此説是，鄢、郢與「南都」即南陽無關。

〔三〕「下瀟湘」句，瀟湘，即瀟水、湘江，泛指今湖南地區。楚辭屈原九歌王逸解題曰：「九歌者，屈原之所作也。昔楚國南郢之邑，沅湘之間，其俗信鬼而好祀，其祠必作歌樂鼓舞以樂諸神。屈原放逐，竄伏其域，懷憂苦毒，愁思怫鬱。出見俗人祭祀之禮，歌舞之樂，其詞鄙陋，因爲作九歌之曲，上陳事神之敬，下以見己之冤結，托之以風諫。」則九歌即作於瀟湘一帶。其湘君曰：「鼂騁騖兮江皋，夕弭節兮北渚。」

〔四〕「斂精神」句，帝女，指湘夫人。楚辭屈原九歌湘夫人：「帝子降兮北渚。」王逸注：「帝子，謂堯女也。降，下也。言堯二女娥皇、女英隨舜不反，墮於湘水之渚，因爲湘夫人。」

〔五〕「汀洲」二句，楚辭屈原九歌湘夫人：「搴汀洲兮杜若，將以遺兮遠者。」王逸注：「汀，平也。」同上少司命：「秋蘭兮麋蕪，羅生兮堂下。緑葉兮素枝，芳菲菲兮襲予。」王逸注：「襲，及也；予，我也。言芳草茂盛，吐葉垂華，芳香菲菲，上及我也。」

〔六〕「思公子」句，楚辭屈原九歌湘夫人：「沅有芷兮澧有蘭，思公子兮未敢言。」王逸注：「言沅水之中有盛茂之芷，澧水之外有芬芳之蘭，異於衆草，以興湘夫人美好亦異於衆人也。」又曰：「言己想若舜之遇二女，二女雖死，猶思其神，所以不敢達言者，士當須介，女當須媒也。」

〔七〕「結芳蘭」句，楚辭屈原離騷：「時曖曖其將罷兮，結幽蘭而延佇。」王逸注：「言時世昏昧，無有明君，周行罷極，不遇賢士，故結芳草長立，有還意也。」洪興祖補注引劉次莊云：「蘭喻君子，言其處於深林幽澗之中，而芬芳郁烈之不可掩。」

借如君章有德，通神感靈〔一〕。懸車舊館〔二〕，請老山庭〔三〕。白露下而警鶴〔四〕，秋風高而亂螢〔五〕。循階除而下望〔六〕，見秋蘭之青青。

【箋注】

〔一〕「借如」二句，謂所遇之君有德，而又得其重用。通神感靈，言與君心心相印。

〔二〕「懸車」句，白虎通義卷上致仕：「臣七十懸車致仕者，臣以執事趨走爲職，七十陽道極，耳目不聰明，跂踦之屬，是以退去，避賢者所以長廉恥也。懸車，示不用也。致仕者，致其事於君。」舊館，指昔日供職之所。

〔三〕「請老」句，山庭，謂舊居。太平御覽卷四一引金陵地記：「周顒，字彦倫，隱居蔣山。出爲臨海令，罷還都，欲遊舊居。孔稚珪作北山移文以譏之，曰：『鍾山之英，草堂之靈。馳煙驛路，勒移山庭。』」請，英華校：「一作親。」誤。

〔四〕「白露」句，藝文類聚卷三秋引風土記曰：「鳴鶴戒露，白鶴也。此鳥性儆，至八月白露降，即高鳴相儆。」

〔五〕「秋風」句，梁簡文帝秋閨夜思詩：「初霜隕細葉，秋風吹亂螢。」

〔六〕「循階除」句，文選王粲登樓賦：「循階除而下降兮，氣交憤於胸臆。」李善注引司馬彪上林賦注曰：「除，樓階也。」吕延濟注：「循，履也；階除，樓飛道也；降，下也。」循，英華校：「一作登。」誤。

重曰〔一〕：若有人兮山之阿，紉秋蘭兮歲月多〔二〕。思握之兮猶未得〔三〕，空佩之兮欲如何？乃抽琴操〔四〕，爲幽蘭之歌。歌曰：幽蘭生矣，于彼朝陽〔五〕。含雨露之津潤，吸日月之休光〔六〕。美人愁思兮，採芙蓉於南浦〔七〕；公子忘憂兮，樹萱草於北堂〔八〕。雖處幽林與窮谷，不以無人而不芳〔九〕。

【箋注】

〔一〕「重曰」，楚辭屈原遠遊「重曰」，王逸注：「憤懣未盡，復陳辭也。」此襲其式。

〔二〕「若有」二句，楚辭屈原九歌山鬼：「若有人兮山之阿，被薜荔兮帶女羅。」王逸注：「若有人，謂山鬼也。阿，曲隅也。」又屈原離騷：「紉秋蘭以爲佩。」

〔三〕「思握」句，太平御覽卷九八三蘭香引蔡質漢官儀曰：「尚書郎懷香握蘭，趨走丹墀。」

〔四〕「乃抽」句，琴操，太平御覽卷五七八琴引琴操曰：「古琴曲有歌詩五曲，……又有一十二操：一曰將歸操，孔子所作……；二曰猗蘭操，孔子所作，傷不逢時。」同書卷九八三蘭香引琴操曰：「猗蘭操者，孔子所作也。孔子聘諸侯，莫能任，自衛反魯，過隱谷之中，見薌蘭獨茂，喟然歎曰：『夫蘭當爲王者香，今乃獨茂，與衆草爲伍！』乃止車援琴鼓之，自傷不逢時，托辭於香蘭云。」

〔五〕「于彼」句，詩經小雅卷阿：「鳳凰鳴矣，于彼高岡。梧桐生矣，于彼朝陽。」注：「山之東曰朝陽。」

〔六〕「吸日月」句，文選嵇康琴賦：「含天地之醇和兮，吸日月之休光。」李善注：「謂包含天地醇和之氣，引日月光明也。」

〔七〕「美人」二句，楚辭屈原九章思美人：「因芙蓉而爲媒兮，憚蹇裳而濡足。」王逸注：「意欲下求，從風俗也，又恐衣裳被垢濁也。」同上屈原離騷：「集芙蓉以爲裳。」王逸注：「芙蓉，蓮華也。」又同上屈原九歌河伯：「送美人兮南浦。」

〔八〕「樹萱草」句，詩經衛風伯兮：「焉得諼草，言樹之背。」毛傳：「諼草令人忘憂。背，北堂也。」鄭玄箋：「憂以生疾，恐將危身，欲忘之。」北堂，儀禮士昏禮「婦洗在北堂」，賈公彦釋曰：「房與室相連，謂之房，無北壁，故得北堂之名。」

〔九〕「雖處」二句，孔子家語卷五在厄：「子曰：……君子博學深謀而不遇時者衆矣，何獨丘哉！且芝蘭生於深林，不以無人而不芳；君子修道立德，不爲窮困而敗節。」

趙元叔聞而歎曰〔一〕：昔聞蘭葉據龍圖〔二〕，復道蘭林引鳳雛〔三〕。鴻歸燕去紫莖歇，露往霜來緑葉枯〔四〕。悲秋風之一敗〔五〕，與蒿草而爲芻〔六〕。

【箋注】

〔一〕「趙元叔」句，後漢書趙壹傳：「趙壹字元叔，漢陽西縣人也。……屢抵罪，幾至死，友人救得免。」叔，原作「淑」，據五十家及後漢書本傳改。

〔二〕「昔聞」句，龍圖，魚龍所負圖，即河圖。宋羅泌路史卷四三沈璧引河圖挺佐輔曰：「黄帝持齋七日七夜，天老偕從以游，河洛之書至翠嬀之泉，大鱸泝流而至，問五聖莫見，獨與天老迎之。蘭葉朱文，五色畢見，沈白圖以授帝。」又云：「黄帝游於河洛之間，至澤鴻之泉，鱸魚負圖以授帝，蘭葉朱文，名曰録圖。」按：此乃漢代讖緯之説，因有「蘭葉」，故作者用之。

〔三〕「復道」句，潘岳秋菊賦：「垂彩煒於芙蓉，流芳越乎蘭林。游女望榮而巧笑，鵷鶵遥集而弄音。」莊子秋水：「南方有鳥，其名鵷鶵。」成玄英疏：「鵷鶵，鸞鳳之屬，亦言鳳子也。」

〔四〕「鴻歸」二句，鴻歸燕去，言秋季到。紫莖歇，謂蘭草枯萎。楚辭屈原九歌少司命：「秋蘭兮青青，緑葉兮紫莖。」露往霜來，詩經秦風蒹葭：「蒹葭蒼蒼，白露爲霜。」毛傳：「白露凝戾爲霜。」鄭玄箋：「白露凝戾爲霜，則成而黄。」

〔五〕「悲秋風」句，太平御覽卷九八三蘭香引文子曰：「日月欲明，浮雲蓋之；蘩蘭修發，秋風敗之。」

〔六〕「與蒿草」句，楚辭屈原離騷：「蘭芷變而不芳兮，荃蕙化而爲茅。」又後漢書趙壹傳：「作刺世疾邪賦，以舒其怨憤。曰：『……勢家多所宜，咳唾自成珠。被褐懷金玉，蘭蕙化爲芻。』」蒿、芻，皆草也。所謂「趙元叔聞而歎」，實即據此賦句敷演發揮而來。

老人星賦〔一〕

赫赫宗周〔二〕，皇天降休〔三〕。麗哉神聖〔四〕，皇天降命。開綱布網，發號施令。河出圖兮五雲集〔五〕，天垂象兮三光映〔六〕。

【箋注】

〔一〕是賦首句曰「赫赫宗周，皇天降休」；末句稱「臣炯作頌，皇家萬年」，顯然非一般體物之作，而政治氣味十分濃烈。按文苑英華卷五六一載武三思賀老人星見表：「臣守節等文武官九品以上四千八百四十一人上言：臣聞惟德動天，必有非常之應；惟神感貺，允屬會昌之期。天鑒孔明，降休徵者所以宣天意；神聰無昧，效嘉祉者所以贊神功。……伏惟天册金輪聖神皇帝陛下潤色丕業，光赫寶祚。執大象而御風雲，鼓洪鑪而運寒燠。浹洽四海，輝華六幽。希代符來，超今邁昔。浪委波屬，故合沓而無窮；日臻月見，尚殷勤而未已。伏見太史奏稱八月十九日夜有老人星見，臣等謹按黄帝占云：老人星，一名壽星，色黄明，見則人主壽昌。又按孫氏瑞應圖云：王者承天，則老人星臨其國。又春秋分候懸象文曜鏡云：王者安静，則老人星見。當以秋分候之，懸象著符於上，人事發明於下。壽昌者知億載之有歸，安静者示萬邦之必附。澄霞助月，非唯石氏之占；散翼垂芒，何獨斗樞之説。臣等謬參纓笏，叨目禎祥，慶抃之誠，實倍殊品。無任踴躍之至。」按舊唐書則天皇后紀：「證聖元年（六九五）……秋九月，親祀南郊，加尊號天册金輪聖神皇帝，大赦天下，改元爲天册萬歲。」表稱老人星見在八月十九日夜，而親祀南郊、加天册金輪聖神皇帝在九月，蓋先有老人星見，至祀南郊、加尊號時方上表爲賀也。賦當亦作於是時，疑奉武三思之命而作，蓋欲借楊炯之名以頌聖也。宋錢易南部新書卷己曰：「楊盈川……尤最深於宣夜之學，故作老人星賦尤佳。」

〔二〕「赫赫」句，詩經小雅正月：「赫赫宗周，褒姒威之。」毛傳：「宗周，鎬京也。」按：此當指武則天革唐命爲周。舊唐書則天皇后紀：載初元年（六八九）九月九日壬午，「革唐命，改國號爲周，改元爲天授」。

〔三〕「皇天」句，尚書大禹謨：「皇天眷命，奄有四海，爲天下君。」休，休徵，大吉之驗。詩經王風黍離：「悠悠蒼天，此何人哉！」毛傳：「以體言之，尊而君之則稱皇天，元氣廣大則稱昊天，仁覆閔下則稱旻天，自上降鑒則稱上天。據遠視之蒼蒼然，則稱蒼天。」

〔四〕「麗哉」句，文選揚雄羽獵賦：「遂作頌曰：麗哉神聖，處於玄宫。……」吕向注：「麗哉，壯其事也；神聖，謂成帝也。」神聖，此指武則天。舊唐書則天皇后紀：天授元年（六九〇）九月乙酉，「加尊號曰聖神皇帝」。

〔五〕「河出圖」句，出，原作「山」。英華卷八、宋謝維新撰古今合璧事類備要後集卷一引、四子集作「出」，是，據改。藝文類聚卷八洛水引易曰：「河出圖，洛出書，聖人則之。」參幽蘭賦「昔聞蘭葉據龍圖」句注。按舊唐書則天皇后紀：「（垂拱四年）夏四月，魏王武承嗣僞造瑞石，文云：『聖母臨人，永昌帝業。』令雍州人唐同泰表稱獲之洛水，皇太后大悅，號其石爲『寶圖』，擢授同泰遊擊將軍。五月，皇太后加尊號曰聖母神皇。秋七月，大赦天下，改『寶圖』曰『天授聖圖』，封洛水神爲顯聖，加位特進，并立廟。就水側置永昌縣，天下大酺五日。」五雲集，周禮春官保章氏：「以五雲之物辨吉凶，水旱降豐荒之祲象。」鄭玄注：「物，色也。視日旁雲氣之色。降，下也，知水旱所下之國。鄭司農云：以二至二分（引者按：指夏至、冬至，春分、秋分）觀雲色，青爲蟲，白爲喪，赤爲兵荒，黑爲水，黄爲豐。故春秋傳（引者按：見左傳僖公五年）曰：『凡分至啓閉，必書雲物爲備故也。』」此專指兆豐年之黄雲。

〔六〕「天垂象」句，周易繫辭上：「天生神物，聖人則之；天地變化，聖人效之；天垂象，見吉凶，聖人象之；河出圖，洛出書，聖人則之。易有四象，所以示也。」天垂象，唐李鼎祚周易集解卷一四引宋衷曰：「天垂陰陽之象，以見吉凶。謂日月薄蝕，五星亂行，聖人象之，亦著九六爻位得失示人，所以有吉凶之占也。」史記天官書：「衡，太微，三光之廷。」索隱引宋均曰：「三光，日、月、五星也。」

南極之庭，老人之星〔一〕。煜煜爚爚，煌煌熒熒〔二〕。秋分之旦見乎丙，春分之夕入乎丁〔三〕。配神山之呼萬歲〔四〕，符火德之兆千齡〔五〕。晃如金粟〔六〕，燦若銀燭。比秋草之一螢〔七〕，狀荊山之片玉〔八〕。渾渾熊熊〔九〕，懸紫貝於河宮〔一〇〕；曄曄暐暐〔一一〕，曜明珠於漢水〔一二〕。其光也如丹，其大也如李〔一三〕。稽元命之攸述，按星經之所紀，見則化平主昌，明則天下多士〔一四〕。

【箋注】

〔一〕「南極」二句，老人星，即南極星。史記天官書：「狼比地有大星，曰南極老人。老人見，治安；不見，兵起。」又唐開元占經卷六八老人星占：「石氏（星經）曰：『老人星在弧南（原注：入井十九度，去極百三十三度半，在黃道外七十五度太）。』」

〔二〕「煜煜」二句，形容老人星光輝明亮。玉篇：「煜，火焰也，又盛貌。」文選班固西都賦：「震震爚爚，雷奔電激。」李善注：「震震爚爚，光明貌也。……爚，電光也。」同書宋玉高唐賦：「煌煌熒熒，奪人目精。」李善注：「煌煌熒熒，草木花光也。」此指星光，亦言明亮。

〔三〕「秋分」二句，史記天官書：「常以秋分時候之（老人星）於南郊。」正義：「老人一星，在弧南，一曰南極，爲人主占壽命延長之應。常以秋分之曙見於丙，春分之夕見於丁。見，國長命，故謂之壽昌，天下安寧；不見，人主憂也。」唐開元占經卷六八老人星占：「郗萌曰：老人，南極星也，立秋二十五日晨見丙午之間（原注：以秋分見南方，春分而沒，出於丙，入於丁）。」

〔四〕「配神山」句，漢書武帝紀：元封元年（前一一〇）行幸中嶽，「親登崇嵩，御史乘屬在廟旁吏卒咸聞呼『萬歲』者三」。注引荀悦曰：「萬歲，山神稱之也。」

〔五〕「符火德」句，火，原作「水」，各本同，當誤。史記封禪書：「秦始皇既并天下而帝，或曰：『……周得火德，有赤烏之符。今秦變周，水德之時。昔秦文公出獵，獲黑龍，此其水德之瑞。』於是秦更命河曰『德水』。」則周爲火德，水德則爲秦矣，作者頌聖，斷不會以秦爲喻，徑改。

〔六〕「晃如」句，謂其光燦爛如黄金、糧食。公孫鞅商子卷一去强：「國好生金於境内，則金、粟兩死，倉府兩虚；國好生粟於境内，則金、粟兩生，倉府兩實。」唐開元占經卷六八老人星占引占曰：「老人星，色欲黄潤，王者老人吉；其色青，主有憂，老人疾；色若黑白，主有老人多死，各以五色占吉凶。」

〔七〕「比秋草」句，禮記月令季夏之月：「腐草爲螢。」梁簡文帝詠螢詩：「本將秋草并，今與夕風輕。」

〔八〕「狀荆山」句，荆山片玉，指和氏璧。劉向新序卷五：「荆人卞和得玉璞而獻之荆厲王，使玉尹相之，曰：『石也。』王以和爲謾，而斷其左足。厲王薨，武王即位，和復奉玉璞而獻之武王，武王使玉尹相之，曰：『石也。』又以爲謾，而斷其右足。武王薨，共王即位，和乃奉玉璞而哭於荆山中，三日三夜，泣盡而繼之以血。共王聞之，使人問之，曰：『天下刑之者衆矣，子刑何哭之悲也？』對曰：『寶玉而名之曰石，貞士而戮之以謾，此臣之所以悲也。』共王曰：『惜矣，吾先王之聽！難剖石而易斬人之足？……』乃使人理其璞，而得寶焉，故名之曰和氏之璧。」

〔九〕「渾渾」句，渾渾、熊熊，此形容光盛。文選枚乘七發：「誠奮厥武，如振如怒，沌沌渾渾，狀如奔馬。」李善注：「沌沌渾渾，波相隨之貌也。」此指光波。山海經西山經：「南望崑崙，其光熊熊，其氣魂魂。」郭璞注：「皆光氣炎盛相焜燿之貌。」

〔一〇〕「懸紫貝」句，楚辭屈原九歌河伯：「魚鱗屋兮龍堂，紫貝闕兮朱宮。」藝文類聚卷八四寶玉部引毛詩義疏曰：「紫貝，其白質如玉，紫點爲文，皆行列相當，大者有徑一尺六寸，今九真、交阯以爲杯盤寶物也。」

〔一一〕「曄曄」句，曄曄、暐暐，亦形容光盛。文選班固西都賦：「芳草被隄，蘭茝發色。曄曄猗猗，若摛錦布繡。」李善注引説文曰：「曄，草木白華貌。」此指光白。曹植車渠椀賦：「豐玄素之暐曄，帶朱榮之葳蕤。」又文選左思吴都賦：「飾赤烏（按：宫殿名）之暐曄。」吕向注：「暐曄，光盛貌。」

〔一二〕「曜明珠」句，文選張衡南都賦：「游女弄珠於漢皋之曲。」李善注引韓詩外傳：「鄭交甫將南適楚，遵彼漢皋臺下，乃遇二女，佩兩珠，大如荆雞之卵。」

〔一三〕「其大也」句，如李，陸璣毛詩草木鳥獸蟲魚疏卷上：「常棣，許慎曰：白棣樹也，如李而小如櫻桃。」又：「鬱，其樹高五六尺，其實大如李，色赤，食之甘。」此謂老人星大小如李子。

〔一四〕「稽元命」四句，元命，指春秋元命苞，漢代緯書；星經，當指石氏星經，漢代星象家石申著（詳參王應麟漢書藝文志考證卷九)。按唐開元占經卷六八老人星占引春秋元命苞曰:「直弧比地(原注:晉灼注天官書曰:比地,近地也),有一大星,曰南極老人。見則主安,不見則兵革起。常以秋分候之南郊,以慶主令天下。」同上引石氏(星經)曰:「老人星明,主壽昌,天下多賢士。」

經始靈臺,嵯峨崔巍〔一〕。星則唐都講藝,氣則王朔呈材〔二〕。晝觀雲物,夜察昭回〔三〕。睹南郊之炳燿〔四〕,欣北極之康哉〔五〕。三公輔弼〔六〕,庶官文武。獻仙壽兮祝堯,奏昌言兮拜禹〔七〕。瞻太霄而踴躍,伏前庭而俯僂。萬人於是和歌〔八〕,百獸於焉率舞〔九〕。

【箋注】

〔一〕「經始」二句,經始,謂創建。靈臺,觀察天文、伺候雲物之臺,屬秘書省太史局,參前渾天賦序注。嵯峨崔巍,形容靈臺高大宏偉。

〔二〕「星則」二句,唐都、王朔,皆西漢天文學家。史記天官書:「夫自漢之爲天數者,星則唐都,氣則王朔,占歲則魏鮮。」又太史公自序:「太史公學天官於唐都。」此喻指當時供職司天監之官員,謂其天文技能堪比唐、王。

〔三〕「晝觀」二句,觀雲物,謂依據雲之氣色以識災變,詳見渾天賦「分至啓閉」句引杜預注。昭回,詩經大雅雲漢：「倬彼雲漢，昭回于天。」毛傳：「回，轉也。」鄭箋：「雲漢，謂天河也。昭，光也。倬然天河，水氣也。精光轉運于天，時旱渴雨，故宣王夜仰視天河，望其候焉。」

〔四〕「睹南郊」句，後漢書禮儀志中：「仲秋之月，……祀老人星於國都南郊老人廟。」按舊唐書禮儀志四：「開元二十四年（七三六）七月乙巳，初置壽星壇，祭老人星及角、亢等七宿。」則武氏朝并無祭老人星之禮，故此云「睹」，自不必在七月。

〔五〕「欣北極」句，史記天官書：「中宫天極星，其一明者，太一常居也。」索隱案：「爾雅『北極謂之北辰』。」唐開元占經卷六八老人星占引黄帝占曰：「老人星一名壽星，色黄明大而見，則主壽昌，老者康，天下安寧。其星微小，若不見，主不康，老者不强，有兵起。」按：北極星代指皇帝。此謂欣祝武則天壽且康也。

〔六〕「三公」句，泛指朝廷高官。唐六典卷一：「三公，論道之官也，蓋以佐天子，理陰陽，平邦國，無所不統，故不以一職名其官。然周漢已來，代存其任，自隋文帝罷三公府僚，皇朝因之，其或親王拜者，亦但存其名位耳。」唐以太尉、司徒、司空爲三公。

〔七〕「獻仙壽」二句，祝堯、拜禹，向皇帝祝壽之套語，唐詩賦中多有之。如王起元日觀上公獻壽賦：「致君壽日，比華封而祝堯；獻酒福廷，與鈞天而合律。」可參讀。

〔八〕「萬人」句，司馬相如上林賦：「奏陶唐氏之舞，聽葛天氏之歌。千人唱，萬人和。」

〔九〕「百獸」句，尚書舜典：「夔曰：於！予擊石拊石，百獸率舞。」僞孔傳：「樂感百獸，使相率而舞，則神人和可知。」以上自「三公」句至此，寫祝壽場面。

穆穆神皇〔一〕，受天之祥。邈矣台州之北〔二〕，窅然汾水之陽〔三〕。貞明也者，日月同光；貞觀也者，天地爲常〔四〕。有混成之獨立〔五〕，運元氣之茫茫〔六〕。若夫大虹流渚，金天當宁〔七〕；大電繞樞，軒轅受圖〔八〕。殷馗則黄星見楚〔九〕，雷焕則紫氣臨吴〔一〇〕。青方半月〔一一〕，東井連珠〔一二〕。辰極之齊七政〔一三〕，泰階之平六符〔一四〕。雖前皇之盛德〔一五〕，又何以加於此乎！至若甘露溢，醴泉出，蓂莢生，嘉禾實〔一六〕。鳳凰丹彩，騶虞白質〔一七〕。南海無波，東風入律〔一八〕。比夫皇穹之錫壽，何足以談其萬一。聖上猶復招列仙〔一九〕，擇群賢，日慎一日〔二〇〕，玄之又玄〔二一〕。兵戈不起，至德承天。臣炯作頌，皇家萬年。

【箋　注】

〔一〕「穆穆」句，揚雄甘泉賦：「聖皇穆穆。」文選張衡東京賦：「穆穆焉，皇皇焉。」薛綜注引禮記：「天子穆穆，諸侯皇皇。……鄭玄曰：威儀容止之貌。」神皇，指武則天。武氏革唐後加尊號曰「聖神皇帝」，見本賦首句注。

〔二〕「邈矣」句，列子卷二黄帝：「黄帝……憂天下之不治，竭聰明，進智力，營百姓，焦然肌色皯黣，昏然五情爽惑。黄帝……退而閒居大庭之館，齋心服形，三月不親政事，晝寢而夢，遊於華胥氏之國。華胥氏之國在弇州之西，台州之北，不知斯（按：張湛注：斯，離也）齊國幾千萬里，蓋非舟車足力之所及，神遊而已。其國無師長，自然而已；其民無嗜慾，自然而已。不知樂生，不知惡死，故無殀殤。不知親己，不知疏物，故無愛憎。不知背逆，不知向順，故無利害。……黄帝既寤，悟然自得，召天老、力牧、太山稽告之曰：『朕閒居三月，齋心服形，思有以養身治物之道，弗獲其術。疲而睡，所夢若此，今知至道不可以情求矣。朕知之矣，朕得之矣，而不能以告若矣。』又二十有八年，天下大治，幾若華胥氏之國。」此以喻武則天虚心治國，有如黄帝。

〔三〕「窅然」句，莊子逍遥遊：「堯治天下之民，平海内之政，往見四子藐姑射之山，汾水之陽，窅然喪其天下焉。」成玄英疏：「汾水出自太原，西入於河。水北曰陽，則今之晉州平陽縣，在汾水北，昔堯都也。窅然者寂寥，是深遠之名。」此與上句義同。

〔四〕「貞明」四句，周易繫辭下：「吉凶者，貞勝者也；天地之道，貞觀者也；日月之道，貞明者也。天下之動，貞夫一者也。」韓康伯注：「貞者正也，一也。……老子曰：『王侯得一，以爲天下貞。』萬變雖殊，可以執一御也。」又曰：「明夫天地萬物，莫不保其貞以全其用也。」孔穎達正義：「『天地之道，貞觀者也』，謂天覆地載之道，以貞正得一，故其功可爲物之所觀也。『日月之道，貞明者也』，言日月照臨之道，以貞正得一而爲明也。若天覆地載不以貞正而有二心，則天不能普覆，地不能兼載，則不可以觀。由貞乃得觀見也。日月照臨，若不以貞正有二之心，則照不普及，不爲明也，故以貞而爲明也。」

〔五〕「有混成」句，老子：「有物混成，先天地生。寂兮寥兮，獨立而不改，周行而不殆，可以爲天下母。吾不知其名，字之曰道。」河上公注：「謂道無形，混沌而成萬物，乃在天地之前。」又曰：「寂者無音聲，寥者空無形，獨立者無匹雙，不改者化有常，道通行天地，無所不入。」「我不見道形容，不知當何以名之，見萬物皆從道所生，故字之曰道也。」此句言武則天得道。

〔六〕「運元氣」句，老子：「道生一，一生二，二生三，三生萬物。萬物負陰而抱陽，沖氣以爲和。」河上公注：「道始所生者一，一生陰與陽也。陰陽生和、清、濁三氣，分爲天、地、人也，天地共生萬物也。天施地化，人長養之也。萬物無不負陰而向陽，回心而就日。萬物中皆有元氣，得以和柔，若胸中有藏，骨中有髓，草木中有空虛與氣通，故得久生也。」此句言武則天既得道，故能以道化育萬物。

〔七〕「若夫」二句，太平御覽卷七九少昊金天氏引帝王世紀：「少昊帝名摯，字青陽，姬姓也。母曰女節。黃帝時有大星如虹，下流華渚，女節夢接意感，生少昊，是爲玄囂。降居江水，有聖德，邑於窮桑，以登帝位，都曲阜，故或謂之窮桑帝。以金承土，帝圖讖所謂白帝朱宣者也，故稱少昊，號金天氏。在位百年而崩。」當宁，天子接受朝拜。宁，音佇。禮記曲禮下：「天子當宁而立。」鄭玄注：「門屏之間曰宁。」

〔八〕「大電」二句，太平御覽卷七九黄帝軒轅氏引帝王世紀：「黄帝有熊氏，少典之子，姬姓也。母曰附寶。……見大電光繞北斗樞星，照郊野，感附寶，孕二十五月，生黄帝於壽丘。……受國於有熊，居軒轅之丘，故因以爲名。」

〔九〕「殷馗」句，三國志魏書武帝紀：「初，桓帝時有黄星見於楚、宋之分，遼東殷馗善天文，言後五十歲當有真人起於梁、沛之間，其鋒不可當。至是凡五十年，而公（曹操）破（袁）紹，天下莫敵矣。」

〔一〇〕「雷焕」句，用晉書張華傳雷焕掘地得雙劍事，詳前渾天賦注。

〔一一〕「青方」句，指瑞星見。晉書天文志中七曜：「瑞星，一曰景星，如半月，生於晦朔，助月爲明。或曰星大而中空，或曰有三星，在赤方氣，與青方氣相連，黄星在赤方氣中。亦名德星。」

〔一二〕「東井」句，東井，史記天官書：「東井……其西曲星曰鉞。鉞北，北河；南，南河；兩河、天闕間爲關梁。」正義曰：「南河三星，北河三星，分夾東井南北。」同上書又曰：「牽牛爲犧牲。」正義：「牽牛爲犧牲，亦爲關梁。」漢書律曆志上：「宦者淳于陵渠復覆太初曆晦朔弦望，皆最密，日月如合璧，五星如連珠。」注引孟康曰：「謂太初上元甲子夜半朔旦冬至時，七曜皆會聚斗、牽牛分度，夜盡如合璧連珠也。」牽牛爲關梁，故云「東井連珠」。

〔一三〕「辰極」句，辰極，即北極星。史記天官書：「中宫天極星，其一明者，太一常居也。」索隱案：「爾雅，北極謂之北辰。」同上天官書：「北斗七星，所謂『旋、璣、玉衡，以齊七政』。」索隱案尚書大傳云：「七政，謂春、秋、冬、夏、天文、地理、人道。所以爲政也，人道政而萬事順成。」又同上五帝本紀：「帝堯老，命舜攝行天子之政，以觀天命。舜乃在璿璣玉衡，以齊七政。」集解引鄭玄曰：「璿璣，玉衡，渾天儀也。七政，日、月、五星也。」所言不同。正義：「説文云：璿，赤玉也。按舜雖受堯命，猶不自安，更以璿璣玉衡以正天文。璣爲運轉，衡爲横簫。運璣使動於下，以衡望之，是王者正天文器也。觀其齊與不齊。今七政齊，則己受禪爲是。」旋璣、璿璣同。

〔一四〕「泰階」句，史記天官書：「魁下六星，兩兩相比者，名曰三能。」索隱引孟康曰：「泰階，三台也。台星凡六星。六符，六星之符驗也。」應劭引黄帝泰階六符經曰：「泰階者，天子之三階，……三階平，則陰陽和，風雨時。」詳前渾天賦注。

〔一五〕「雖前皇」句，周易繫辭上：「日新之謂盛德。」孔穎達疏：「德日日增新，是德之盛極，故謂之盛德也。」

〔一六〕「至若」四句，禮記禮運：「聖王用民必順，「故無水旱昆蟲之災，民無凶饑妖孽之疾。故天不愛其道，地不愛其寶，人不愛其情。故天降膏露，地出醴泉，山出器車，河出馬圖。鳳皇麒麟，皆在郊棷，龜龍在宫沼，其餘鳥獸之卵胎，皆可俯而闚也」。白虎通義卷下德論下封禪：「德至天，則斗極明，日月光，甘露降。德至地，則嘉禾生，蓂莢起，秬鬯出，平路感。德至文表，則景星見，五緯順軌。德至草木，朱草生，木連理。德至鳥獸，則鳳凰翔，鸞鳥舞，騏驎臻，白虎到，狐九尾，白雉降，白鹿見，白烏下。德至山陵，則景雲出，芝實茂，陵出異丹，阜出蓮莆，山出器車，澤出神鼎。德至淵泉，則黄龍見，醴泉通，河出龍圖，洛出龜書，江出大貝，海出明珠。德至八方，則祥風至，佳氣時喜，鍾律調，音度施，四夷化，越裳貢。……日曆得其分度，則蓂莢生於階間。蓂莢，樹名也。月一日生一莢，十五日畢，至十六日去莢。故莢階生，似日月也。……景星者，大星也。月或不見，景星常見，可以夜作，有益於人民也。甘露者，美露也。降則物無不盛者也。……醴泉者，美泉也。狀若醴酒，可以養老。嘉禾者，大禾也。成王時，有三苗異畝而生，同爲一穟，大幾盈車，長幾充箱，民有得而上之者。成王訪周公而問之，公曰：『三苗爲一穟，天下當和爲一乎？』以是果有越裳氏重九譯而來矣。」

〔一七〕「騶虞」句，詩經國風騶虞序：「仁如騶虞，則王道成也。」陸德明音義：「騶虞，義獸也，白虎，黑文，不食生物，有至信之德。」陸璣毛詩草木鳥獸蟲魚疏卷下：「騶虞，即白虎也。黑文，尾長於軀，不食生物，不履生草，君王有德則見，應德而至者也。」

〔一八〕「東風」句，初學記卷一雲引東方朔十洲記：「天漢三年（前九八），月氏國獻神香，使者曰：『國有常占：東風入律，百旬不休；青雲干呂，連月不散。意中國將有妙道君，故搜奇異而貢神香。』」以上從天命、盛德兩途頌揚武則天。

〔一九〕「聖上」句，列仙，衆仙人。此泛指道高有德之士。

〔二〇〕「日慎」句，韓詩外傳卷八：「日慎一日，完如金城。」後漢書光武帝紀：「如臨深淵，如履薄冰。戰戰慄慄，日慎一日。」李賢注引太公金匱云：「敬勝怠則吉，義勝欲則昌。日慎一日，壽終無殃。」

〔三二〕「玄之」句，老子：「玄之又玄，衆妙之門。」河上公注：「玄，天也。言有欲之人與無欲之人，同受氣於天。」「天中復有天也。稟氣有厚薄，得中和滋液，則生賢聖；得錯亂污辱，則生貪淫也。」此言武則天雖已德盛，猶且修道不已。

庭菊賦　并序〔一〕

庭菊，美貞芳也。天子幸於東都，皇儲監守於武德之殿〔二〕，以門下内省爲左春坊〔三〕。今庶子裴公所居〔四〕，即黄門侍郎之廳事也〔五〕。其庭有菊焉〔六〕。中令薛公，昔拜瑣闈，此焉遊處，今兼左庶子〔七〕，止於東廳。甍宇連接，洞門相向。每罷朝之後，未嘗不遊於斯，詠於斯，覽叢菊於斯。歎其君子之德，命學士爲之賦。是日也，薛覬以親賢爲洗馬〔八〕，田巖以幽貞爲學士〔九〕，高元思、張師德以至孝託後車〔一〇〕，顔强學、沈尊行以博聞兼侍讀〔一一〕。周琮、李憲、王祖英、曹叔文以儒術進〔一二〕，崔融〔一三〕、徐彦伯〔一四〕、劉知柔〔一五〕、石抱忠以文章顯〔一六〕。德行則許子豐〔一七〕，耆舊則權無二〔一八〕。駱繽則詁訓之前識，張相則莊老之後英〔一九〕：并承高命，咸窮體物。小子託於吹竽之末〔二〇〕，敢闕其詞哉？遂作賦云。

【箋注】

〔一〕庭菊，庭院所植之菊。菊之品種極多。太平御覽卷九九六菊引本草經曰：「菊有筋菊，有白菊花、黄菊花，一名節花，一名傳公，一名延年，一名白花，一名日精，一名更生，一名陰威，一名朱嬴，一名女花。」今存宋史正志史氏菊譜、劉蒙劉氏菊譜及史鑄百菊集譜，述菊花品類極詳，可參讀。此賦序稱天子（高宗）幸東都，皇儲（即太子李顯）監國，裴炎、薛元超爲左庶子，考史當爲永淳元年（六八二，詳下）；賦末又謂「歲如何其，歲將逝」，則當作於是年之末。按唐會要卷六四：「永隆二年（六八一）二月六日，皇太子親行釋奠之禮，禮畢，上表請博延耆碩英髦之士爲崇文館學士，許之。於是，薛元超表薦鄭祖玄、鄧玄挺、楊炯、崔融等并爲崇文學士。」則作此賦時，楊炯爲崇文館學士，在長安。

〔二〕「天子」二句，舊唐書卷五高宗紀下：「（開耀二年，六八二）二月癸未，以太子誕皇孫滿月，大赦。改開耀二年爲永淳元年。……（四月）丙寅，幸東都，皇太子京師留守，命劉仁軌、裴炎、薛元超等輔之。」監守，即監國。史記晉世家：「冢子，君行則守，有守則從；從曰撫軍，守曰監國，古之制也。」武德殿，唐長安宫殿名。清徐松唐兩京城坊考卷一：「太極殿……左爲虔化門，……虔化東爲武德門。閤門之東曰萬春殿，又東曰立政殿，又東曰大吉殿，又東曰武德殿。」

〔三〕「以門下」句，門下内省，即門下省，唐代三省六部中「三省」之一，亦爲中央最高政府機構之一。

左春坊，唐會要卷六七：「左春坊，本門下坊，龍朔中改爲左春坊，咸亨中復爲門下坊。景雲二年（七一一）八月二十五日，改爲左春坊。」則作是賦時，當稱門下坊，此沿舊名也。因太子監國，故臨時以門下内省爲左春坊。

〔四〕「令庶子」三句，庶子，指左庶子，皇太子屬官。唐六典卷二六：「太子左春坊左庶子二人，正四品上。」李林甫注：「隋門下坊置左庶子二人領之，典書坊置右庶子二人領之，至是始改爲左右矣。左庶子，正四品上；右庶子，四品下。皇朝因之。龍朔二年（六六二）改門下坊爲左春坊，左庶子爲太子左中允，咸亨元年（六七〇）復故左庶子。」又曰：「左庶子之職，掌侍從贊相，禮儀駁正，啓奏監省封題。……凡皇太子從大祀及朝會，出則版奏外辦中嚴，入則解嚴焉。凡令書下於左春坊，則與中允、司議郎等覆啓以畫諾，及覆下，以皇太子所畫者留爲按，更寫令書，印署注令諾，送詹事府。若皇太子監國，事在尚書者，如令書之法。」裴公，即裴炎，絳州聞喜（今屬山西）人。擢明經第。高宗時歷兵部侍郎、中書門下平章事、侍中、中書令。永淳元年（六八二），高宗幸東都，留太子哲守京師，命炎與劉仁軌、薛元超爲輔。後勸武則天歸政，於光宅元年（六八四）十月，誣以謀反罪，被斬於都亭驛。睿宗復位，贈益州大都督。舊唐書卷八七有傳。

〔五〕「即黄門」句，黄門侍郎，門下省官名，侍中之副。唐六典卷八：「黄門侍郎二人，正四品上。」注：「隋置四人，正第四品上。煬帝減二人，去給事之名，直曰黄門侍郎。隋氏用人益重，皇朝因之。龍朔二年（六六二）改爲東臺侍郎，咸亨元年（六七〇）復舊。光宅元年（六八四）改爲鸞臺侍郎，神龍元年（七〇五）復舊。」又曰：「黄門侍郎掌貳侍中之職，凡政之弛張，事之與奪，皆參議焉。」時太子監國，以門下省爲左春坊，故左庶子裴炎於黄門侍郎廳治事。

〔六〕「其庭」句，四子集「庭」下有「前」字。當衍。

〔七〕「中令薛公」四句，中令，謂中書令。薛公，即薛元超。舊唐書卷五高宗紀下：「（上元三年，六七六）三月癸卯，黄門侍郎來恒、中書侍郎薛元超并同中書門下三品。」又曰：「（永隆二年，六八一）閏七月丁未，黄門侍郎裴炎爲侍中，黄門侍郎崔知温、中書侍郎薛元超并爲中書令。」瑣闈，初學記卷一二黄門侍郎引董巴漢書曰：「禁門曰黄闥，中人主之，故號黄門令矣。然則黄門郎給事於黄闥之内，入侍禁中，故號曰黄門侍郎。」又引應劭曰：「黄門郎每日暮向青瑣門拜，謂之夕郎。」薛元超拜黄門侍郎事，詳本書卷十中書令汾陰公薛振行狀。兼左庶子，舊唐書卷七三薛收傳附薛元超傳：「永隆二年（六八一），拜中書令兼太子左庶子。高宗幸東都，太子於京師監國，因留元超以侍太子。……於是元超表薦鄭祖玄、鄧玄挺、崔融爲崇文館學士。」

〔八〕「薛觀」，事迹無考，既稱「親賢」，疑乃薛元超族屬。觀，英華卷一四九作「愷」，校：「一作凱。」洗馬，太子府屬官。唐六典卷二六：「司經局洗馬二人，從五品下。……洗馬掌經史子集四庫圖書刊緝之事，立正本副本，貯本以備供進。」唐會要卷六七：「洗馬，龍朔元年（六六一）改爲司經大夫，三年三月九日改爲桂坊大夫，咸亨元年（六七〇）復舊。」

〔九〕「田巖」句，田巖，即田遊巖。舊唐書本傳：「田遊巖，京兆三原人也。初補太學生，後罷歸，遊於太白山，每遇林泉會意，輒留連不能去。其母及妻子并有方外之志，與遊巖同遊山水二十餘年。後入箕山，就許由廟東築室而居，自稱『許由東鄰』。調露中，高宗幸嵩山，遣中書侍郎薛元超就問其母，遊巖山衣田冠出拜，……帝甚歡，因將遊巖就行宮，并家口給傳乘赴都，授崇文館學士。」幽貞，謂其隱居清正。

〔一〇〕「高元思」句，高元思、張師德，事迹無考。後車，文選曹丕與朝歌令吴質書：「天氣和暖，衆果具繁。時駕而游，北遵河曲。從者鳴笳以啓路，文學託乘於後車。」李善注：「毛詩（按：見詩經小雅緜蠻）曰：『命彼後車，謂之載之。』」按：後車，副車，侍從之車，此代指侍從之臣。

〔一一〕「顔强學」句，楊炯薛振行狀：「及兼左庶子，又表鄭祖玄、沈伯儀、賀覬、鄧玄挺、顔强學、崔融等十人爲學士，天下服其知人。」二人事迹别無考。

〔一二〕「周琮」句，周、李、王、曹四人，除李略知一二外，另三人事迹無考。李憲，舊唐書儒學傳下王元感傳：「長安三年（七〇三）表上其所撰尚書糾謬十卷、春秋振滯二十卷、禮記繩愆三十卷，并所注孝經、史記藁草，請官給紙筆寫上秘書閣。詔令弘文、崇賢兩館學士及成均博士詳其可否。學士祝欽明、郭山惲、李憲等皆專守先儒章句，深譏元感掎摭舊義，元感隨方應答，竟不之屈。」則李憲於武周末仍爲學士。曹叔文之「文」字，英華作「父」，當誤。

〔一三〕崔融，舊唐書本傳：「崔融，齊州全節人。初，應八科舉擢第，累補宫門丞，兼直崇文館學士。

中宗在春宮，制融爲侍讀，兼侍屬文。東朝表疏，多成其手。」武則天時，融與李嶠、蘇味道等降節事張易之。「撰（則天）哀册文，用思精苦，遂發病卒，時年五十四。」有集六十卷。

〔一四〕徐彦伯，舊唐書本傳：「徐彦伯，兖州瑕丘人也。少以文章擅名，河北道安撫大使薛元超表薦之，對策擢第，累轉蒲州司兵參軍。」武后時官至工部侍郎、衛尉卿兼昭文館學士。開元二年（七一四）卒。有文集二十卷行於時。

〔一五〕劉知柔，彭城人。中進士甲科。歷荆府司馬，拜司業，兼侍讀。出荆府長史，復户部，徙同、宋二州，揚、益二府，淮南廉察，再山東巡撫，官工部尚書，加銀青光禄大夫，進爵彭城侯。春秋七十有五，以開元十一年（七二三）六月十五日卒。事迹詳李邕唐贈太子少保劉知柔神道碑（載英華卷九〇〇），舊唐書劉子玄傳有附傳。

〔一六〕石抱忠，嗣聖元年（六八四）爲弘文館直學士。萬歲通天二年（六九七），劉思禮、綦連耀謀反案發，坐與交結，被殺。事迹略見舊唐書卷一四〇員半千傳、新唐書卷八八劉師立傳。

〔一七〕許子豐，事迹無考。

〔一八〕權無二，舊唐書禮儀志一：乾封初，高宗東封回，下詔議祭五天帝等，「於是奉常博士陸遵楷、張統師、權無二、許子儒等議」云云。又唐釋智昇開元釋教録卷九述大唐慈恩寺三藏法師傳，謂「永隆二年（六八一）辛巳，因太子文學權無二述釋典稽疑十條，用以問禮，請令釋滯」云云。其他事迹未詳。

〔一九〕駱縯、張相，事迹無考。後英，「英」原作「興」，據英華卷一四九、四子集改。英，與上句「識」對應。

〔二〇〕吹竽，韓非子內儲説上：「齊宣王使人吹竽，必三百人。南郭處士請爲王吹竽，宣王説之，廩食以數百人。宣王死，湣王立，好一一聽之，處士逃。」此乃作者謙詞。

日之貞矣，于彼重陽〔一〕；菊之榮矣，于彼華坊〔二〕。含天地之精氣，吸日月之淳光〔三〕。雲布霧合，箕舒翼張〔四〕。鬱兮蔓衍，郁兮芬芳〔五〕。珉枝金蕚〔六〕，翠葉紅芒〔七〕。其在夕也，言庭燎之晳晳〔八〕；其向晨也，謂明星之煌煌〔九〕。爾其萬里年華，九州春色。花的爍兮如錦〔一〇〕，草綿連兮似織。當此時也，和其光，同其塵，應春光而早植〔一一〕。及夫秋星下照〔一二〕，金氣上騰〔一三〕，風蕭蕭兮瑟瑟〔一四〕，霜刺刺兮稜稜〔一五〕。當此時也，弱其志，強其骨〔一六〕，獨歲寒而晚登〔一七〕。

【箋注】

〔一〕「日之貞」二句，九爲陽數，故稱九日爲「貞」，貞，正也。重陽，初學記卷四九月九日：「西京雜記曰：『漢武帝宮人賈佩蘭，九月九日佩茱萸，食餌，飲菊花酒，云令人長壽。』蓋相傳自古，莫知其由。」曹丕九日與鍾繇書：「歲月往來，忽復九月九日。九爲陽數，而日月并應，俗嘉其名，以爲宜於長久，故以宴享高會。」謂九爲陽數，而月、日皆九，故稱重陽。

〔二〕「于彼」句，華坊，指裴炎所居黄門侍郎廳。

〔三〕「含天地」二句，曹丕九日與鍾繇書：「是月（九月）律中無射，言群木庶草無有射而生者，而芳菊紛然獨秀。非夫含乾坤之純和，體芬芳之淑氣，孰能如此？」又晉孫楚菊花賦：「彼芳菊之爲草兮，禀自然之醇精。」

〔四〕「箕舒」句，箕舒，謂菊花舒展，如箕之簸揚狀。史記天官書：「箕爲敖客，曰口舌。」索隱引宋均云：「敖，調弄也。箕以簸揚，調弄象也。」翼張，謂又如鳥展翅。翼亦星座名，史記天官書：「翼爲羽翮，主遠客。」正義：「翼二十二星，軫四星，長沙一星，轄二星，合軫七星，皆爲鶉尾。」

〔五〕「鬱兮」二句，鬱，繁茂；郁，芳香。文選潘岳閒居賦：「石榴蒲陶之珍，磊落蔓衍乎其側。」李善注：「蔓衍，長也。」吕延濟注：「蔓衍，衆多貌。」楚辭屈原九章思美人：「紛郁郁其遠承兮，滿内而外揚。」此言香氣濃郁。

〔六〕「珉枝」句，謂菊之枝條如玉，花萼似金。文選班固西都賦「琳珉青熒」句李善注引郭璞上林賦注曰：「珉，玉名也。」又引張楫注曰：「珉，石次玉也。」萼，花托。

〔七〕「翠葉」句，嵇含菊花銘：「煌煌丹菊，翠葉紫莖。」紅芒，尖細之花蕊。丹菊色紅。鍾會菊花賦：「縹幹綠葉，青柯紅芒。」

〔八〕「其在」二句，詩經小雅庭燎：「夜如何其，夜未央，庭燎之光。」毛傳：「庭燎，大燭。」又曰：

「夜如何其，夜未艾，庭燎晰晰。」毛傳：「晰晰，明也。」文選張衡東京賦：「夏正三朝，庭燎晢晢。」薛綜注：「晢晢，大光明也。」晢、晰同。

〔九〕「其向」二句，詩經陳風東門之楊：「昏以爲期，明星煌煌。」按蘇轍詩集傳卷四：「明星，啓明也。」詩經小雅大東：「東有啓明，西有長庚。」朱熹詩經集傳卷五：「啓明、長庚，皆金星也。以其先日而出，故謂之啓明；以其後日而入，故謂之長庚。」煌煌，文選潘岳閒居賦：「煌煌乎，隱隱乎。」李善注引蒼頡篇曰：「煌煌，光明也。」

〔一〇〕「花的爍」句，文選張衡思玄賦：「顏的礫以遺光。」李善引舊注：「的礫，明貌。」的爍、的礫同。英華、四子集作「灼礫」，亦通。古文苑卷二宋玉舞賦：「珠翠灼爍而照曜兮。」宋章樵注：「的爍，鮮明貌。」

〔一一〕「和其」二句，老子：「道沖而用之。……和其光，同其塵。」河上公注：「言雖有獨見之明，當如闇昧，不當以曜亂人也。」又曰：「當與衆庶同垢塵，不當自別殊。」「爾其」句至此，言菊花春天方栽植，不與百花争艷。

〔一二〕「及夫」句，秋星，指北斗。山堂肆考卷一引孝經緯：「斗指西南，維爲立秋。」

〔一三〕「金氣」句，金氣，猶言秋氣，謂秋風。文選張景陽雜詩十首之三：「金風扇素節，丹霞啓陰期。」李善注：「西方爲秋而主金，故秋風曰金風也。」

〔一四〕「風蕭蕭」句，史記刺客列傳荆軻傳：「風蕭蕭兮易水寒。」蕭蕭，風聲。文選劉楨贈從弟三首其一：「亭亭山上松，瑟瑟谷中風。」瑟瑟，吕向注：「風聲。」

〔一五〕「霜剌剌」句，剌剌，風聲。李商隱送千牛李將軍赴闕五十韻：「去程風剌剌，別夜漏丁丁。」可參讀。稜稜，文選鮑照蕪城賦：「稜稜霜氣，蔌蔌風威。」李善注：「稜稜霜氣，嚴冬之貌。蔌蔌，風聲勁疾之貌。」

〔一六〕「弱其志」二句，老子：「是以聖人治，虚其心，實其腹，弱其志，强其骨，常使民無知無欲。」河上公注「弱其志」二句：「和柔謙讓，不處權也。愛精重施，髓滿骨堅。」此謂菊花平和内斂，注重涵養以後發致勝。

〔一七〕「獨歲寒」句，謂菊花至秋天始開。鍾會菊花賦：「何秋菊之奇兮，獨華茂乎凝霜。……百卉凋瘁，芳菊始榮。」又稱菊有「五美」，第三美爲「早植晚登，君子德也」。「及夫」句至此，言菊開花晚，不畏歲寒。

雨還風去，天長地久〔一〕。純黄象於后土，故采桑而菊衣〔二〕；輕體御於神仙，故登山而菊酒〔三〕。文賓採之而羽化〔四〕，康公服之而不朽〔五〕。東極於是長生〔六〕，南陽以之眉壽〔七〕。胡太尉之允誠〔八〕，光輔漢庭，萬機理，泰階平〔九〕；及暮年華髮垂肩，秋菊落英，蠲邪滌瘵〔一〇〕，於焉永貞〔一一〕。鍾太傅之聲實〔一二〕，彝倫魏室〔一三〕，道合鹽梅〔一四〕，功成輔弼；降文皇之命，修彭祖之術〔一五〕，保性和神〔一六〕，此焉終吉〔一七〕。君章請老，歲久懸車〔一八〕。秋風生兮北園夕，白露濕兮前階虛。佇閑庭之曠邈〔一九〕，對涼菊之扶疎〔二〇〕。人生行樂，孰知其餘〔二一〕。淵明解印，退歸田野〔二二〕。山鬱律兮萬里〔二三〕，天蒼莽兮四下〔二四〕。憑南軒以長嘯，坐東籬而盈把，歸去來兮何爲者〔二五〕。

【箋注】

〔一〕「天長」句，老子：「天長地久。天地所以能長且久者，以其不自生，故能長生。」河上公注：「天地所以獨長且久者，以其安静，施不責報，不如人居處汲汲求自饒之私，奪人以自與。」

〔二〕「純黄」二句，后土，尚書武成：「底商之罪，告於皇天后土。」僞孔傳：「后土，社也。」孔穎達疏謂即「地神」。菊花純黄色，地亦黄色，故謂菊乃后土之象。采桑，原作「尋藥」，英華、四子集本作「采桑」，是，據改。菊衣，周禮天官内司服曰：「内司服，掌王后之六服褘衣、揄狄、闕狄、鞠衣、展衣、緣衣、素沙。」其中鞠衣，鄭玄注引鄭司農云：「鞠衣，黄衣也。……鞠衣，黄，桑服也。色如鞠塵，象桑葉始生。」又引禮記月令：「三月薦鞠衣於先帝，告桑事。」太平御覽卷六九〇鞠衣引三禮六服圖曰：「鞠衣，王后蠶桑之服也。孤之妻服以從助君祭。」菊衣，即鞠衣。釋名：「鞠衣，如菊花色也。」

〔三〕「輕體」二句，鍾會菊花賦：「夫菊有五美焉：黄華高懸，準天極也；純黄不雜，后土色也；早植晚登，君子德也；冒霜吐穎，象勁直也；流中輕體，神仙食也。」登山，太平御覽卷三二引西京雜記曰：「漢武帝宫人皆佩蘭。九月九日佩茱萸，食蓬餌，飲菊花酒，云令人長壽。蓋相傳自古，莫知其由。」初學記卷四九月九日引續齊諧記曰：「汝南桓景，隨費長房遊學，長房謂之曰：『九月九日，汝家當有大災厄。急令家人縫囊盛茱萸繫臂上，登山飲菊酒，此禍可消。』景如言，舉家坐山。夕還，見雞犬一時暴死。長房曰：『此可代之。』今世人九日登高是也。」

〔四〕「文賓」句，列仙傳卷下：「文賓者，太丘鄉人也。賣草履爲業。數取嫗，數十年，輒棄之。後時故嫗壽老，年九十餘，續見賓，年更壯。他時嫗拜賓，涕泣。賓謝曰：『不宜。至正月朝，儻能會鄉亭西社中邪？』嫗老，夜從兒孫行十餘里，坐社中待之。須臾，賓到，大驚：『汝好道邪？知汝爾，前不去汝也。』教令服菊花、地膚、桑上寄生、松子，取以益氣。嫗亦更壯，復百餘年云。」服菊花能延年、成仙，乃道家及道教所言。葛洪抱朴子内篇卷一神丹引劉生丹法曰：「用菊花汁、地楮汁、樗汁和丹蒸之三十日，研合，服一年得五百歲，老翁服更少不可識，少年服亦不老。」

〔五〕「康公」句，藝文類聚卷八一菊引神仙傳（按今本神仙傳無此文）：「康風子服甘菊花、柏實散得仙。」

〔六〕「東極」句，東極，極東之地。史記秦始皇本紀載始皇二十八年（前二一九）泰山刻石：「登茲泰山，周覽東極。」又曰：「齊人徐市等上書，言海中有三神山，名曰蓬萊、方丈、瀛洲，僊人居之，請得齋戒，與童男女求之。於是遣徐市發童男女數千人入海求僊人。」正義引漢書郊祀志云：

「此三神山者，其傳在勃海中，去人不遠，蓋曾有至者，諸仙人及不死之藥皆在焉。」此蓋以「不死之藥」而及菊。長生，「生」原作「在」，據五十家、十二家、全唐文卷一九〇改。

〔七〕「南陽」句，太平御覽卷九九六菊引風俗通：「南陽酈縣有甘谷，谷中水甘美。其山上大，有菊菜，水從山流下，得其滋液，谷中三十餘家不復穿井，仰飲此水，上壽百二三十年，中百餘，下七十、八十，名之爲夭。司空王暢、太尉劉寬、太傅袁隗爲南陽太守，聞有此事，令酈縣月送水三十斛，用飲食澡浴，終然無益。」

〔八〕「胡太尉」句，胡太尉，即胡廣。後漢書胡廣傳：「胡廣，字伯始，南郡華容人也。」少孤貧。察孝廉，安帝以爲天下第一。五遷尚書僕射。典機事十年，出爲濟陰太守、汝南太守。桓帝時拜太尉。靈帝立，參録尚書事，代太傅，總録如故。

〔九〕「泰階平」句，泰，英華、四子集、全唐文作「三」，亦通。按周禮春官大宗伯「以實柴祀日月星辰」句鄭玄注：「三能，三階也。」三階謂上階、中階、下階。能，音台。三台即泰階。詳見前渾天賦注。

〔一〇〕「及暮年」三句，後漢書胡廣傳：「年已八十，而心力克壯，……傍無几杖，言不稱老。……年八十二，熹平元年（一七二）薨。」李賢注引盛弘之荆州記曰：「菊水出穰縣，芳菊被涯，水極甘香。谷中皆飲此水，上壽百二十，七八十者猶以爲夭。太尉胡廣所患風疾，休沐南歸，恒飲此水，後疾遂瘳，年八十二薨也。」肩，英華校：「一作白，又作耳。」落，英華作「長」，校：「一作落。」作

「長」誤。𦏁，原作「觸」，五十家、十二家、全唐文作「𦏁」。四庫全書考證卷七四曰：「庭菊賦『𦏁邪滌瘵，於焉永貞』，刊本『𦏁』訛『觸』，今改。」玆亦據改。𦏁，通「捐」，减也。説文：「瘵，病也。」

〔一一〕「於焉」句，永貞，周禮春官大祝：「太祝掌六祝之辭，……求永貞。」鄭玄注：「永，長也；貞，正也。求多福，歷年得正命也。」

〔一二〕「鍾太傅」句，三國志魏書鍾繇傳：「鍾繇字元常，潁川長社人也。」拜御史中丞，遷侍中、尚書僕射，封東武亭侯。太祖征關中，表爲前軍師。魏國初建，爲大理，遷相國。明帝即位，進封定陵侯，遷太傅。太和四年（二三〇）卒。聲實，原作「家聲」。英華、四子集作「聲實」。按「聲實」與「胡太尉」句「允誠」對應，是，據改。

〔一三〕「彝倫」句，尚書洪範：「我不知其彝倫攸叙。」僞孔傳：「言我不知天所以定民之常，道理次叙，問何由。」此指治理。

〔一四〕「道合」句，道，指治理國家之法。鹽梅，尚書説命下：「若作和羹，爾惟鹽梅。」僞孔傳：「鹽鹹梅醋，羹須鹹醋以和之爾。」

〔一五〕「降文皇」二句，文皇，即魏文帝曹丕。降命，指曹丕九日與鍾繇書，其曰：「歲月往來，忽復九月九日。……是月律中無射，言群木庶草無有射而生者，而芳菊紛然獨秀。非夫含乾坤之純和，體芬芳之淑氣，孰能如此？故屈平悲冉冉之將老，思餐秋菊之落英，輔體延年，莫斯之貴。

謹奉一束，以助彭祖之術。」彭祖，莊子逍遥遊：「彭祖乃今以久特聞。」神仙傳卷一：「彭祖者，姓籛，名鏗，帝顓頊之玄孫，至殷末世，七百六十歲而不衰老。少好恬静，不恤世務，不營名譽，不飾車服，唯以養生治身爲事。殷王聞之，拜爲大夫，常稱疾閒居，不與政事。善於補養導引之術，并服水桂、雲母、粉麋、鹿角，常有少容。然其性沈重，終不自言有道，亦不作詭惑變化鬼怪之事，窈然無爲。時乃遊行，人莫知其所詣，伺候之竟不見也。」則所謂「彭祖之術」，即補養導引，以求長生不老之術。

〔一六〕「保性」句，漢書藝文志：「仙者，所以保性命之真，游求於其外者也。」又曰：「六藝之文，樂以和神，仁之表也。」張衡温泉賦：「熙哉帝載，保性命兮。」

〔一七〕「此焉」句，周易需卦：「九二，需於沙，小有言，終吉。」王弼注「終吉」爲「以吉終也」。

〔一八〕「君章」二句，晉書羅含傳：「羅含字君章，桂陽耒陽人也。」爲郡功曹，刺史庾亮以爲部江夏從事。尋轉州主簿、州别駕。「以廨舍諠擾，於城西池小洲上立茅屋，伐木爲材，織葦爲席而居，布衣蔬食，晏如也。……累遷散騎常侍、侍中，仍轉廷尉、長沙相。年老致仕，加中散大夫，門施行馬。初，含在官舍，有一白雀棲集堂宇，及致仕還家，階庭忽蘭菊叢生，以爲德行之感焉。年七十七卒，所著文章行於世。」懸車，謂致仕，見前幽蘭賦「懸車舊館」句注。

〔一九〕「佇閑庭」句，佇，英華校：「一作步。」亦通。

〔二〇〕「對涼菊」句，扶疎，文選司馬相如上林賦：「垂條扶疏。」李善注引説文曰：「扶疏，四布也。」

疎、疏同。

〔二一〕「人生」二句，漢書楊惲傳：「酒後耳熱，仰天拊缶，而呼烏烏。其詩曰：『田彼南山，蕪穢不治。種一頃豆，落而爲萁。人生行樂耳，須富貴何時。』」

〔二二〕「淵明」二句，晉書陶潛傳：「陶潛字元亮，大司馬侃之曾孫也。……以親老家貧，起爲州祭酒，不堪吏職，少日自解歸。……復爲鎮軍、建威參軍，謂親朋曰：『聊欲絃歌，以爲三徑之資，可乎？』執事者聞之，以爲彭澤令。……郡遣督郵至縣，吏白應束帶見之，潛歎曰：『吾不能爲五斗米折腰，拳拳事鄉里小人邪！』義熙二年（四〇六），解印去縣，乃賦歸去來。」

〔二三〕「山鬱律」句，文選張衡西京賦：「隆崛崔崒，隱轔鬱律。」薛綜注：「山形容也。」

〔二四〕「天蒼莽」句，莽，英華校：「一作浪。」當誤。

〔二五〕「憑南軒」三句，陶淵明飲酒二十首其五：「秋菊有佳色，裛露掇其英。……嘯傲東軒下，聊復得此生。」又其三：「採菊東籬下，悠然見南山。」此謂「憑南軒」而非「東軒」，蓋爲與下句「東籬」對文故也。又歸去來兮辭：「歸去來兮，田園將蕪胡不歸？」盈把，太平御覽卷九九六菊引續晉陽秋：「陶淵明嘗九月九日無酒，出菊叢中摘盈把，坐其側。久之，望見一白衣人至，乃王弘送酒，即便就酌。」

若此窈窕重闈〔一〕，亘青瑣兮接皇扉〔二〕；深沉大壯〔三〕，通肅成兮連博望〔四〕。乃有耆鄉貴族，薛縣名家〔五〕。共汾河之鼎氣〔六〕，同庶子之春華〔七〕。朝遊夕處，徘徊顧慕。歎搖落於三秋〔八〕，偉貞芳於十步〔九〕。伊纖莖之菲薄，荷君子之恩遇。不羨池水之芙蓉，願比瑶山之桂樹〔一〇〕。歲如何其〔一一〕，歲已秋，叢菊芳兮庭之幽。君子至止〔一二〕，悵容與而淹留〔一三〕。歲如何其，歲將逝，叢菊芳兮庭之際。君子至止，聊從容以卒歲〔一四〕。

【箋注】

〔一〕「若此」二句，「此」指黄門侍郎廳。窈窕，文選孫綽游天台山賦：「邈彼絶域，幽邃窈窕。」李周翰注：「窈窕，深極貌。」

〔二〕「亘青瑣」句，亘，連接。青瑣，「瑣」原作「鎖」，據五十家改。青瑣，原指宫門上所刻之青色圖案。漢書元后傳：「曲陽侯根驕奢僭上，赤墀青瑣。」注引孟康曰：「以青畫户邊鏤中，天子制也。」後代指宫門。皇扉，扉本門扇，此指皇宫門。

〔三〕「深沉」句，大壯，周易卦名。孔穎達正義：「壯者，强盛之名，以陽稱大，陽長既多，是大者盛壯，故曰大壯。」此指宫庭闊大。

〔四〕肅成，門名。三國志魏書文帝紀裴松之注引魏書曰：「帝初在東宫，……集諸儒於肅成門内，講論大義，侃侃無倦。」博望，漢武帝爲太子劉據所建宫苑名，見前青苔賦注。

〔五〕「乃有」二句，⿱非邑，原作「邕」。文苑英華辨證卷四：「楊炯庭菊賦『⿱此邑鄉貴族』，⿱此邑或作邕。詳此賦序云『庶子裴公』、『左庶子薛公』，賦内又云『㞕鄉貴族，薛縣名家』，乃指裴與薛也。㞕當作䔺。步回反。河東聞喜縣有䔺鄉，訛作邕耳。」所辨是。英華、全唐文作「䔺」，據改。按舊唐書裴炎傳，裴炎爲絳州聞喜人；又據薛振行狀，薛元超爲河東郡汾陰縣人。故所謂「裴鄉」、「薛縣」，實指聞喜、汾陰也。

〔六〕「共汾河」句，汾河，即汾水。説文：「汾水，出太原晉陽山，西南入河。」又水經汾水注：「汾水出太原汾陽縣北管涔山。」鼎氣，指漢武帝於汾陰得鼎事。史記孝武本紀：元狩六年（前一一七）夏六月中，「汾陰巫錦爲民祠魏脽后土營旁，見地如鉤狀，掊視得鼎。……天子使使驗問巫錦得鼎無姦詐，乃以禮祠，迎鼎至甘泉。……至長安，公卿大夫皆議請尊寶鼎，……制曰『可』」。上注已述裴炎、薛元超分别爲聞喜、汾陰人，故用汾水、寶鼎事，且稱「共」有也。

〔七〕「同庶子」句，庶子，指裴炎、薛元超。謂二人皆愛菊花，志趣相同。

〔八〕「歎摇落」句，楚辭宋玉九辯：「悲哉秋之爲氣也，蕭瑟兮草木摇落而變衰。」三秋，秋季三個月。詩經王風采葛：「彼采蕭兮，一日不見，如三秋兮。」作賦在秋季，故云。

〔九〕「偉貞方」句，偉，用如動詞，貞方，指庭菊，贊歎菊花品格高尚。偉，全唐文作「委」，誤。十步，謂近距離賞菊。莊子養生主：「澤雉十步一啄，百步一飲，不蘄畜乎樊中。」

〔一〇〕「顧比」句，瑶山，山海經大荒西經：「黄帝之孫曰始均。始均生北狄，有芒山，有桂山，有榣山。」郭璞注：「此山多桂及榣木，因名云耳。」清吴任臣山海經廣注卷一六，稱「初學記引此作

『瑶山』」。按見初學記卷一〇皇太子「㮊山」條，別本不作「瑶山」，疑吴氏所用版本誤。則此「瑶山」，似當作「㮊山」。

〔二〕「歲如」二句，何其，仿詩經小雅庭燎「夜如何其，夜未央」、「夜如何其，夜未艾」句式。釋音：「其，音基，辭也。」謂「其」乃語助詞。

〔三〕「君子」句，詩經秦風終南：「君子至止，錦衣狐裘。」鄭玄箋：「至止者，受命服於天子而來也。」此言受命輔皇太子監國，故在此庭。

〔三〕「悵容與」句，容與，連綿字。楚辭王逸遠遊：「氾容與而遐舉兮。」王逸注「容與」爲「進退俯仰」。又同書淮南小山招隱士：「攀援桂枝兮聊淹留。」王逸注：「周旋中野，立踟躕也。」

〔四〕「聊從容」句，卒歲，終歲。孔子家語卷五子路初見：「孔子曰：吾歌可乎？歌曰：『……優哉游哉，聊以卒歲。』」

浮漚賦〔一〕

在霖霪之可翫〔二〕，唯浮漚而已矣。況曲澗兮增波，復坳堂兮漲水〔三〕。霤滴瀝兮行注〔四〕，階潺湲而浪起。寸步百川，咫尺千里。

【箋注】

〔一〕浮漚，浮於水面之泡沫。晉左芬有涪漚賦，涪漚、浮漚同，今存殘篇（見藝文類聚卷八總載水）。

此賦作年不可考。

〔二〕「在霖霪」句，説文：「霖，雨三日以往。」久雨爲「霪」。

〔三〕「復坳堂」句，坳堂，莊子逍遥遊：「且夫水之積也不厚，則其負大舟也無力。覆杯水於坳堂之上，則芥爲之舟；置杯焉則膠，水淺而舟大也。」崔譔注：「堂道謂之坳，有坳垤形也。」成玄英疏：「坳，污陷也。謂堂庭坳陷之地也。」堂，英華卷三七、五十家、四子集、十二家作「塘」，誤。

〔四〕「霤滴瀝」句，霤，屋檐之流水。滴瀝，連綿字，水流貌。文選謝靈運游山：「乳竇既滴瀝，丹井復寥泬。」李善注引説文曰：「滴瀝，水下滴瀝也。」行注，流淌不已。

於是乍明乍滅，時行時止。排雨足而分規〔一〕，擘波心而對峙。輕盈徘徊，容與庭隈〔二〕。狀若初蓮出浦，映晴波而未開〔三〕；又似繁星落曙，耿斜漢而將迴〔四〕。合散消息，安有常則；倏來忽往，不可爲象。雨密稠生，風牽亂上〔五〕。若乃空濛來褰〔六〕，浩汗浮天。流平舊沼，派溢新泉。分容對出，吐映均鮮。觸流萍而欲散，礙浮芥而還連〔七〕。光凌虛而半動，影倒水而分圓。始參差而別趣，終宛轉以同渰〔八〕。

【箋　注】

〔一〕「排雨足」句，謂浮漚排開雨足而形成圓形空間。

〔二〕「容與」句，隈，原作「槐」。英華、全唐文卷一九〇作「隈」，十二家作「堦」。四庫全書考證卷七四：「浮漚賦『輕盈徘徊，容與庭隈』，刊本『隈』訛『懷』，據英華改。」隈，説文：「水曲隩也。」謂浮漚飄浮在庭院之低窪積水角落，作「堦」、「槐」或「懷」皆義不通，據英華及考證改。

〔三〕「映晴波」句，晴，五十家、十二家作「清」，義亦通。

〔四〕「又似」二句，繁星落曙，謂星爲曙光所掩没。斜漢，文選謝莊月賦：「於時斜漢左界，北陸南躔。」李善注：「漢，天漢也。」李周翰注：「秋時天漢西南斜。」此即指河漢。耿，原作「映」。四子集作「耿」。上句已用「映」，此不應重，作「耿」是，據改。文選謝朓暫使下都夜發新林至京邑贈西府同僚：「秋河曙耿耿，寒渚夜蒼蒼。」李善注：「秋河，天漢也。耿耿，光也。」兩句謂浮漚如拂曉之星，微光照映河漢。

〔五〕「合散」至此六句，謂浮漚聚散、生滅、來往無常，任憑風雨擺布。

〔六〕「若乃」句，文選謝朓觀朝雨：「空濛如薄霧，散漫似輕埃。」吕延濟注：「空濛、散漫，雨微貌。」來褰，文選孫綽游天台山賦：「爾乃羲和亭午，遊氣高褰。」李善注引徐爰射雉賦注曰：「褰，開也。」句謂雨過雲開。

〔七〕「觸流萍」二句，莊子逍遥遊：「覆杯水於坳堂之上，則芥爲之舟。」芥，小草。此泛指極細小之物。句謂水泡本將散去，而遇細物後，重又聚集在一起。

〔八〕「始參差」二句，參差、宛轉，皆連綿字。文選班固幽通賦：「洞參差其紛錯兮。」李善注引曹大家曰：「參差，不齊。」別趣，謂所分泡沫往它處飄游。宛轉，起伏展轉貌。渰，同「淹」。

歷亂踟躕，漂沸縈紆。細而察之，若美人臨鏡開寶靨〔一〕；大而望也，若馮夷剖蚌列明珠〔二〕。逐風波而澹蕩〔三〕，乃變化而須臾。迹均顯晦，妙合虚無。同至人之體道，亦隨時而不拘〔四〕。夫其得坻則止〔五〕，乘風則逝。處上下而無窮，任推移而不繫〔六〕。似君子之從容，常卷舒而不滯〔七〕。故其在陽則隱，在陰則出〔八〕。泄泄悠悠，匪徐匪疾。固自然以見體，託行潦以凝質。類達人之修身，故不欺於暗室〔九〕。蕩薄畎澮〔一〇〕，鼓舞洲渚。其生兮若浮，其居兮若旅。雲銷雨霽，寂無處所〔一一〕。唯斯物之靡依，獨含情而應機。暫假有而示潔，終淪空而匿輝〔一二〕。苟無心以自累，夫何適而有違〔一三〕。

【箋　注】

〔一〕「細而」二句，謂浮漚燦爛如美人之靨。靨，頰上圓窩，即俗所謂酒窩。寶靨，靨之美稱。楚辭大招（此篇作者舊題屈原，或曰景差）：「靨輔奇牙，宜笑嗎只。」王逸注：「嗎，笑貌也。言美女頰有靨輔，口有奇牙，嗎然而笑，尤媚好也。」

〔二〕「大而」二句，謂浮漚明亮如珠。文選謝惠連雪賦：「粲兮若馮夷剖蚌列明珠。」李善注：「莊子曰：『夫道，馮夷得之以游大川。』抱朴子釋鬼篇曰：『馮夷，華陰人，以八月上庚日渡河溺死，天帝署爲河伯。』説文曰：『蚌，蜃也。』司馬彪以爲明月珠蚌，蛤也。蜀志秦宓奏記曰：『剖蚌求珠。』」「細而」至此四句，清吴景旭歷代詩話卷一九評曰：「楊炯浮漚賦『細而察之，若美人臨鏡開寶匳；大而望也，若馮夷剖蚌列明珠』，吴旦生曰：馮夷剖蚌，唐賦多用之，而於浮漚較切。金陵志云：陳後主汎舟於河，忽遇雨，浮漚生，宫人指浮漚曰：『滿河珍珠。』因名其河爲珍珠河。唐闕史載任處士云：『漚珠槿艷，不必多懷。』亦用此也。」

〔三〕「逐風波」句，澹蕩，連綿字，水或風起伏波動貌。鮑照代白紵曲二首其二：「春風澹蕩俠思多，天色浄緑氣妍和。」

〔四〕「同至人」二句，謂浮漚如至人，能隨時變化，不拘於物。至人，莊子逍遥遊所謂無己、無功、無名、修道極高之人。又莊子田子方：「老聃曰：『夫得是，至美至樂也，得至美而游乎至樂，謂之至人。』孔子曰：『願聞其方。』曰：『草食之獸不疾易藪，水生之蟲不疾易水，行小變而不失其大常也，喜怒哀樂不入於胸次。夫天下也者，萬物之所一也。得其所一而同焉，則四支百體將爲塵垢，而死生終始將爲晝夜而莫之能滑，而況得喪禍福之所介乎！』」

〔五〕「夫其」句，坻，詩經小雅甫田：「曾孫之庾，如坻如京。」鄭玄箋：「坻，水中之高地也。」

〔六〕「任推移」句，莊子列禦寇：「莫覺莫悟，何相孰也。巧者勞而知者憂，无能者无所求，飽食而敖遊，汎若不繫之舟，虚而敖遊者也。」

〔七〕「常卷舒」句，淮南子俶真訓：「至道無爲，一龍一蛇。盈縮卷舒，與時變化。」以上數句，謂浮漚極其自由，毫無拘牽。皆暗擬道高之士。

〔八〕「故其」二句，文選張衡西京賦：「夫人在陽時則舒，在陰時則慘，此牽乎天者也。」薛綜注：「陽謂春夏，陰謂秋冬。」此反其意，謂浮漚喜陰惡陽，已超乎上下得喪。

〔九〕「故不欺」句，劉向列女傳卷三衛靈夫人：「衛靈夫人，衛靈公之夫人也。靈公與夫人夜坐，聞車聲轔轔，至闕而止，過闕，復有聲。公問夫人曰：『知此爲誰？』夫人曰：『此蘧伯玉也。』公曰：『何以知之？』夫人曰：『妾聞禮下公門，式路馬，所以廣敬也。夫忠臣與孝子，不爲昭昭變節，不爲冥冥惰行。蘧伯玉，衛之賢大夫也。仁而有智，敬於事上，此其人必不以暗昧廢禮，是以知之。』公使視之，果伯玉也。」後所謂「不欺暗室」出此。

〔一〇〕「蕩薄」句，蕩薄，此指水波蕩漾。畎澮，田間水渠。尚書益稷：「予絶九川，距四海，濬畎澮，距川。」僞孔傳：「一畝之間，廣尺、深尺曰畎；方百里之間，廣二尋、深二仞曰澮。」畎，原作「畝」，同。英華卷三七、五十家、全唐文卷一九〇作「畎」。今通作「畎」，因改。

〔一一〕「其生」四句，莊子刻意：「聖人之生也天行，其死也物化。靜而與陰同德，動而與陽同波。不爲福先，不爲禍始。……其生若浮，其死若休。」郭象注：「任自然而運動，蜕然無所係。」注又曰：「動靜無心，而付之陰陽也。」「汎然無所惜也。」同書知北遊：「悲夫，世人直爲物逆旅耳！」成玄英疏：「逆旅，客舍也。」又列子卷四：「處吾之家，如逆旅之舍。」張湛注：「不有其家。」吴景旭歷代詩話卷一九評曰：「（浮漚）賦中又云：『其生兮若浮，其居兮若旅。雲銷雨霽，寂無處所。』此金剛經所謂『泡影』也，左九嬪（芬）涪漚賦『亡不長消，存不久寄。其成不欲難，其敗亦以易』也。蘇子瞻作太白像讚云：『天人幾何同一漚。』金人趙周臣詩：『況復秦宮與漢闕，飄然聚散風中漚。』」

〔二〕「暫假」二句，謂浮漚以「有」爲暫，而終淪於「空」。楞嚴經卷六中：文殊師利法王子，奉佛慈旨説偈曰：「空生大覺中，如海一漚發。有漏微塵國，皆依空所生。漚滅空本無，況復諸三有。」

〔三〕「苟無心」二句，謂若能以無心處之，不自我牽累，則一切皆可。莊子天地：「通於一而萬事畢，無心得而鬼神服。」郭象注：「一無爲而群理都舉。」

盂蘭盆賦〔一〕

粵大周如意元年秋七月，聖神皇帝御洛城南門〔二〕，會十方賢衆，蓋天子之孝也。渾元告秋〔三〕，羲和奏曉〔四〕。太陰望兮圓魄皎〔五〕，閶闔開兮涼風嫋〔六〕。四海澄兮百川皛〔七〕，陰陽肅兮天地窅〔八〕。掃離宫，清重閣〔九〕。設皇邸〔一〇〕，張翠幕〔一一〕。鸞飛鳳翔，晱暘倏爍〔一二〕。雲舒霞布，翕赫曶霍〔一三〕。

【箋注】

〔一〕盂蘭盆，梵語音譯爲烏藍婆拏，意譯爲救倒懸。盆爲食器，佛家謂置百味五果於盂蘭盆中，供養衆佛僧，仰其恩光，以解脱餓鬼倒懸之苦。舊俗七月十五中元節，延僧尼結盂蘭盆會，誦經施食，俗謂之放餤口。參一切經音義卷三四盂蘭盆、韓鄂歲時紀麗三中元節。又藝文類聚卷四七月十五引盂蘭盆經云：「目連比丘見其亡母生餓鬼中，即以鉢盛飯往餉其母。食米入口，化成火炭，遂不得食。目連大叫，馳還白佛，佛言：『汝母罪重，非汝一人力所奈何，當須十方僧衆威神之力。至七月十五日，當爲七代父母、現在父母厄難中者，具百味五果以著盆中，供養十方大德。』佛敕衆僧皆爲施主咒願，七代父母行禪定意，然後受食。是時目連母得脱一劫餓鬼之苦。目連白佛，未來世佛弟子行孝順者，亦應奉盂蘭盆爲爾，可否？佛言『大善』，故後代人因此廣爲華飾，乃至刻木割竹，飴蠟翦彩，模花果之形，極工妙之巧。」舊唐書楊炯傳述是賦寫作緣起道：「如意元年（六九二）七月望日，宫中出盂蘭盆分送佛寺，則天御洛南門，與百寮觀之。炯獻盂蘭盆賦，詞甚雅麗。」

〔二〕「聖神皇帝」句，武則天革唐爲周後所加尊號，前已注。洛城南門，徐松唐兩京城坊考卷五宫城：「宫城在皇城北，……武后光宅元年（六八四），號太初宫。……南面四門：中應天門，東明德門，西長樂門，西南隅洛城南門。」

〔三〕「渾元」句，文選班固幽通賦：「渾元運物，流不處兮。」李善注引曹大家曰：「渾，大也，元氣運轉也。」此指宇宙，謂其運轉到秋季。

〔四〕「羲和」句，文選左思蜀都賦：「羲和假道於峻岐。」李善注引楚辭曰：「吾令羲和弭節兮。」又引廣雅曰：「日御謂之羲和。」此代指日，謂日將出，天已曉。

〔五〕「太陰」句，謂其時月猶明亮。初學記卷一月引淮南子云：「月者，太陰之精。」又引釋名云：「魄，月始生魄然也。」圓魄，指月。時爲七月望日，故月圓。

〔六〕「閶闔」句，閶闔，代指洛城南門。淮南子墬形訓：「西方曰西極之山，曰閶闔之門。」高誘注：「西方，八月建西，萬物成濟，將可及收斂。閶，大也；闔，閉也。大聚萬物而閉之，故曰閶闔之門也。」涼風，秋風也。文選左思蜀都賦：「涼風厲，白露凝。」劉淵林注引禮記月令：「孟秋涼風至。」楚辭屈原九歌湘夫人：「嫋嫋兮秋風。」王逸注：「嫋嫋，秋風搖木貌也。」

〔七〕「四海」句，四海、百川，代指天下。澄，平静；皛，明亮貌。以江海無波，喻指天下太平。

〔八〕「陰陽」句，陰陽，指神界和人間。肅，肅静。窅，深遠貌。以陰陽、天地皆無異常，喻指天下太平。

〔九〕「掃離宮」二句，離宮、重閣，指洛城南門附近宮殿。

〔一〇〕「設皇邸」句，周禮天官掌次：「王大旅上帝，則張氈案，設皇邸。」鄭玄注：「鄭司農云：『皇，羽覆上。邸，後版也。』玄謂後版，屏風與？染羽象鳳皇羽色以爲之。」孔穎達正義：「設皇邸者，邸謂以版爲屏風，又以鳳皇羽飾之，此謂王坐所置也。」皇，原作「黄」，據英華改。

〔一一〕「張翠幕」句，周禮天官幕人：「幕人掌帷、幕、幄、帟、綬之事。」鄭玄注：「王出宮則有是事。在旁曰帷，在上曰幕。幕或在地，展陳于上。帷幕皆以布爲之。」翠幕，以翠羽妝飾之幕。

〔一二〕「睒睗」句，文選左思吴都賦：「忘其所以睒睗，失其所以去就。」李善注引説文曰：「睒，暫視也，式冉切；睗，疾視也，式亦切。」睗，原作「暘」，形訛，據改。唐、宋文獻引此賦，兩字多誤，如藝文類聚卷四七月十五引作「睒陽」，太平御覽卷三二七月十五日引作「餤暘」等。倏爍，閃爍貌。梁張纘南征賦：「崖映川而晃朗，水騰光以倏爍。」睒睗倏爍，謂光彩閃灼，令人目不暇接。

〔一三〕「翕赫」句，文選揚雄甘泉賦：「翕赫曶霍，霧集而蒙合兮。」李善注：「翕赫，盛貌；曶霍，疾貌。」曶，原作「忽」。英華亦作「忽」，校曰：「一作眢。」「眢」當是「曶」之形訛。五十家脱其字。兹據文選改。

陳法供〔一〕，飾盂蘭。壯神功之妙物，何造化之多端。青蓮吐而非夏〔二〕，頳果摇而不寒〔三〕。銅鐵銀錫〔四〕，璆琳琅玕〔五〕。映以甘泉之玉樹〔六〕，冠以承露之金盤〔七〕。憲章三極〔八〕，儀形萬類。上寥廓兮法天〔九〕，下安貞兮象地〔一〇〕。殫怪力〔一一〕，窮神異。少君王子，掣曳曳兮若來〔一二〕；玉友瑶姬，翩蹮蹮兮必至〔一三〕。鳴鷫鸘與鸑鷟，舞鵾雞與翡翠〔一四〕。毒龍怒兮赫然〔一五〕，狂象奔兮沉醉。怖魍魎，潛魑魅〔一六〕。離婁明目〔一七〕，不足見其精微；匠石洗心〔一八〕，不足徵其奧祕。繽繽紛紛，氛氛氳氳〔一九〕。五色成文若榮光〔二〇〕，休氣發彩於重雲〔二一〕；蒨蒨粲粲〔二二〕，煥煥爛爛〔二三〕。三光壯觀若合璧，連珠耿耀於長漢〔二四〕。夫其遠也，天台槃起，繞之以赤霞〔二五〕；夫其近也，削成孤峙，覆之以蓮花〔二六〕。晃兮瑤臺之帝室〔二七〕，赩兮金闕之仙家〔二八〕。其高也，出諸天於大梵〔二九〕；其廣也，遍諸法於恒沙〔三〇〕。上可以薦元符於七廟〔三一〕，下可以納群動於三車者也〔三二〕。

【箋注】

〔一〕「陳法供」，法供，對佛教出家人之供養、布施。魏書釋老志：「承明元年（四七六）八月，高祖於永寧寺設太法供，度良家男女爲僧尼者百有餘人。」

〔二〕「青蓮」句，青蓮，譯爲優鉢羅花。此泛指蓮花。浄土宗以蓮花之自然屬性譬佛教，故蓮華亦隱指佛教。華嚴經探玄記卷三：「大蓮華者，梁攝論中有四義：一、如世蓮華，在泥不染，譬法界真如，在世不爲世法污。二、如蓮華自性開發，譬真如自性開悟，衆生若證，則自性開發。三、如蓮華爲群蜂所採，譬真如爲衆聖所用。四、如蓮華有四德：一香、二浄、三柔軟、四可愛，譬真如四德，謂常、樂、我、浄。」非夏，蓮花於夏季盛開，而時已入秋，故云。夏，英華卷一二五、四子集作「夜」，英華校：「一作夏。」按前人有「青蓮夜開」之説，梁簡文帝善覺寺碑銘：「陽燧暉朝，青蓮開夜。」然下句以「不寒」對文，則此以「非夏」爲長。藝文類聚卷四七月十五、太平御覽卷三三七月十五日、宋葉庭珪海録碎事卷二、宋祝穆古今事文類聚前集卷一〇等引，皆作「非夏」。

〔三〕「頳果」句，頳，朱紅色。此泛指水果。青蓮、頳果，皆盂蘭盆中所盛。

〔四〕「銅鐵」句，銅鐵銀錫，英華校：「一作銅鐵鉻錫。」

〔五〕「璆琳」句，璆琳琅玕，楚辭屈原九歌東皇太一：「璆鏘鳴兮琳琅。」王逸注：「璆、琳琅，皆美玉名也。」又文選王延壽魯靈光殿賦：「駢密石與琅玕，齊玉璫與璧英。」張載注：「琅玕，珠也，似玉。尚書曰：『球琳琅玕。』」此泛指美玉。

〔六〕「映以」句，文選揚雄甘泉賦：「翠玉樹之青葱兮。」李善注引漢武帝故事曰：「上（漢武帝）起神屋，前庭植玉樹，珊瑚爲枝，碧玉爲葉。」

〔七〕「冠以」句，史記孝武本紀：「其後則又作柏梁、銅柱、承露仙人掌之屬矣。」集解引蘇林曰：「仙人以手掌擎盤承甘露也。」索隱：「三輔故事曰『建章宫承露盤高三十丈，大七圍，以銅爲之。上有仙人掌承露，和玉屑飲之』。故張衡賦（按指東京賦）曰『立修莖之仙掌，承雲表之清露』是也。」

〔八〕「憲章」句，憲章，效法。文選班固東都賦：「憲章稽古。」吕向注：「憲，法也。」三極，即天、地、人三材。周易繫辭上：「六爻之動，三極之道也。」韓康伯注：「三極，三材也。兼三材之道，故能見吉凶成變化也。」又繫辭下：「易之爲書也，廣大悉備，有天道焉，有人道焉，有地道焉。兼三材而兩之，故六。六者非它也，三材之道也。」三，英華、四子集作「皇」。按「三」與下句「萬」對應，作「皇」誤。

〔九〕「上寥廓」句，上，指武則天。寥廓，文選揚雄甘泉賦：「閌閬閬其寥廓兮。」李善注：「寥廓，虛静貌。」謂無爲而治。董仲舒對武帝問賢良策：「臣聞天者，群物之祖也。故遍覆包函，而無所殊。建日月風雨以和之，經陰陽寒暑以成之，故聖人法天而立道，亦溥愛而亡私。」「無所殊建」，即所謂「虛静」。

〔一〇〕「下安貞」句，下，指百姓。周易坤卦：「君子有攸往，先迷後得，主利。西南得朋，東北喪朋，安貞，吉。」王弼注：「西南致養之地，與坤同道者也。」孔穎達正義釋「安貞」爲「安静貞正」。

〔一一〕「殫怪力」句，論語述而：「子不語怪力亂神。」何晏集解引王肅注：「怪，怪異也；力，謂若奡盪舟、烏獲舉千鈞之屬；亂，謂臣弒君、子弒父；神，謂鬼神之事。或無益於教化，或所不忍言。」此反其意，言盂蘭盆所設，盡怪力之能事。

〔一二〕「少君」二句，少君王子，指李氏諸皇子皇孫及革唐後所封武氏親王等。掣曳曳，相互牽挽貌。

〔一三〕「玉友」二句，玉友瑶姬，指貴族男女。玉、瑶，言其華貴。翩蹮蹮，即「翩蹮」、「蹮蹮」乃疊用。文選左思蜀都賦：「紆長袖而屢舞，翩蹮蹮以裔裔。」吕向注：「翩，輕貌；蹮蹮、裔裔，皆舞貌。」此形容步履輕盈多姿。

〔一四〕「鳴鷫鸘」二句，鷫鸘、鸑鷟、鵾雞、翡翠，皆珍禽名。文選張衡西京賦：「鳥則鷫鷞鴰鴇，鴐鵞鴻鶤。」李善注引高誘淮南子注曰：「鷫鸘，長脛，緑色，其形似雁。」文選嵇康琴賦：「舞鸑鷟於庭階。」李善注：「説文曰：『鸑鷟，鳳屬，神鳥也。』國語曰：『周文王時，鸑鷟鳴於岐山。』」又文選左思吴都賦：「鳥則鵾雞……」劉淵林注：「鵾雞，鳥也，好鳴。」又文選張華鷦鷯賦：「彼鷩鶚鵾鴻，孔雀翡翠。」李善注「鵾」曰：「鵾狀如鶴而文。」又注「翡翠」曰：「漢書音義應劭曰：『雄曰翡，雌曰翠。』異物志曰：『翡赤色，大於翠。』顔監曰：『鳥各别異，非雄雌異名也。』」鵾，英華、四子集本作「鶤」，同。

〔一五〕「毒龍」句，後漢書西域傳論：「身熱首痛，風災鬼難之域。」李賢注引釋法顯游天竺記云：「西度流沙，屢有熱風惡鬼，過之必死。葱嶺冬夏有雪，有毒龍，若犯之，則風雨晦冥，飛砂揚礫。（過）〔遇〕此難者，萬無一全也。」則「毒龍」爲有毒之龍。怒，原作「挐」，英華校：「一作怓。」藝文類聚卷四七月十五、太平御覽卷三一七月十五日、古今事文類聚前集卷一〇引，皆作「怒」，知英華校「一作」之「怓」，當是「怒」之訛。下句對文爲「奔」，此當以「怒」爲長，因改。赫然，發怒貌。

〔一六〕「怖魍魎」二句，魍魎、螭魅，左傳宣公三年：「民入川澤山林，不逢不若。螭魅罔兩，莫能逢之。」杜預注：「螭，山神，獸形。魅，怪物。罔兩，水神。」此泛指各種妖魔鬼怪。

〔一七〕「離婁」句，孟子離婁上趙岐注：「離婁，古之明目者，黄帝時人也。黄帝亡其玄珠，使離朱索之，離朱即離婁也。能視於百步之外，見秋毫之末。」

〔一八〕「匠石」句，莊子人間世：「匠石之齊，至於曲轅。」司馬彪注：「匠石，字伯。」傳説爲古之巧匠。文選何晏景福殿賦：「公輸荒其規矩，匠石不知其所斲。」又嵇康琴賦：「乃使離子督墨，匠石奮斤。」以上四句，極言布置技巧之高。

〔一九〕「氛氛」句，氛氛氲氲，即「氛氲」之疊用。楚辭九章橘頌：「紛緼宜修，姱而不醜兮。」王逸注：「紛緼，盛貌也。」多形容元氣。紛緼，與氛氲同。

〔二〇〕「五色」句，文選江淹詣建平王上書：「青雲浮雒，榮光塞河。」李善注引尚書中候曰：「成王觀於洛河，沈璧禮畢，王退候至於日昧，榮光并出幕河，清雲浮洛，青龍臨壇，銜玄甲之圖，吐之而去。」張銑注：「青雲、榮光，皆河洛之瑞也。」

〔二一〕「休氣」句，文選任昉宣德皇后令：「祥光總至，休氣四塞。」李善注：「尚書中候曰：『帝堯文明，榮光出河，休氣四塞。』鄭玄曰：『休，美也。』」劉良注：「祥光、休氣，並和平之瑞氣也。」

〔二二〕「蒨蒨」句，蒨蒨，原作「奮奮」。太平御覽卷三二七月十五日引，以及明王志堅古儷府卷二一、清康熙御定淵鑑類函（康熙命儒臣增補明俞安期輯唐類函而成）卷二〇引，并作「蒨蒨」。按文選束皙補亡詩六首之二白華：「蒨蒨士子，涅而不渝。」李善注：「蒨蒨，鮮明貌。」此形容盂蘭盆色澤鮮艷，而「奮奮」不詞，當是「蒨」字漫漶形訛，作「蒨蒨」是，據改。粲粲，詩經小雅大東：「西人之子，粲粲衣服。」毛傳：「粲粲，鮮盛貌。」文選束皙補亡詩六首之二白華：「粲粲門子，如磨如錯。」粲粲，五十家等作「燦燦」，同。

〔二三〕「煥煥」句，煥煥爛爛，皆光彩貌。劉熙釋名卷四釋采帛：「紈，渙也。細澤有光，煥煥然也。」煥煥，英華作「燠燠」，形訛。爛爛，文選司馬相如上林賦：「磷磷爛爛，采色澔汗。」李善注引郭璞曰：「皆玉石符采映耀也。」

〔二四〕「三光」二句，文選班固東都賦靈臺詩：「三光宣精，五行布序。」李善注：「淮南子曰：『夫道紘宇宙而章三光。』高誘曰：『三光，日、月、星也。』」漢書律曆志上：「宦者淳于陵渠復覆太初曆，晦朔弦望皆最密，日月如合璧，五星如連珠。」注引孟康曰：「謂太初上元甲子夜半朔旦冬至時，七曜皆會聚斗、牽牛分度，夜盡如合璧、連珠也。」後以「合璧」、「連珠」爲頌聖語。後漢書天文志上：「三皇邁化，協神醇樸，謂五星如連珠，日月如合璧，化由自然，民不犯慝。」長漢，即河漢。詩經小雅大東：「維天有漢，監亦有光。跂彼織女，終日七襄。」毛傳：「漢，天河也。」壯觀，英華、五十家、四子集作「啓旦」，英華校：「二字一作壯觀。」按「啓旦」爲動賓結構，與下句「耿耀」不侔，似誤。

〔二五〕「夫其遠」三句，謂盂蘭盆所樹風景，有如遠望天台、赤城二山之美。天台，山名，在今浙江寧波市境内。文選孫綽游天台山賦：「天台山者，蓋山嶽之神秀者也。涉海則有方丈蓬萊，登陸則有四明天台。」四明，即今寧波市。賦又曰：「赤城霞起而建標。」李善注引支遁天台山銘序曰：「往天台，當由赤城山爲道徑。」又引孔靈符會稽記曰：「赤城，山名，色皆赤，狀似雲霞。」

按赤城山乃丹霞地貌，故色赤。桀，亦作「傑」。英華作「傑」，校：「一作嶫。」按：嶫，獨立高聳貌，亦通。

〔二六〕「夫其近」三句，指華山。山海經西山經：「太華之山，削成而四方。」郭璞注：「今山形上大下小，峭峻也。」又太平御覽卷三九華山引華山記曰：「山頂有池，生千葉蓮花，服之羽化，因曰華山。」

〔二七〕「晃兮」句，楚辭屈原離騷：「望瑶臺之偃蹇兮，見有娀之佚女。」王逸注：「石次玉名曰瑶。……有娀，國名；佚，美也。謂帝嚳之妃、契母簡狄也。……吕氏春秋曰：『有娀氏有美女，爲建高臺而飲食之。』」洪興祖補注：「淮南子（按見墬形訓）曰：『有娀，在不周之北。長女簡翟，少女建疵。』高誘注云：『姊妹二人在瑶臺也。』」簡狄爲帝嚳之妃，故稱「帝室」。

〔二八〕「艴兮」句，艴，赤紅色。金闕，藝文類聚卷六二引（東方朔）神異經曰：「東北大荒中有金闕，高百丈，上有明月珠，徑三丈，光照千里。中有金階，西北入兩闕中，名天門。」事出神異之説，故稱「仙家」。

〔二九〕「其高也」二句，出，原作「上」，英華、四子集作「出」，於義較勝，據改。謂盂蘭盆所置之建築美輪美奂，超過劫比他國之伽藍。大唐西域記卷四劫比他國：「（劫比他國）伽藍大垣内有三寶階，南北列，東面下，是如來自三十三天降還也。昔如來起自勝林，上升天宫，居善法堂。爲母説法過三月已，將欲下降。天帝釋乃縱神力，建立寶階，中階黄金，左水精，右白銀。如來起善法堂，從諸天衆履中階而下，大梵王執白拂，履銀階而右侍；天帝釋持寶蓋，蹈水精階而左侍。……數百年前，猶有階級，逮至今時，陷没已盡。諸國君王悲慨不遇，壘以磚石，飾以珍寶，於其故基，擬昔寶階，其高七十餘尺，上起精舍。精舍中有石佛像，而左右之階有釋梵之像，形擬厥初，猶爲下勢。傍有石柱，高七十餘尺，無憂王所建也。」

〔三〇〕「其廣也」二句，「恒」即恒河，爲印度最大河流。「恒沙」即恒河之沙，謂極多。佛教形容其法力廣大，常以恒沙爲喻。金剛經：「『須菩提（按：又稱蘇補底、須扶提等，爲佛十大弟子之一，最善解空理），如恒河中所有沙數，如是沙等恒河，於意云何？是諸恒河沙寧爲多不？』須菩提言：『甚多，世尊。但諸恒河尚多無數，何況其沙？』」

〔三一〕「上可以」句，文選揚雄長楊賦：「方將俟元符。」李善注引晉灼曰：「元符，天瑞也。」七廟，禮記王制：「天子七廟：三昭、三穆與大祖之廟而七。」鄭玄注：「此周制。七者，大祖及文王、武王之祧，與親廟四。大祖，后稷。」

〔三二〕「下可以」句，謂盂蘭盆可以容納衆物。群動，指包括人在内之所有動物。文選陶淵明雜詩二首之二：「日入群動息，歸鳥趨林鳴。」張銑注：「衆物之群動者，日入皆息。」三車，指羊車、鹿車、牛車，譬喻佛教三乘。妙法蓮華經譬喻品第三：諸子在火宅内，其父欲救諸子，告之曰：「汝等所可玩好，稀有難得，汝若不取，後必憂悔。如此種種羊車、鹿車、牛車，今在門外，可以游戲。」佛教以上述三車爲三乘，即聲聞乘、辟支乘、佛乘，以聲聞乘爲小乘，佛乘（又稱菩薩乘）

爲大乘。此以三車代指佛教，謂下可以使全民皆信奉佛教。

於是乎騰聲名，列部伍〔一〕。前朱雀〔二〕，後玄武〔三〕。左蒼龍〔四〕，右白虎〔五〕。環衛匝〔六〕，羽林周〔七〕。雷鼓八面〔八〕，龍旂九斿〔九〕。星戈耀日，霜戟含秋〔一〇〕。三公以位〔一一〕，百寮乃入。鳴珮鏘鏘〔一二〕，高冠岌岌。規矩中，威容翕〔一三〕。無族談，無錯立〔一四〕。若乃山中禪定〔一五〕，樹下經行〔一六〕。菩薩之權現，如來之化生〔一七〕。莫不汪洋在列〔一八〕，歡喜充庭。天人儼而同會，龍象寂而無聲〔一九〕。

【箋　注】

〔一〕「於是乎」二句，部伍，史記李將軍列傳：「（李）廣行無部伍行陣。」索隱案：「百官志云『將軍、領軍皆有部曲。大將軍營五部，部校尉一人，部有曲，曲有軍候一人』也。」此泛指隊伍。按此及以下，皆描寫盂蘭盆法會儀仗及儀式。

〔二〕「前朱雀」句，楚辭宋玉九辯：「左朱雀之茇茇兮。」王逸注：「朱雀奉送，飛翩翩也。」朱雀，指儀仗中畫有朱雀圖案之旗。以下玄武、蒼龍、白虎同。

〔三〕「後玄武」句，文選張衡思玄賦：「玄武縮於殼中兮，騰蛇蜿而自糾。」舊注：「龜與蛇交曰玄武。殼，甲也。春秋漢含孳曰：『太一常居，後玄武。』蔡邕月令章句曰：『北方玄武，介蟲之長。』」

〔四〕「左蒼龍」句，楚辭宋玉九辯：「右蒼龍之躍躍。」王逸注：「青虬負轂而扶轅也。」虬，龍也。蒼龍即青龍。

〔五〕「右白虎」句，文選揚雄甘泉賦：「蛟龍連蜷於東厓兮，白虎敦圉乎昆侖。」李善注引春秋漢含孳曰：「天一之帝居，左青龍，右白虎。」

〔六〕「環衛匝」句，謂警衛環繞。文選班固西都賦：「列卒周匝，星羅雲布。」呂濟注：「列卒周匝，謂遍列士卒。星羅雲布，言衆也。」

〔七〕「羽林周」句，謂周圍以羽林軍爲儀仗。唐六典卷二五諸衛府：「左右羽林軍衛大將軍各一人，正三品。」注：「漢置南北軍，掌衛京師。南軍若今諸衛也，北軍若今左右羽林也。……隋煬帝改左右領軍爲左右屯衛，所領兵爲羽林。皇朝名武衛所領兵爲羽林，又别置左右屯營，各有大將軍、將軍等員。龍朔二年（六六二）改爲左右羽林軍，其名則歷代之羽林也。」同上書卷二四諸衛：「左右威衛大將軍・將軍之職掌，如左右衛，其異者，大朝會則率其屬被黑質鍪鎧，執黑弓箭、黑刀、黑穳，建青麾、黑麾、黄龍負圖旗、黄鹿旗、騶牙旗、蒼烏旗，爲左右廂之儀仗，次立武衛之下。翊府翊衛、外府羽林番上者，則分配之。在正殿前，則以諸隊立於階下；在長樂、永安門内，則以挾門隊列於兩廊。」

〔八〕「雷鼓」句，文選張衡西京賦：「雷鼓䨻䨻，六變既畢。」薛綜注：「雷鼓，八面鼓也。凡樂，六變爲一成，則更奏。」李善注引周禮曰：「雷鼓路鼗奏之，若樂六變。一變川澤之神見，二變山林之神見，三變丘陵之神見，四變墳衍之神見，五變地神見，六變天神見。」

〔九〕「龍旂」句，詩經周頌載見：「龍旂陽陽，和鈴央央。」鄭玄箋：「交龍爲旂。」孔穎達正義：「龍旂者，旂上畫爲交龍。」九斿，「斿」又作「旒」，音流，旌旗末直幅、飄帶之類下垂飾物。九斿即九條飾物。禮記樂記：「龍旂九旒，天子之旌也。」

〔一〇〕「星戈」二句，謂儀仗隊戈矛鋥亮，有如星光閃爍；戟上凝霜，肅殺之氣逼人。

〔一一〕「三公」句，唐六典卷一：「三師，訓導之官也，其名即周之三公。……近代多以爲贈官，皇朝因之，其或親王拜者，但存其名耳。」唐以太尉、司徒、司空爲三公，皆正一品。

〔一二〕「鳴珮」句，文選謝朓直中書省：「兹言翔鳳池，鳴珮多清響。」李善注引禮記曰：「君子行則鳴珮玉。」六臣本作「佩」，同，李周翰注：「鳴佩，所佩玉也。」鏘鏘，玉鳴聲。

〔一三〕「威容」句，翕，集中，一致。英華校：「一作習。」

〔一四〕「無族談」二句，周禮秋官朝士：「禁慢朝、錯立、族談者。」鄭玄注：「慢朝，謂臨朝不肅敬也。錯立、族談，違其位僔語也。」賈公彦疏：「云錯立、族談者，族，聚也。」

〔一五〕「若乃」句，謂法會之寂静，如在山中修禪入定。禪定爲佛家修養法之一，以防非止惡曰戒，息慮静缘曰定，破惑證真曰慧。楞嚴經卷六：「所謂攝心爲戒，因戒生定，因定發慧，是則名爲三無漏學。」

〔一六〕「樹下」句，佛經謂如來在菩提樹下修成正果，故佛教謂樹爲「道樹」，比丘多於樹下修行。法苑珠林卷二七引十輪經頌曰：「經行林樹下，求道志能堅。既有神通力，振錫遠乘煙。」此謂與會者極認真，有如樹下修道。

〔一七〕「菩薩」二句，謂法會極莊嚴，人人皆如菩薩、如來化身。佛家以隨宜之法爲「權」。權現，隨機現身。

〔一八〕「莫不」句，汪洋，連綿字，形容預法會之人極多。楚辭補注王褒九懷蓄英：「臨淵兮汪洋。」王逸注：「瞻望大川，廣無極也。」洪興祖補注，謂「汪洋」又音「晃養」。

〔一九〕「龍象」句，龍象，佛家語，指羅漢中修行最有力者。大智度論卷三：「那伽或名龍，或名象，是五千阿羅漢，諸阿羅漢中最大力，以是故言如龍如象。水行中龍力大，陸行中象力大。」此泛指僧人。

聖神皇帝乃冠通天，佩玉璽〔一〕。冕旒垂目，紞纊塞耳〔二〕。前後正臣，左右直史。身爲法度，聲爲宫徵，穆穆然南面以觀矣。八枝初會〔三〕，四影高懸〔四〕。上妙之座〔五〕，取於燈王之國〔六〕；大悲之飯，出於香積之天〔七〕。隨藍寶味，舍衛金錢〔八〕。麵爲山兮酪爲沼〔九〕，花作雨兮香作煙〔一〇〕。明因不測〔一一〕，大福無邊。鏗九韶〔一二〕，撞六律〔一三〕；歌千人，舞八佾〔一四〕。孤竹之管，雲和之瑟〔一五〕。麒麟在郊〔一六〕，鳳凰蔽日。天神下降，地祇咸出。

【箋　注】

〔一〕「聖神皇帝」二句，冠通天，謂戴通天冠。劉昭補後漢書輿服志下：「通天冠，高九寸，正豎，頂少邪卻，乃直下爲鐵卷梁，前有山，展筩爲述，乘輿所常服。」原注引獨斷曰：「漢受之秦，禮無文。」據舊唐書輿服志，唐代天子之冕有衮裘之冕、衮冕、通天冠等，凡十二等，「通天冠，加金博山，附蟬十二首，施珠翠，黑介幘」。玉璽，文選張衡東京賦：「冠通天，佩玉璽。」薛綜注：「佩，帶也。玉璽，天子印也。」

〔二〕「冕旒」二句，冕旒，即冕冠，垂旒，皇帝所戴禮帽。後漢書輿服志下：冕冠，垂旒，「孝明皇帝永平二年（五九），初詔有司採周官、禮記、尚書皋陶篇，乘輿服從歐陽氏說，公卿以下從大小夏侯氏說。冕皆廣七寸，長尺二寸，前圓後方，朱綠裏，玄上，前垂四寸，後垂三寸，係白玉珠爲十二旒，以其綬采色爲組纓」。據舊唐書輿服志，唐代天子衮冕「金飾，垂白珠十二旒，以組爲纓，色如其綬，黈纊充耳，玉簪導」。漢書東方朔傳：「冕而前旒，所以蔽明；黈纊充耳，所以塞聰。」注引如淳曰：「黈，音工苟反，謂以玉爲瑱，用黈纊縣之也。」顔師古注糾正道：「如說非也。黈，黃色也，纊，綿也。以黃綿爲丸，用組縣之於冕，垂兩耳旁，示不外聽，非玉瑱之縣也。」按：紞，說文曰：「冕冠塞耳者。」則顔注是，紞當亦爲絲綿類。

〔三〕「八枝」句，八枝，指八支酥燈。法苑珠林卷六〇滅罪部，謂「欲持此呪（大般若咒）者，香泥塗地，須新瓦瓶八口。須時華散著道場所，并插著瓶。瓶中著八種漿：石榴、蒲萄、乳汁、酪、蜜、石蜜、酒、甘蔗等漿。并作種種素食，分作八分。燒種種名香，供養形像。并然八支酥燈。」枝乃「支」之後起字。八枝初會，蓋言首次點燃八支酥燈。

〔四〕「四影」句，太平御覽卷八七〇引法顯山記（當即游天竺記）：「舍衛國精舍道東，有外道天寺，名曰影覆，與佛論議處，精舍夾道相對，亦高六丈許。所以名『影覆』者，日在西時，佛精舍影映外道天寺；日在東時，外道天寺影北映，不得映佛精舍也。外道常遣人守天寺，灑掃燒香，燃燈供養，至明旦，其燈輒移在佛精舍中。娑羅門恚，言諸沙門取我燈自供養佛。娑羅門於夜自伺候，見有金天神持燈遶佛精舍三匝，供養佛前，忽然不見。娑羅門乃知佛神，即舍家入道。」此所謂「四影」，當指四燈，言「影」，以佛精舍影爲喻，神其事也。

〔五〕「上妙」句，上妙之座，指爲佛寺所施坐具、卧具等。法苑珠林卷三〇羅漢部：「如是十六大阿羅漢，一切皆具三明、六通、八解脱等無量功德，離三界染，誦持三藏，博通外典。承佛敕故，以神通力，延自壽量。乃至世尊正法應住，常隨護持，及與施主作真福田，令彼施者得大果報。若此世界一切國王、輔相、大臣、長者、居士，若男若女，發殷浄心，爲四方僧設大施會，或設五年無遮施會，或慶寺、慶像、慶經旛等施設大會，或延請僧至所住處設大福會，或詣寺中經行處等，安布上妙諸坐卧具、衣藥、飲食，奉施僧衆。時此十六大阿羅漢及諸眷屬隨其所應，分散往赴，現種種形，蔽隱聖儀，同常凡衆密受供具，令諸施主得勝果報。」

〔六〕「取於」句，燈王之國，法苑珠林卷六〇滅罪部：「東方最勝燈王如來經云：東方去此百千億佛剎，過已有一佛剎，名無邊華世界。彼世界中有一佛，名最勝燈王如來。」按此言「取於燈王之國」，實指燈，喻所施上妙座等，有如爲佛寺施油燃燈，無論貧富，皆誠心、盡力爲之。故事詳法苑珠林卷三五然燈篇引證部引菩薩本行經所述大國王以身爲燈、阿闍世王受決經所述貧窮老母乞得兩錢買燃一燈等。

〔七〕「大悲」二句，香積之天，指香積國。維摩詰經卷下香積品：「有國名衆香，佛號香積，……苑囿皆香，其食香氣。」後泛指佛寺之飯，謂其香也。廣弘明集卷一九蕭子顯御講摩訶般若經序：「搆制等於天宮，設飯同於香積。」

〔八〕「舍衛」句，舍衛，也稱舍婆提，北印度憍薩羅國都城。藝文類聚卷五八園引法顯記曰：「舍衛精舍，東北六百里，毗舍佉母作精舍，請佛及借此處。故在祇洹舍大園落，有二門，一門東向，一北向。此園即須達長者布金錢買地處也。精舍當中央，佛住此處最久，說法度人，經行坐處，亦盡起塔，皆有名字。」釋迦牟尼居此精舍傳法二十五年。此泛指爲佛寺所施金錢。

〔九〕「麵爲」句，沼，英華校：「一作洛。」按此句言所施奶酪多到池沼所不能容，作「洛」誤。

〔一〇〕「花作」句，過現因果經：「時燈照王領諸官庶，持妙香花種種供具，出城迎佛。王臣禮敬，散獻名花，花悉墮地。善慧見諸人衆，供養畢已，諦觀如來相好之容，欲滿種智度衆生故，即散五花，皆住空中，化成花臺。後散二莖，亦止於空。爾時王民，龍天八部，見此奇特，嘆未曾有。」洛陽伽藍記卷五城北凝圓寺：「道榮傳云：『王修浮圖，木工既訖，猶有鐵柱無有能上者。王於四角起大高樓，多置金銀及諸寶物，王與夫人及諸王子悉在上燒香散花，至心精神，然後轆轤絞索，一舉便到。』故胡人皆云四天王助之，若其不爾，實非人力所能舉。」庾信奉和闡弘二教應詔：「香煙聚爲塔，花雨積成臺。」

〔一一〕「明因」句，明因不測，謂以神而明。周易繫辭上：「陰陽不測之謂神。」韓康伯注：「神也者，變化之極，妙萬物而爲言。不可以形詰者也，故曰陰陽不測。」

〔一二〕「鏗九韶」句，周禮春官大司樂：「凡樂，黄鍾爲宫，大吕爲角，大蔟爲徵，應鍾爲羽，路鼓路鼗，陰竹之管，龍門之琴瑟，九德之歌，九磬之舞，於宗廟之中奏之，若樂九變，則人鬼可得而禮矣。」鄭玄注：「九磬，讀當爲『大韶』，字之誤也。」因沿用已久，故不改。韶，舜樂名。僞古文尚書舜典：「簫韶九成，鳳皇來儀。」又論語述而：「子在齊聞韶，三月不知肉味。」邢昺疏：「韶，樂也。」

〔一三〕「撞六律」句，周禮春官大司樂：「以六律、六同、五聲、八音、六舞大合樂，以致鬼神示，以和邦國，以諧萬民，以安賓客，以説遠人，以作動物。」鄭玄注：「六律，合陽聲者也；六同，合陰聲者也。此十二者，以銅爲管，轉而相生，黄鍾爲首，其長九寸，各因而三分之，上生者益一分，下生者去一焉。」按：六律即黄鍾、太蔟、姑洗、蕤賓、夷則、無射。

〔一四〕「舞八佾」句，論語八佾：「孔子謂季氏：『八佾舞於庭，是可忍也，孰不可忍也？』」何晏集解引馬（融）曰：「佾，列也。天子八佾，諸侯六，卿大夫四，士二。八人爲列，八八六十四人。魯以周公故，受王者禮樂，有八佾之舞。季桓子僭於其家廟舞之，故孔子譏之。」

〔一五〕「孤竹」二句，周禮春官大司樂：「凡樂，圜鍾爲宮，黄鍾爲角，大蔟爲徵，姑洗爲羽，靁鼓靁鼗，孤竹之管，雲和之琴瑟，雲門之舞，冬日至，於地上之圜丘奏之，若樂六變，則天神皆降，可得而禮矣。」孤竹，鄭玄注：「竹特生者。」又注「雲和」曰：「地名也。」

〔一六〕「麒麟」句，初學記卷二九麟引春秋感精符曰：「麟一角，明海内共一主也。王者不刳胎，不剖卵，則出於郊。」

於是乎上公列卿，大夫學士，再拜稽首而言曰：聖人之德，無以加於孝乎！散元氣〔一〕，運洪爐〔二〕。斷鼇足〔三〕，受龍圖〔四〕。定天寶〔五〕，建皇都〔六〕。至如立宗廟〔七〕，平圭臬〔八〕。繡桷文楣〔九〕，山楶藻棁〔一〇〕。昭穆叙〔一一〕，樽罍設〔一二〕。以覲嚴祖之耿光〔一三〕，以揚先皇之大烈〔一四〕：孝之始也。考辰耀〔一五〕，制明堂〔一六〕；廣四修一〔一七〕，上圓下方〔一八〕。布時令，合蒸嘗〔一九〕。配天而祀文考，配地而祀高皇〔二〇〕：孝之中也。宣大乘，昭群聖〔二一〕；光祖考，登靈慶。發深心，展誠敬。刑於四海〔二二〕，加於百姓：孝之終也。夫孝始於顯親，中於禮神，終於法輪〔二三〕。武盡美矣〔二四〕，周命惟新〔二五〕。

【箋　注】

〔一〕「散元氣」句，謂散發、調和元氣。文選班固東都賦：「降煙熅，調元氣。」李善注引春秋命歷序曰：「元氣正則天地八卦孳也。」張銑注：「和樂之氣感天而降煙熅，煙熅，即元氣也。」

〔二〕「運洪爐」句，喻統治天下，如鼓氣燒大火爐。抱朴子外篇卷一勗學：「冀群寇畢滌，中興在今，……鼓九陽之洪爐，運大鈞乎皇極。……五刑厝而頌聲作，和氣洽而嘉穟生，不亦休哉！」

〔三〕「斷鼇足」句，淮南子覽冥訓：「女媧鍊五色石以補蒼天，斷鼇足以立四極。」高誘注：「三皇時，天不足西北，故補之。鼇，大龜。天廢頓，以鼇足柱之。」

〔四〕受龍圖，羅泌路史卷四三沈璧引野王符瑞圖云：「黄帝軒轅氏東巡省河，過洛，又沈握，視將加沈璧，集歷并臻，皆臨諸壇。河龍負圖出，赤文象文以授命。龍魚河圖云：天授帝號，黄龍負圖，鱗甲光耀，從河出。黄帝命侍臣寫以示天下。」以上數句，皆言武則天上膺天命，革唐爲周，再造政權，而登皇帝大位。

〔五〕「定天寶」句，天寶，指武承嗣僞造之「寶圖」，詳前老人星賦「河出圖兮五雲集」句注。

〔六〕「建皇都」句，指改東都爲神都。舊唐書則天皇后紀：嗣聖元年（六八四）「九月，大赦天下，改元爲光宅。旗幟改從金色，飾以紫，畫以雜文。改東都爲神都」。

〔七〕「至如」句，立宗廟，舊唐書則天皇后紀：「（載初元年，六八九）九月九日壬午，革唐命，改國號爲周。改元爲天授。……乙酉，加尊號曰聖神皇帝，降皇帝爲皇嗣。丙戌，初立武氏七廟於神都。追尊神皇父贈太尉、太原王士彠爲孝明皇帝。兄子文昌左相承嗣爲魏王，天官尚書三思爲梁王，堂姪懿宗等十二人爲郡王。」

〔八〕「平圭臬」句，「臬」原作「泉」，五十家作「臬」。全唐文卷一九〇作「臬」。按周禮地官大司徒：「以土圭之灋測土深，正日景，以求地中。」鄭玄注：「土圭所以致四時日月之景也。測猶度也，不知廣深，故曰測。」又文選陸倕石闕銘并序：「乃命審曲之官，選明中之士，陳圭置臬，瞻星揆地。」呂濟注：「圭以測日影也，臬以平水也。」此當指武氏重曆算，故作「臬」是，據全唐文改。舊唐書曆志一：「天后時，瞿曇羅造光宅曆。……皆舊法之所棄者，復取用之，徒云革易，寧造深微，尋亦不行。」同書天文志下：「舊儀，太史局隸秘書省，掌視天文曆象。則天朝，術士尚獻輔精於曆算，召拜太史令。……久視元年（七〇〇）五月十九日，敕太史局不隸秘書省，自爲職局，仍改爲渾天監。至七月六日，又改爲渾儀監。」按：此多爲楊炯身後事，録之以見武則天重視天文曆法。

〔九〕「繡栭」句，文選張衡西京賦：「繡栭雲楣。」薛綜注：「栭，斗也；楣，梁也。皆雲氣畫如繡也。」李善注引王褒甘泉頌曰：「採雲氣以爲楣。」此言「文楣」，義同。

〔一〇〕「山楶」句，棁，原誤「稅」，據英華、全唐文改。論語公冶長：「子曰：『臧文仲居蔡，山節藻棁，何如其知也？』」何晏集解引包（咸）曰：「節者，栭也。刻鏤爲山，棁者梁上楹。畫爲藻文，言其奢侈。」漢書叙傳載班固王命論：「𥨊棁之材，不荷棟梁之任。」顏師古注：「𥨊即薄櫨，所謂枅也。棁，梁上短柱也。𥨊音節，字亦或作節。棁，音之説反。」此與上句義同，俱言武后所建宗廟、太史局等極奢侈華麗。

〔二〕「昭穆叙」，昭、穆乃古代宗廟或墓地之輩次排列。如天子七廟，太祖居中，二、四、六世位左稱「昭」，三、五、七世位右稱「穆」，餘類推。此指武后建宗廟，奉武氏昭穆七代神主。舊唐書禮儀志五：「天授二年（六九一），則天既革命稱帝，於東都改制太廟爲七廟室，奉武氏七代神主，祔於太廟。改西京太廟爲享德廟，四時唯享高祖已下三室，餘四室令所司閉其門，廢其享祀之禮。……中宗即位，神龍元年（七〇五）……五月，遷武氏七廟神主於西京之崇尊廟。……至睿宗踐祚，乃廢毀之。」

〔三〕「樽罍設」句，樽罍，祭祀時所用盛酒器。舊唐書職官志三：「良醖署令一人，丞二人，……令掌供奉邦國祭祀五齊三酒之事，丞爲之貳。郊祀之日，帥其屬以實罇罍。若享太廟，供其鬱鬯之酒，以實六彝。」

〔三〕「以覲」句，謂以表達崇敬祖考之榮耀。文選班固典引并序：「以崇嚴祖考，殷薦宗配帝。」吕向注：「嚴，敬；殷，厚；薦，進；宗，尊；帝，天也。言所以崇敬祖考，厚進馨香，尊配享於上帝也。」覲，原作「觀」，據英華改。尚書多方：「以覲文王之耿光，以揚武王之大烈。」僞孔傳：「所以見祖之光明，揚父之大業。」

〔一四〕「以揚」句，謂表彰武氏祖考之大功大業。此句英華校：「或作『明孝之盛烈』」，集作『大宗之盛烈』。」

〔一五〕「考辰耀」，辰耀，即北辰、耀魄寶。謂祭天。禮記月令：「皇天，北辰耀魄寶，冬至所祭於圜丘也。」唐徐彦春秋公羊傳注疏卷一五考證：「按周禮賈疏云：爾雅：『北極謂之北辰。』鄭注：『天皇，北辰耀魄寶，紫微宫中皇天上帝，亦名昊天上帝是也。』」

〔一六〕「制明堂」句，明堂，傳説爲古代布政之宫。藝文類聚卷三八引孝經援神契：「明堂者，天子布政之宫。」又引尸子曰：「黄帝曰合宫，有虞曰總章，殷人曰陽館，周人曰明堂。」舊唐書則天皇后紀：「（垂拱）四年（六八八）春二月，毁乾元殿，就其地造明堂。」高宗生前嘗多次議建明堂，至此方成。

〔一七〕「廣四」句，周禮冬官考工記下：「夏后氏世室堂，修二七，廣四修一。」鄭玄注：「世室者，宗廟也。修，南北之深也。夏度以步，令堂修十四步，其廣益以四分修之一，則堂廣十七步半。」

〔一八〕「上圓」句，藝文類聚卷三八：「王者造明堂，上圓下方，象天地。」文選張衡東京賦：「規天矩地。」李善注：「大戴禮曰：『明堂者，上圓下方。』范子曰：『天者，陽也，規也；地者，陰也，矩也。』三輔黄圖曰：『明堂，方象地，圓象天。』」按舊唐書禮儀志二：「垂拱三年（六八七）春，毁東都之乾元殿，就其地創之。四年正月五日，明堂成，凡高二百九十四尺，東西南北各三百尺。有三層，下層象四時，各隨方色；中層法十二辰，圓蓋，蓋上盤九龍捧之；上層法二十四氣，亦圓蓋。」

〔一九〕「合蒸嘗」句，指祭祀。文選張衡東京賦：「躬追養於廟祧，奉蒸嘗與禴祠。」薛綜注：「言祭皆追感孝養之道，故躬自爲之，躬猶身也。」李善注：「毛詩曰：『禴祠蒸嘗。』公羊氏傳曰：『春曰祠，夏曰禴，秋曰嘗，冬曰蒸。』」

〔二〇〕「配天」二句，文考、高皇，指周文王及武后之父孝明高皇帝。舊唐書禮儀志一：「及則天革命，天册萬歲元年（六九五），加號爲天册金輪大聖皇帝，親享南郊，合祭天地。以武氏始祖周文王追尊爲始祖文皇帝，后考應國公（武士彠）追尊爲無上孝明高皇帝，亦以二祖同配，如乾封之禮。其後長安年，又親享南郊，合祭天地及諸郊丘，並以配焉。」

〔二一〕「宣大乘」二句，大乘，即大乘佛教，梵語摩訶衍。法華經譬喻品：「若有衆生，從世尊聞法信受，勤修精進，……利益天人，度脱一切，是名大乘。」群聖，指佛教之諸菩薩。

〔二二〕「刑於」句，詩經大雅思齊：「刑于寡妻，至于兄弟。」毛傳：「刑，法也。」刑，英華、五十家、四子集作「形」，誤。

〔二三〕「終於」句，法輪，佛法之別稱，代指佛教。四十二章經：「（世尊）於野鹿苑中，轉四諦法輪，度憍陳如等五人而證道果。」

〔二四〕「武盡」句，禮記樂記「干戚之舞，非備樂也」鄭玄注：「樂以文德爲備，若咸池者。孔子曰：『韶盡美矣，又盡善也。』謂武盡美矣，未盡善也。」孔穎達正義：「舜以文德爲備，故云韶盡美矣，謂樂音美也；又盡善也，謂文德具也。虞舜之時，雖舞干羽於兩階，而文多於武也。謂武盡美矣者，大武之樂，其體美矣，下文説大武之樂是也；未盡善者，文德猶少，未致太平。」此「武」字雙闕，除大武之樂外，亦指武氏也。

〔二五〕「周命」句，文心雕龍史傳：「洎周命惟新，姬公定法。」此指武則天所建之周朝。惟新，一新也。

聖神皇帝於是乎唯寂唯静，無營無欲〔一〕。壽命如天，德音如玉。任賢相，惇風俗。遠佞人〔二〕，措刑獄〔三〕。省遊宴，披圖籙〔四〕。捐珠璣，寶菽粟〔五〕。罷官之無事，恤人之不足〔六〕。鼓天地之化淳，作皇王之軌躅〔七〕。太陽夕，乘輿歸。下端闈〔八〕，入紫微〔九〕。

【箋注】

〔一〕「無營」句，文選束皙補亡詩六首白華：「堂堂處子，無營無欲。」李善注引梁鴻安丘嚴平頌曰：「無營無欲，澹爾淵清。」劉良注：「言孝子不得有所營欲。」

〔二〕「遠佞人」句，論語衛靈公：「顔淵問爲邦。子曰：『……放鄭聲，遠佞人。鄭聲淫，佞人殆。』」何晏集解引孔（安國）曰：「鄭聲、佞人，亦俱能惑人心，與雅樂、賢人同，而使人淫亂危殆，故當放遠之。」佞人，巧言善辯之人。

〔三〕「措刑獄」句，漢書文帝紀贊：「海内殷富，興於禮義，斷獄數百，幾致刑措。」注引應劭曰：

「措，置也。民不犯法，無所刑也。」

〔四〕「披圖籙」句，圖籙，讖緯類圖籍。太平御覽卷七六叙皇王上引春秋演孔圖曰：「天子皆五帝精寶，各有題序，次運相據，起必有神靈符紀，諸神扶助，使開階立隧。」又曰：「王者常置圖籙坐旁以自立。」此泛指圖書。

〔五〕「捐珠璣」二句，謂不貴異寶，而以農爲本。珠璣，漢書地理志下：「（南越國）處近海，多犀象、毒冒、珠璣、銀銅、果布之湊。」韋昭注：「璣，謂珠之不圓者也。」菽粟，泛指糧食。

〔六〕「恤人」句，之，原作「文」，據英華、四子集、全唐文改。

〔七〕「作皇王」句，謂武則天所爲，可作皇王楷模。文選沈約齊故安陸昭王碑文：「軌躅清晏，車徒不擾。」李善注引漢書音義曰：「躅，迹也。」張銑注：「軌躅，車馬迹也。」

〔八〕「下端闈」句，後漢書班固傳載西都賦：「立金人於端闈。」李賢注引爾雅曰：「宫中之門謂之闈。」又引三輔黄圖曰：「秦宫殿端門四達，以則紫宫。」此指作盂蘭盆會之洛城南門。

〔九〕「入紫微」句，謂啓駕回宫。紫微，即紫宫，星座名。史記天官書：「中宫天極星，其一明者，太一常居也；旁三星三公，或曰子屬。……皆曰紫宫。」又晉書天文志上中宫：「紫宫垣十五星，……一曰紫微，大帝之坐也，天帝之常居也。」此代指皇宫。

楊炯集箋注卷二

五言古詩

廣溪峽

廣溪三峽首〔一〕，曠望兼川陸〔二〕。山路繞羊腸〔三〕，江城鎮魚腹〔四〕。喬林百尺偃〔五〕，飛水千尋瀑〔六〕。驚浪迴高天，盤渦轉深谷〔七〕。漢氏昔云季〔八〕，中原争逐鹿〔九〕。天下有英雄〔一〇〕，襄陽有龍伏〔一一〕。常山集軍旅〔一二〕，永安興版築〔一三〕。池臺忽已傾〔一四〕，邦家遽淪覆〔一五〕。庸才若劉禪〔一六〕，忠佐爲心腹〔一七〕。設險猶可存，當無賈生哭〔一八〕。

【箋注】

〔一〕廣溪峽，長江三峽之首，即今瞿塘峽。水經注江水：「江水又東，逕廣溪峽。斯乃三峽之首也，其間三十里。」本詩及其下巫峽、西陵峽三首，蓋作者由三峽出蜀時作，年代不可確考，疑在垂拱元年（六八五）貶梓州司法參軍離任回洛陽途中。唐人離蜀赴洛陽，多選擇由水路出三峽。英華卷一六一於本詩題下注曰：「三峽有序，不録。」蓋此首及後巫峽、西陵峽兩首，原總題爲三峽并有序。其序已佚。

〔二〕「曠望」句，水經注江水：「江水又東，逕諸葛亮圖壘南。石磧平曠，望兼川陸，有亮所造八陣圖，東跨故壘，皆累細石爲之。自壘西去，聚石八行，行間相去二丈，因曰八陣。」

〔三〕「山路」句，羊腸，喻山路曲折崎嶇。水經注江水：「馬嶺（按：在白帝城北緣）小差委迤，猶斬山爲路，羊腸數四，然後得上。」

〔四〕「江城」句，江城，指白帝城，東漢初公孫述改魚復而名之。鎮，彈壓，言勢居其上。魚腹，又作魚復。水經注江水：「江水又東，逕魚腹縣故城南。」酈道元注：「故魚國也。春秋左傳文公十六年：庸與群蠻叛，楚莊王伐之，七遇皆北，唯裨、鯈、魚人逐之是也。地理志：江關都尉治。公孫述名之爲白帝，取其王色。」明何宇度益部談資下：「魚復，即夔地，謂鰉魚至此復回不上也。」在今重慶市奉節縣城東，三峽由此起。

〔五〕「喬林」句，喬林，木之高者曰喬。尚書禹貢：「厥木惟喬。」林，英華作「枝」。尺，英華、五十家、四子集、全唐詩卷五〇（全唐詩收楊炯詩僅此一卷，以下引不再注卷數）作「丈」。

〔六〕「飛水」句，水經注江水：三峽七百里中，「春冬之時，則素湍緑潭，迴清倒影。絶巘多生怪柏，懸泉瀑布，飛漱其間，清榮峻茂，良多趣味」。

〔七〕「盤渦」句，文選郭璞江賦：「盤渦谷轉。」李善注：「渦，水旋流也。」又引王粲游海賦曰：「大浪踊躍，山隆谷窳。」

〔八〕「漢氏」句，指東漢之末。國語晉一：「雖當三季之王，亦不可乎？」韋昭注：「季，末也。」

〔九〕「中原」句，指漢末軍閥混戰。逐鹿，史記淮陰侯列傳：「秦失其鹿，天下共逐之。」裴駰集解引張晏曰：「以鹿喻帝位也。」或説喻指天下。文選班彪王命論：「遊説之士，至比天下於逐鹿。」李善注引太公六韜曰：「取天下若逐野鹿，得鹿，天下共分其肉。」

〔一〇〕「天下」句，「英雄」指劉備。三國志蜀書先主傳：「曹公（操）從容謂先主曰：『今天下英雄，唯使君（即劉備）與操耳。本初（袁紹字）之徒，不足數也。』」

〔一一〕「襄陽」句，伏龍，指諸葛亮。三國志蜀書諸葛亮傳裴松之注引漢晉春秋：「亮家於南陽之鄧縣，在襄陽城西二十里，號曰隆中。」伏龍猶言卧龍，謂俊傑隱居。同上傳：「徐庶見先主，先主器之，謂先主曰：『諸葛孔明者，卧龍也，將軍豈願見之乎？』」裴注引襄陽記曰：「劉備訪世事於司馬德操，德操曰：『儒生俗士，豈識時務？識時務者在乎俊傑。此間自有伏龍、鳳雛。』備問爲誰，曰：『諸葛孔明、龐士元也。』」

〔一二〕「常山」句，謂趙雲爲劉備募軍。常山，漢郡名，此代指趙雲。三國志蜀書趙雲傳：「趙雲字子龍，常山真定人也。本屬公孫瓚，瓚遣先主爲田楷拒袁紹，雲遂隨從，爲先主主騎。」裴注引雲别傳：劉備、趙雲同依公孫瓚時，深相結托。其後，「先主就袁紹，雲見於鄴。先主與雲同床眠卧，密遣雲合募得數百人，皆稱劉左將軍部曲，紹不能知。遂隨先主至荆州」。

〔一三〕「永安」句，永安，即魚復。三國志蜀書先主傳：章武（按：蜀漢先主昭烈帝劉備年號）二年（二二二）六月，吴將陸議大破先主軍於猇亭，「先主自猇亭還秭歸，收合離散兵，遂棄船舫，由步道還魚復，改魚復縣曰永安」。興版築，指劉備興建永安宫。版築，築牆時用兩版相夾，填土舂實。詩經大雅緜：「縮版以載，……築之登登。」又孟子告子下：「傅説舉於版築之間。」

〔一四〕「池臺」句，説苑善説：雍門子周以琴見孟嘗君，稱孟嘗君千秋萬歲之後，「高臺既已壞，曲池既已漸，墳墓既已下而青廷矣」云云。此喻指劉備崩殂。三國志蜀書先主傳：章武三年三月，「先主病篤，托孤於丞相（諸葛）亮。尚書令李嚴爲副。夏四月癸巳，先主殂於永安宫，時年六十三」。水經注江水：「江水又東，逕南鄉峽，東逕永安宫南。劉備終於此，諸葛亮受遺處也。其間平地可二十許里，江山迥闊，入峽所無。城周十餘里，背山面江，頹墉四毁，荆棘成林，左右民居，多墾其中。」

〔一五〕「邦家」句，淪覆，謂蜀漢政權滅亡。三國志蜀書後主傳：景耀六年（二六三）夏，魏將鄧艾、鍾會攻蜀，後主（劉禪）「用光禄大夫譙周策，降於艾」。

〔一六〕「庸才」句，劉禪，劉備子，備死繼位，史稱後主。後主平庸無能，三國志蜀書後主傳稱其「惑闇豎則爲昏闇之后」云云。降魏，蜀於是亡。

〔一七〕「忠佐」句，忠佐，指諸葛亮。劉備死時，曾在永安宮「托孤於丞相亮」，詔敕後主「事之如父」。其後，「嗣子幼弱，事無巨細，亮皆專之」。事迹詳三國志之諸葛亮、先主、後主三傳。

〔一八〕「設險」二句，謂即便山河險如長江三峽，亦不足以安邦保國。若險阻可恃，則賈誼便無須爲時事痛哭，言安國在德不在險。張載劍閣銘：「興實在德，險亦難恃。洞庭孟門，二國不祀。自古迄今，天命匪易。憑阻作昏，鮮不敗績。公孫（指公孫述）既滅，劉氏（指劉禪）銜璧。」漢書賈誼傳：「誼數上疏陳政事，多所欲匡建，其大略曰：臣竊惟事勢，可爲痛哭者一，可爲流涕者二，可爲長太息者六，若其它背理而傷道者，難遍以疏舉。進言者皆曰天下已安已治矣，臣獨以爲未也。」

巫峽

三峽七百里〔一〕，惟言巫峽長〔二〕。重巖窅不極，疊嶂凌蒼蒼〔三〕。絶壁横天險，莓苔爛錦章。入夜分明見，無風波浪狂〔四〕。忠信吾所蹈〔五〕，泛舟亦何傷。可以涉砥柱〔六〕，可以浮吕梁〔七〕。美人今何在，靈芝徒自芳〔八〕。山空夜猿嘯，征客淚沾裳〔九〕。

【箋　注】

〔一〕「三峽」句，水經注江水：「自三峽七百里中，兩岸連山，略無闕處。」

〔二〕「惟言」句，巫峽，長江三峽之一。水經注江水：「江水又東，逕巫峽。杜宇所鑿，以通江水也。……其間首尾一百六十里，謂之巫峽，蓋因山（按：指巫山）爲名也。」

〔三〕「重巖」二句，謂三峽兩岸山極高峻。水經注江水：三峽「兩岸連山，略無闕處，重巖疊嶂，隱天蔽日，自非停午夜分，不見曦月」。嶂、凌，英華卷一六一作「障」、「陵」，義同。

〔四〕「入夜」二句，指江神。禮記祭法：「山林川谷丘陵能出雲，爲風雨，見怪物，皆曰神。」文選郭璞江賦：「陽侯遁形乎大波。」李善注：「陽后，陽侯也。高誘淮南子注曰：『楊國侯溺死於水，其神能爲大波。』」

〔五〕「忠信」句，劉向説苑卷一七雜言：「孔子觀於吕梁，懸水四十仞，環流九十里，魚鼈不能過，黿鼉不敢居。有一丈夫方將涉之，孔子使人並崖而止之。……丈夫不以錯意，遂渡而出。孔子問：『子巧乎？且有道術乎？所以能入而出者何也？』丈夫對曰：『始吾入，先以忠信；吾之出也，又從以忠信。忠信錯吾軀於波流，而吾不敢用私，吾所以能入而復出也。』孔子謂弟子曰：『水而尚可以忠信義久而身親之，況於人乎？』」

〔六〕「可以涉」句，砥柱，小山名，在今河南三門峽市東北黄河中。水經注河水：「砥柱，山名也。昔禹治洪水，山陵當水者鑿之，故破山以通河。河水分流，包山而過，山見水中若柱然，故曰砥柱也。三穿既決，水流疏分，指狀表目，亦謂之三門矣。」今已没入三門峽水庫中。

〔七〕「可以浮」句，呂梁，泗水中石梁名。水經泗水：「東南過呂縣南。」酈注：「呂，宋邑也。……泗水之上有石梁焉，故曰呂梁也。昔宋景公以弓工之弓，彎弧東射，矢集彭城之東，飲羽於石梁，即斯梁也。懸濤漰渀，實爲泗嶮，孔子所謂魚鼈不能游。」按：石梁在今江蘇銅山縣東南。

〔八〕「美人」二句，美人指瑶姬（「瑶」又作「姚」），即巫山神女。文選宋玉高唐賦李善注引襄陽耆舊傳曰：「赤帝女曰姚姬，未行而卒，葬於巫山之陽，故曰巫山之女。楚懷王游於高唐，晝寢，夢見與神遇，自稱是巫山之女，王因幸之，遂爲置觀於巫山之南，號曰朝雲。後至襄王時，復游高唐。」水經注江水：「丹山西，「即巫山者也，又帝女居焉。宋玉所謂天帝之季女，名曰瑶姬，未行而卒，封於巫山之臺，精魂爲草，寔爲靈芝」。自，五十家、十二家作「有」。全唐詩作「有」，校：「一作自。」作「自」義勝，「有」蓋形訛。

〔九〕「山空」二句，水經注江水：「三峽中，「每至晴初霜旦，林寒澗肅，常有高猿長嘯，屬引淒異，空谷傳響，哀轉久絶，故漁者歌曰：『巴東三峽巫峽長，猿鳴三聲淚沾裳。』」

西陵峽〔一〕

絶壁聳萬仞〔二〕，長波射千里。盤薄荆之門〔三〕，滔滔南國紀〔四〕。楚都昔全盛〔五〕，高丘烜望祀〔六〕。秦兵一旦侵，夷陵火潛起〔七〕。四維不復設〔八〕，關塞良難恃〔九〕。洞庭且忽然，孟門終已矣〔一〇〕。自古天地闢〔一一〕，流爲峽中水。行旅相贈言〔一二〕，風濤無極已。及余踐斯地，瓌奇信爲美〔一三〕。江山若有靈，千載伸知己〔一四〕。

【箋注】

〔一〕西陵峽，長江三峽之最後一峽。水經注江水：「江水又東，逕西陵峽。宜都記曰：『自黄牛灘東入西陵界，至峽口一百許里，山水紆曲，而兩岸高山重嶂，非日中夜半，不見日月。絶壁或千許丈，其石彩色，形容多所像類；林木高茂，略盡冬春；猿鳴至清，山谷傳響，泠泠不絶。所謂三峽，此其一也。』」

〔二〕「絶壁」句，文選郭璞江賦：「若乃巴東之峽，夏后疏鑿，絶岸萬丈，壁立赮駮。」李善注引孟子曰：「堯之時，洪水横流，氾濫於天下，堯獨憂之，舉舜，舜使禹疏九河。」禹，即夏后也。

〔三〕「盤薄」句，文選郭璞江賦：「虎牙嵥竪以屹崒，荆門闕竦而磐礴。」李善注：「盛弘之荆州記曰：『郡西泝江六十里，南岸有山，名曰荆門；北岸有山，名曰虎牙。二山相對，楚之西塞也。虎牙，石壁紅色，間有白文，如牙齒狀。荆門上合下開，開達山南，有門形，故因以爲名。』磐礴，廣大貌。」按磐礴、盤薄，連綿字，音義同（水經注引江賦即作「盤薄」）。

〔四〕「滔滔」句，詩經小雅四月：「滔滔江漢，南國之紀。」毛傳：「滔滔，大水貌。其神足以綱紀一方。」鄭玄箋：「江也，漢也，南國之大水，紀理衆川，使不壅滯。」

〔五〕「楚都」句，楚都，指楚之郢都。漢書地理志上：南郡江陵縣，「故楚郢都，楚文王自丹陽徙此。後九世平王城之。後十世秦拔我郢，徙陳」。按史記楚世家正義引括地志，謂郢「在江陵縣東北六里」。

〔六〕「高丘」句，高丘，泛指西陵峽一帶山峰。宋玉高唐賦有「巫山之陽，高丘之阻」句，故稱。烜，祭祀隆重貌。爾雅釋訓：「赫兮烜兮，威儀也。」望祀，望祭山川。史記楚世家：「昭王曰：『自吾先王受封，望不過江漢。』」集解引服虔曰：「祀其國中山川爲望。」又正義：「江，荆州南大江也；漢、江也，二水楚境内也。」句謂西陵峽一帶乃楚國當年望祀之地。

〔七〕「秦兵」二句，史記楚世家：楚頃襄王二十年（前二七九），「秦將白起拔我西陵。二十一年，秦將白起遂拔我郢，燒先王墓夷陵。楚襄王兵散，遂不復戰，東北保於陳城」。索隱：「夷陵，陵名，後爲縣，屬南郡。」按：地在今湖北宜昌市。

〔八〕「四維」句，管子牧民：「禮義廉恥，是謂四維……四維不張，國乃滅亡。」按維乃結物之繩，此喻指統治權，言楚已失去統治基礎。

〔九〕「關塞」句，關塞，此指西陵峽。謂楚雖有西陵峽之險，仍以亡國，故言「難恃」。參前廣溪峽「設險」句注。

〔一〇〕「洞庭」二句，「洞庭」代指三苗氏，「孟門」代指殷。文選張載劍閣銘：「洞庭孟門，二國不祀。」李善注引史記（按見孫子吴起列傳）曰：「魏武侯浮西河而下，中流顧而謂吴起笑（按今本史記無「笑」字）曰：『美哉乎山河之固，此魏國之寶也！』吴起對曰：『在德不在險。昔三苗氏左洞庭而右彭蠡，恃此險也（今本史記無此句），德義不修，禹滅之。夏桀之居，左河濟，右太華，伊闕在其南，羊腸在其北，修政不仁，湯放之。殷紂之國，左孟門，右太行，常山在其北，大河經其南，修政不德，武王殺之。由此觀之，在德不在險。若君不修德，舟中之人盡爲敵國。』武侯曰：『善。』」索隱引劉氏曰：「紂都朝歌，今孟山在其西。今言左，則東邊别有孟門也。」忽然，形容敗亡之速。然，英華卷一六一、四子集作「焉」。

〔一一〕「自古」句，太平御覽卷二天部下引徐整三五曆紀：「天地混沌如雞子，盤古生其中。萬八千歲，天地開闢，陽清爲天，陰濁爲地。」文選郭璞江賦：「若乃巴東之峽，夏后疏鑿。」

〔一二〕「行旅」句，贈言，臨别所贈勉勵或吉利語。荀子非相：「贈人以言，重於金石珠玉。」又劉向説苑卷一七雜言：「子路將行，辭於仲尼。曰：『贈汝以車乎？以言乎？』子路曰：『請以言。』」又：「曾子從孔子於齊，齊景公以下卿禮聘曾子，曾子固辭。將行，晏子送之，曰：『吾聞君子贈人以財，不若以言。』」此所謂「贈言」，當以風濤臨懼相戒，以旅途平安相勉。

〔一三〕「瓌奇」句，瓌，英華作「懷」，形訛。

〔一四〕「江山」二句，乃檃括袁山松語。水經注江水：「（袁）山松言：常聞峽中水疾，書記及口傳，悉以臨懼相戒，曾無稱有山水之美也。及余來踐躋此境，既至欣然，始信耳聞之不如親見矣。其疊崿秀峰，奇構異形，固難以辭叙。……既自欣得此奇觀，山水有靈，亦當驚知己於千古矣。」

伸，英華、五十家作「深」，誤。

奉和上元酺宴應詔〔一〕

甲乙遇災年〔二〕，周隨送上弦〔三〕。祅星六丈出〔四〕，沴氣七重懸〔五〕。赤縣空無主〔六〕，蒼生欲問天〔七〕。龜龍開寶命〔八〕，雲火昭靈慶〔九〕。萬物睹真人〔一〇〕，千秋逢聖政。祖宗玄澤遠〔一一〕，文武休光盛〔一二〕。大號域中平〔一三〕，皇威天下驚。參辰昭文物，宇宙浹聲明〔一四〕。漢后三章令〔一五〕，周王五伐兵〔一六〕。匈奴窮地角〔一七〕，本自遠正朔〔一八〕。驕子起天街〔一九〕，由來虧禮樂〔二〇〕。一衣掃風雨〔二一〕，再戰夷屯剥〔二二〕。清明日月旦〔二三〕，蕭索煙雲涣〔二四〕。寒暑既平分〔二五〕，陰陽復貞觀〔二六〕。惟神諧妙物〔二七〕，乃聖符幽贊〔二八〕。下武發禎祥〔二九〕，平階屬會昌〔三〇〕。金泥封日觀〔三一〕，碧水匝明堂〔三二〕。業盛勛華德〔三三〕，興包天地皇〔三四〕。孝思義罔極〔三五〕，易禮光前式〔三六〕。天涣三辰輝〔三七〕，靈書五雲色〔三八〕。敬時發窮斂〔三九〕，卜世盈千億〔四〇〕。五緯聚華軒〔四一〕，重光入望圓〔四二〕。公卿論至道〔四三〕，天子拜昌言〔四四〕。雷解初開出〔四五〕，星空即便元〔四六〕。瑶臺涼景薦〔四七〕，銀闕秋陰偏〔四八〕。百戲騁魚龍〔四九〕，千門壯宫殿〔五〇〕。深仁洽蠻徼〔五一〕，愷樂周寰縣〔五二〕。宣室召群臣〔五三〕，明庭禮百神〔五四〕。仰德還符日〔五五〕，霑恩更似春。襄城非牧豎〔五六〕，楚國有巴人〔五七〕。

【箋　注】

〔一〕上元，唐高宗年號。此指改元上元，時在公元六七四年。舊唐書高宗紀：「咸亨五年秋八月壬辰，『改咸亨五年爲上元元年，大赦』。酺宴，指爲改元慶賀而宴飲。史記秦始皇本紀：「始皇二十五年（前二二二）五月，『天下大酺』。」正義：「天下歡樂，大飲酒也。」詩有句曰：「百戲騁魚龍，千門壯宫殿。」按資治通鑑卷二〇二載本年九月甲寅，「上御翔鸞閣，觀大酺。分音樂爲東西朋，使雍王賢主東朋，周王顯主西朋，角勝爲樂」。所謂「百戲」，蓋指此次酺宴之音樂比賽，當時郝處俊表示擔憂，諫稱「遞相誇競，俳優小人，言辭無度」云云，可知表演極熱鬧。或高宗、或二王有詩，有詔文士奉和，是詩當即楊炯在翔鸞殿應詔而作。

〔二〕「甲乙」句，「甲」指甲子歲，即隋文帝仁壽四年（六〇四）；「乙」指乙丑歲，即隋煬帝大業元年（六〇五）。隋書天文志下五代災變應：「仁壽四年六月庚午，有星入于月中。占曰：『有大喪，有大兵，有亡國，有破軍殺將。』七月乙未，日青無光，八日乃復。占曰：『主勢奪。』又曰：『日無光，有死王。』甲辰，上疾甚，丁未，宫車晏駕（隋文帝死）。漢王（楊）諒反，楊素討平之。皆兵喪亡國死王之應。」又曰：「煬帝大業元年六月甲子，熒惑入太微。占曰：『熒惑爲賊，爲亂入宫，宫中不安。』」按上引隋書天文志下所記之隋代災變，自甲子、乙丑始，以下尚有大業三年、十一年、十二年、十三年等。句謂隋自甲子、乙丑隋文帝死、煬帝楊廣繼位起，即災變不斷，國運轉衰。

〔三〕「周隨」句，周，指北周；隨，全唐詩作「隋」，同。宋會要輯稿選舉四之三九載乾道五年（一一六九）正月三十日禮部貢院言：「契勘隋字，元係隋國名，隋文帝初封隋公，後去其『辶』，以爲代號。其隨、隋兩字，如係國名，即音義并同。」此偏指隋。上弦，每月初七、八日，月呈月牙形，弧在右側，其月相稱「上弦」。唐開元占經卷一一引荆州占曰：「月上弦已後盛，君無戕德，臣執權柄，人背君尊其臣。」送上弦，謂隋之政權自甲子、乙丑以降，已如上弦後之月，月轉盛，而國則漸由其臣所取代，以至滅亡。

〔四〕「祆星」句，宋彭叔夏文苑英華辨證卷一：「楊炯酺宴應詔詩『祆星六丈出』，見漢天文志：五殘、六賊，司詭、威（按：當作「咸」，見下引）漢，四星并去地可六丈。而或作『妖星六紋出』。」四子集即作「妖」，注：「一作祆。」兩字通。按漢書天文志曰：「五殘星，出正東，東方之星。其狀類辰，去地可六丈，大而黄。六（按史記天官書作「大」）賊星，出正南，南方之星。去地可六丈，大而赤，數動，有光。司詭星，出正西，西方之星。去地可六丈，大而白，類太白。咸（按史記天官書作「獄」）漢星，出正北，北方之星。去地可六丈，大而赤，數動，察之中青。此四星所出非其方，其下有兵，衝不利。」又隋書天文志中妖星：「妖星者，五行之氣，五星之變名，見其方，以爲殃災。」此言隋末祆星屢出，天象不吉。

〔五〕「沴氣」句，沴氣，災害不祥之氣。漢書五行志中之上：「氣相傷，謂之沴。沴猶臨莅，不和意也。」七重，泛言多。庾信哀江南賦：「沴氣朝浮，妖精夜殞。」

〔六〕「赤縣」句，赤縣，即赤縣神州，中國之别稱。史記孟子傳附騶衍：「中國名曰赤縣神州，赤縣神州内自有九州，禹之序九州是也，不得爲州數。中國外如赤縣神州者九，乃所謂九州也。」空無主，謂天下大亂。

〔七〕「蒼生」句，蒼生，指百姓。問天，追問天道。謂百姓對隋統治者極度不滿。

〔八〕「龜龍」句，謂河出圖、洛出書。龜、龍乃天之使。初學記卷六洛水引尚書中候：「堯率群臣東沉璧於洛，退候至於下稷，赤光起，玄龜負書出，赤文成字。」又曰：「武王觀於河，沉璧禮畢，且退，至於日昧，榮光并塞河沉璧，青雲浮洛，赤龍臨壇，銜玄甲之圖吐之而去。」寶命，指天命。言唐膺命而有天下。

〔九〕「雲火」句，雲火，初學記卷一引尚書中候曰：「堯沉璧於河，白雲起，迴風摇落。」又史記周本紀：「武王渡河，既渡，『有火自上復於下，至於王屋，流爲烏，其色赤，其聲魄云』。」索隱引馬融云：「明武王能伐紂。」昭，爾雅釋詁：「見也。」又廣雅：「明也。」靈慶，文選范曄後漢書光武紀贊：「靈慶既啓，人謀咸贊。」李善注：「靈慶，謂天符也。」吕濟注：「靈神慶福，啓，開，咸，皆，贊，助也。言人神皆共助成帝業也。」

〔一〇〕「萬物」句，周易乾卦文言：「聖人作而萬物睹。」孔穎達正義：「聖人有生養之德，萬物有生養之情，故相感應也。」真人，即聖人。淮南子精神訓：「所謂真人者，性合於道也。」又文選張衡南都賦：「豺虎肆虐，真人革命之秋也。」李善注引文子曰：「得天地之道，故謂之真人。」此指唐高祖。

〔一一〕「祖宗」句，玄澤，文選應貞晉武帝華林園集詩：「玄澤滂流，仁風潛扇。」李善注：「玄澤，聖恩也。」此指蔭恩。李氏皇帝以老子爲始祖，而其遠祖李暠嘗爲涼武昭王，故云。

〔一二〕「文武」句，文武，指文德武功。休光，光輝盛美。漢書匡衡傳：「使群下得望聖德休光，以立基楨。」顏師古注：「休，美也。」

〔一三〕「大號」句，大號，指建國號曰唐。

〔一四〕「參辰」二句，左傳桓公二年：「火、龍、黼、黻，昭其文也；五色比象，昭其物也；鍚、鸞、和、鈴，昭其聲也；三辰旂旗，昭其明也。夫德，儉而有度，登降有數，文物以紀之，聲明以發之，以照臨百官，百官於是乎戒懼，而不敢易紀律。」按「參」通「三」，三辰，杜預注：「日月星也，畫於旂旗，象天之明。」浹，爾雅釋言：「徹也。」邢昺疏：「謂沾徹。」兩句言唐王朝典章制度完備。

〔一五〕「漢后」句，漢后，指漢高祖劉邦。三章令，指漢高祖初入秦時所爲約法三章。漢書高祖紀：「高祖元年（前二〇六）「十一月，召諸縣豪桀曰：『父老苦秦苛法久矣，誹謗者族，耦語者棄市。吾與諸侯約，先入關者王之，吾當王關中。與父老約，法三章耳：殺人者死，傷人及盜抵罪。餘悉除去秦法。吏民皆按堵如故。』」

〔一六〕「周王」句，周王，指周武王。五伐，伐，原作「代」。尚書牧誓：「夫子勗哉，不愆於四伐五伐，六伐七伐，乃止齊焉。」僞孔傳：「夫子謂將士，勉勵之。伐，謂擊刺，少則四五，多則六七，以爲例。」則「代」當是「伐」之形訛，據改。此「五伐」，實泛指四伐五伐、六伐七伐也。以上二句，以漢高祖、周武王比擬唐高祖。

〔一七〕「匈奴」句，匈奴，秦漢時期北方游牧民族。此泛指唐初西北各少數民族。窮地角，謂處於地之盡頭，極言其僻遠。蕭統謝敕賚地圖啓：「地角河源，户庭不出。」

〔一八〕「本自」句，正朔，禮記大傳：「改正朔，易服色。」孔穎達疏：「正謂年始，朔謂月初。言王者得政，示從我始，改故用新，隨寅、丑、子所建也。」後指帝王所頒曆法。此代指皇王政權。遠正朔，謂匈奴遠在中央王朝統治之外。

〔一九〕「驕子」句，指匈奴。漢書匈奴傳上：「單于遣使遺漢書云：「南有大漢，北有强胡。胡者，天之驕子也。」天街，史記天官書：「昴、畢間爲天街。」正義：「天街二星，在畢、昴間，主國界也。街南爲華夏之國，街北爲夷狄之國。」此指疆界，謂匈奴崛起於北方。

〔二〇〕「由來」句，虧，缺少。史記匈奴傳：「（匈奴）苟利所在，不知禮義。」

〔二一〕「一衣」句，一衣，猶言一戎衣。尚書武成：「一戎衣，天下大定。」僞孔傳：「衣，服也。一著戎服而滅紂，言與衆同心，動有成功。」掃風雨，謂戰勝匈奴。

〔二二〕「再戰」句，夷，削平。屯、剥，周易二卦名。屯卦彖曰：「屯，剛柔始交而難生。」又剥卦孔穎達疏：「剥者，剥落也。」後以「屯剥」指時運艱難。庾信和張侍中述懷詩：「季世誠屯剥。」按：以上二句，歌頌唐太宗征服少數民族之功。

〔二三〕「清明」句，詩經大雅大明：「肆伐大商，會朝清明。」鄭玄箋「清明」爲「昧爽」，孔穎達疏：「昧爽者，爽，明也。言其昧之而初明。晚則塵昏，旦則清，故謂朝旦爲清明。」

〔二四〕「蕭索」句，煙雲，指卿雲。史記天官書：「若煙非煙，若雲非雲，郁郁紛紛，蕭索輪囷，是謂卿雲。卿雲，喜氣也。」蕭索，雲氣飄流貌。文選謝惠連雪賦：「其爲狀也，散漫交錯，氛氲蕭索，藹藹浮浮。」吕延濟注：「皆飄流往來繁密之貌。」涣，卿雲四布貌。

〔二五〕「寒暑」句，寒暑平分，謂寒來暑往均衡，自然而生利。周易繫辭下：「寒往則暑來，暑往則寒來，寒暑相推而歲成焉。」孔穎達疏：「此言不須憂慮，任運往來，自然明生，自然歲成也。」

〔二六〕「陰陽」句，陰陽，此指天地。周易繫辭下：「陰陽合德，而剛柔有體，以體天地之撰。」又曰：「天地之道，貞觀者也。」孔穎達疏：「謂天覆地載之道，以貞正得一，故其功可爲物之所觀也。」

〔二七〕「惟神」句，周易説卦：「神也者，妙萬物而爲言者也。」

〔二八〕「乃聖」句，聖，指唐太宗。符幽贊，謂其所爲合乎神明。周易説卦：「昔者聖人之作易也，幽贊于神明而生蓍。」韓康伯注：「幽，深也；贊，明也。」

〔二九〕「下武」句，下武，後繼者，指唐高宗。詩經大雅下武：「下武維周，世有哲王。」毛傳：「武，繼也。」鄭玄箋：「下，猶後也。」禎祥，吉兆。禮記中庸：「國家將興，必有禎祥。」孔穎達疏：「禎祥，吉之萌兆。」

〔三〇〕「平階」句，平階，謂泰階平，陰陽和，詳見渾天賦注。會昌，文選左思蜀都賦：「天帝運期而會昌。」劉淵林注：「昌，慶也。言天帝於此會慶建福也。」

〔三一〕「金泥」句，指唐高宗封禪泰山。舊唐書高宗紀下：「麟德三年（六六六）春正月戊辰朔，車駕至泰山頓。是日親祀昊天上帝於封祀壇。……己巳，帝升山行封禪之禮。」白虎通封禪：「或曰：封者金泥銀繩，或曰：石泥金繩，封之以印璽。」日觀，泰山山頂峰名。水經注汶水引應劭漢官儀曰：泰山東南山頂名曰日觀，雞一鳴時，見日始欲出，長三丈許，故以名焉。

〔三二〕「碧水」句，碧水代指辟雍。辟雍爲周代貴族大學。史記封禪書：「天子曰明堂、辟雍。」集解引韋昭曰：「水外四周圓如辟雍。」索隱引服虔云：「天子水帀，爲辟雍。」又白虎通辟雍：辟者，璧也，象璧圓，又以法天，於雍水側，象教化流行也。明堂乃古代帝王宣明政教之所。據舊唐書禮儀志二，高宗永徽二年（六五一）、總章元年（六六八），曾兩度議建明堂、辟雍之制，皆因「群議未決，終高宗之世，未能創立」。

〔三三〕「業盛」句，勛華，即堯舜。史記五帝本紀：「帝堯者，放勳。」索隱：「堯，謚也。放勳，名。」勛、勳同。華，即重華。楚辭屈原離騷：「就重華而陳詞。」王逸注：「重華，舜名也。帝繫曰：瞽叟生重華，是爲帝舜。」

〔三四〕「輿包」句，輿即車箱，「輿包」謂囊括。天地皇，即天皇氏、地皇氏，與人皇氏謂之「三皇」。藝文類聚卷一一引春秋緯：「天皇、地皇、人皇，兄弟九人，分九州，長天下也。」又引項峻始學篇，謂天皇十三頭，治萬八千歲；地皇十一頭，治八千歲。皆神話傳説中之古帝王。輿，英華卷一六

八、五十家、十二家、四子集、全唐詩皆作「興」，全唐詩注：「一作興。」按：作「興」誤。

〔三五〕「孝思」句，孝思，指高宗追尊先帝事。舊唐書高宗紀：咸亨五年（六七四）秋八月壬辰，「追尊宣簡公（李熙）爲宣皇帝，懿王（李天賜）爲光皇帝，太祖武皇帝爲高祖神堯皇帝，太宗文皇帝爲文武聖皇帝，太穆皇后爲太穆神皇后，文德皇后爲文德聖皇后」。罔極，無窮盡。

〔三六〕「易禮」句，易禮，指修改貞觀禮。舊唐書禮儀志一：高宗初，議者以貞觀禮節文未盡，又詔太尉長孫無忌、中書令杜正倫、李義府等重加輯定，勒成一百三十卷。「至顯慶三年（六五八）奏上之，增損舊禮，并與令式參會改定，高宗自爲之序。」

〔三七〕「天渙」句，三辰，即日月星，已見本詩前注。按句指七曜（日、月、五星）會聚。漢書律曆志上：「太初曆晦朔弦望，皆最密，日月如合璧，五星如連珠。」注引孟康曰：「謂太初上元甲子夜半朔旦冬至時，七曜皆會聚斗、牽牛分度，夜盡如合璧連珠也。」

〔三八〕「靈書」句，靈書，神靈所書寫，指龜書。初學記卷六洛水引河圖曰：「洛水地理，陰精之官，帝王明聖，龜書出文，天以與命，地以授瑞。」五雲色，謂五彩雲氣。同上書河引尚書中候：「榮光出河，休氣四塞。」

〔三九〕「敬時」句，時，代詞，同「此」、「是」，指代上述諸祥瑞。窮斂，極力斂聚。尚書洪範：「斂時五福，用敷錫厥庶民。」孔穎達疏：「當先敬用五事，以斂聚五福之道，用此爲教，布與衆民。」又曰：「斂是五福之道，指其敬用五事也。」按句謂高宗敬用天所錫諸祥瑞，爲民造福。發窮，英華、五十家、四子集、全唐詩作「窮發」，倒誤。

〔四〇〕「卜世」句，世，原作「代」，避太宗諱，徑改。指占卜以預測傳國世數。左傳宣公三年：「成王定鼎於郟鄏，卜世三十，卜年七百，天所命也。」此謂「千億」，極言傳國長久。

〔四一〕「五緯」句，五緯，周禮春官大宗伯：「以實柴祀日月星辰。」鄭玄注：「星謂五緯。」孔穎達疏：「五緯，即五星：東方歲星，南方熒惑，西方大（太）白，北方辰星，中央鎮星。言緯者，二十八宿隨天左轉爲經，五星右旋爲緯。」聚華軒，謂五星聚於軒轅宫。史記天官書：「五星皆從而聚於一舍，其下之國可以義致天下。」又曰：「軒轅，黄龍體。」索隱：「援神契曰『軒轅十二星，后宫所居』。石氏星占以軒轅龍體，主后妃也。」此贊皇后。是時皇后爲武則天。

〔四二〕「重光」句，重光，重日之光，即日冕或日珥現象，古以爲瑞應。英華作「光重」，倒誤。漢書兒寬傳：「癸亥宗祀，日宣重光。」注引李奇曰：「太平之世，日抱重光，謂日有重日也。」故又以重光喻指太子。崔豹古今注卷中：「（漢）明帝爲太子，樂人作歌詩四章，以贊太子之德。其一曰日重光。」此即贊太子。是時太子爲李賢。圓，謂日圓。英華、五十家、四子集、全唐詩作「國」，誤。

〔四三〕「公卿」句，至道，戰國策秦一：「商君治秦，法令至行。」高誘注：「至，猶大也。」句謂公卿坐而論大道。周禮冬官考工記：「坐而論道，謂之王公；作而行之，謂之士大夫。」

〔四四〕「天子」句，昌言，善言。尚書大禹謨：「禹拜昌言曰：『俞。』」僞孔傳：「昌，當也。以益言爲當，故拜受而然之。」

〔四五〕「雷解」句，周易解卦：「天地解，而雷雨作；雷雨作，而百果草木皆甲坼，解之時大矣哉。」象曰：「雷雨作解，君子以赦過宥罪。」王弼注：「天地否結，則雷雨不作；交通感散，雷雨乃作也。」孔穎達疏：「解之爲義，兼濟爲美。」又曰：「過輕則赦，罪重則宥，皆解緩之義也。」句指高宗改元大赦，見本詩前注。

〔四六〕「星空」句，便，更换。便元，即改元。此接上句「雷解」，謂大赦後即更改年號爲上元元年，星空似亦爲之一新。

〔四七〕「瑶臺」句，瑶臺，楚辭離騷：「望瑶臺之偃蹇兮。」王逸注：「石次玉曰瑶。」此指唐宫殿。涼景薦，謂秋光滿目。説文：「景，光也。」薦，進。

〔四八〕「銀闕」句，銀闕，史記封禪書：蓬萊、方丈、瀛洲，此三神山者，「其物禽獸盡白，而黄金銀爲宫闕」。此亦代指唐宫殿。以上二句，謂大酺時值秋日。改元在秋八月，故云。

〔四九〕「百戲」句，漢書西域傳贊：「漫衍魚龍、角抵之戲以觀視之。」顔師古注：「魚龍者，爲舍利之獸，先戲於庭極，畢乃入殿前激水，化成比目魚，跳躍漱水，作霧障日，畢，化成黄龍八丈，出水敖戲於庭，炫燿日光。」唐代長安等地盛行魚龍百戲。張説侍宴隆慶池應制詩：「魚龍百戲紛容與。」

〔五〇〕「千門」句，史記封禪書：漢武帝「作建章宫，度爲千門萬户」。此言唐宫殿極壯麗。

〔五一〕「深仁」句，洽，霑潤。尚書大禹謨：「好生之德，洽於民心。」孔穎達疏：「洽謂沾漬優渥。洽於民心，謂潤澤多也。」蠻徼，與少數民族接壤之疆界。史記司馬相如傳：「南至牂柯爲徼。」索隱引張揖曰：「徼，塞也。以木柵水爲蠻夷界。」此即代指少數民族，謂唐王朝之仁政澤及遠民。此句，五十家、四子集作「深洽仁蠻衡」，「洽仁」二字倒，「衡」字誤。徼，全唐詩注：「一作貊。」

〔五二〕「愷樂」句，愷樂，作戰勝利後所奏軍樂。「愷」亦作「凱」。周禮春官大司樂：「王師大獻，則令奏愷樂。」鄭玄箋：「愷樂，獻功之樂。」寰縣，即寰中赤縣，泛指天下。參本詩前注〔六〕。

〔五三〕「宣室」句，謂高宗禮遇群臣。漢書賈誼傳：「文帝思誼，徵之。至，入見，上方受釐，坐宣室。上因感鬼神事，而問鬼神之本。誼具道所以然之故。至夜半，文帝前席。既罷，曰：『吾久不見賈生，自以爲過之，今不及也。』乃拜誼爲梁懷王太傅。」注引蘇林曰：「宣室，未央前正室也。」此代指唐宮殿。

〔五四〕「明庭」句，明庭，古帝王祀神靈、朝諸侯之所。史記封禪書：「黄帝接萬靈明廷。明廷者，甘泉也。」漢書郊祀志上作「明庭」。百神，詩經周頌時邁：「懷柔百神，及河喬嶽。」鄭玄箋「百神」爲「群神」。此言高宗敬祀神靈。

〔五五〕「仰德」句，謂仰仗皇帝之德，如人仰仗日月。左傳襄公十四年：「民奉其君，愛之如父母，仰之如日月。」

〔五六〕「襄城」句，襄城，即襄陽。牧豎，鄉間小兒。世説新語任誕：「山季倫（引者按：山簡字季倫）爲荆州，時出酣暢。人爲之歌曰：『山公時一醉，徑造高陽池。日暮倒載歸，茗艼無所知。……』高陽池在襄陽。」劉孝標注引襄陽記曰：「漢侍中習郁於峴山南，依范蠡養魚法作魚池。……山簡每臨此池，未嘗不大醉而還，曰：『此是我高陽池也！』襄陽小兒歌之。」句謂非是山簡狂飲襄陽，乃酺宴醉酒。豎，五十家、四子集作「監」，誤。

〔五七〕「楚國」句，楚國，指楚都郢。巴人，即下里巴人，俗曲名。文選宋玉對楚王問：「客有歌於郢中者，其始曰下里巴人，國中屬而和者數千人。」句謂作此應詔詩，愧如下里巴人，不能高雅。乃作者謙詞。

五言律詩

從軍行〔一〕

烽火照西京〔二〕，心中自不平。牙璋辭鳳闕〔三〕，鐵騎繞龍城〔四〕。雪暗凋旗畫〔五〕，風多雜鼓聲。寧爲百夫長〔六〕，勝作一書生。

【箋　注】

〔一〕從軍行，宋郭茂倩樂府詩集卷三二編入相和歌辭，引樂府解題曰：「從軍行，皆軍旅苦辛之辭。」據説此曲源於左延年苦哉詩。同上引樂府廣題：「左延年辭云：『苦哉邊地人，一歲三從軍。三子到燉煌，二子詣隴西。五子遠鬬去，五婦皆懷身。』陳伏知道又有從軍五更轉。」是詩乃擬樂府，作年不可考（以下凡作年無考者，不再説明）。

〔二〕「烽火」句，烽火，古代邊防所置報警信號。墨子號令：「晝則舉烽，夜則舉火。」史記魏公子傳「北境傳舉烽」，集解引文穎曰：「作高木櫓，櫓上作桔槔，桔槔頭兜零，以薪置其中，謂之烽。常低之，有寇即火然舉之以相告。」照西京，西京即長安，謂匈奴南侵。史記匈奴列傳：漢文帝後元間，「胡騎入代句注邊，烽火通於甘泉、長安」。此以漢事言唐事，唐初西北各少數民族時常内侵，文士亦多從軍幕府。

〔三〕「牙璋」句，牙璋，周禮春官典瑞：「牙璋以起軍旅，以治兵守。」鄭玄注：「鄭司農云：『牙璋，瑑以爲牙。牙齒，兵象，故以牙璋發兵，若今時以銅虎符發兵。』玄謂牙璋亦王使之瑞節。」又冬官考工記下玉人之事：「牙璋、中璋七寸，射二寸，厚寸，以起軍旅，以治兵守。」鄭玄注：「二璋皆有鉏牙之飾於琰側，先言牙璋，有文飾也。」賈公彦疏：「牙璋起軍旅，則中璋亦起軍旅，二璋蓋軍多用牙璋，軍少用中璋。」鳳闕，漢書郊祀志：建章宮「其東則鳳闕，高二十餘丈」。文選陸倕石闕銘：「銅雀鐵鳳之工。」李善注引魏文帝歌：「長安城西有雙圓闕，上有一雙銅爵。」又引薛綜西京賦注：「圓闕上作鐵鳳皇，令張兩翼，舉頭敷尾。」此代指唐京城長安。

〔四〕「鐵騎」句，龍城，地名，匈奴於此祭天地。史記匈奴列傳：「五月，大會龍城，祭其先、天地、鬼神。」索隱：「漢書作『龍城』，亦作『蘢』字。崔浩云『西方胡皆事龍神，故名大會處爲龍城』。」地在今蒙古國鄂爾渾河境。

〔五〕「雪暗」句，旗畫，指旗上所繪圖畫。古時諸侯建龍旂（畫交龍），鄉遂大夫建熊旗（畫熊虎），見周禮冬官考工記輈人。句謂因雪水浸蝕而至旗畫凋殘。

〔六〕「寧爲」句，百夫長，軍隊之低級指揮官。尚書牧誓：「千夫長、百夫長，……稱爾戈，比爾干，立爾矛，予其誓！」僞孔傳：「師帥、卒帥。」孔穎達疏：「周禮：二千五百人爲師，師帥皆中大夫；百人爲卒，卒長皆上士。」明陸時雍唐詩鏡卷一初唐評此詩道：「渾厚，字字銖兩悉稱。首尾圓滿，殆無餘憾。」

劉　生〔一〕

卿家本六郡〔二〕，年長入三秦〔三〕。白璧酬知己，黄金謝主人〔四〕。劍鋒生赤電〔五〕，馬足起紅塵。日暮歌鐘發〔六〕，喧喧動四鄰。

【箋　注】

〔一〕劉生，樂府詩集卷二四横吹曲辭四劉生引樂府解題：「劉生不知何代人，齊梁已來爲劉生辭者，皆稱其任俠豪放，周遊五陵三秦之地。或云抱劍專征，爲符節官，所未詳也。」又古今樂録：「梁鼓角横吹曲，有東平劉生歌，疑即此劉生也。」

〔二〕「卿家」句，卿，英華卷一九六作「鄉」，誤。六郡，漢書地理志下：「天水、隴西，山多林木，民以板爲室屋。及安定、北地、上郡、西河，皆迫近戎狄，修習戰備，高上氣力，以射獵爲先。……漢興，六郡良家子選給羽林、期門，以材力爲官，名將多出焉。」顔師古注：「六郡謂隴西、天水、安定、北地、上郡、西河。」所謂良家子，史記李將軍列傳：「廣以良家子從軍擊胡。」索隱引如淳曰：「非醫、巫、商、賈、百工也。」

〔三〕「年長」句，三秦，泛指關中一帶。項羽破秦入關，三分秦關中之地，見史記項羽本紀。

〔四〕「白璧」二句，謂以重寶相酬報。戰國策燕：「臣請獻白璧一雙，黄金千鎰，以爲馬食。」又史記虞卿傳：「虞卿者，遊説之士也。躡蹻檐簦，説趙孝成王，一見，賜黄金百鎰，白璧一雙；再見，爲趙上卿。」

〔五〕「劍鋒」句，赤電，謂劍鋒紫氣如電，用張華龍淵、太阿雙劍事，詳前渾天賦注。

〔六〕「日暮」句，歌鐘，鐘，樂器名。此泛指奏樂而歌。

送臨津房少府〔一〕

岐路三秋别〔二〕，江津萬里長。煙霞駐征蓋，絃奏促飛觴〔三〕。階樹含斜日，池風泛早涼。

贈言未終竟〔四〕，流涕忽霑裳。

【箋注】

〔一〕「臨津」，元和郡縣志卷三三劍州：「臨津縣，本漢梓潼縣地，南齊於此置胡原縣，隋開皇七年（五八七）改爲臨津縣。」清一統志卷二九八保寧府二：臨津廢縣，「在劍州東南。……（宋）熙寧五年（一〇七二）省爲鎮，入普安」。普安即今四川劍閣縣。房少府，名未詳。少府，即縣尉。洪邁容齋四筆卷一五：「唐人好以它名標榜官稱，……尉曰少府、少公、少仙。」詩稱「江津萬里長」，疑作於作者梓州司法任滿後由長江出蜀途中。

〔二〕「岐路」句，岐，亦作「歧」，謂道路歧出，去向不同。列子說符：「岐路之中，又有岐焉，吾不知所之，所以反也。」此謂分手處。三秋，泛指秋季。文選王融永明十一年策秀才文：「三秋式稔。」李善注：「秋有三月，故曰三秋。」

〔三〕「煙霞」二句，駐，停下。征蓋，遠行之車。蓋謂車蓋，代指車。絃奏，臨别時所奏彈撥樂曲。飛觴，舉杯快飲。文選左思吴都賦：「里讌巷飲，飛觴舉白。」劉良注：「飛觴，行觴疾如飛也。」

〔四〕「贈言」句，贈言，臨别所贈勉勵或吉利語，詳參前西陵峽詩注。

送豐城王少府〔一〕

愁結亂如麻，長天照落霞〔二〕。離亭隱喬樹〔三〕，溝水浸平沙。左尉才何屈〔四〕，東關望漸賒。行看轉牛斗，持此報張華〔五〕。

【箋　注】

〔一〕豐城，縣名，今屬江西省。元和郡縣志卷二八洪州：「豐城縣，本漢南昌縣地，晉武帝太康元年（二八〇）移於今縣南四十一里，名豐城，即是雷孔章（焕）得寶劍處也。」王少府，名未詳。少府即縣尉，見前詩注。

〔二〕「長天」句，王勃秋日登洪府滕王閣餞别序：「落霞與孤鶩齊飛，秋水共長天一色。」豐城在古南昌（即唐洪州），此或化用其句。

〔三〕「離亭」句，離亭，送别之亭。陰鏗江津送劉光禄不及詩：「依然臨送渚，長望倚河津。鼓聲隨聽絶，帆勢與雲鄰。泊處空餘鳥，離亭已散人。……」

〔四〕「左尉」句，杜佑通典卷三三謂西漢諸縣皆有尉，「長安有四尉，分爲左、右部」；東漢時，「洛陽有四尉，東、南、西、北四部」。故後代以「左尉」稱縣尉。

〔五〕「行看」二句，用雷焕事。晉張華見斗牛之間常有紫氣，於是補雷焕爲豐城令。焕到豐城，得龍淵、太阿二寶劍，「遣使送一劍并土與(張)華，留一自佩」。詳前渾天賦注引晉書張華傳。兩句以雷焕喻王少府。

送鄭州周司功〔一〕

漢國臨清渭，京城枕濁河〔二〕。居人下珠淚〔三〕，賓御促驪歌〔四〕。望極關山遠，秋深煙霧多。唯餘三五夕，明月暫經過〔五〕。

【箋注】

〔一〕鄭州，春秋時爲鄭國，唐時治滎陽，乃雄州，詳元和郡縣志卷八。司功，即司功參軍。五十家、全唐詩作「司空」，誤。舊唐書職官志三：上州，「司功、司倉、司户、司兵、司法、司士六曹參軍事各一人，并從七品下」。鄭司功，名未詳。

〔二〕「漢國」二句，清渭、濁河，分别指渭水、涇水。詩經邶風谷風：「涇以渭濁，湜湜其沚。」毛傳：「涇渭相入而清濁異。」鄭玄箋：「涇水以有渭，故見渭濁。」釋文曰：涇，濁水也；渭，清水也。按：兩句謂漢代(西漢)都城長安臨近渭水，而唐都京城則背靠涇水。清徐松唐兩京城坊考卷一：「唐西京初曰京城，隋之新都也，開皇二年(五八二)所築。按周、漢皆都長安，而皆非隋、唐之都城。……漢都城在唐城西北十三里。」濁，原作「蜀」，據英華卷二六六、四子集、全唐詩改。

〔三〕「居人」句，珠淚，博物志卷二：「南海外有鮫人，水居如魚，不廢織績，其眼能泣珠。」此言淚如珠。玉臺新詠卷九張率擬樂府長相思之一：「空望終若斯，珠淚不能雪。」淚，英華校：「集作泣。」誤。

〔四〕「賓御」句，賓御，指僕從。驪歌，告別之歌，即驪駒。漢書王式傳：「(江公)心嫉式，謂歌吹諸生曰：『歌驪駒。』式曰：『聞之於師：客歌驪駒，主人歌客毋庸歸。』」注引文穎曰：「其辭云『驪駒在門，僕夫具存；驪駒在路，僕夫整駕』也。」劉孝綽陪徐僕射勉宴詩：「洛城雖半掩，愛客待驪歌。」

〔五〕「唯餘」二句，三五夕，月之十五，月圓。句謂相見無期，唯每月十五日夜仰看圓月也。

驄馬〔一〕

驄馬鐵連錢〔二〕，長安俠少年。帝畿平若水〔三〕，宮路直如弦〔四〕。夜玉粧車軸〔五〕，秋金鑄馬鞭〔六〕。風霜但自保，窮達任皇天〔七〕。

【箋注】

〔一〕驄馬，英華卷二〇九題作驄馬驅。樂府詩集卷二四橫吹曲辭驄馬：「一曰驄馬驅，皆言關塞征役之事。」

〔二〕「驄馬」句，鐵連錢，有圓斑之青色馬。梁元帝紫騮馬詩：「長安美少年，金絡鐵連錢。」

〔三〕「帝畿」句，帝畿，京城長安所在地區。平若水，平坦如水面。文選鮑照代結客少年場行：「升高臨四關，表裏望皇州。九塗平若水，雙闕似雲浮。」李善注引莊子曰：「平者，水停之盛也，其可以爲法也。」若，英華作「似」。

〔四〕「宫路」句，直如弦，後漢書五行志：「京師童謡云：『直如弦，死道邊；曲如鈎，反封侯。』」又吴均從軍行：「微誠君不愛，終自直如弦。」此喻京城道路端直如弓弦。宫，五十家、全唐詩作「官」。以上兩句，既寫物，亦喻俠少年爲人剛直。

〔五〕「夜玉」句，夜玉，尹文子：「魏田父有耕於野者，得寶玉徑尺，弗知其玉也，以告鄰人。鄰人陰欲圖之，謂之曰：『怪石也，畜之弗利其家，弗如一復之。』田父雖疑，猶録以歸，置於廡下。其夜玉明，光照一室。田父稱家大怖，復以告鄰人，曰：『此怪之徵，遄棄，殃可銷。』於是遽而棄於遠野。鄰人無何盜之，以獻魏王。魏王召玉工相之。玉工望之，再拜而立，敢賀曰：『王得此天下之寶，臣未嘗見。』王問價，玉工曰：『此玉無價以當之，五城之都，僅可一觀。』魏王立賜獻玉者千金，長食上大夫禄。」此即指玉，極言其裝飾車軸之玉貴重。

〔六〕「秋金」句，秋金，即黄金。漢書五行志：「兑在西方爲秋，爲金也。」故云。金鑄馬鞭，謂用黄金鑲嵌馬鞭柄。金，英華校：「一作風。」全唐詩有校同。按：金與上句「玉」對應，作「風」誤。

〔七〕「窮達」句，孟子盡心上：「窮則獨善其身，達則兼善天下。」文選嵇康幽憤詩：「窮達有命，亦又何求。」李善注引王命論曰：「窮達有命，吉凶由人。」任皇天，謂聽任天命，不爲窮達所累。文選李康運命論：「聖人處窮達如一也。」李善注引吕氏春秋曰：「古人得道者，窮亦樂，達亦樂，所樂非窮達也，道得於此，則窮達一也。」

出　塞〔一〕

塞外欲紛紜，雌雄猶未分〔二〕。明堂占氣色〔三〕，華蓋辨星文〔四〕。二月河魁將〔五〕，三千太乙軍〔六〕。丈夫皆有志，會是立功勳〔七〕。

【箋　注】

〔一〕出塞，樂府詩集卷二一編入横吹曲辭一，引晉書樂志曰：「出塞、入塞曲，李延年造。」又按：「西京雜記曰：『戚夫人善歌出塞、入塞、望歸之曲。』則高帝時已有之，疑不起於延年也。」

〔二〕「塞外」二句，紛紜，指敵人蠢蠢欲動。雌雄，謂勝負。紜，英華卷一九七作「紛」。全唐詩作「紜」，校：「一作紛。」

〔三〕「明堂」句，明堂，此泛指朝廷政事堂。占氣色，謂望雲氣以占吉凶。墨子迎敵祠：「凡望氣，有大將氣，有小將氣，有往氣，有來氣，有敗氣，能得明此者，可知成敗吉凶。」史記文帝紀：「趙人新垣平以望氣見，因説上設立渭陽五廟。」歷代望氣事，詳見太平御覽卷七三三。

〔四〕「華蓋」句，華蓋，星座名。晉書天文志上中宫：「大帝上九星曰華蓋，所以覆蓋大帝之坐也。」此代指皇帝。辨星文，謂分辨星象，以觀是否宜戰。如史記天官書所稱天狗，「上兑者則有黄色，千里破軍殺將」；蚩尤之旗，「見則王者征伐四方」，等等。

〔五〕「二月」句，明胡震亨唐音癸籤卷二一謂此句用六壬占，曰：「六壬十二月，將二月，卯合戌，將曰河魁。」按六壬大全卷二：「河魁，即天魁，斗魁第一星，抵於戌，故名。建卯之月（按：二月建卯），萬物皆生根本，以類聚合。魁者，聚之義也。」

〔六〕「三千」句，太乙軍，胡震亨唐音癸籤卷二一謂此句用太乙占，曰：「太乙星，天帝神主，知兵革。漢武嘗畫鏠旗奉之，指所伐國。藝文志有其兵法。」按：漢書郊祀志上：「其秋，爲伐南越，告禱泰一，以牡荆畫幡日月、北斗、登龍，以象太一三星。爲泰一鏠旗，命曰『靈旗』，爲兵禱，則太史奉以指所伐國。」注引晉灼曰：「天文志：天極星，其一明者，太一也；旁三星，三公也。畫一星在後，三星在前，爲泰一鏠旗也。」今按：後漢書高彪傳引其所作箴曰：「天有太一，五將三門。」李賢注引太一式，太一式蓋兵書，謂依天之太一而作也。漢書藝文志著録太壹兵法一篇。隋書經籍志三著録「太一兵書一十一卷」，注：「梁二十卷。」皆久佚。太乙軍，此指用太一兵法布陣之兵。

〔七〕「會是」句，是，四子集、全唐詩作「見」，校：「一作是。」按：作「見」亦可通。

有所思〔一〕

賤妾留南楚，征夫向北燕〔二〕。三秋方一日〔三〕，少别比千年〔四〕。不掩嚬紅縷〔五〕，無論數緑錢〔六〕。相思明月夜，迢遞白雲天。

【箋注】

〔一〕有所思，樂府詩集卷一六鼓吹曲辭一有所思：「樂府解題曰：古辭言『有所思，乃在大海南……』也。按古今樂録，漢太樂食舉第七曲亦用之，不知與此同否。若齊王融『如何有所思』，梁劉繪『别離安可再』，但言離思而已。」明張遜業編十二家唐詩將此詩收歸王勃，誤，英華卷二〇二已題楊炯作。

〔二〕「賤妾」二句，宋玉登徒子好色賦：「且夫南楚窮巷之妾，焉足爲大王言乎。」文選阮籍詠懷十七首之十七：「三楚多秀士，朝雲進荒淫。」顏延年、沈約等注引孟康漢書注曰：「舊名江陵爲南楚。」此泛指南方。北燕，即指燕，今河北一帶。南楚、北燕，謂地理懸隔。江淹蓮華賦：「迎佳人兮北燕，送上客兮南楚。」

〔三〕「三秋」句，三秋，詩經王風采葛：「一日不見，如三秋兮。」孔穎達疏：「年有四時，時皆三月，三秋謂九月也。」或謂三年，即三個秋季。方，比擬，如同。

〔四〕「少别」句，鮑照昇天行：「暫游越萬里，少别數千齡。」清毛先舒詩辯坻卷三：「初唐用古句，盈川『少别比千年』，……間增一字，便與古意迥别，鎔造入工，不嫌成構。」

〔五〕「不掩」句，嚬，通「顰」，皺眉。紅縷，紅絲巾。謂涕淚如血。

〔六〕「無論」句，緑錢，即青苔，見青苔賦注。數緑錢，謂居所荒蕪，百無聊賴，唯以點勘青苔消磨時光，極言孤寂。梁劉孝威怨詩：「丹庭斜草逕，素壁點苔錢。」論，全唐詩校：「一作能。」誤。

梅花落〔一〕

窗外一株梅，寒花五出開〔二〕。影隨朝日遠，香逐便風來〔三〕。泣對銅鈎障〔四〕，愁看玉鏡臺〔五〕。行人斷消息，春恨幾徘徊。

【箋　注】

〔一〕樂府詩集卷二四横吹曲辭四漢横吹曲梅花落：「本笛中曲也。按唐大角曲亦有大單于、小單于、大梅花、小梅花等曲，今其聲猶有存者。」

〔二〕「寒花」句，五出，謂梅花有五片花瓣。宋書符瑞下：「草木花多五出，花雪獨六出。」

〔三〕「香逐」句，梁簡文帝梅花賦：「漂半落而飛空，香隨風而遠度。」

〔四〕「泣對」句，障，一稱步障，用鈎懸掛之布帷或屏風，以遮蔽視綫。銅鈎，言鈎貴重。梁簡文帝詠內人晝眠：「攀鈎落綺障，插捩舉琵琶。」

〔五〕「愁看」句，玉鏡臺，鑲玉之鏡臺。世説新語假譎：「温公（嶠）喪婦，從姑劉氏家值亂離散，唯有一女，甚有姿慧。姑以屬公覓婚，公密有自婚意。……卻後少日，公報姑云：『已覓得婚處，門地粗可，婿身名宦，盡不減嶠。』因下玉鏡臺一枚。姑大喜。既婚交禮，女以手披紗扇，撫掌大笑，曰：『我固疑是老奴，果如所卜。』」

折楊柳〔一〕

邊地遥無極〔二〕，征人去不還。秋容凋翠羽〔三〕，别淚損紅顔。望斷流星驛〔五〕，心馳明月關〔五〕。藁砧何處在〔六〕，楊柳自堪攀〔七〕。

【箋　注】

〔一〕樂府詩集卷二二横吹曲辭二折楊柳：「梁樂府有胡吹歌云：『上馬不捉鞭，反拗楊柳枝。下馬吹横笛，愁殺行客兒。』此歌辭原出北國，即鼓角横吹曲折楊柳是也。」又晉書五行志：「太康末，京洛爲折楊柳之歌，其曲始有兵革苦辛之辭，終以擒獲斬截之事。」

〔二〕「邊地」句，遥，原作「迷」。英華卷二〇八作「迷」，校：「一作遥。」四子集、全唐詩作「遥」，校：「一作迷。」按「迷無極」義不暢，作「遥」較勝，據改。

〔三〕「秋容」句，翠羽，翠鳥之羽，因其美麗，故用作飾物。文選何晏景福殿賦：「明珠翠羽，往往而在。」李善注引漢書曰：「昭陽舍往往明珠、翠羽飾之。」此代指眉。宋玉登徒子好色賦：「眉如翠羽，肌如白雪。」凋翠羽，謂眉常顰而損容也。

〔四〕「望斷」句，流星驛，後漢書李郃傳：和帝遣二使者到益部，李郃知之，使者問何以知之？指星示云：「有二使星向益州分野，故知之耳。」後以流星代指使者，并聯想驛站，謂苦盼信使至也。

〔五〕「心馳」句，明月關，明月所照邊關。王昌齡出塞有「秦時明月漢時關」名句，可參讀。

〔六〕「藁砧」句，玉臺新詠卷一〇古絶句之一：「藁砧今何在？山上復有山。何當大刀頭，破鏡飛上天。」宋許顗許彦周詩話：「古樂府云『藁砧今何在』，言夫也；『山上復有山』，言出也；『何當大刀頭，破鏡飛上天』，言月半當還也。」何以藁砧言夫，明周祈名義考卷五人部稾椹考曰：「古樂府『稾椹』謂夫也，古有罪者席稾伏於椹上，以鈇斬之。言稾椹，則兼言鈇矣。鈇與夫同音，故隱語稾椹爲夫也。稾，禾稈；椹，斫木櫍，俗作砧。鈇，斧也（原注：椹與砧同，櫍音質）。」稾、藁同。

〔七〕「楊柳」句，謂楊柳又到可攀折送别之時。三輔黄圖卷六橋：「霸橋在長安東，跨水作橋，漢人送客至此橋，折柳贈别。」

紫騮馬〔一〕

俠客重周游〔二〕，金鞭控紫騮〔三〕。蛇弓白羽箭〔四〕，鶴轡赤茸鞦〔五〕。發跡來南海〔六〕，長鳴向北州。匈奴今未滅，畫地取封侯〔七〕。

【箋　注】

〔一〕樂府詩集卷二四横吹曲辭四紫騮馬引古今樂録：「紫騮馬古辭云：『十五從軍征，八十始得歸。道逢鄉里人，家中有阿誰。』又梁曲曰：『獨柯不成樹，獨樹不成林。念郎錦裲襠，恒長不忘心。』蓋從軍久戍，懷歸而作也。」

〔二〕「俠客」句，俠客，即游俠。史記游俠列傳集解引荀悦曰：「立氣齊，作威福，結私交，以立强於世者，謂之游俠。」游俠急人之難，無遠不至，故謂其「重周游」。

〔三〕「金鞭」句，紫騮，又名紫燕騮，駿馬名。西京雜記卷二：「文帝自代還，有良馬九匹，皆天下之駿馬也，……一名紫燕騮。」金鞭，英華卷二〇九校：「集作聯翩。」

〔四〕「蛇弓」句，應劭風俗通義卷九怪神：杜宣飲酒，「時北壁上有懸赤弩，照於杯，形如蛇。宣畏惡之。……其日，便得胸腹痛切，妨損飲食，大用羸露」。後有人謂蛇乃「壁上弓影耳，非有他怪。宣遂解，甚夷懌，由是瘳平」。此即指弓。白羽箭，史記司馬相如傳：「彎繁弱，滿白羽，射游梟。」正義引文穎曰：「以白羽羽箭，故云白羽也。」

〔五〕「鶴轡」句，轡本馬韁，引申爲駕御。謂御馬猶如仙人駕鶴。文選孫綽游天台山賦：「王喬控鶴以衝天。」李善注引列仙傳曰：「王子喬者，周靈王太子晉也。道人浮丘公接以上嵩高山，三十餘年後，人於山上見之，曰：『告我家，於七月七日待我於緱氏山頭。』果乘白鶴駐山頭。」又引毛萇詩傳曰：「控，引也。」赤茸鞦，絡馬之赤色絲帶。茸，絲縷。鞦，絡於馬股後之革帶，亦作「鞧」。

〔六〕「發跡」句，發跡，立功揚名。司馬相如封禪文：「后稷創業於唐，公劉發跡於西戎。」此言起程。南海，泛指南國。

〔七〕「匈奴」二句，畫地，在地上指畫地理形勢。漢書張安世傳：「(長子千秋)還謁大將軍(霍)光，問千秋戰鬭方略，山川地勢，千秋口對兵事，畫地成圖，無所忘失。」取封侯，後漢書班超傳：「班超，「扶風平陵人，徐令彪之少子也。……永平五年(六二)，兄固被召詣校書郎，超與母隨至洛陽。家貧，常爲官傭書以供養。久勞苦，嘗輟業投筆歎曰：『大丈夫無它志略，猶當效傅介子、張騫立功異域，以取封侯，安能久事筆研間乎？』」後多次率兵擊匈奴，封定遠侯。

戰城南〔一〕

塞北途遼遠，城南戰苦辛。幢旗如鳥翼〔二〕，甲胄似魚鱗。凍水寒傷馬〔三〕，悲風愁殺人〔四〕。寸心明白日〔五〕，千里暗黃塵。

【箋注】

〔一〕戰城南，漢鐃歌曲名，叙戰陣之事。按樂府詩集卷一九引宋書樂志曰：「鼓吹鐃歌十五篇，何承天晉義熙末私造。」其中有戰城南、巫山高等（餘略）。「按此諸曲皆承天私作，疑未嘗被於歌也。雖有漢曲舊名，大抵别增新意，故其義與古辭考之多不合云。」

〔二〕「幢旗」句，幢旗，即旗幟。韓非子卷八大體：「雄駿不創壽於旗幢。」晉書輿服志：「戎車駕四馬，天子親戎所乘者也。載金鼓、羽旂、幢翳……」幢，英華卷一九六、全唐詩作「幡」。

〔三〕「凍水」句，陳琳飲馬長城窟行：「飲馬長城窟，水寒傷馬骨。」又文選樂府古辭飲馬長城窟行李善注引酈善長水經曰：「余至長城，其下往往有泉窟，可飲馬。古詩飲馬長城窟行，信不虚也。」

〔四〕「悲風」句，悲風，塞北寒風。文選古詩十九首之十五：「白楊多悲風，蕭蕭愁殺人。」

〔五〕「寸心」句，文選沈約鍾山詩應西陽王教一首：「所願從之游，寸心於此足。」李善注引列子（按見卷四仲尼）：「文摯謂叔龍曰：『吾見子之心矣，方寸之地虚矣。』」方寸之地，指心。又詩經大車：「謂予不信，有如皦日。」毛傳：「皦，白也。」鄭箋：「反謂我言不信，我言之信如白日也。」句言報國之心昭然，有如白日。

送梓州周司功〔一〕

御溝一相送〔二〕，征馬屢盤桓。言笑方無日〔三〕，離憂獨未寬。舉盃聊勸酒，破涕暫爲歡。別後風清夜，思君蜀路難。

【箋注】

〔一〕梓州，元和郡縣志卷三三劍南道下：「梓州，上。……因梓潼水爲名也。州城，宋元嘉中築，左帶涪水，右挾中江，居水陸之衝要。」即今四川三臺縣。周司功，名未詳。司功，即司功參軍。梓州爲上州，上州從七品。參前送鄭州周司功詩注。

〔二〕「御溝」句，三輔黄圖卷六雜録：「長安御溝，謂之楊溝，謂植高楊於其上也。」因其地有高楊，故唐人常折楊柳枝送别。

〔三〕「言笑」句，無日，無論何日。謂相處極歡，無日不言笑也。

送楊處士反初卜居曲江〔一〕

鴈門歸去遠〔二〕，垂老脱袈裟。蕭寺休爲客〔三〕，曹溪便寄家〔四〕。緑琪千歲樹〔五〕，黄槿四時花〔六〕。别怨應無限，門前桂水斜〔七〕。

【箋　注】

〔一〕楊處士，名不詳。反初，猶言反初服。據詩中所述，此指脱去袈裟而服俗服，即由僧還俗。曲江，縣名。楊處士當先在曹溪爲僧，還俗後遂於曲江定居。元和郡縣志卷三四韶州曲江縣：「本漢舊縣也，屬桂陽郡。江流迴曲，因以爲名。吴置始興郡，縣屬焉。隋置韶州，縣屬不改。皇朝因之。」今屬廣東韶關市。按：此詩又見唐許渾丁卯詩集卷下。全唐詩卷五〇收爲楊炯詩，卷五二八又重出爲許渾詩。無文獻史料可考，兹姑屬楊炯。

〔二〕「鴈門」句，山海經海内西經：「鴈門山，鴈出其間，在高柳北。」山在今山西代縣西北。楊處士蓋原籍鴈門，故云。

〔三〕「蕭寺」句，蕭寺，梁武帝蕭衍所造佛寺。梁書任孝恭傳：「孝恭少從蕭寺雲法師讀經論，明佛理。」李肇國史補中：「梁武帝造寺，令蕭子雲飛白大書『蕭』字，至今一『蕭』字存焉。」此泛指佛寺。客，原作「相」。四子集、全唐詩作「客」，下皆有校曰：「一作相。」按：佛寺無所謂「相」，作「客」是，據改。

〔四〕「曹溪」句，曹溪，水名，流經今廣東曲江縣東南雙峰山下。梁時天竺僧智藥在此建寺。唐儀鳳中，邑人曹叔良捨宅建寶林寺（即今南華寺），禪宗六祖慧能在該寺傳法，曹溪遂成禪宗聖地。楊處士或曾在寶林寺爲僧，還俗後遂定居曹溪。

〔五〕「緑琪」句，山海經海内西經：「開明北有……玕琪樹。」郭璞注：「玕琪，赤玉屬也。」吴天璽元年（二七六），臨海郡吏伍曜在海水際得石樹，高二尺餘，莖葉紫色，詰曲，傾靡有光彩，即玉樹之類也。」此泛指樹，謂其樹雖老，仍碧緑如玉。

〔六〕「黄槿」句，槿亦作「堇」，即木槿樹。又名蕣、日及等。説文：「蕣，木堇，朝華暮落者。」槿花多爲紅色，然亦有黄者。李德裕會昌一品集别集卷九平泉山居草木記：「又得鍾陵之同心木芙蓉，剡中之真紅桂，稽山之四時杜鵑、相思紫苑、貞桐山茗、重臺薔薇、黄槿。」

〔七〕「門前」句，桂水，元豐九域志卷九韶州曲江縣：有「曲江、桂水」。按元和郡縣志卷二九郴州臨武縣（今屬湖南省），有「雞水，在縣南，即桂水也」。桂水流經曲江縣。

詠竹〔一〕

森然幾竿竹〔二〕，密密茂成林。半空生清興，一窗餘午陰。俗物不到眼〔三〕，好書還上心。

底事忘羈旅〔四〕，此君同此襟〔五〕。

【箋注】

〔一〕此詩底本無，據宋陳景沂全芳備祖後集卷一六竹補。

〔二〕「森然」句，森然，茂密貌。幾竿，太平御覽卷九六二竹上引古詩曰：「種竹深井中，三年乃成竿。」

〔三〕「俗物」句，世説新語排調：「嵇（康）、阮（籍）、山（濤）、劉（伶）在竹林酣飲，王戎後往，步兵（阮籍）曰：『俗物已復來敗人意！』」劉孝標注引魏氏春秋曰：「時謂王戎未能超俗也。」

〔四〕「底事」句，底事，何事。張相詩詞曲語詞匯釋卷一：「底，猶何也；甚也。」

〔五〕「此君」句，此君，指竹。世説新語任誕：「王子猷（徽之）嘗暫寄人空宅住，便令種竹。或問：『暫住，何煩爾？』王嘯詠良久，直指竹曰：『何可一日無此君？』」襟，懷抱。此與上句，謂因爲有竹，猶如有友朋相伴，故使人忘卻羈旅之苦。

五言排律

送劉校書從軍〔一〕

天將下三宮〔二〕，星門召五戎〔三〕。坐謀資廟略〔四〕，飛檄佇文雄〔五〕。赤土流星劍〔六〕，烏號明月弓〔七〕。秋陰生蜀道，殺氣繞湟中〔八〕。風雨何年別，琴樽此日同。離亭不可望，溝水自西東〔九〕。

【箋　注】

〔一〕劉校書，名不詳。校書，即校書郎。據唐六典卷八，門下省弘文館有校書郎二人，從九品；同上卷一〇，秘書省有校書郎八人，著作局有校書郎二人，皆正九品上；又同上卷二六，崇文館亦有校書。此不詳劉氏任職何所。按詩中有「秋陰生蜀道」句，又謂「溝水自西東」，「溝」當指長安御溝（御溝，見前送梓州周司功詩注），則此詩當作於長安，時楊炯蓋將入蜀。

〔二〕「天將」句，天將，言其威武無敵，有如天將軍。晉書天文志上：「天將軍十二星，在婁北，主武兵。中央大星，天之大將也。南一星曰軍南門，主誰何出入。」三宮，楚辭屈原遠遊：「後文昌使掌行兮。」王逸注：「天有三宮，謂紫宮、太微、文昌也。」此代指朝廷。宮，英華卷二六六作「營」，誤。

〔三〕「星門」句，星門，即軍南門，見上注。又後漢書高彪傳引高彪所作箴曰：「天有太一，五將三門。」李賢注引太一式：「凡舉事，皆欲發三門，順五將。發三門者，開門、休門、生門；五將者，天目、文昌等。」五戎，五種兵車。周禮春官車僕：「掌戎路之萃，廣車之萃，闕車之萃，苹車之萃，輕車之萃。」鄭玄注：「萃猶副也。此五者皆兵車，所謂五戎也。」此代指軍隊。五，英華校：「集作啓。」誤（疑校「召」字，然誤將校語刻在「五」字下）。

〔四〕「坐謀」句，坐謀，坐而謀劃。周禮冬官考工記：「坐而論道，謂之王公。」廟略，朝廷謀略。後漢書申屠剛傳：「建武七年（三一），詔書徵剛。剛將歸，與（隗）囂書曰：『……將軍以布衣爲鄉里所推，廊廟之計既不豫定，動軍發衆又不深料。』」李賢注：「廊，殿下屋也；廟，太廟也。國事必先謀於廊廟之所也。」

〔五〕「飛檄」句，飛檄，即傳檄，「飛」言極快。檄乃軍事文書，後爲文體名。文心雕龍檄移：「凡檄之大體，或述此休明，或叙彼苛虐。指天時，審人事，算强弱，角權勢，標蓍龜於前驗，懸鞶鑑於已然，雖本國信，實參兵詐。」又有所謂「羽檄」。史記韓信盧綰列傳附陳豨傳：「吾以羽檄徵天下兵。」集解：「以鳥羽插檄書，謂之羽檄，取其急速若飛鳥也。」佇文雄，謂等待文章高手，乃稱許劉校書語。

〔六〕「赤土」句，晉書張華傳：張華補雷焕爲豐城令，掘獄屋基得一石函，中有龍淵、太阿雙劍，於是「遣使送一劍并土與華，留一自佩」。詳前渾天賦注。張華傳又曰：「華得劍寶愛之，常置坐側。華以南昌土不如華陰赤土，報焕書曰：『詳觀劍文，乃干將也，莫邪何復不至？雖然，天生神物，終當合耳。』因以華陰土一斤致焕，焕更以拭劍，倍益精明。」故此以「赤土」代指寶劍。

流星劍，越絶書卷一一外傳記寶劍：越王允常取純鈎劍示薛燭，薛燭「聞之，忽如敗。有頃，懼，如悟，下階而深惟，簡衣而坐望之，手振拂揚，其華捽如芙蓉始出。觀其釽，爛如列星之行；觀其光，渾渾如水之溢於塘；觀其斷，巖巖如瑣石；觀其才，焕焕如冰釋。『此所謂純鈎耶？』王曰：『是也。』……」因其劍「爛如列星之行」，故稱流星劍。

〔七〕「烏號」句，烏號，相傳爲黄帝之弓。史記封禪書：「黄帝採首山銅，鑄鼎於荆山下。鼎既成，有龍垂胡髯下迎黄帝。黄帝上騎，群臣後宫從上者七十餘人，龍乃上去。餘小臣不得上，乃悉持龍髯，龍髯拔，墮，墮黄帝之弓。百姓仰望黄帝既上天，乃抱其弓與胡髯號，故後世因名其處曰鼎湖，其弓曰烏號。」或謂烏號爲柘樹枝。韓詩外傳卷八：「齊景公使人爲弓，三年乃成。景公得弓而射，不穿三札，景公怒，將殺弓人。弓人之妻往見景公，曰：『蔡人之子，弓人之妻也。此弓者，太山之南烏號之柘，騂牛之角，荆麋之筋，河魚之膠也。四物者，天下之練材也，不宜穿札之少如此。……夫射之道在手，若附枝掌若握卵，四指如斷短杖，右手發之，左手不知，此蓋射之道。』景公以爲儀而射之，穿七札。蔡人之夫立出矣。」楊士弘注：「柘樹枝長，烏集將飛，枝彈烏，烏乃號呼。以柘爲弓，故曰烏號。」明月弓，飾珠之弓。「明月」即明月珠，又名夜光珠。李斯諫逐客書：「垂明月之珠，服太阿之劍。」以上二句，極言劉校書所佩之劍、之弓精良。

〔八〕「殺氣」句，湟中，舊唐書地理志三隴右道鄯州下都督府：「湟水。漢破羌縣，屬金城郡。漢破匈奴，取西河地，開湟中處月氏，即此。湟水，俗呼湟河，又名樂都水。南涼禿髮烏孤始都此。後魏置鄯州，改破羌爲西都縣。隋改爲湟水縣，縣界有浩亹水。」劉校書從軍，蓋到其地。陸時雍唐詩鏡卷一初唐評此詩道：「初唐排律最佳，語語湊拍。首四語一起一接，可謂壯甚。『殺氣繞湟中』，語帶俚氣。」

〔九〕「溝水」句，溝水，指御溝水。御溝，見前送梓州周司功詩注。自西東，以溝水爲喻，謂各奔前程。按上「秋陰」句言及蜀道，似指作者將赴蜀，故云。

游廢觀〔一〕

青嶂倚丹田〔二〕，荒涼數百年〔三〕。猶知小山桂〔四〕，尚識大羅天〔五〕。藥敗金爐火〔六〕，苔昏玉女泉〔七〕。歲時無壁畫〔八〕，朝夕有階煙。花柳三春節，江山四望懸〔九〕。悠然出塵網〔一〇〕，從此狎神仙〔一一〕。

【箋注】

〔一〕詩言所游廢觀有玉女泉，該廢觀當在今成都新津縣（詳下），知此詩作於蜀中。楊炯不止一次入蜀，故寫作時間不詳，疑在咸亨初（詳附録年譜）。

〔二〕「青嶂」句，青、丹，謂山色青，土色丹，乃廢觀所在環境。

〔三〕「荒涼」句，涼，原作「原」。然已是數百年之荒原，必無廢觀可游，作「涼」是，據英華卷二二六、全唐詩改。

〔四〕「猶知」句，楚辭招隱士王逸解題：「招隱士者，淮南小山之所作也。昔淮南王安，博雅好古，招懷天下俊偉之士，自八公之徒，咸慕其德，而歸其仁，各竭才智，著作篇章，分造辭賦，以類相從，故或稱小山，或稱大山。其義猶詩有小雅、大雅也。」按招隱士首句曰：「桂樹叢生兮山之幽，偃蹇連蜷兮枝相繚。」句言廢觀年代久遠，猶見淮南小山所種之桂，意謂蓋建於漢代。

〔五〕「尚識」句，大羅天，道教諸天之名。雲笈七籤卷二引太始經：「四種民天上有三清境，三清之上即是大羅天，元始天尊居其中施化敷教。」言「尚識」，意謂元始天尊嘗臨此觀，則建造年代更爲久遠。

〔六〕「藥敗」句，謂或煉丹用火不當而失敗，故致道觀荒廢，乃推測之詞。煉丹講究火候，有文有武，見抱朴子内篇卷四金丹。

〔七〕「苔昏」句，玉女泉，雲笈七籤卷一二二道教靈驗記有蜀州新津縣平蓋化被盜毁伐驗，曰：「蜀州新津縣平蓋化，即第十六化也。神仙崔孝通得道之所，真像存焉。化有玉人，長一丈，見則天下太平。殿左有玉女泉，水深三四尺，飲之愈疾。」所記盜毀事在唐昭宗大順年間，然道觀稱「化」，則在東漢末。宋祝穆方輿勝覽卷五三謂平蓋山在眉州彭山縣北，有平蓋觀。按：彭山縣北與新津縣接壤，與上引屬地不同，蓋行政區劃變更之故，實即一地也。平蓋山，即今成都新津之九蓮山。

〔八〕「歲時」句，謂歲時無壁畫可拜祭。道觀多有壁畫。雲笈七籤卷七九、卷八〇符圖，專記此類。如卷七九載東方朔（按乃道教僞託）五嶽真形圖序：「五嶽真形者，山水之象也。盤曲迴轉，陵阜形勢，高下參差，長短卷舒，波流似於舊筆，鋒芒暢乎嶺崿。雲林玄黄，有書字之狀，是以天真道君下觀規矩，擬縱趣向，因如字之韻而隨形、而名山焉。」亦有畫高道之像者，如同上書卷五唐茅山昇真王（遠知）先生：「明皇天寶中，敕李含光於太平觀造影堂，寫真像，用旌仙迹焉。」

〔九〕「江山」句，四望懸，言山勢險峻，道觀如懸於空中。

〔一〇〕「悠然」句，文選江淹雜體詩三十首許徵君詢：「五難既灑落，超迹絶塵綱。」呂延濟注：「塵綱，喻世事。言脱落五難，超絶去世事。」

〔一一〕「從此」句，狎，原作「學」。英華、五十家、四子集、全唐詩俱作「狎」。狎，躭愛，作「狎」味胜，據改。

和石侍御山莊〔一〕

煙霞排俗累〔二〕，巖壑只幽居。水浸何曾畎〔三〕，荒郊不復鋤。影濃山樹密，香淺澤花疎。闊塹防斜徑，平堤夾小渠。蓮房若箇實〔四〕，竹節幾重虚〔五〕。蕭然隔城市，酌醴焚枯魚〔六〕。

【箋注】

〔一〕石侍御，當即石抱忠。新唐書員半千傳附石抱忠傳：「抱忠，長安人，名屬文。初置右臺，自清道率府長史爲殿中侍御史，進檢校天官郎中，與侍郎劉奇、張詢古共領選，寡廉潔，而奇號清平，二人坐綦連耀伏誅。」舊唐書職官志三：「殿中侍御史六人，從七品下。……殿中侍御史掌殿廷供奉之儀式。」山莊，指鄉間别墅。

〔二〕「煙霞」句，排，原作「非」。英華卷三一九作「排」。全唐詩作「非俗宇」，校：「一作排俗累。」按作「排」是，據改。「俗宇」誤。

〔三〕「水浸」句，畎，原作「畝」，同。英華、五十家、全唐詩作「畎」。兹改爲通行字「畎」。畎，謂疏通。

〔四〕「蓮房」句，若箇，猶言若干箇、多少箇。實，指蓮子。程大昌演繁露卷一：「若干者，設數之言也。干猶箇也，若箇，猶言幾何枚也。」

〔五〕「竹節」句，重，原作「竿」，英華校：「一作重。」四子集、全唐詩作「重」，全唐詩作「重」，校：「一作竿。」按：既言竹節，則作「重」是，據改。幾重虛，猶言有多少虛空之竹節，嘆竹標格極高。

〔六〕「酌醴」句，焚，原作「夢」，據英華、全唐詩改。文選應璩百一詩：「田家無所有，酌醴焚枯魚。」李善注引蔡邕與袁公書曰：「酌麥醴，燔乾魚，欣然樂在其中矣。」醴，泉水也。此言石抱忠山莊生活饒有野趣。

和崔司功傷姬人〔一〕

昔時南浦別〔二〕，鶴怨寶琴絃〔三〕。今日東方至〔四〕，鸞銷珠鏡前〔五〕。水流銜砌咽〔六〕，月影向窗懸。粉匣悽餘淚〔七〕，薰爐滅舊煙〔八〕。晚庭摧玉樹〔九〕，寒帳委金蓮〔一〇〕。佳人不再得〔一一〕，白日幾千年〔一二〕。

【箋　注】

〔一〕詩題，原作「和崔司空傷姬」。舊唐書職官志三：「太尉、司徒、司空各一員。」原注：「謂之三公，并正一品。……武德初，太宗爲之，其後親王拜三公，皆不視事，祭祀則攝者行也。」考兩唐書，高宗、武后時未見有崔姓官員仕至司空。英華卷三〇五作和崔司功傷姬人，當是，據改，并補「人」字。司功，即司功參軍，前已注。崔司功，名未詳。

〔二〕「昔時」句，楚辭九歌河伯：「送美人兮南浦。」後遂以「南浦」泛指送別地。江淹別賦：「送君南浦，傷如之何。」

〔三〕「鶴怨」句，文選孔稚珪北山移文：「蕙帳空兮夜鶴怨，山人去兮曉猨驚。」李周翰注：「此因山言之，故托猿、鶴以寄驚怨也。」樂府詩集卷五八載商陵牧子別鶴操，解題道：「崔豹古今注曰：『別鶴操，商陵牧子所作也。娶妻五年而無子，父兄將爲之改娶。……牧子聞之，愴然而悲，乃援琴而歌，後人因爲樂章焉。』琴譜曰：『琴曲有四大曲，別鶴操其一也。』」此言昔日暫別，其姬奏琴以訴離愁別怨。

〔四〕「今日」句，東方，指其夫婿，即崔司功。漢樂府古辭陌上桑：「東方千餘騎，夫婿居上頭。」

〔五〕「鸞銷」句，謂姬死。范泰鸞鳥詩序：「昔罽賓王結罝峻祁之山，獲一鸞鳥。……三年不鳴。其夫人曰：『嘗聞鳥見其類而後鳴，何不懸鏡以映之？』王從其意。鸞睹形悲鳴，哀響沖霄，一奮而絶。」珠鏡，飾珠之鏡，鏡之美稱。鸞，英華作「孌」，形訛。

〔六〕「水流」句，銜，原作「銜」。五十家、四子集、全唐詩作「銜」。按：既言「咽」，則作「銜」義較勝，據改。

〔七〕「粉匣」句，粉匣、淚，英華、四子集、全唐詩作「粧匣」、「粉」。全唐詩於「粧」下校：「一作粉。」

於「粉」下校：「一作淚。」悽，原作「棲」，據五十家改。

〔八〕「薰爐」句，滅，原作「減」。四子集作「滅」。全唐詩作「滅」，校：「一作減。」按：作「滅」義礙，人死則薰爐當滅，據改。

〔九〕「晚庭」句，摧玉樹，摧折庭院中樹木。玉，言樹姿極美。喻指姬已亡故。晉書庾亮傳：「亮將葬，何充會之，歎曰：『埋玉樹於土中，使人情何能已！』」

〔一〇〕「寒帳」句，金蓮，帳頂飾物。太平御覽卷六九九帳引鄴中記：「石虎御床，……帳頂上安金蓮花，中懸金箔織成錦囊。」庾信鏡賦：「天河漸没，日輪將起。燕噪吴王，烏驚御史。玉花簟上，金蓮帳裏。」此謂傷姬，故金蓮亦委之不掛。

〔一一〕「佳人」句，漢書孝武李夫人傳：「（李）延年侍上起舞，歌曰：『北方有佳人，絶世而獨立。一顧傾人城，再顧傾人國。寧不知傾城與傾國，佳人難再得！』」

〔一二〕「白日」句，白，五十家、全唐詩作「雲」，全唐詩校：「一作白。」按「雲日」、「白日」皆義礙，「白」疑是「百」之形訛。古時人死百日，有祭奠儀式。魏書胡國珍傳：「又詔：自始薨至……百日，設萬人齋。」此謂喪姬僅百日，懷念心切，幾有千年之感。

和騫右丞省中暮望〔一〕

故事閑臺閣〔二〕，仙門藹已深〔三〕。舊章窺複道〔四〕，雲幌肅重陰〔五〕。玄律葭灰變〔六〕，青陽斗柄臨〔七〕。年光摇樹色，春氣繞蘭心〔八〕。風響高窗度，流痕曲岸侵。天明揔樞轄〔九〕，人鏡辨衣簪〔一〇〕。日暮南宫静〔一一〕，瑶華振雅音〔一二〕。

【箋注】

〔一〕騫，原作「蹇」。檢兩唐書及其他文獻，唐初無蹇姓官員。英華卷一九〇、五十家、全唐詩作「騫」，當是，據改。考兩唐書，高宗、武后時期除騫味道外，别無騫姓高官，騫右丞當即騫味道。高宗調露初，騫味道爲考功員外郎。光宅元年（六八四）爲檢校内史，貶青州刺史。垂拱四年（六八八）九月，擢左肅政臺御史、同鳳閣鸞臺平章事，十二月被殺。事迹散見兩唐書，然未載其任右丞事。「省中」，指尚書省。唐六典卷一尚書都省：「左丞一人，正四品上；右丞一人，正四品下。」注：「龍朔二年（六六二），改爲左右肅機。咸亨元年（六七〇），復爲左右丞。」則此詩當作於咸亨元年之後，確年無考。

〔二〕「故事」句，故事，往事、慣例，猶言規矩。臺閣，尚書省之别稱。後漢書仲長統傳載法誡：「光武皇帝愠數世之失權，忿彊臣之竊命，矯枉過直，政不任下，雖置三公，事歸臺閣。」李賢注：「臺閣，謂尚書也。」閑，此爲熟練、熟悉意，謂騫味道熟悉尚書省事務。太平御覽卷二一二總叙尚書引益都耆舊傳曰：「太尉李固薦楊淮累世服事臺閣，既嫻練舊典，且有幹用，宜在機密。特拜尚書。」

〔三〕「仙門」句，仙門，亦指尚書省。尚書省或稱仙臺。初學記卷一一尚書令引司馬彪續漢〔書〕官志云：「尚書省在神仙門内。」又引王筠和劉尚書詩曰：「客館動秋光，仙臺起寒霧。」

〔四〕「舊章」句，複道，史記叔孫通傳：「孝惠帝爲東朝長樂宮，及閑往，數蹕煩人，乃作複道。」集解引韋昭曰：「閣道也。」按：複道，又名閣道，架空爲道，有如今之天橋。太平御覽卷一八一引漢官典職曰：「南北宮相去七里，中間作大屋，複道三重。天子案行，中央臺官從左右。」句謂按漢代官制「舊章」，騫右丞可隨天子進入複道，言其常在皇帝左右。

〔五〕「雲幌」句，雲幌，織有雲形圖案之帷幔，代指尚書右丞公事廳。肅重陰，謂彈壓姦邪，主持公道。

〔六〕「玄律」句，律，候氣儀器。禮記月令：「律中大蔟。」鄭玄注：「律，候氣之管，以銅爲之。」玄，謂候氣之理極奥秘。後漢書律曆志上：「候氣之法，爲室三重，户閉，塗釁必周，密布緹縵。室中以木爲案，每律各一，内庳外高，從其方位，加律其上，以葭莩灰抑其内端，案曆而候之。氣至者灰動。其爲氣所動者其灰散，人及風所動者其灰聚。」謂已到歲暮，春氣已至。

〔七〕「青陽」句，青陽，指春季。文選潘岳射雉賦：「於時青陽告謝。」徐爰注：「時四月也。」李善注引爾雅曰：「春爲青陽，夏爲朱明。」太平御覽卷一九時序部四引鶡冠子曰：「斗柄指東，天下皆春。」

〔八〕「春氣」句，蘭心，如蘭之心。繞蘭心，謂思友之心揮之不去。易繫辭上：「子曰：君子之道，或出或處，或默或語，二人同心，其利斷金；同心之言，其臭如蘭。」韓康伯注：「君子出處默語，不違其中，則其迹雖異，道同則應。」

〔九〕「天明」句，揔，同「總」。尚書皋陶謨：「天明畏，自我民明畏。」孔穎達疏「天明」爲「天之明德」。此指用騫氏爲右丞，乃皇帝之明德。天明，明，全唐詩作「門」，校：「一作民。」作「民」誤。總樞轄，北堂書鈔卷五九尚書令引漢官解故云：「尚書，機事所總，號令攸發。」又藝文類聚卷四八尚書引華嶠漢書韋彪上疏曰：「欲急民所務，當先除其患，其原在尚書，典樞機，天下事一決之，不可不察。」唐六典卷一尚書都省：「左右丞掌管轄省事，糾舉憲章，以辨六官之儀制，而正百僚之文法，分而視焉。」又晉書天文志上：「二十八宿，南方有軫四星，「轄星傅軫兩傍，主王侯，左轄爲王者同姓，右轄爲異姓」。此謂騫氏掌管機要以輔佐皇帝。

〔一〇〕「人鏡」句，後漢書寇恂傳：「今君所將皆宗族昆弟也，無乃當以前人爲鏡戒。」舊唐書魏徵傳：「（太宗）嘗臨朝謂侍臣曰：『夫以銅爲鏡，可以正衣冠；以古爲鏡，可以知興替；以人爲鏡，可以明得失。朕常保此三鏡，以防己過。今魏徵殂逝，遂亡一鏡矣！』」衣簪，代指群官。句喻騫氏猶如人鏡，可辨百官良否忠姦。

〔一一〕「日暮」句，南宫，因轄星所傅之軫宿在南方（見上注），故喻指尚書省。

〔一二〕「瑶華」句，文選謝朓郡内高齋閒坐答吕法曹：「惠而能好我，問以瑶華音。」李善注引楚辭（屈原九歌大司命）曰：「折疎麻兮瑶華，將以遺兮離居。」（按王逸注曰：「瑶華，玉華也。」）又張銑注：「瑶華，玉也。言能以思惠好我，故遺我玉音。玉音，謂詩也。」雅音，指甯味道原詩，言其音節高雅，有如玉振。

和劉侍郎入隆唐觀〔一〕

福地陰陽合，仙都日月開〔二〕。山川凌四險，城樹隱三臺〔三〕。伏檻排雲出，飛軒遶澗回〔四〕。參差凌倒影，瀟灑軼浮埃。百果珠爲實，群峰錦作苔〔五〕。懸蘿暗疑霧〔六〕，瀑布響成雷。方士燒丹液，真人泛玉杯〔七〕。還如問桃水〔八〕，更似得蓬萊〔九〕。漢帝求仙日，相如作賦才〔一〇〕。自然金石奏，何必上天台〔一一〕。

【箋注】

〔一〕劉侍郎，當即劉禕之。舊唐書劉禕之傳：「劉禕之，常州晉陵人也。」有文藻，少與孟利貞、高智周等同直昭文館，遷左史，又與元萬頃、范履冰等共撰列女傳、臣軌等千餘卷。儀鳳二年（六七七）轉朝奉大夫、中書侍郎。又拜中書舍人，檢校中書侍郎。則天臨朝，參預其謀，擢中書侍郎、同中書門下三品。垂拱三年（六八七）被誣，賜死於家，年五十七。隆唐觀，在登封縣逍遥谷中。全唐文卷二二八載王適體玄先生太中大夫潘尊師碣文并序（見嵩陽石刻集記卷上），謂唐高宗調露元年（六七九），帝同武后如嵩山，幸道士潘師正之居，「爰制有司：就師（指潘師正宅）立觀。即於逍遥隱谷建隆唐焉」。詩稱「劉侍郎」而未言其爲相，當在調露元年後、武后臨朝稱制前。詩又謂「仙都日月開」，則劉禕之之入隆唐觀，蓋在該觀落成時。按高宗幸潘師正居并命立觀，同時又令爲少姨廟、啓母廟立碑。兩碑於永淳元年（六八二）十二月落成（參見本書卷五少室山少姨廟碑注）。則劉禕之之入隆唐觀，當亦在是時。

〔二〕「福地」二句，福地、仙都，皆指嵩山。道教有十大洞天、三十六小洞天、七十二福地之説，中嶽嵩山洞爲三十六小洞天之一，見雲笈七籤卷二七七十二福地。又同書卷六三洞經教部稱老君云「書有三等，一曰神道書」，「神道書者，精一不離，實守本根，與陰陽合，與神同門」。此謂隆唐觀通於神，故云「陰陽合」。

〔三〕「城樹」句，三臺，後漢書袁紹傳：「坐召三臺，專制朝政。」李賢注：「晉書曰：漢官，尚書爲中臺，御史爲憲臺，謁者爲外臺，是爲三臺。」此以「三臺」代指唐東都洛陽。謂在隆唐觀遥望，洛陽城掩隱在緑樹之中。

〔四〕「伏檻」二句，檻，欄杆；軒，屋檐。言隆唐觀建築聳立於雲霧之中，環境極爲幽雅。

〔五〕「百果」二句，珠爲實，謂果實剔透如珠；錦作苔，謂苔蘚色澤艷麗如錦。陸時雍唐詩鏡卷一初唐評曰：「和劉侍郎入隆唐觀『百果珠爲實，群峰錦作苔』，語殊勝麗。」

〔六〕「懸蘿」句，「蘿」指松蘿，一種寄生類絲狀植物，常懸掛於樹上。文選郭璞遊仙詩七首之三：

「緑蘿結高林，蒙籠蓋一山。」李善注：「陸璣毛詩草木疏曰：『松蘿，蔓松而生，枝正青。』毛詩曰：『蔦與女蘿，施於松柏。』毛萇曰：『女蘿，松蘿也。』」此泛指藤蔓類植物。疑，英華卷二二六、全唐詩校：「一作凝。」似誤。

〔七〕「真人」句，真人，指道士。泛玉杯，謂飲仙藥。藝文類聚卷七嵩高山引世記曰：「嵩高山北有大穴，莫測其深，百姓歲時每游觀其上。晉初，嘗有一人誤墮穴中，同輩冀其儻不死，乃投食於穴中，墜者得之，爲尋穴而行。計可十許日，忽曠然見明，又有草屋，中有二人對坐圍棊局，下有一杯白飲。墜者告以飢渴，棊者曰：『可飲此。』墜者飲之，氣力十倍。」

〔八〕「還如」句，問桃水，詢問通往桃花源之路。陶淵明桃花源記：晉太元中，武陵人捕魚爲業，緣溪行，忘路之遠近，忽逢桃花林，夾岸數百步，中無雜樹。從一山小口入，其中土地平曠，屋舍儼然，男女衣着，悉如外人，自言「先世避秦時亂，率妻子邑人來此絶境，不復出焉」。既出，得其船，便扶向路，處處誌之。及郡下，詣太守，説如此。太守即遣人隨其往，尋向所誌，遂迷，不復得路。句以桃花源喻隆唐觀。

〔九〕「更似」句，得蓬萊，傳説東海有蓬萊等三神山，詳前奉和上元酺宴應詔詩注。句謂嵩嶽有似海上神山。

〔一〇〕「漢帝」二句，漢帝，指漢武帝。史記司馬相如列傳：相如上上林賦，「天子（即武帝）既美子虚之事，相如見上好仙道，因曰：『上林之事未足美也，尚有靡者。臣嘗爲大人賦，未就，請具而奏之。』相如以爲列仙之傳居山澤間，形容甚臞，此非帝王之仙意也，乃遂就大人賦。……相如既奏大人之頌，天子大説，飄飄有凌雲之氣，似游天地之間意。」兩句以漢武帝求仙，喻指唐高宗如嵩山；又以司馬相如作賦，喻劉禕之之詩。

〔一二〕「自然」二句，上天台，猶言游天台。晉書孫綽傳：「嘗作天台山賦，辭致甚工。初成，以示友人范榮期云：『卿試擲地，當作金石聲也。』」天台，山名，在今浙江天台縣。二句謂劉禕之之詩具有自然美，超越孫綽天台山賦。

和輔先入昊天觀星占〔一〕

遁甲爰皇里〔二〕，占星太乙宫〔三〕。天門開奕奕〔四〕，佳氣鬱葱葱〔五〕。碧落三乾外〔六〕，黄圖四海中〔七〕。邑居環弱水〔八〕，城闕抵新豐〔九〕。玉檻崑崙側〔一〇〕，金樞地軸東〔一一〕。上真朝北斗〔一二〕，元始詠南風〔一三〕。漢君祠五帝〔一四〕，淮王禮八公〔一五〕。道書藏竹簡〔一六〕，靈液灌梧桐〔一七〕。草茂瓊堦緑〔一八〕，花繁寶樹紅。石樓紛似畫〔一九〕，地鏡淼如空〔二〇〕。桑海年應積〔二一〕，桃源路不窮〔二二〕。黄軒若有問，三月住崆峒〔二三〕。

【箋注】

〔一〕輔先，其人事迹不詳。昊天觀，唐會要卷五〇：「昊天觀，在全一坊地。貞觀初爲高宗宅。顯慶元年（六五六）三月二十四日，爲太宗追福，遂立爲觀，以『昊天』爲名。額，高宗題。」一坊，指保寧坊。唐兩京城坊考卷二：長安保寧坊，「昊天觀，盡一坊之地」。詩題，底本原爲和輔先入昊天觀。英華卷二二六作和輔先入昊天觀星瞻，校：「集作星占。」全唐詩題與英華同，於「星瞻」下校：「一作占。」據詩中第二句「占星太乙宮」，則「星瞻」之「瞻」，當是「占」之音訛。今據英華所校集本，補「星占」二字。

〔二〕「遁甲」句，遁甲，古代方士星占術之一，用九宮、九星、六儀、三奇、八門等隨時節排列入占，俗多用於擇日。後漢書方術傳序李賢注：「遁甲，推六甲之陰而隱遁也。」宋趙彦衛雲麓漫鈔卷九提出另一説：「世傳遁甲書，甲既不可隱，何取名爲遁？及讀漢郎中鄭固碑，有云『逡遁退讓』，遁即循字。蓋古字少，借用，非獨此一碑也。則知『遁甲』當云『循甲』，言以六甲循環推數故也。」隋書經籍志三著録各類遁甲書凡五十餘種，今僅存少許遺文，其占法早已失傳。是詩内容當多關遁甲星占事，已很難準確注出。爰皇里，爰，於。皇里，皇家第里，此指長安保寧坊。

〔三〕「占星」句，占星，以星象變化占吉凶。隋書經籍志三著録各類星占書甚多，如五星占即有五種，又孫僧化等撰星占達二十八卷。太乙宮，此代指昊天觀，其中當有專供占星之所。

〔四〕「天門」句，史記天官書：「蒼帝行德，天門爲之開。」司馬貞索隱：「謂王者行春令，布德澤，被天下，應靈威仰之帝，而天門爲之開，以發德化也。天門，即左右角間也。」張守節正義：「蒼帝，東方靈威仰之帝也。春萬物開發，東作起，則天發其德化，天門爲之開也。」奕奕，文選謝惠連秋懷詩：「皎皎天月明，奕奕河宿爛。」李善注引薛君韓詩章句：「奕奕，盛貌。」

〔五〕「佳氣」句，史記天官書：凡望雲氣，「若煙非煙，若雲非雲，鬱鬱紛紛，蕭索輪囷，是謂卿雲。卿雲見，喜氣也」。葱葱，英華作「蒼蒼」。

〔六〕「碧落」句，碧落，道教稱東方第一層天，謂「碧者，碧霞之雲也；落者，雲中飛天之神，乘碧霞朝七寶宮也」。見靈寶無量度人上品妙經。三乾，周易乾卦彖辭：「大哉乾元，萬物資始。」王弼注：「天也者，形之名也。」初學記卷一天：「天謂之乾。」三乾，謂三天。靈寶太乙經：「四人天外曰三清境：玉清、太清、上清，亦名三天。」句謂三天之外，猶有碧落天。

〔七〕「黄圖」句，黄圖，此指帝都長安。江總雲堂賦：「覽黄圖之棟宇，規紫宸於太清。」四海中，言以四海爲帝都。

〔八〕「邑居」句，弱水，河流名。尚書禹貢：「導弱水，至於合黎，餘波入於流沙。」元和郡縣志卷四〇甘州删丹縣：「弱水，在縣南山下。」玄中記（見古小説鈎沈）：「天下之弱者，有崑崙之弱水焉，鴻毛不能起也。」弱，英華、全唐詩作「若」。

〔九〕「城闕」句，新豐，元和郡縣志卷一京兆府昭應縣：「新豐故城，在縣東十八里，漢新豐縣城也。漢七年（前二〇〇），高祖以太上皇思東歸，於此置縣，徙豐人以實之，故曰新豐。」

〔一〇〕「玉檻」句，玉檻，檻之美稱。檻，欄杆也，此代指長安。崑崙，山名，西接帕米爾高原，東延入今青海省境内。古代傳説爲天帝之下都。

〔一〕「金樞」句，金樞，樞之美稱，以與上句「玉檻」對應。説文：「樞，户樞也。」即門軸。地軸，文選木華海賦：「狀如天輪膠戾而激轉，又似地軸挺拔而争迴。」李善注引河圖括地象曰：「地下有四柱，廣十萬里，有三千六百軸。」又太平御覽卷三八崑崙山引河圖括地象：「崑崙之山爲地首，上爲握契，滿爲四瀆，横爲地軸。上爲天鎮，立爲八柱。」以上二句，言昊天觀與天帝下都崑崙相鄰。

〔二〕「上真」句，「上真」即真人，俗稱道士。初學記卷二三道釋部道士引樓觀本記曰：「周穆王尚神仙，因尹真人草制樓觀。」又引三洞道科，稱道士有五，其一爲「天真道士」。此代指大臣。朝北斗，拜見皇帝。晉書天文志上天文經星引張衡云：「衆星列布，體生於地，精成於天，列居錯峙，各有攸屬，在野象物，在朝象官，在人象事。其以神著有五列焉，是爲三十五名：一居中央，謂之北斗；四布於方各七，爲二十八舍。」

〔三〕「元始」句，元始，即元始天尊，道教所奉最高天神。初學記卷二三道釋部引太玄真一本際經：「無宗無上，而獨能爲萬物之始，故名元始。運道一切爲極尊，而常處二清，出諸天上，故稱天尊。」隋書經籍志卷四：「道經者，云有元始天尊，生於太元之先，禀自然之氣，沖虚凝遠，莫知其極，所以説天地淪壞，劫數終盡，略與佛經同。」此代指皇帝。史記樂書：「昔者舜作五絃之琴，以歌南風。」集解引王肅曰：「南風，養育民之詩也。其辭曰：『南風之薰兮，可以解吾民之愠兮。』」

〔一四〕「漢君」句，史記封禪書：秦有白、青、黄、赤帝祠（即西畤、密畤、上畤、下畤），漢高祖立黑帝祠，命曰北畤，合稱「五帝祠」，皆在渭河流域。

〔一五〕「淮王」句，淮王，指淮南王劉安。神仙傳卷四：漢淮南王劉安折節下士，天下道書及方術之士，不遠千里，卑辭重幣請致之。於是乃有八公詣門，皆鬚眉皓白，門吏先密以白王。王使閽人自以意難問之曰：「我王欲求延年長生不老之道，今先生年已耆矣，似無駐衰之術。」八公笑曰：「薄吾老，今則少矣。」言未竟，八公皆變爲童子，年可十四五，角髻青絲，色如桃花。門吏大驚，走以白王。王聞之，足不履跣而迎，執弟子之禮。八童子乃復爲老人。

〔一六〕「道書」句，藏，英華作「編」，校：「一作簽。」五十家作「藏」。四子集、全唐詩作「編」，校：「一作藏。」按作「藏」是，「藏竹簡」，謂昊天觀所藏道書年代久遠，乃用竹簡寫成。

〔一七〕「靈液」句，液，英華作「藥」。全唐詩作「液」，校：「一作藥。」按：下既言「灌」，當作「液」。梧桐，莊子秋水：「鵷鶵發於南海，而飛於北海，非梧桐不止，非練實不食，非醴泉不飲。」鵷鶵乃鳳類，爲仙禽，其止於梧桐，則梧桐亦爲靈木，故用靈液澆灌。太平御覽卷九五六桐引王逸子曰：「木有扶桑、梧桐、松柏，皆受氣淳矣，異於群類者也。」

〔一八〕「草茂」句，茂，英華、全唐詩校：「一作蔓。」

〔一九〕「石樓」句，石樓，山名。太平御覽卷七八有巢氏引遁甲開山圖曰：「石樓山，在琅玡，昔有巢氏治此山南。」「琅玡」，又作「琅邪」、「琅琊」、「瑯琊」、「瑯邪」、「郎邪」，皆同，下不一一説明。

〔二〇〕「地鏡」句，地鏡，傳説中觀地寶鏡。起源甚遠，如庾信道士步虚詞之九，即有「地鏡堦基遠」句。通志卷六八著録地鏡三卷，金婁地鏡一卷，孝子地鏡秘術三卷，皆久已失傳，唯藝文類聚、太平御覽等類書尚偶存片斷。説郛録有闕名地鏡圖一卷，凡十五條，顯係輯本，内容多涉物産，如曰：「欲知寶所在地，以大鏡夜照，見影若光在鏡中者，物在下也。」此言以地鏡觀之，地下幽深浩渺若空，可以透視。

〔二一〕「桑海」句，葛洪神仙傳：王遠，字方平，東海人也。過吴，住胥門蔡經家，因遣人招麻姑。「麻姑自説：『接侍以來，已見東海三爲桑田。向到蓬萊，水又淺於往昔會時略半也，豈將復還爲陵陸乎？』方平笑曰：『聖人皆言海中行復揚塵也。』」年應積，謂積年已久，將有滄海桑田之變。年，英華作「中」，校：「集作年。」全唐詩作「年」，校：「一作中。」按：作「中」誤。

〔二二〕「桃源」句，桃源，即桃花源，已見和劉侍郎入隆唐觀詩注。路不窮，謂有路可尋。

〔二三〕「黄軒」二句，黄軒，即黄帝軒轅氏。史記五帝本紀：「（黄帝）西至於空桐，登雞頭。」集解引應劭曰：「山名。」韋昭曰：「在隴右。」索隱：「山名也。後漢王孟塞雞頭道，在隴西，一曰崆峒山之别名。」正義引括地志云：「空桐山在肅州福禄縣東南六十里。抱朴子内篇云『黄帝西見中黄子，受九品之方，過空桐，從廣成子受自然之經』，即此山。」二句謂若有人問黄帝之所在，回答住在空桐之山。傳説黄帝死後成仙，言其住所，謂可追隨也。「空桐」、「崆峒」同。住崆峒，英華校：「集作往崆峒。」全唐詩作「住」，校：「一作往。」作「住」較勝。

和酬虢州李司法〔一〕

脣齒標形勝〔二〕，關河壯邑居〔三〕。寒山抵方伯〔四〕，秋水面鴻臚〔五〕。君子從遊宦，忘情任卷舒〔六〕。風霜下刀筆〔七〕，軒蓋擁門閭〔八〕。平野芸黄遍〔九〕，長洲鴻鴈初〔一〇〕。菊花宜泛酒〔一一〕，蒲葉好裁書〔一二〕。昔我芝蘭契〔一三〕，悠然雲雨疎〔一四〕。非君重千里〔一五〕，誰肯惠雙魚〔一六〕。

【箋注】

〔一〕虢州，元和郡縣志卷六：「虢州，弘農。……周初爲虢國。……（隋大業三年，六〇七），又於弘農縣置弘農郡，義寧元年（六一七）改爲鳳林郡。其年，於盧氏縣置虢郡，武德元年（六一八）改爲虢州。其年，改鳳林郡爲鼎州，因鼎湖以爲名。貞觀八年（六三四）廢，遂移虢州於今理所。」即今河南靈寶市。司法，即司法參軍，唐代於州置之。通典卷三五職官一五：「司法參軍，……大唐掌律令，定罪盜賊贓贖之事。」李司法，名未詳。

〔二〕「脣齒」句，左傳僖公五年：「晉侯復假道於虞以伐虢，宫之奇諫曰：『虢，虞之表也，虢亡，虞必從之。晉不可啓，寇不可翫。一之謂甚，其可再乎？諺所謂輔車相依、脣亡齒寒者，其虞虢之謂也。』」形勝，地勢優越便利。漢書高祖紀下「六年」：「秦，形勝之國也。」注引張晏曰：「得形勢之勝便也。」

〔三〕「關河」句，關河，史記蘇秦列傳：「（秦）東有關河，西有漢中。」正義：「東有黄河，有函谷、蒲津、龍門、合河等關。」邑居，指虢州治所。

〔四〕「寒山」句，方伯，地名，即方伯堆。宋書柳元景傳：「（龐）法起諸軍進次方伯堆，去弘農城五里。」水經注河水引開山圖：「燭水「側有阜，名之方伯堆，宋奮武將軍魯方平、建武將軍薛安都等，與建威將軍柳元景北入，軍次方伯堆者也。堆上有城，即方伯所築也」。又元和郡縣志卷六虢州弘農縣：「方伯堆，在縣東南五里。」

〔五〕「秋水」句，鴻臚，水名。水經注河水：「門水，即洛水之枝流者也。……東北歷峽，謂之鴻關水。水東有城，即關亭也。水西有堡，謂之鴻關堡，世亦謂之劉、項裂地處，非也。余按上洛有鴻臚圍池，是水津渠沿注，故謂斯川爲鴻臚澗，鴻關之名，乃起是矣。」元和郡縣志卷六虢州弘農縣：「鴻臚水，過縣北十五里入靈寶界，溉田四百餘頃」。

〔六〕「忘情」句，任卷舒，謂不介意於仕宦窮達。論語衛靈公：「君子哉蘧伯玉！邦有道，則仕；邦無道，則可卷而懷之。」

〔七〕「風霜」句，通典卷二四：「御史爲風霜之任，彈糾不法，百僚震恐，官之雄峻，莫之比焉。」此指司法參軍。刀筆，法吏訟師之筆，謂其鋒利如刀，能殺傷人。史記汲黯傳：「天下謂刀筆吏不可以爲公卿。」

〔八〕「軒蓋」句，漢書于定國傳：「始定國父于公，其閭門壞，父老方共治之。于公謂曰：『少高大閭門，令容駟馬高蓋車。我治獄多陰德，未嘗有所冤，子孫必有興者。』至定國爲丞相，永爲御史大夫，封侯傳世云。」此喻李司法，謂其前程遠大。

〔九〕「平野」句，芸黄遍，原作「雲黄變」。英華卷二四一、五十家、四子集、全唐詩作「芸黄遍」。按詩經大雅裳裳者華：「裳裳者華，芸其黄矣。」毛傳：「芸黄，盛也。」鄭玄箋：「華芸然而黄，興，明王德之盛也。」作「芸黄遍」是，言遍地黄花盛開，據改。

〔一〇〕「長洲」句，洲，原作「州」，據英華、五十家、全唐詩改。長洲，河中泥沙沉積之陸地，言其長，故稱。

〔一一〕「菊花」句，西京雜記卷三：「九月九日，佩茱萸，食蓬餌，飲菊花酒，令人長壽。菊花舒時，并採莖葉，雜黍米釀之，至來年九月九日始熟，就飲焉，故謂之菊花酒。」

〔一二〕「蒲葉」句，漢書路温舒傳：「路温舒，字長君，鉅鹿東里人也。父爲里監門。使温舒牧羊，温舒取澤中蒲，截以爲牒，編用寫書。」顔師古注：「小簡曰牒，編聯次之。」

〔一三〕「昔我」句，芝蘭契，謂情誼深厚。周易繫辭上：「同心之言，其臭如蘭。」

〔一四〕「悠然」句，悠，原作「攸」，據英華卷二四一、五十家、全唐詩改。雲雨疎，謂彼此阻隔而交疎。疎，同「疏」。顔延年和謝監靈運詩：「朋好雲雨乖。」

〔一五〕「非君」句，唐李匡乂資暇集卷下：「諺云：『千里井，不反唾。』蓋由南朝宋之計吏瀉剉殘草於公館井中，且自言相去千里，豈當重來？及其復至，熱渴汲水遽飲，不憶前所棄草，草結於喉而斃。俗因相戒曰：『千里井，不反剉。』復訛爲『唾』爾。」然以作「唾」爲佳。宋程大昌演繁露卷一三千里不唾井：「爲嘗飲此井，雖舍而去之千里，知不復飲矣；然猶以嘗飲乎此，而不忍唾也。」此言「重千里」，謂雖相距千里，仍不棄故人，猶如千里不唾井也。

〔一六〕「誰肯」句，雙魚，指書信。樂府古辭飲馬長城窟行：「客從遠方來，遺我雙鯉魚。呼兒烹鯉魚，中有尺素書。」

和旻上人傷果禪師〔一〕

浄業初中日〔二〕，浮生大小年〔三〕。無人本無我〔四〕，非後亦非前〔五〕。簫鼓旁喧地，龍蛇真應天〔六〕。法門摧棟宇〔七〕，覺海破舟船〔八〕。書鎮秦王餉〔九〕，經文宋國傳〔一〇〕。聲華周百億，風烈被三千〔一一〕。蕪没青園寺〔一二〕，荒涼紫陌田〔一三〕。德音殊未遠，拱木已生煙〔一四〕。

【箋　注】

〔一〕旻上人，與本集卷三送并州旻上人詩序之「旻上人」，應爲同一人。據詩序，知其爲并州（今山西太原）僧人，道法甚高。又陳子昂陳拾遺集卷二同旻上人傷壽安傅少府詩之「旻上人」，亦當爲同一人。果禪師，事迹不詳。果禪師，英華卷三〇五「果」作「杲」。兩字形近，而現存英華此卷爲明刻，未能定孰是。

〔二〕「浄業」句，浄業，佛教指清静善業。其説甚多，如法苑珠林卷二三敬佛篇業因引觀經云：「令未來一切凡夫，生極樂國，當修三業：一、孝養父母，事師不煞，修十善業。二、受三歸具足衆戒，不犯威儀。三、發菩提心，深信因果，讀誦大乘，勸進行者。如是三事，是名浄業。」初中，指初善、中善、後善。大方廣寶篋經卷下：「所説真正，初、中、後善。云何初善？謂身善行，口、意善行。云何中善？學行勝戒，學勝定、勝慧。云何後善？謂空三昧解脱法門，無相三昧解脱法門，無願三昧解脱法門。復次，初善者，信欲不放逸；中善者，定念一處；後善者，善妙智慧。復次，初善者，信佛不壞；中善者，信法不壞；後善者，信於聖僧得果不壞。復次，初善者，從他聞法；中善者，正念修行；後善者，得聖正見。復次，初善者，知苦斷集；中善者，修行正道；後善者，證於盡滅。是名聲聞初、中、後善。」句謂果禪師修行已臻中善。

〔三〕「浮生」句，莊子刻意：「其生若浮，其死若休。」郭象注：「泛然無所惜也。」成玄英疏：「夫聖人動静無心，死生一貫，故其生也如浮漚之暫起，變化俄然；其死也若疲勞休息，曾無繫戀也。」大小年，莊子逍遥遊：「小知不及大知，小年不及大年。奚以知其然也？朝菌不知晦朔，蟪蛄不知春秋，此小年也。楚之南有冥靈者，以五百歲爲春，五百歲爲秋；上古有大椿者，以八千歲爲春，八千歲爲秋。而彭祖乃今以久特聞，衆人匹之，不亦悲乎！」郭象注：「齊死生者，無死無生者也。苟有乎死生，則雖大椿之與蟪蛄，彭祖之與朝菌，均於短折耳。」此謂人之生命有長有短。

〔四〕「無人」句，莊子齊物論：「子綦曰：……今者吾喪我，汝知之乎？」郭象注：「吾喪我，我自忘矣；我自忘矣，天下有何物足識哉？故都忘外内，然後超然俱得。」

〔五〕「非後」句，莊子大宗師：「彼以生爲附贅縣疣，以死爲決疣潰癰，夫若然者，又惡知死生先後之所在！」郭象注：「死生代謝，未始有極，與之俱往，則無往不可，故不知勝負之所在也。」以上數句，皆引莊子語意，化解果禪師死所帶來之痛傷。

〔六〕「簫鼓」二句，簫鼓，簫與鼓。漢武帝秋風辭：「簫鼓鳴兮發棹歌。」龍蛇，即蛇，其皮可制鼓。周禮冬官梓人：「梓人爲筍虡。天下之大獸五：脂者、膏者、臝者、羽者、鱗者。宗廟之事，脂者、膏者以爲牲，臝者、羽者、鱗者以爲筍虡。」鄭玄注：「樂器所縣，横曰筍，植曰虡。」又注曰：「脂，牛羊屬；膏，豕屬；臝者，謂虎豹貔螭，爲獸淺毛者之屬；羽，鳥屬；鱗，龍蛇之屬。」之所以以臝者、羽者、鱗者爲筍虡，鄭玄注謂「貴野聲也」。此以龍蛇代指簫鼓等樂器。二句謂果禪師死後，蕭鼓哀樂喧然，真可以感天動地。真應，英華作「直映」。四子集作「直應」。全唐詩作「直映」，校：「一作真應。」簫鼓聲不可言「映」，故作「真應」義勝。

〔七〕「法門」句，法門，指佛門。禮記檀弓上：孔子將死，歌曰：「泰山其頹乎！梁木其壞乎！哲人其萎乎！」鄭玄注「梁木」爲「衆木所放」。棟宇，猶言梁木也。

〔八〕「覺海」句，覺海，指佛教，佛以覺悟爲宗。言海者，喻其渡衆生於彼岸，以脱離苦海。今果禪師死，無復渡人，故言舟船已破。

〔九〕「書鎮」句，書鎮，壓書或紙之文具。梁釋慧皎高僧傳卷七：「釋曇諦，姓康，其先康居人。漢靈帝時移附中國。獻帝末亂，移止吴興。諦父肜，嘗爲冀州别駕。母黄氏晝寢，夢見一僧，呼黄爲母，寄一麈尾并鐵鏤書鎮二枚。眠覺，見兩物具存，因而懷孕，生諦。諦年五歲，母以麈尾等示之。諦曰：『秦王所餉。』母曰：『汝置何處？』答云不憶。至年十歲出家，學不從師，悟自天發。後隨父之樊、鄧，遇見關中僧䂮道人，忽唤䂮名。曰：『童子何以呼宿老名？』諦曰：『向者忽言阿上，是諦沙彌，爲衆僧採菜，被野猪所傷，不覺失聲耳。』䂮經爲弘覺法師弟子，爲僧採菜，被野猪所傷。䂮初不憶此，乃詣諦父。諦父具説本末，并示書鎮、麈尾等。䂮乃悟而泣曰：『即先師弘覺法師也。師經爲姚萇講法華，貧道爲都講，姚萇餉師二物，今遂在此。』追計弘覺舍命，正是寄物之日，復憶採菜之事。彌深悲仰。」此言果禪師或爲前代高僧轉世。

〔一〇〕「經文」句，宋國傳，當用蕭瑀事。舊唐書蕭瑀傳：瑀字時文，梁武帝後裔。歸唐，拜尚書右僕射，封宋國公。極好佛道，嘗請出家。法苑珠林卷八五利益部，稱蕭瑀與兄（當指蕭璟）「各造千部法華，書生潔浄，勘校無謬，莊飾函盛，散付流通。請受人名，各録一通，躬自禮敬，日夜一遍。宋公自撰經疏十有餘卷。……每日朝參，必使侍人執經在前，至於公事，伺有閑隙，便自勘讀，日誦一遍，以爲常式」。按：上引兩書俱晚出。疑果禪師嘗爲蕭瑀寫經書生，楊炯、昱上人蓋親知也。

〔一一〕「聲華」二句，周百億，極言知其聲名者之多，謂果禪師爲衆人所景仰。「被三千」，又謂其風采影響極大。「三千」，指三千大千世界。佛教謂九山八海、一日月、四大部洲、六欲天、上覆以初禪三天，爲一小世界。集一千小世界，上覆以二禪三天，爲一小千世界。集一千小千世界，上覆以三禪三天，爲一中千世界。集一千中千世界，上覆以四禪九天，及四空天，爲一大千世界。實即指整個宇宙。大智度論中：「百億須彌山，百億日月，名爲三千大千世界。如是十方恒河沙，三千大千世界，是名爲一佛世界，是中更無餘佛，實一釋迦牟尼佛。」又詳釋氏要覽中界趣。被，英華、五十家本作「破」。全唐詩作「被」，校：「一作破。」作「破」誤。

〔一二〕「蕪没」句，青園寺，六朝時建康（今南京）著名佛寺。景定建康志卷四六：「龍光寺，在城北覆舟山下。宋元嘉二年（四二五），號青園寺。（梁）高僧傳云：西竺道生後還上都青園寺。寺是惠恭皇后褚氏所立，本種青處，因以爲名。其年雷震青園寺佛殿，龍昇於天，光影西壁，因改龍光。」此指果禪師所住佛寺，意其既去，寺或荒蕪。

〔一三〕「荒凉」句，紫陌，常指京城道路，謂其色紫。徐陵長干寺衆食碑：「其外鐵市銅街，青樓紫陌。」紫陌田，靠近紫陌之寺院田產。蓋果禪師所住佛寺在長安附近，故云。

〔一四〕「德音」二句，德音，當指皇帝賜法號之類。未遠，謂即將有封贈。拱木，左傳僖公三十二年：

「中壽，爾墓之木拱矣。」杜預注：「合手曰拱。」

和鄭校讎内省眺矚思鄉懷友〔一〕

銅門初下辟〔二〕，石館始沉研〔三〕。遊霧千金字〔四〕，飛雲五色牋〔五〕。樓臺橫紫氣〔六〕，城闕俯青田。暄入瑶房裏，春迴玉宇前〔七〕。霞文埋落照，風色澹歸煙〔八〕。翰墨三餘隙〔九〕，關山四望懸。頽風睽酌羽〔一〇〕，流水曠鳴絃〔一一〕。雖欣承白雪〔一二〕，終恨隔青天。

【箋注】

〔一〕鄭校讎，名不詳。校讎，指校書郎。英華卷二四一、五十家、全唐詩作「讎校」，義同。内省，據詩中「石館始沉研」、「樓臺橫紫氣」句，當指秘書省（詳下注）。唐六典卷一〇秘書省：「校書郎八人。」正九品上。「校書郎、正字，掌讎校典籍，刊正文字，皆辨其紕繆，以正四庫之圖史焉。」又秘書省著作局：「校書郎二人。」亦正九品上。

〔二〕「銅門」句，銅門，指漢代金馬門。後漢書馬援列傳：「孝武皇帝時，善相馬者東門京，鑄作銅馬法獻之，有詔立馬於魯班門外，則更名魯班門曰金馬門。」漢代文士初至，多待詔金馬門，然後命官。此言鄭氏爲秘書省召辟，任職校書郎。

〔三〕「石館」句，石館，指石渠閣。閣乃漢初蕭何造，在未央宫之北，收藏入關所得秦國圖籍。因閣下礱石爲渠以導水，故名。見三輔黄圖卷六閣。唐代圖籍藏秘書省，故以「石館」代指秘書省。句謂鄭氏在秘書省潛心研究典籍。

〔四〕「游霧」句，莊子大宗師：「孰能登天游霧，撓挑無極。」成玄英疏「游霧」爲「遨遊雲霧」。又韓非子難勢引慎子曰：「飛龍乘雲，騰蛇游霧。」（按今本慎子無此兩句）。後代常以「游霧」形容書法飄逸瀟灑，如鮑照飛白書勢銘：「輕如游霧，重似崩雲。」張懷瓘書斷卷中：「蕭子雲輕濃得中，蟬翼掩素，游霧崩雲。」句謂鄭校讎書法高妙貴重。

〔五〕「飛雲」句，與上句對文，謂鄭校讎之字如游霧飛雲，所作五色牋極可愛。五色牋，唐代珍貴牋紙。玉海卷三一唐開元十八學士讚：「開元十一年（七二三），麗正學士進詩，上嘉賞之，自燕公（張九齡）以下十八人，各賜讚以褒美之。敕曰：『得所進詩，甚爲佳妙，并據才能，略爲讚述。』上自於五色牋、八分書之。」元和八年（八一三）八月吏部奏，規定官告紙軸之色物，「命婦邑號許用五色牋」，見唐會要卷七五。上述雖非唐初事，蓋唐初已發其端矣。

〔六〕「樓臺」句，樓臺，指秘書省。紫氣，「氣」原作「極」。英華卷二四一作「氣」。全唐詩作「極」，校：「一作氣。」後漢書竇章傳：「是時學者稱東觀爲老氏臧室，道家蓬萊山。」李賢注：「老子爲守臧史，復爲柱下史，四方所記文書皆歸柱下，事見史記。言東觀經籍多也。蓬萊，海中神山，爲仙府，幽經祕録并皆在焉。」故俗稱秘書省爲蓬萊山，其官爲神仙。紫極乃太極殿，爲宮城正牙，皇帝朔望視朝之所，不可謂之「横」，而「紫氣」正謂神仙府，代指秘書省，故作「氣」是。據英華改。

〔七〕「暄入」二句，暄，義同「暖」。瑶房，藝文類聚卷七山部上引葛仙公傳：「崑崙一曰玄圃，一曰積石瑶房，……皆仙人所居也。」此亦指秘書省。迴，英華校：「集作過。」

〔八〕「霞文」二句，照，五十家、四子集作「日」。色，原作「物」。全唐詩作「物」，校：「一作色。」按下爲「澹」，作「色」義勝，據改。

〔九〕「翰墨」句，三餘，空閒時間。三國志魏書王肅傳裴松之注引魏略曰：「（董）遇言『當以三餘』，或問三餘之意，遇言『冬者歲之餘，夜者日之餘，陰雨者時之餘』也。」陶淵明感士不遇賦序：「余嘗以三餘之日，講習之暇，讀其文。」

〔一〇〕「頽風」句，睽，背離。酌，古代樂舞名。詩經周頌酌序：「酌，告成大舞也。」白虎通義卷三禮樂：「周樂曰大武象，周公之樂曰酌，合曰大武。」羽，舞者所執。周禮春官樂師：「凡舞，有帗舞，有羽舞。」鄭玄注引鄭司農云：「帗，舞者全羽；羽，舞者析羽。」風，英華校：「集作峰。」五十家、四子集、十二家、全唐詩作「峰」，全唐詩校：「一作風。」此句謂世風頽靡，久違酌、羽之古舞，作「峰」誤。

〔一一〕「流水」句，列子湯問：「伯牙善鼓琴，鍾子期善聽。伯牙鼓琴，志在登高山，鍾子期曰：『善哉，峨峨兮若泰山！』志在流水，曰：『善哉，洋洋兮若江河！』」句謂交道不存，高山流水之知音，曠無所聞。

〔二三〕「雖欣」句，白雪，謂陽春、白雪，古代雅樂，宋玉對楚王問：「客有歌於郢中者，其始曰下里、巴人，國中屬而和者數千人；其爲陽阿、薤露，國中屬而和者數百人；其爲陽春、白雪，國中屬而和者不過數十人；引商刻羽，雜以流徵，國中屬而和者不過數人而已。是其曲彌高，其和彌寡。」此謂鄭校讎之詩高雅如陽春、白雪。承，指和作。「承白雪」，謂以和其雅詩爲喜。

和劉長史答十九兄〔一〕

帝堯平百姓〔二〕，高祖宅三秦〔三〕。子弟分河嶽〔四〕，衣冠動縉紳〔五〕。盛名恒不隕，歷代幾相因。街巷塗山曲〔六〕，門閭洛水濱〔七〕。五龍金作友〔八〕，一子玉爲人〔九〕。寶劍豐城氣〔一〇〕，明珠魏國珍〔一一〕。風標自落落〔一二〕，文質且彬彬〔一三〕。共許刁玄亮〔一四〕，同推周伯仁〔一五〕。石城俯天闕，鍾阜對江津〔一六〕。驥足方遐騁〔一七〕，狼心獨未馴〔一八〕。鼓鼙鳴九域〔一九〕，烽火集重闉〔二〇〕。城勢餘三版〔二一〕，兵威乏四鄰〔二二〕。居然混玉石〔二三〕，直置保松筠〔二四〕。耿介酬天子，危言數賊臣〔二五〕。鍾儀琴未奏〔二六〕，蘇武節猶新〔二七〕。受祿寧辭死，揚名不顧身。精誠動天地，忠義感明神。怪鳥俄垂翼，修蛇竟暴鱗〔二八〕。來朝拜休命，述職下梁岷〔二九〕。善政馳金馬〔三〇〕，嘉聲繞玉輪〔三一〕。三荊忽有贈〔三二〕，四海更相親〔三三〕。宮徵諧鳴石〔三四〕，光輝掩燭陰〔三五〕。山川遥滿目，零淚坐沾巾〔三六〕。友愛光天下，恩波浹後塵〔三七〕。懦夫仰高節〔三八〕，下里繼陽春〔三九〕。

【箋　注】

〔一〕劉長史，當是劉延嗣。舊唐書劉德威傳：劉德威，徐州彭城人。子審禮，「審禮從父弟延嗣，文明年（六八四）爲潤州司馬，屬徐敬業作亂，率衆攻潤州，延嗣與刺史李思文固守不降。俄而城陷，敬業執延嗣，邀之令降，辭曰：『延嗣世蒙國恩，當思效命。州城不守，多負朝廷，終不能苟免偷生，以累宗族。豈以一身之故，爲千載之辱？今日之事，得死爲幸。』敬業大怒，將斬之，其黨魏思温救之獲免，乃囚之於江都獄。俄而賊敗，竟以裴炎近親（按舊唐書裴炎傳，炎因勸武則天歸政，誣以謀反，於光宅元年十月被殺），不得叙功，遷爲梓州長史，再轉汾州刺史，卒」。長史，舊唐書職官志三：上州（梓州爲上州）「長史一人，從五品上」。十九兄，其人無考。按：本詩末有「恩波浹後塵」句，當指作者坐從父弟神讓參與徐敬業起兵，受累貶梓州司法參軍事。楊炯在所作梓州官僚贊中，述現任梓州長史爲秦遊藝，前長史爲楊譓。蓋劉延嗣任長史時間很短，待楊炯至梓州時已經離任，故自稱「後塵」。若是，則是詩當作於垂拱年間（六八五—六八七）楊炯爲梓州司法參軍期間。

〔二〕「帝堯」句，尚書堯典：「帝堯，曰放勳，欽明文思安安，允恭克讓，光被四表，格於上下。」「九族既睦，平章百姓，百姓昭明，協和萬邦，黎民於變時雍。」僞孔傳：「既，已也。百姓，百官。言化九族而平和章明。」史記五帝本紀集解引鄭玄曰：「百姓，群臣之父子兄弟。」平和章明，謂使百姓和睦而有地位。

〔三〕「高祖」句，高祖指漢高祖劉邦。宅，謂定都。三秦，此指關中，見前劉生詩注。史記劉敬傳：「婁敬脱輓輅，衣其羊裘」，見劉邦，論宜都長安。劉邦「疑未能決，及留侯明言入關便，即日車駕西都關中」。按：以上二句，謂劉氏之先，源於帝堯，傳至漢高祖劉邦而稱帝。新唐書宰相世系表一上：「劉氏出自祁姓。帝堯陶唐氏子孫生子有文在手曰『劉累』，因以爲名。」又云「秦滅魏，徙大梁，生清，徙居沛。生仁，號豐公。生煓，字執嘉。生四子：伯、仲、邦、交；邦，漢高祖也」。

〔四〕「子弟」句，言劉氏子弟分封各地。河嶽，黄河、五嶽，泛指各地。

〔五〕「衣冠」句，衣冠，本指禮服。論語堯曰：「君子正其衣冠。」後代指士大夫。縉紳，縉，插也；插笏於紳（束腰大帶），代指官宦人家。句謂劉氏多達官顯宦，官場籍籍有名。

〔六〕「街巷」句，塗山，左傳哀公七年：「禹合諸侯於塗山。」杜預注：「塗山在壽春東北。」按舊唐書劉德威傳：子審禮「少喪母，爲祖母元氏所養。隋末，德威從裴仁基討擊，道路不通，審禮年未弱冠，自鄉里負載元氏渡江避亂，及天下定，始西入長安」。所謂「塗山曲」，當指審禮避亂時居壽春（今安徽壽縣）也。

〔七〕「門閭」句，洛水，水經注洛水：「洛水出京兆上洛縣讙舉山。」酈道元注：「地理志：洛出冢嶺山。山海經曰：出上洛西山。又曰歡舉之山，洛水出焉，東與丹水合，水出西北竹山，東南流注於洛。」按：洛河，源出陝西洛南縣，東入河南，至偃師納伊河後，稱伊洛河，到鞏縣洛口流入黄河。疑隋末亂後，劉德威家族嘗遷居洛陽一帶，故上注稱「西入長安」。

〔八〕「五龍」句，南齊書張岱傳：「張岱字景山，吴郡吴人也。祖敞，晉度支尚書。父茂度，宋金紫光禄大夫。岱少與兄太子中舍人寅、新安太守鏡、征北將軍永、弟廣州刺史辨俱知名，謂之『張氏五龍』。」金作友，即「金友」，又作「金友玉昆」或「玉昆金友」，謂兄弟德業齊名。崔鴻十六國春秋前涼録：「辛攀，字懷遠，隴西狄道人也。父鍑，晉尚書郎。兄鑒曠，弟寶迅，皆以才識著名。秦雍爲之諺曰：『三龍一門，金友玉昆。』」又南史王彧傳附王銓：「銓雖學業不及弟錫，而孝行齊焉。時人以爲銓、錫二王，可謂玉昆金友。」

〔九〕「一子」句，晉書裴楷傳：「楷字叔則。……楷風神高邁，容儀俊爽，博涉群書，特精理義，時人謂之『玉人』，又稱『見裴叔則如近玉山，映照人也』。」

〔一〇〕「寶劍」句，以寶劍龍淵、太阿喻劉延嗣。豐城氣，見前送豐城王少府詩注。

〔一一〕「明珠」句，三國志魏書衛臻傳：「衛臻，字公振，陳留襄邑人也。父兹，有大節。……從討董卓，戰于滎陽而卒。……（臻）後爲漢黄門侍郎，東郡朱越謀反，引臻。太祖令曰：『孤與卿君同共舉事，加欽令問。始聞越言，固自不信。及得荀令君書，具亮忠誠。』會奉詔命聘貴人於魏，因表留臻參丞相軍事，追録臻父舊勳，賜爵關内侯，轉爲户曹掾。文帝即王位，爲散騎常侍。及踐阼，封安國亭侯。時群臣并頌魏德，多抑損前朝。臻獨明禪授之義，稱揚漢美。帝數目臻曰：『天下之珍，當與山陽共之。』」明帝即位，進封康鄉侯。以上四句，分別以五龍、玉人、寶劍、明珠喻指劉德威父子兄弟，謂其皆卓然傑出。

〔一二〕「風標」句，風標，風度、標格。標，英華卷二四一作「飈」，誤。落落，謂高尚。文選孫綽游天台山賦：「藉萋萋之纖草，蔭落落之長松。」呂濟注：「落落，松高貌。」

〔一三〕「文質」句，論語雍也：「質勝文則野，文勝質則史，文質彬彬，然後君子。」何晏集解引包（咸）曰：「彬彬，文質相半之貌。」

〔一四〕「共許」句，許，原作「計」，據英華卷二四一、五十家、四子集、十二家、全唐詩改。刁，原作「陶」，據英華、五十家、全唐詩改。玄，原作「元」，蓋以諱改，今回改。刁玄亮，即刁協。晉書刁協傳：「刁協，字玄亮，渤海饒安人也。……少好經籍，博聞强記，……久在中朝，諳練舊事，凡所制度，皆秉於協焉，深爲當時所稱許。」

〔一五〕「同推」句，周伯仁，即周顗。晉書周顗傳：「周顗，字伯仁，安東將軍浚之子也。少有重名，神彩秀徹，雖時輩親狎，莫能媟也。司徒掾同郡賁嵩有清操，見顗，歎曰：『汝潁固多奇士。自頃雅道陵遲，今復見周伯仁，將振起舊風，清我邦族矣。』」

〔一六〕「石城」二句，石城指石頭城，鍾阜即鍾山。元和郡縣志卷二五潤州上元縣：「石頭城，在縣西四里。即楚之金陵城也，吴改爲石頭城，建安十六年（二一一）吴大帝修築，以貯財寶軍器，有戍，吴都賦『戎車盈於石城』是也。諸葛亮云『鍾山龍盤，石城虎踞』，言其形之險固也。」又「鍾山，在縣東北十八里。按輿地志，古金陵山也，邑縣之名，皆由此而立。」按：石頭城、鍾山，皆在今江蘇南京，曾爲六朝都城，長江在其北，故云「俯天闕」、「對江津」也。

〔一七〕「驥足」句，謂劉延嗣力如駿馬之足，正欲遠馳。三國志魏書杜畿傳：（畿）上疏曰：「使有能者當其官，有功者受其禄，譬猶烏獲之舉千鈞，良樂之選驥足也。」騁，英華作「駛」，校：「集作騁。」全唐詩作「騁」，校：「一作駛。」按：作「騁」義勝。

〔一八〕「狼心」句，狼心，即「狼子野心」。左傳宣公四年：「初，楚司馬子良生子越椒，子文曰：『必殺之。是子也，熊虎之狀，而豺狼之聲，弗殺，必滅若敖氏矣。諺曰：狼子野心。是乃狼也，其可畜乎？』」此指徐敬業，謂其起兵造反。舊唐書李勣傳（按勣原姓徐，因戰功賜姓李）：「勣孫敬業，高宗崩，則天太后臨朝，既而廢帝爲廬陵王，立相王爲皇帝，而政由天后，諸武皆當權任，人情憤怨。時給事中唐之奇貶授括蒼令，長安主簿駱賓王貶授臨海丞，詹事、司直杜求仁黜縣丞，敬業坐事左授柳州司馬，其弟盩厔令，敬猷亦坐累左遷，俱在揚州。敬業用前盩厔尉魏思温謀據揚州。嗣聖元年（六八四）七月，……（敬業）自稱揚州司馬，詐言高州首領馮子猷叛逆，奉密詔募兵進討，……遂據揚州，鳩聚民衆，以匡復廬陵爲辭，……旬日之間，勝兵有十餘萬。」

〔一九〕「鼓鼙」句，鼙，軍鼓，代指徐敬業之討武軍。鳴九域，言其聲勢浩大。駱賓王討武氏檄曰：「（徐氏）爰舉義旗，以清妖孽。南連百越，北盡三河，鐵騎成群，玉軸相接。」雖有誇大，亦可見其號召力不小。

〔二〇〕「烽火」句，烽火泛指戰火。重闉，重重城門。舊唐書李勣傳：「（嗣聖元年）十月，（敬業）率衆渡江攻拔潤州，殺刺史李思文。」

〔二一〕「城勢」句，三版，戰國策趙一：今城「不沈者三板」。版、板同，指築牆木板，每塊二尺寬，三板即六尺。此言城即將被攻破，形勢危急。尚書蔡仲之命：「睦乃四鄰，以蕃王室，以和兄弟。」僞孔傳釋四鄰爲「四鄰之國」。此指鄰近州郡。

〔二二〕「兵威」句，乏四鄰，謂孤軍無援。

〔二三〕「居然」句，混玉石，猶言「玉石俱焚」。尚書胤征：「火炎崑岡，玉石俱焚。」僞孔傳：「崑山出玉。」

〔二四〕「直置」句，保松筠，保持如松、竹之堅貞氣節。論語子罕：「子曰：歲寒，然後知松柏之後凋也。」梁劉孝先竹詩：「竹生空野外，梢雲聳百尋。無人賞高節，徒自抱貞心。」

〔二五〕「危言」句，論語憲問：「邦有道，危言危行。」何晏集解引包（咸）曰：「危，厲也。」數賊臣，指劉延嗣揭露徐敬業之罪并拒絶投降事，見本詩前注引舊唐書劉德威傳。

〔二六〕「鍾儀」句，儀，原作「期」，據英華、五十家、全唐詩改。言劉延嗣雖被囚有如鍾儀，然卻未做如鍾儀爲晉鼓琴之事。春秋時，楚鍾儀爲鄭所獲，鄭將其「獻諸晉」，見左傳成公七年。又同上成公九年：晉景公「使與之（鍾儀）琴，操南音。……（范）文子曰：『楚囚，君子也。言稱先職，不背本也。樂操土風，不忘舊也。……君曷歸之，使合晉楚之成。』公從之。」

〔二七〕「蘇武」句，漢書蘇武傳：天漢元年（前一〇〇），漢武帝「遣武以中郎將使持節送匈奴使留在漢者」。後因虞常等謀反事發，匈奴單于欲降武，不可得，「乃徙武北海上無人處，使牧羝，羝乳乃得歸」。蘇武於是「杖漢節牧羊，卧起操持，節旄盡落」。

〔二八〕「怪鳥」二句，「怪鳥」、「修蛇」，皆喻指徐敬業；「垂翼」、「暴鱗」，謂其失敗。舊唐書李勣傳：徐敬業反，「則天命左玉鈐衛大將軍李孝逸將兵三十萬討之。……孝逸軍渡淮至楚州，敬業之衆狼狽還江都，屯兵高郵以拒之。頻戰大敗，孝逸乘勝追躡，敬業奔至揚州，與唐之奇、杜求仁等乘小舸將入海投高麗，追兵及，皆捕獲之」。俄，英華作「來」，校：「集作俄。」全唐文作「俄」，校：「一作來。」作「來」誤。

〔二九〕「來朝」二句，拜休命，接受朝廷所授美官。拜，英華校：「集作報。」當誤。述職，孟子梁惠王下：「諸侯朝於天子曰述職。述職者，述所職也。」此言履職。梁泯：梁山、泯山。元和郡縣志卷三三劍州普安縣：「大劍山，亦曰梁山，在縣北四十九里。」岷山，今四川西北部諸山之總稱。梁，英華校：「一作良。」誤。此梁、泯代指蜀之梓州。延嗣雖保高節，然「以裴炎近親，不得叙功」（見本詩前注），故僅遷爲梓州長史。兩句「休命」、「述職」云者，隱約有鳴不平之意。

〔三〇〕「善政」句，金馬，即金馬碧雞神。漢書郊祀志下：宣帝時，「或言益州有金馬碧雞之神。」注引如淳曰：「金形似馬，碧形似雞。」此代指蜀。

〔三一〕「嘉聲」句，玉輪，山坂名。水經注江水：「江水又逕汶陽道，汶出徼外岷山西玉輪坂下而南行。」此亦代指蜀。輪，原作「綸」，形訛，據英華、全唐詩改。按：以上二句，言劉延嗣爲梓州長史時頗著政績。

〔三二〕「三荆」句，三荆即三楚，謂東楚、西楚、南楚也。史記貨殖傳以淮北、沛、陳、汝南、南郡爲西楚，彭城以東、東海、吴、廣陵爲東楚，衡山、九江、江南、豫章、長沙爲南楚。後泛指湘、鄂一帶。蓋所稱「十九兄」在楚地，故云。

〔三三〕「四海」句，論語顔淵：「四海之内皆兄弟也，君子何患乎無兄弟也。」此言十九兄雖遠在楚地，正因其遠，故得詩更覺親密無間。

〔三四〕「宫徵」句，宫徵代指宫、商、角、徵、羽五音。鳴石，山海經中山經：「平逢之山」「又西百里，曰長石之山，無草木，多金玉。其西有谷焉，名曰共谷，多竹，共水出焉，西南流注於洛，其中多鳴石」。郭璞注：「晉永康元年（三〇〇），襄陽郡上鳴石，似玉，色青，撞之聲聞七八里，……即此類也。」按襄陽郡上鳴石事，見晉書五行志。句言劉長史所贈詩歌音節響亮。

〔三五〕「光輝」句，燭陰，「陰」字原作「輪」，英華、全唐詩作「銀」。五十家闕字空格。按山海經海外北經：「鍾山之神，名曰燭陰，視爲晝，瞑爲夜，吹爲冬，呼爲夏，不飲不食，不息息爲風，身長千里。……其爲物，人面，蛇身，赤色，居鍾山下。」郭璞注：「燭龍也。是燭九陰，因名云。」則輪、銀皆誤，當作「陰」，據山海經改。句謂其人品熠熠生輝，蓋過燭陰。

〔三六〕「零淚」句，「淚」原作「露」。詩經鄭風野有蔓草：「野有蔓草，零露漙兮。」鄭玄箋：「零，落也。」然沾巾者當非露。英華作「淚」，是，據改。坐，因。

〔三七〕「恩波」句，恩波，帝王恩澤。按舊唐書楊炯傳，武則天垂拱初，楊炯坐從祖弟神讓參加徐敬業起兵，貶爲梓州司法參軍。未處重罪，故視之爲朝廷施恩。浹，及也。後塵，楊炯出爲梓州司法參軍，約在垂拱元年（六八五）秋冬，劉延嗣是時已離梓州長史任，故自稱爲其「後塵」。參見本詩首注。

〔三八〕「懦夫」句，作者自指。孟子萬章下：「聞伯夷之風者，頑夫廉，懦夫有立志。」

〔三九〕「下里」句，謙言和詩拙劣，不足以繼響原作。文選陸機文賦：「綴下里於白雪。」李善注：「言以此庸音而偶彼佳句，譬以下里鄙曲綴於白雪之高唱。」按：下里爲古代俗曲，陽春爲雅樂，見前和鄭校讎内省眺矚思鄉懷友詩注引宋玉對楚王問。里，英華作「俚」，誤。

送李庶子致仕還洛〔一〕

此地傾城日，由來供帳華〔二〕。亭逢李廣騎〔三〕，門接邵平瓜〔四〕。原野炎氛匝〔五〕，關河遊望賒。白雲斷巖岫，緑草覆江沙。詔賜扶陽宅〔六〕，人榮御史車〔七〕。灞池一相送〔八〕，流涕向煙霞。

【箋　注】

〔一〕庶子，太子府屬官，正四品上，見庭菊賦并序注。李庶子，當是李義琰。舊唐書李義琰傳：「李義琰，魏州昌樂人。……少舉進士，累補太原尉。……麟德中爲白水令，有能名，拜司刑員外郎。上元中，累遷中書侍郎，又授太子右庶子、同中書門下三品。」博學多識，言皆切直，爲官廉潔。「義琰後改葬父母，使舅氏移其舊塋，高宗知而怒曰：『豈以身在樞要，凌蔑外家，此人不可更知政事。』義琰聞而不自安，以足疾上疏乞骸骨，乃授銀青光禄大夫，聽致仕。乃將歸東都田里，公卿以下祖餞於通化門外，時人以比漢之二疏。垂拱初起爲懷州刺史，義琰自以失則天意，恐禍及，固辭不拜。四年，卒於家。」據舊唐書高宗紀下，李義琰拜同中書門下三品在高宗上元三年（六七六）四月。又據新唐書高宗紀，弘道元年（六八三）三月庚子，「李義琰罷」。按弘道僅一個月，中經嗣聖一月餘，則所謂弘道元年三月，已入文明元年矣。詩當作於祖餞於通化門時。詩言「炎氛匝」，當在夏季。

〔二〕「此地」二句，以漢代二疏喻李義琰。漢書疏廣傳：疏廣字仲翁，東海蘭陵人。宣帝地節三年（前六七）立皇太子，廣爲少傅，數月，徙爲太傅。兄子疏受後亦拜少傅。在位五歲，父子議退歸故鄉，即日俱移病，上疏乞骸骨，「上以其年篤老，皆許之，加賜黄金二十斤，皇太子贈以五十斤。公卿大夫、故人邑子設祖道，供張東都門外，送者車數百兩，辭決而去。及道路觀者皆曰：『賢哉二大夫！』或歎息爲之下泣」。按：祖道，即餞行。帳華，餞行時所設幕帳。陶淵明詠二疏：「餞送傾皇朝，華軒盈道路。」傾，英華卷二六六校：「集作石。」誤。

〔三〕「亭逢」句，漢書李廣傳：「（李廣）與故潁陰侯（灌嬰）屏居藍田南山中射獵。嘗夜從一騎出，從人田間飲。還至亭，霸陵尉醉，呵止廣，廣騎曰：『故李將軍。』尉曰：『今將軍尚不得夜行，何故也！』宿廣亭下。」句言李義琰致仕，其人生況味有如當年「故將軍」李廣。

〔四〕「門接」句，史記蕭相國世家：「召平者，故秦東陵侯。秦破，爲布衣，貧，種瓜於長安城東，瓜美，故世俗謂之『東陵瓜』，從召平以爲名也。」

〔五〕「原野」句，炎，底本及五十家、全唐詩俱作「煙」。英華作「炎」。按詩末句有「煙」字，此不應重出，故作「炎」是，據改。炎氛，暑氣；匝，滿也。

〔六〕「詔賜」句，以韋賢爲喻。漢書韋賢傳：「韋賢字長孺，魯國鄒人也。……本始三年（前七一），代蔡義爲丞相，封扶陽侯，食邑七百户。時賢七十餘，爲相五歲，地節三年（前六七），以老病乞骸骨，賜黄金百斤，罷歸，加賜弟一區。」

〔七〕「人榮」句，御史車，以于定國父子爲喻，見前和酬虢州李司法詩注。

〔八〕「灞池」句，「灞」亦作「霸」。文選謝朓休沐重還道中：「霸池不可别。」李善注引潘岳關中記：「霸陵，文帝陵也。上有池，有四出道以寫水。」地在今西安市東郊白鹿原東北角。

早行

敞朗東方徹〔一〕，闌干北斗斜〔二〕。地氣俄成霧，天雲漸作霞。河流纔辨馬〔三〕，巖路不容車〔四〕。阡陌經三歲〔五〕，閭閻對五家〔六〕。露文沾細草，風影轉高花。日月從來惜，關山猶自賒〔七〕。

【箋注】

〔一〕「敞朗」句，敞朗，連綿字，明亮貌。梁丘遲夜發密巖口詩：「弭櫂才假寐，擊汰已争先。敞朗朝霞徹，驚明曉魄懸。」徹，滿、遍也。

〔二〕「闌干」句，闌干，連綿字，縱横貌。北斗斜，謂北斗西沉，天將曉。古樂府善哉行：「月落參横，北斗闌干。」

〔三〕「河流」句，莊子秋水：「秋水時至，百川灌河，涇流之大，兩涘渚崖之間，不辯牛馬。」成玄英疏：「其水甚大，涯岸曠闊，洲渚迢遥，遂使隔水遠看，不辨牛之與馬也。」此謂河流不寬，約略能辨對岸牛馬。

〔四〕「巖路」句，謂山路險阻道窄，無法行車。樂府詩集卷三四相逢行：「相逢狹路間，道隘不容車。」又同書卷三五長安有狹斜行：「長安有狹斜，狹斜不容車。」

〔五〕「阡陌」句，史記商君傳：「爲田開阡陌封疆。」正義：「南北曰阡，東西曰陌。按謂驛塍也。」驛塍即田間驛道。經三歲，謂長時間行走。

〔六〕「閭閻」句，史記蘇秦傳：「夫蘇秦起閭閻。」又漢書異姓諸侯王表：「閭閻偪於戎狄。」顏師古注：「閭，里門也。閻，里中門也。」因其爲里門，故此代指村落。五家，周代最小行政單位。周禮地官大司徒：「令五家爲比，使之相保；五比爲閭，使之相受；五閭爲族，使之相葬。」此指小山村。

〔七〕「日月」二句，日月，指光陰。淮南子原道訓：「聖人不貴尺之璧，而重寸之陰，時難得而易失也。禹之趨時也，履遺而弗取，冠掛而弗顧，非争其先也，而争其得時也。」又晉書陶侃傳：「常語人曰：『大禹聖者，乃惜寸陰，至於衆人，當惜分陰。豈可逸游荒醉，生無益於時，死無聞於後？是自棄也。』」賒，遥遠。

途中

悠悠辭鼎邑〔一〕，去去指金墉〔二〕。途路盈千里，山川亘百重。風行常有隧〔三〕，雲出本多峰。鬱鬱園中柳，亭亭山上松〔四〕。客心殊不樂〔五〕，鄉淚獨無從〔六〕。

【箋　注】

〔一〕「悠悠」句，鼎邑，指唐都長安。夏禹曾鑄九鼎以象九州，商、周皆以之爲傳國重器，置於國都。後以鼎邑代指京城。

〔二〕「去去」句，金墉，即金墉城。水經注穀水：「金谷水又東，南流入於穀。穀水又東逕金墉城北，魏明帝於洛陽城西北角築之，謂之金墉城。」故址在今河南洛陽市東北。詳清顧祖禹讀史方輿紀要卷四八河南府洛陽縣。此代指洛陽。指，五十家作「拒」，當誤。以上兩句，謂告别長安，東去洛陽。

〔三〕「風行」句，周易巽卦象曰：「隨風，巽，君子以申命行事。」孔穎達正義：「隨風巽者，兩風相隨，故曰隨風。風既相隨，物無不順，故曰隨風巽。」因兩風相隨，故言「有隊」。隊，五十家、四子集、十二家、全唐詩作「地」，全唐詩校：「一作隊。」作「地」誤。

〔四〕「鬱鬱」二句，左思詠史：「亭亭原上草，鬱鬱澗底松。」

〔五〕「客心」句，不，英華卷二八九、全唐詩作「未」。

〔六〕「鄉淚」句，文選劉孝標重答劉秣陵沼書：「泫然不知涕之無從也。」李善注引禮記（檀弓上）：「孔子之衛，遇舊館人之喪，久而哭之。遇一哀而出涕，曰：『予惡夫涕之無從也。』」無從，鄭玄注謂「無他物可以易之」。此言唯有鄉淚而已。

五言絶句

夜送趙縱〔一〕

趙氏連城璧〔二〕，由來天下傳。送君還舊府〔三〕，明月滿前川〔四〕。

【箋注】

〔一〕趙縱，其人不詳。送，英華卷二六六校：「集作餞。」元楊士弘唐音卷一收此詩，張震注曰：「趙縱，郭子儀之壻也，仕至侍郎。」然郭子儀生於武則天萬歲通天二年（六九七），楊炯卒時或未出世，何來此婿？四庫提要謂張注「極弇陋」，所舉例中，即有此條。

〔二〕「趙氏」句，連城璧，指和氏璧，用古趙國事。史記廉頗藺相如列傳：「趙惠文王時，得楚和氏璧。秦昭王聞之，使人遺趙王書，願以十五城請易璧。」此以璧喻趙縱，謂其人極高華可愛。

〔三〕「送君」句，送還，既是送人，又化用「完璧歸趙」意。

〔四〕「明月」句，謂璧如月，人如璧。滿，英華卷二六六校：「集作照。」全唐詩作「滿」，校：「一作照。」作「滿」義勝。前川，英華作「秦川」。明陸時雍唐詩鏡卷一初唐評此句道：「末句人、景雙映。」清毛先舒詩辯坻卷三評之曰：「初唐四子，人知其才綺有餘，故自不乏神韻。若盈川夜送趙縱，第三句一語完題，前後俱用虚境。……二十字中而遊刃如此，何等高筆！」

薛洗馬宅宴田逸人〔一〕

田北賞年和〔二〕，朝衣狎女邏〔三〕。斜光不可見〔四〕，高興待星河〔五〕。

【箋　注】

〔一〕本詩盈川集無，據四庫全書存目叢書影印西安文管會藏清鈔本晏殊類要卷二四相逢聚會補。洗馬，太子府屬官。唐六典卷二六：「司經局洗馬二人，從五品下。……洗馬掌經史子集四庫圖書刊緝之事，立正副本，貯本以備供進。」注：「隋門下坊司經局置洗馬四人，從五品上，至大業中減二人，皇朝因之。龍朔二年（六六二）改爲太子司經大夫，咸亨元年（六七〇）復舊。」薛洗馬，當即薛覿。本書卷一庭菊賦序：「是日也，薛覿以親賢爲洗馬，……并承高命，咸窮體物。」薛覿生平事迹不詳。田逸人，田，原作「曰」，當爲「田」之誤（影印本錯字極多）。田逸人應即田遊巖。田乃隱士，高宗嘗招至都，授崇文館學士，文明中亦授太子洗馬。舊唐書卷一九二隱逸傳有傳。詩稱「逸人」，當尚未授官時也。

〔二〕「田北」句，北，原書字迹難辨識，略似「北」，待考。年和，謂風調雨順，民和年豐。庾信變宫調二首其一：「平秩值年和。」又王勃乾元殿頌：「年和政美，化極風調。」

〔三〕「朝衣」句，朝衣，朝官官服。女邏，同「女羅」。楚辭屈原九歌山鬼：「若有人兮山之阿，被薜荔兮帶女羅。」王逸注：「女羅，兔絲也。」兔絲，一年生草本植物名。此代指田逸人，言其爲山野隱逸之士。句謂薛洗馬等朝官與田逸人雖身份不同，却親密無間。

〔四〕「斜光」句，光，原作「先」，形訛，據文意改。斜光，指夕陽。

〔五〕「高興」句，河，原作「何」，形訛，據文意改。星河，代指夜，謂預宴者興致極高，入夜客尚未散。

楊炯集箋注卷三

序

王勃集序〔一〕

大矣哉，文之時義也〔二〕！有天文焉，察時以觀其變；有人文焉，立言以垂其範〔三〕。歷年滋久〔四〕，遞爲文質〔五〕，應運以發其明，因人以通其粹〔六〕。仲尼既没，游夏光洙泗之風〔七〕；屈平自沉，唐、宋弘汨羅之跡〔八〕。文儒於焉異術，詞賦所以殊源〔九〕。逮秦氏燔書，斯文天喪；漢皇改運，此道不還〔一〇〕。賈馬蔚興，已虧於雅頌〔一一〕；曹王傑起，更失於風騷〔一二〕。僶俛大猷，未忝前載〔一三〕。洎乎潘陸奮發〔一四〕，孫許相因〔一五〕，繼之以顔謝〔一六〕，申之以江鮑〔一七〕。梁魏群材〔一八〕，周隋衆制〔一九〕，或苟求蟲篆，未盡力於丘墳；或獨狥波瀾，不尋源於禮樂〔二〇〕。會時沿革，循古抑揚，多守律以自全，罕非常而制物〔二一〕。其有飛馳倏忽，倜儻紛綸〔二二〕，鼓動包四海之名，變化成一家之體，蹈前賢之未識，探先聖之不言〔二三〕。經籍爲心，得王、何於逸契〔二四〕；風雲入思，叶張、左於神交〔二五〕。故能使六合殊材，並推心於意匠〔二六〕；八方好事，咸受氣於文樞〔二七〕。出軌躅而驤首〔二八〕，馳光芒而動俗〔二九〕。非君之博物〔三〇〕，孰能致於此乎！

【箋注】

〔一〕本文言及「薛令公」，薛令公即薛元超。舊唐書薛元超傳：「永隆二年（六八一）拜中書令、兼太子左庶子。」則永隆二年爲是序作年之上限。序文末有「神其不遠」句，王勃卒於上元三年（六七六），至永隆二年不足六年，可謂「神其不遠」；而楊炯在是年閏七月以薛元超薦爲崇文館學士前，已卸弘文館校書郎任，一直卧疾家居，有時間校理編次故友遺文并作序，故本文作於永隆二年之可能性較大，確年不可考。

〔二〕「大矣哉」二句，周易豫卦彖曰：「豫之時義大矣哉！」孔穎達正義：「『豫之時義大矣哉』者，歎美爲豫之善，言於逸豫之時，其義大矣。此歎卦也。凡言不盡意者，不可煩文具説，故歎之以示情，使後生思其餘藴，得意而忘言也。」此乃贊歎文章，言其意義重大。

〔三〕「有天文」四句，周易賁卦：「觀乎天文，以察時變；觀乎人文，以化成天下。」王弼注：「解天之文，則時變可知也；解人之文，則化成可爲也。」孔穎達正義：「觀乎天文以察時變者，言聖人當觀視天文剛柔交錯，相飾成文，以察四時變化。若四月純陽用事，陰在其中，靡草死也。十月純陰用事，陽在其中，齊麥生也。是觀剛柔而察時變也。觀乎人文以化成天下者，言聖人觀察人文，則詩書禮樂之謂，當法此教而化成天下也。」立言，謂著書。左傳襄公二十四年：「太上有立德，其次有立功，其次有立言，雖久不廢，此之謂不朽。」垂範，立爲典範。文心雕龍原道：「爰自風姓，暨於孔氏，玄聖創典，素王述訓。」此即爲垂範。孔穎達周易正義序：「原夫易理難窮，雖復玄之又玄，至於垂範作則，便是有而教有。」垂，原作「重」，據英華卷六九九改。

〔四〕滋，原作「兹」，據英華、全唐文卷一九一改。

〔五〕「遞爲」句，禮記檀弓上：「夏后氏尚黑。」鄭玄注：「以建寅之月爲正。」又曰：「殷人尚白。」鄭注：「以建丑之月爲正。」又曰：「周人尚赤。」鄭注：「以建子之月爲正。」是即所謂「三正」。孔穎達正義引三正記云：「正朔三而改，文質再而復。」其釋後句曰：「文質再而復者，文質法天地。文法天，質法地。周文，法地，而爲天正；殷質，法天，而爲地正者，正朔文質不相須，正朔以三而改，文質以二而復，各自爲義，不相須也。」所謂「遞爲文質」，即或法天，或法地，遞相循環。

〔六〕「應運」二句，謂以天命期運決定文質變化，而聖賢大儒則將該變化發展到極致。

〔七〕「仲尼」二句，謂子游、子夏繼承孔子之文學，並將其發揚光大。論語先進：「文學，子游、子夏。」又史記仲尼弟子列傳：「言偃，吳人，字子游，少孔子四十五歲。……孔子以爲子游習於文學。」又曰：「卜商，字子夏，少孔子四十四歲。……孔子曰：『商始可與言詩已矣。』……孔子既没，子夏居西河教授。」洙、泗，魯之兩條河流，代指魯。史記貨殖列傳：「鄒、魯濱洙、泗，猶有周公遺風，俗好儒，備於禮。」

〔八〕「屈平」二句，史記屈原列傳：「（屈原）懷石，遂自投汨羅以死。屈原既死之後，楚有宋玉、唐勒、景差之徒者，皆好辭而以賦見稱。然皆祖屈原之從容辭令，終莫敢直諫。」

〔九〕「文儒」二句，謂屈原之後，文與儒、辭與賦各自向不同方向發展。謂文以屈原爲祖，爲辭；儒以孔子爲祖，而賦則祖述宋玉、唐勒之徒。文心雕龍辨騷：「楚辭者，體慢於三代，而風雅於戰國，乃雅頌之博徒，而詞賦之英傑也。觀其骨鯁所樹，肌膚所附，雖取鎔經意，亦自鑄偉辭。」同書詮賦：「及靈均唱騷，始廣聲貌。然賦也者，受命於詩人，拓宇於楚辭也。」

〔一〇〕「逮秦氏」四句，史記秦始皇本紀：秦始皇三十四年（前二一三），丞相李斯曰：「臣請史官非秦記皆燒之，非博士官所職，天下敢有藏詩書百家語者，悉詣守尉雜燒之；有敢偶語詩書者棄市。以古非今者族。吏見知不舉者與同罪。令下三十日不燒，黥爲城旦。」漢皇改運，謂劉邦更改曆運，雖革秦命而建立漢朝，然文章之道仍未能追還周代之盛。

〔一一〕「賈馬」二句，指賈誼、司馬相如，謂二人辭賦已乏雅頌精神。揚雄法言吾子：「如孔氏之門用賦也，則賈誼升堂，相如入室矣；如其不用何！」然司馬遷看法則異。史記司馬相如列傳：太史公曰：「相如雖多虛辭濫説，然其要歸引之節儉，此與詩之風諫何異。揚雄以爲靡麗之賦，勸百風一，猶馳騁鄭衛之聲，曲終而奏雅，不已虧乎！」

〔一二〕「曹王」二句，曹、王，指曹植、王粲。曹植，字子建，沛國譙（今安徽亳州）人，曹操第四子。王粲，字仲宣，山陽高平（今山東鄒城西南）人。二人博學多才，爲建安文學代表作家。宋書謝靈運傳論：「子建、仲宣，以氣質爲體，并標能擅美，獨映當時。是以一世之士，各相慕習。原其飈流所始，莫不同祖風騷，徒以賞好異情，故意製相詭。」此謂「更失於風騷」，蓋主要論其辭賦。

〔一三〕「僶俛」二句，僶俛，亦作「黽勉」，勤勉貌。大猷，大道，大原則。詩經小雅巧言：「秩秩大猷，聖人莫之。」鄭玄箋：「猷，道也。」賈、馬、曹、王，代表漢魏時代。謂就總體論，較之從前，四人尚無多愧。

〔一四〕「洎乎」句，潘陸，指潘岳、陸機。鍾嶸詩品將二人列於上品，并引謝混云：「潘詩爛若舒錦，無處不佳；陸文如披沙簡金，往往見寶。」鍾嶸曰：「謂益壽輕華，故以潘爲勝；翰林篤論，故歎陸爲深。余嘗言：陸才如海，潘才如江。」奮發，振起。

〔一五〕「孫許」句，孫許，指孫綽、許詢。相因，相因襲，謂轉相祖尚。文選沈約宋書謝靈運傳論李善注引續晉陽秋：「許詢有才藻，善屬文。詢及太原孫綽，轉相祖尚，又加以三世之辭，而風騷之體盡矣。詢、綽并爲一時文宗，自此作者悉化之。」二人乃玄言詩代表詩人。

〔一六〕「繼之」句，顏謝，指顏延之、謝靈運。宋書顏延之傳：「文章之美，冠絶當時」，「與陳郡謝靈運俱以辭采齊名。自潘岳、陸機之後，文士莫及，江左稱『顏謝』焉」。

〔一七〕「申之」句，江鮑，指江淹、鮑照。二人部份詩歌古奧遒勁，風格相近。然鮑照「嘗爲古樂府，文甚遒麗」（宋書本傳），乃江淹所不及。按：以上所述，爲兩晉、宋、齊時代之代表作家。

〔一八〕「梁魏」句，指南朝梁（五〇二—五五七）及北魏（三八六—五三四）。梁代主要作家有吴均、何遜及蕭衍（梁武帝）、蕭統（昭明太子）、蕭綱（梁簡文帝）等。

〔一九〕「周隋」句，指北周、隋代作家。主要有王褒、庾信（由梁入西魏，再入北周）、盧思道、薛道衡（兩人皆由北周入隋）等。

〔二〇〕「或苟求」四句，批評梁、魏、周、隋數代作家多舍本逐末，背離傳統。蟲篆，揚雄法言吾子稱賦爲「童子雕蟲篆刻」。此指繁文縟藻。丘墳，左傳昭公十二年：「是能讀三墳、五典、八索、九丘。」杜預注：「皆古書名。」宋書謝靈運傳論論之更詳，其曰：「降及元康（晉惠帝司馬衷年號，二九一—二九九），潘、陸特秀，律異班、賈，體變曹、王。縟旨星稠，繁文綺合。綴平臺之逸響（指漢梁孝王劉武時之辭賦創作），採南皮（指曹丕時之詩歌創作）之高韻，遺風餘烈，事極江左。有晉中興，玄風獨振，爲學窮於柱下，博物止乎七篇，馳騁文辭，義殫乎此。自建武（晉惠帝年號，三〇四），暨乎義熙（晉安帝司馬德宗年號，四〇五—四一八），歷載將百，雖綴響聯辭，波屬雲委，莫不寄言上德，托意玄珠，遒麗之辭，無聞焉爾。仲文（姓殷）始革孫（綽）、許（詢）之風，叔源（謝混）大變太元（晉孝武帝司馬曜年號，三七六—三九六）之氣。爰逮宋氏，顏、謝騰聲，靈運之興會標舉，延年之體裁明密，并方軌前秀，垂範後昆。」

〔二一〕「會時」四句，批評梁至隋代作家既不懂文學隨時代變遷而有沿有革、又不曉學古亦須有抑有揚之道理，無所去取，罕有突破，故多沉溺於聲律及用事新巧之時風，而不能自拔。魏徵隋書文學傳序：「梁自大同（梁武帝蕭衍年號，五三五—五四六）之後，雅道淪缺，漸乖典則，争馳新巧。簡文、湘東（蕭繹）啓其淫放，徐陵、庾信分路揚鑣，其意淺而繁，其文匿而彩。詞尚輕險，情多哀思。……周氏吞併梁荆，此風扇於關右。狂簡斐然成俗，流宕忘反，無所取裁。高祖（隋文帝楊堅）初統萬機，每念斵雕爲樸，發號施令，咸去浮華。然時俗詞藻，猶多淫麗，故憲臺執法，屢飛霜簡。煬帝初習藝文，有非輕側之論，暨乎即位，一變其風。」

〔二二〕「其有」二句，自此至本段末，乃寫王勃，謂其能一反六朝文學之頹風。飛馳倏忽，謂變化不測。文選班固東都賦：「指顧倏忽。」李善注：「倏忽，疾也。」倜儻，放佚不羈。三國志魏書王粲傳：阮籍「才藻艷逸，而倜儻放蕩」。紛綸，後漢書井丹傳：「井丹，字大春，扶風郿人也。少受業太學，通五經，善談論，故京師爲之語曰：『五經紛綸井大春。』」李賢注：「紛綸，猶浩博也。」

〔二三〕「探先聖」句，論語陽貨：「子曰：『予欲無言。』子貢曰：『子如不言，則小子何述焉。』子曰：『天何言哉，四時行焉，百物生焉，天何言哉！』」此及上句，謂能探究先聖不言之奥義，前賢未解之微旨，言其深入其裏，大膽創新。

〔二四〕「經籍」二句，謂遠與王弼、何晏相契。王、何，魏代玄學家。三國志魏書鍾會傳：「會弱冠，與山陽（今山東金鄉縣西北）王弼并知名。弼好論儒道，辭才逸辯，注易及老子。爲尚書郎，年二十餘卒。」何晏，南陽宛（今河南南陽）人，漢大將軍何進之孫，曹操養子。世説新語文學：「何晏爲吏部尚書，有位望，時談客盈坐。」劉孝標注引文章叙録曰：「晏能清言，而當時權勢、天下談士多宗尚之。」又引魏氏春秋曰：「晏少有異才，善談易老。」世説新語又曰：「王弼未弱冠，往見之，晏聞弼名，因條向者勝理……」注引弼别傳曰：「弼字輔嗣，山陽高平人。少而察惠，十餘歲便好莊老，通辯能言，爲傅嘏所知。吏部尚書何晏甚奇之，題之曰：『後生可畏。若斯人者，可與言天人之際矣。』」兩句謂王勃學得王弼、何晏以經籍爲根本之治學方法，故能思想深刻。

〔二五〕「風雲」二句，風雲，此指各地自然風物。叶，合也。謂能神交於張載、左思。晉書左思傳：「左思，字太沖，齊國臨淄人也。……辭藻壯麗，不好交遊，惟以閒居爲事。造齊都賦，一年乃成。復欲賦三都，會妹芬入宫，移家京師，乃詣著作郎張載，訪岷卭之事。遂構思十年，門庭藩溷皆著筆紙，遇得一句即便疏之。……思自以其作不謝班、張，恐以人廢言，安定皇甫謐有高譽，思造而示之，謐稱善，爲其賦序。張載爲注魏都，劉逵注吴、蜀而序之……於是豪貴之家，競相傳寫，洛陽爲之紙貴。」兩句謂王勃學得張載、左思以學問爲基礎之寫作方法，故能思路開闊，辭采遒麗。

〔二六〕「故能」二句，六合，指天下。殊材，傑出人才。文選班固西都賦：「是故横被六合，三成帝畿。」李善注：「吕氏春秋曰：『神通乎六合。』高誘曰：『四方上下爲六合。』」意匠，文選陸機文賦：「意司契而爲匠。」李善注：「取舍由意，類司契爲匠。」兩句謂天下才子，皆服膺王勃立意高妙。

〔二七〕「八方」二句，八方，與上句「六合」義同。司馬相如難蜀父老：「六合之内，八方之外。」好事，猶言好事者，指熱心人。受氣，接受其氣，受其影響。莊子秋水：「自以比形於天地，而受氣於陰陽。」文樞，爲文樞紐、關鍵。兩句謂所有文學愛好者，皆接受王勃之爲文法則。

〔二八〕「出軌躅」句，謂能超越常規，脱穎而出。文選顔延年赭白馬賦：「跨中州之轍迹，窮神行之軌躅。」劉良注：「軌躅，皆迹也。」同書袁宏三國名臣序贊：「整轡高衢，驤首天路。」劉良注：「良臣遇君，如龍之整轡以游天路也。……驤，舉也。」

〔二九〕「馳光芒」句，動，改變；俗，指六朝以來之頹靡文風。蔡邕彭城姜伯淮（肱）碑：「至德動俗，邑中化之。」

〔三〇〕「非君」句，博物，見多識廣。左傳昭公元年：「晉侯聞子産之言，曰：『博物君子也！』」

君諱勃，字子安，太原祁人也〔一〕。其先出自有周〔二〕，濬啓大明之裔〔三〕。隱乎炎漢，弘宣高尚之風〔四〕。晉室南遷，家聲布於淮海；宋臣北徙，門德勝於河汾〔五〕。宏材繼出，達人間峙。祖父通，隋秀才高第，蜀郡司户書佐，蜀王侍讀。大業末，退講藝於龍門。其卒也，門人謚之曰文中子〔六〕。聞風睹奥，起予道惟〔七〕，揣摩三古，開闡八風〔八〕。始擯落於鄒、韓〔九〕，終激揚於荀、孟〔一〇〕。父福時〔一一〕，歷任太常博士〔一二〕，雍州司功〔一三〕，交阯、六合二縣令〔一四〕，爲齊州長史〔一五〕。抑惟邦彦〔一六〕，是曰人宗〔一七〕。絶六藝以成能〔一八〕，兼百行而爲德。司馬談之晚歲，思弘授史之功〔一九〕；楊子雲之暮年，遂起參玄之歎〔二〇〕。

【箋注】

〔一〕「君諱勃」三句，舊唐書王勃傳：「王勃，字子安，絳州龍門人。」元和郡縣志卷一三太原府祁縣：「本漢舊縣，即春秋時晉大夫祁奚之邑也。左傳曰：『晉殺祁盈，遂滅祁氏，分爲七縣，以賈辛爲祁大夫。』注曰：『太原祁縣也。』」同書絳州龍門縣：「古耿國，殷王祖乙所都，晉獻公滅之以賜趙夙。秦置爲皮氏縣，漢屬河東郡。後魏太武帝改皮氏爲龍門縣，因龍門山爲名，屬北鄉郡。隋開皇三年（五八三）廢郡，以縣屬絳州，十六年割屬蒲州。武德三年（六二〇）屬泰州，貞觀十七年（六四三）廢泰州，縣隸絳州。」按：祁縣，今山西晉中市；龍門縣，今山西河津市。蓋王氏祖籍祁縣，後因王通在龍門講學，遂家焉，故後世又稱王勃爲龍門人。餘詳下注。

〔二〕「其先」句，王勃倬彼我系：「倬彼我系，出自有周。」新唐書宰相世系表：「王氏出自姬姓。周靈王太子晉，以直諫廢爲庶人，其子宗敬爲司徒，時人號曰王家，因以爲氏。」

〔三〕「濬啓」句，「啓」原作「哲」，英華、四子集作「啓」，是，以與下句「宣」對應，據改，「哲」蓋形訛。濬啓，謂開啓。大明，原作「文明」，據英華改。詩大雅大明小序：「大明，文王有明德，故天復命武王也。」鄭玄箋：「二聖相承，其明德日以廣大，故曰大明。」

〔四〕「隱乎」二句，炎漢，即漢，漢自稱以火德王，故稱。高尚之風，指隱風。周易蠱卦：「不事王侯，高尚其事。」孔穎達正義：「不係累於職位，故不承事王侯，但自尊高，慕尚其清虛之事，故云『高尚其事』也。」按：二句指王氏先祖王霸。杜淹文中子世家：「文中子王氏諱通，字仲淹，其先漢徵君霸，絜身不仕。十八代祖殷，雲中太守，家於祁。」後漢書王霸傳：「王霸字儒仲，太原廣武人也。少有清節。及王莽篡位，棄冠帶，絶交宦。建武中，徵到尚書，拜稱名，不稱臣。有司問其故，霸曰：『天子有所不臣，諸侯有所不友。』司徒侯霸讓位於霸。閻陽毁之曰：『太原俗黨，儒仲頗有其風。』遂止。以病歸。隱居守志，茅屋蓬户。連徵不至，以壽終。」

〔五〕「晉室」四句，王勃倬彼我系：「晉代崩坼，衣冠擾弊。粤自太原，播徂江滏。」按杜淹文中子世家曰：「九代祖寓，遭愍懷之難，遂東遷焉。寓生罕，罕生秀，皆以文學顯。秀生二子，長曰玄謨，次曰玄則。玄謨以將略升，玄則以儒術進。玄則字彦法，即文中子六代祖也。仕（南朝）宋，歷太僕、國子博士。常歎曰：『先君所貴者禮樂，不學者軍旅，兄何爲哉？』遂究道德，考經籍。謂功業不可以小成也，故卒爲洪儒；卿相不可以苟處也，故終爲博士。曰：『先師之職也，不可墜。』故江左號王先生，受其道曰『王先生業』，於是大稱儒門，世濟厥美。先生生江州府君焕，焕生虬，虬始北事魏。太和（按：北魏孝文帝年號，四七七—四九九）中爲并州刺史，家河汾，曰晉陽穆公。」按：愍、懷，指西晉懷帝司馬熾、愍帝司馬鄴。愍懷之難，指懷帝永嘉之亂，以致晉室南渡。南渡後，王寓蓋流寓揚州一帶，故謂「家聲布於淮海」。王虬始北事魏，稱「北徙」。河汾，指龍門縣，在汾水、黄河交匯處，故稱。

〔六〕「祖父通」至此數句，據杜淹文中子世家，王通生於隋開皇四年（五八四）。既冠，西游長安，向隋文帝獻太平策十有二策，公卿不悦，遂返家教授，其後朝廷一再徵不至。「大業十年（六一四），尚書召署蜀郡司户，不就。十一年，以著作郎、國子博士徵，并不至。」大業十三年（六一七），病卒。世家所述無「秀才高第」、「蜀王侍讀」事，退講亦不在「大業末」。舊唐書王勃傳：「祖通，隋蜀郡司户書佐。大業末，棄官歸，以著書講學爲業。……義寧元年（隋恭帝年號，六一七）卒。」文中子世家：「王通卒，「門弟子數百人會議曰：……仲尼既没，文不在兹乎？易曰：『黄裳元吉，文在中也。』請謚曰文中子」。按四庫全書中説提要謂中説及世家述事多謬妄，因疑世家乃依託，而「（楊）炯爲其孫（王勃）作序，則記其祖事，必不誤。……所謂中説者，其子福郊、福畤等纂述遺言，虚相夸飾」。所論是，本注所采文中子世家語，僅供參證。

〔七〕「聞風」二句，睹奥，窺其一隅，謂王通善於學習。文選孔融薦禰衡表：「初涉藝文，升堂覩奥。」李善注引論語云：「子曰：由也升堂矣，未入於室也。」又引爾雅曰：「西南隅謂之奥。」起予，論語八佾：「子曰：起予者商也，始可與言詩已矣。」何晏集解引包（咸）曰：「予，我也。孔子言子夏能發明我意，可與共言詩。」邢昺疏「起予」曰：「起，發也；予，我也。……孔子言能發明我意者，是子夏也。」

〔八〕「揣摩」二句，戰國策秦策一：「（蘇秦）得太公陰符之謀，伏而誦之，簡練以爲揣摩。」高誘注：「揣，定也；摩，合也。」謂悉心考求，以相比合。三古，漢書藝文志：「易道深矣，人更三聖，世歷三古。」注引孟康曰：「伏羲爲上古，文王爲中古，孔子爲下古。」八風，左傳隱公五年：「夫舞，所以節八音而行八風。」杜預注：「八音：金、石、絲、竹、匏、土、革、木也；八風，八方之風也。以八音之器，播八方之風，手之舞之，足之蹈之，節其制而序其情。」陸德明經典釋文：「八風，八方之風。謂東方谷風，東南清明風，南方凱風，西南涼風，西方閶闔風，西北不周風，北方廣莫風，東北融風。」此喻指王通退講後廣傳其道。

〔九〕「始擯落」句，謂王通擯棄諸子之説。鄒，指鄒衍；韓，指韓非子。史記孟子荀卿列傳：「騶衍睹有國者益淫侈，不能尚德，……乃深觀陰陽消息而作怪迂之變，終始、大聖之篇十餘萬言。其語閎大不經，必先驗小物，推而大之，至於無垠。先序今以上至黄帝，學者所共術，大並世盛衰，因載其機祥度制，推而遠之，至天地未生，窈冥不可考而原也。」史記老莊申韓列傳：「韓非者，韓之諸公子也。喜刑名法術之學，而其歸本於黄老。」索隱：「著書三十餘篇，號曰韓子。」

〔一〇〕「終激揚」句，激揚，振起。史記司馬相如列傳載封禪文：「激清流，揚微波。」謂王通弘揚衰微已久之儒學。荀、孟，儒家學派繼承人。史記孟子荀卿列傳：「荀卿，趙人。年五十始來遊學於齊。……齊襄王時，而荀卿最爲老師。齊尚修列大夫之缺，而荀卿三爲祭酒焉。……荀卿嫉濁世之政，亡國亂君相屬，不遂大道而營於巫祝，信機祥，鄙儒小拘，如莊周等又猾稽亂俗，於是推儒、墨、道德之行事興壞，序列著數萬言而卒。」索隱：「名況，卿者，時人相尊而號爲卿也。」

〔一一〕「父福時」句，杜淹文中子世家：「文中子二子，長曰福郊，少曰福時。」又王福時王氏家書雜録（中説卷一〇）：「貞觀十六年（六四二），余二十一歲。」以此推之，福時當生於武德五年（六二二），則其生時，父通死已六七年矣。可見雜録亦爲妄托。

〔一二〕「歷任」句，唐六典卷一四太常寺：「太常博士四人，從七品上。」「太常博士掌辨五禮之儀式，奉先王之法制，適變隨時而損益焉。凡大祭祀及有大禮，則與太常卿以道贊其儀；凡王公已上擬謚，皆迹其功德而爲之褒貶。」

〔一三〕雍州，據元和郡縣志卷一，東漢光武帝都洛陽，「以關中地置雍州」。其後歷代或稱京兆郡，或稱雍州。隋煬帝改爲京兆郡。武德元年（六一八）復爲雍州。開元元年（七一三）改爲京兆府。地即今西安周邊地區。

〔一四〕「交阯」句，元和郡縣志卷三八交趾縣：「本漢龍編縣地。隋開皇十年（五九〇），分置交趾縣。武德四年（六二一），於此置慈州。貞觀元年（六二七）州廢，縣屬交州。」其地今屬越南。按舊唐書王勃傳：「補虢州參軍。……有官奴曹達犯罪，勃匿之，又懼事洩，乃殺達以塞口。事發當誅，會赦除名。時勃父福時爲雍州司户參軍，坐勃，左遷交趾令。」據王勃行迹，時當在高宗上元三年（六七六）。交阯、交趾同。六合縣，繆荃孫輯校元和郡縣志闕卷逸文卷二：六合縣，漢棠邑縣。「後周置方州，改六合郡。隋爲六合縣，唐屬揚州。」今爲江蘇南京市六合區。

〔一五〕「爲齊州」句，元和郡縣志卷一〇齊州：「春秋及戰國時屬齊國。秦并天下，爲齊郡。……隋開皇十三年，罷（濟南）郡，以所領縣屬齊州。大業三年（六〇七），罷州爲齊郡。……武德元年（六一八），……罷郡復州。」唐代齊州爲上州，地即今山東濟南。據唐六典卷三〇，上州「長史一人，從五品上」。

〔一六〕「抑惟」句，邦彦，詩經鄭風羔裘：「彼其之子，邦之彦兮。」毛傳：「彦，士之美稱。」又爾雅釋訓：「美士爲彦。」

〔一七〕「是曰」句，文選任昉王文憲集序：「莫不北面人宗，自同資敬。」張銑注：「言上老生之徒莫不北面申弟子之禮也。人宗，謂爲人所尊也。」

〔一八〕「絶六藝」句，絶，盡。六藝，周禮地官保氏：「養國子以道，乃教之六藝：一曰五禮，二曰六樂，三曰五射，四曰五馭，五曰六書，六曰九數。」周易繫辭下：「聖人成能。」韓伯注（十三經注疏本周易注疏，下同，不再説明）：「聖人乘天地之正，萬物各成其能。」此謂在六藝各領域皆有成就。

〔一九〕「司馬談」二句，史記太史公自序：「太史公（司馬遷）曰：先人（指其父司馬談）有言：自周公卒五百歲而有孔子，孔子卒後，至於今五百歲，有能紹明世，正易傳，繼春秋，本詩、書、禮、樂之際，意在斯乎，意在斯乎，小子何敢讓焉！」謂王福時晚年，將學問傳授其子。

〔二〇〕「楊子雲」二句，楊子雲，即揚雄，字子雲。「楊」或作「揚」。學界多以爲「揚」乃後人傳刻之誤，遂約定成俗，反以「楊」爲別字。本書正文兩字并用，俱依原文不改，而注文引書若原作「楊」亦不改，其餘則統書爲「揚」，不再説明。漢書揚雄傳下：「哀帝時，丁傅、董賢用事，諸附離之者，或起家至二千石。時雄方草太玄，有以自守，泊如也。」

君之生也，含章是託〔一〕。神何由降，星辰奇偉之精；明何由出，家國賢才之運〔二〕。性非外獎，智乃自然。孝本乎未名，人應乎初識。器業之敏，先乎就傅〔三〕。九歲讀顔氏漢書，撰指瑕十卷〔四〕。十歲包綜六經，成乎朞月〔五〕，懸然天得〔六〕，自符音訓。時師百年之學，旬日兼之；昔人千載之機，立談可見。居難則易〔七〕，在塞咸通。於術無所滯，於詞無所假〔八〕。幼有鈞衡之略〔九〕，獨負舟航之用〔一〇〕。年十有四，時譽斯歸。太常伯劉公巡行風俗〔一一〕，見而異之，曰：「此神童也！」因加表薦。對策高第，拜爲朝散郎〔一二〕。沛王之初建國也，博選奇士，徵爲侍讀〔一三〕。奉教撰平臺秘略十篇〔一四〕，書就，賜帛五十疋。先鳴楚館〔一五〕，孤峙齊宮〔一六〕。乘、忌側目〔一七〕，應、劉失步〔一八〕。臨秀不容，尋反初服〔一九〕。遠遊江漢，登降岷峨〔二〇〕。觀精氣之會昌，翫靈奇之肸蠁〔二一〕。考文章之跡，徵造化之程。神機若助，日新其業，西南洪筆，咸出其詞，每有一文，海内驚瞻。所製九隴縣孔子廟堂碑文〔二二〕，宏偉絶人，稀世爲寶〔二三〕，正平之作〔二四〕，不能奪也。咸亨之初，乃參時選〔二五〕。三府交辟〔二六〕，遇疾辭焉。友人凌季友，時爲虢州司法，盛稱弘農藥物，迺求補虢州參軍。坐免。歲餘，尋復舊職〔二七〕。棄官沉跡，就養於交阯焉〔二八〕。長卿坐廢於時〔二九〕，君山不合於朝〔三〇〕，豈無媒也，其惟命乎！富貴比於浮雲〔三一〕，光陰踰於尺璧〔三二〕，著撰之志，自此居多。觀覽舊章，翺翔群藝，隨方滲漉〔三三〕，於何不盡？在乎詞翰，倍所用心。

【箋注】

〔一〕含章，含美於内。易坤卦：「含章可貞。」

〔二〕「神何由」四句，謂王勃之生，既是上天星精所降，亦是家國氣運所鍾。莊子天下：「曰神何由降？明何由出？」郭象注：「神、明由事感而後降、出。」星辰，抱朴子内篇卷三辯問引玉鈐記：「主命原由，人之吉凶修短，於結胎受氣之日，皆上得列宿之精。其值聖宿則聖，值賢宿則賢，值文宿則文，值武宿則武。……」

〔三〕「器業」二句，器業，氣度、學業。就傅，從師。孝經卷五聖治章：「出以就傅，趨而過庭，以教敬也。」邢昺正義：「云出以就傅者，按禮記内則云：『十年，出就外傅，居宿於外，學書計。』鄭（玄）注：『外傅，教學之師也。』」謂年十歲，出就外傅，居宿於外，就師而學也。先乎就傅，謂十歲之前。舊唐書王勃傳：「勃六歲解屬文，搆思無滯，詞情英邁。」

〔四〕「九歲」二句，顔氏漢書，指顔師古所注漢書。舊唐書顔師古傳：「顔籀，字師古，雍州萬年人。

齊黃門侍郎之推孫也。……少傳家業，博覽群書，尤精詁訓，善屬文。……貞觀七年（六三三），拜秘書少監，專典刊正所有奇書難字。……奉詔與博士等撰定五禮。十一年（六三七），禮成，進爵爲子。時承乾在東宮，命師古注班固漢書，解釋詳明，深爲學者所重。承乾表上之，太宗令編之秘閣，賜師古物二百段，良馬一匹。……十九年（六四五），從駕東巡，道病卒，年六十五，謚曰戴。有集六十卷。其所注漢書及急就章，大行於世。」新唐書王勃傳：「九歲，得顏師古注漢書讀之，作指瑕以擿其失。」按：指瑕一書已久佚。

〔五〕「十歲」二句，綜，英華作「宗」，校：「疑作綜。」作「宗」誤。朞，原作「暮」，形訛，據明張燮刊本王子安集卷首楊炯序文、全唐文改。

〔六〕「懸然」句，文選任昉王文憲集序：「懸然天得，不謀成心。」呂濟注：「懸，遠也。言遠然得之於天，不謀議於人，已暗成於心也。」

〔七〕「居難」句，謂以難爲易。陸機演連珠：「臣聞應物有方，居難則易。」又裴子野司空安成康王行狀：「位煩以簡，居難則易；霈如時雨，芬若蘭蓀。」

〔八〕「於術」二句，曹丕典論論文：「今之文人，魯國孔融文舉、廣陵陳琳孔璋、山陽王粲仲宣、北海徐幹偉長、陳留阮瑀元瑜、汝南應瑒德璉、東平劉楨公幹，斯七子者，於學無所遺，於辭無所假，咸以自騁驥騄於千里，仰齊足而并馳，以此相服，亦良難矣。」

〔九〕「幼有」句，禮記月令：「日夜分則同度量，鈞衡石，角斗甬，正權概。」鄭玄注：「因晝夜等而平當平也。同、角、正，皆謂平之也。丈尺曰度，斗斛曰量，三十斤曰鈞，稱上曰衡，百二十斤曰石。甬，今斛也。稱錘曰權，概，平斗斛者。」則鈞衡，皆謂平也。大戴禮記卷九四代：「夫規矩、準繩、鈞衡，此昔者先王之所以爲天下也。」

〔一〇〕「獨負」句，舟航之用，謂大用。尚書説命上：「若濟巨川，用汝作舟楫。」淮南子主術訓：「賢主之用人也，猶巧工之制木也：大者以爲舟航柱梁，小者以爲楫楔。」高誘注：「舟，船也。方兩小船并與共濟爲航。」

〔一一〕「太常伯」句，劉公，指劉祥道。舊唐書高宗紀上：龍朔三年（六六三）八月，「命司元太常伯竇德玄、司刑太常伯劉祥道等九人爲持節大使，分行天下，仍令内外官五品已上各舉所知」。按杜佑通典卷二三：「隋初有都官尚書。開皇三年（五八三），改都官爲刑部尚書，統都官、刑部、比部、司門四曹，亦因後周之名。大唐因之。龍朔二年（六六二），改刑部尚書爲司刑太常伯，咸亨元年（六七〇）復舊。」按新唐書劉祥道傳：劉祥道，字同壽，魏州觀城（今山東莘縣西南）人。歷御史中丞，顯慶中遷吏部黄門侍郎，知選事。麟德元年（八月）拜右相。卒，年七十一。王勃有上劉右相書，載清蔣清翊王子安集注卷五，有曰：「足下出納王命，升降天衢，……亦復知天下有遺俊乎？……伏願辟東閣，開北堂，待之以上賓，期之以國士。」

〔一二〕「對策」二句，漢書蕭望之傳：「至光禄大夫給事中，望之以射策甲科爲郎。」顔師古注：「對策者，顯問以政事、經義，令各對之，而觀其文辭定高下也。」舊唐書王勃傳：「勃年未及冠，應幽素舉及第。」又新唐書王勃傳：「麟德初，劉祥道巡行關内，勃上書自陳，祥道表於朝。對策高第。年未及冠，授朝散郎。」當代學者張志烈以爲劉祥道表薦與應幽素舉非一回事，後者當在乾封元年（六六六），見所著初唐四傑年譜。記纂淵海卷三七科目載「乾封元年應幽素舉及第一十三人」，而此前無所謂「幽素科」。此説當是。則所謂「對策」，應指應幽素舉。朝散郎，唐六典卷二尚書吏部：朝散郎，從七品上。

〔三〕「沛王」三句，舊唐書高宗紀上：龍朔元年（六六一）九月壬子，「徙封潞王（李）賢爲沛王。是日，以雍州牧、幽州都督沛王賢爲揚州都督、左武候大將軍，牧如故」。同書王勃傳：「乾封初，詣闕上宸游東嶽頌。時東都造乾元殿，又上乾元殿頌。沛王賢聞其名，召爲沛府修撰，甚愛重之。」則王勃入沛王府，最早當在乾封元年。此言「侍讀」，而本傳謂「修撰」，楊炯爲當時人，所記當不誤。

〔四〕「奉教」句，教，新唐書百官志：「凡上之逮下，其制有六：……五曰教，親王、公主用之。」平臺秘略，「秘」原作「鈔」，各本同。新唐書王勃傳：「未及冠，授朝散郎，數獻頌闕下。沛王聞其名，召署府修撰，論次平臺秘略，書成，王愛重之。」現存王勃文集中，有平臺秘略論、平臺秘略贊，而無所謂「鈔略」。按平臺秘略論内容，皆王勃自作，而非「鈔」。則「鈔」字當是「秘」之形訛，據改。平臺秘略論凡十首，載王子安集注卷一一，其目爲：孝行、貞修、藝文、忠武、善政、尊師、褒客、幼俊、規諷、慎終。

〔一五〕「先鳴」句，左傳襄公二十一年：「平陰之役，先二子鳴。」杜預注：「自比於雞鬭，勝而先鳴。」楚館，即章華宫，亦稱章華臺。史記楚世家：靈王「七年，就章華臺，下令内亡人實之」。集解引杜預曰：「南郡華容縣有臺，在城内。」華容縣，故城在今湖北監利縣西北。墨子兼愛中：「昔者楚靈王好士細腰，故靈王之臣皆以一飯爲節，據肱然後興，扶牆然後起。比期年，朝有黧黑之危。」後稱學館爲楚館，言其清貧。唐大詔令集卷三八封懷寧郡王制：「魯庭學禮，楚館聞詩。」此指爲侍讀。

〔一六〕「孤峙」句，齊宫，指戰國時齊國之雪宫。孟子梁惠王下：「齊宣王見孟子於雪宫。王曰：『賢者亦有此樂乎？』孟子對曰：『有。人不得則非其上矣。不得而非其上者非也，爲民上而不與民同樂者，亦非也。』」趙岐注：「雪宫，離宫之名也。宫中有苑囿臺池之飾，禽獸之饒，王自多有此樂，故問曰『賢者亦有此之樂乎』？」孟子與齊宣王見解對立，故謂其「孤峙」。以上二句，以古代著名宫殿章華宫、雪宫代指沛王府。

〔一七〕「乘、忌」句，乘、忌，指枚乘、嚴忌（原姓莊，避明帝諱改嚴）。史記司馬相如列傳：「梁孝王來朝，從遊説之士齊人鄒陽、淮陰枚乘、吴莊忌夫子之徒，相如見而説之。因病免，客游梁，梁孝王令與諸生同舍。相如得與諸生遊士居。」此代指與王勃同官之文士，側目，謂嫉妒也。

〔一八〕「應、劉」句，應、劉，指應瑒、劉楨。三國志魏書王粲傳：「文帝（曹丕）爲五官將，及平原侯（曹）植，皆好文學。粲與北海徐幹字偉長，廣陵陳琳字孔璋，陳留阮瑀字元瑜，汝南應瑒字德璉，東平劉楨字公幹，并見友善。」此亦代指同官文士，失步，莊子秋水：「且子獨不聞夫壽陵餘子之學行於邯鄲與？未得國能，又失其故行矣，直匍匐而歸耳。」後人引此，「故行」作「故步」（如漢書叙傳上）。此言失落、不得志貌，謂讓同官相形見絀。

〔一九〕「尋反」句，指王勃被斥出沛王府。舊唐書王勃傳：「諸王鬬雞，互有勝負。勃戲爲檄英王雞文，高宗覽之，怒曰：『據此，是交構之漸。』即日斥勃，不令入府。」英王，即李顯。舊唐書高宗紀下：儀鳳二年（六七七）八月，「徙封周王顯爲英王，改名哲」。同書中宗紀述徙封英王時間同。據王勃行年，李顯徙封英王時早已離沛王府，所謂檄英王雞文，英王當爲周王，蓋後人誤書。

〔二〇〕「遠遊」二句，指王勃入蜀。江漢，指長江、漢水發源地，古謂長江源出岷山（即今岷江），漢水源出嶓冢山（在今陝西勉縣、寧强縣界）。水經注江水引益州記曰：「故其（指岷山）精則井絡纏曜，江漢昞靈。」指今四川西北部、陝西西南部，爲古蜀郡地。岷峨，即岷山、峨嵋山。新唐書王勃傳：「勃既廢（指被斥出沛王府），客劍南。嘗登葛憒山，曠望慨然，思諸葛亮之功，賦詩見情。」

〔二一〕「觀精氣」二句，謂王勃在蜀。文選左思蜀都賦：「遠則岷山之精，上爲井絡。天帝運期而會昌，景福肸蠁而興作。」劉淵林注：「河圖括地象曰：『上爲天井。』言岷山之地，上爲東井維絡；岷山之精，上爲天之井星也。昌，慶也，言天帝於此會慶建福也。」吕向注：「景，大也。肸鑾，濕生蟲蚊類是也，其群望之如氣之布寫也。言大福之興，有如此蟲群飛而多也。興作，皆超也。」

〔二二〕「所製」句，九隴縣孔子廟堂碑文，即益州夫子廟碑，見王子安集注卷一五。

〔二三〕「稀世」句，世，原作「代」，避唐諱，徑改。藝文類聚卷六七玦珮引魏文帝（曹丕）與鍾繇書：「猥以蒙鄙之姿，得觀希世之寶。」

〔二四〕「正平」句，正平之作，指禰衡所作鸚鵡賦。後漢書禰衡傳：「禰衡，字正平，平原般人也。」「（黄）祖長子射爲章陵太守，尤善於衡。嘗與衡俱游，共讀蔡邕所作碑文，射愛其辭，還，恨不繕寫。衡曰：『吾雖一覽，猶能識之，唯其中石缺二字爲不明耳。』因書出之。射馳使寫碑還校，如衡所書，莫不歎伏。射時大會賓客，人有獻鸚鵡者，射舉卮於衡曰：『願先生賦之，以娱嘉賓。』衡覽筆而作，文無加點，辭采甚麗。」

〔二五〕「咸亨」二句，張説贈太尉裴公（行儉）神道碑：「官復舊號（按復舊號在咸亨元年，見上注），爲吏部侍郎，加銀青光禄大夫。自居銓管，大設綱綜，辨職量才，審官序爵法，著新格，言成故事。……在選曹，見駱賓王、盧照鄰、王勃、楊炯，評曰：『炯雖有才，名不過令長，其餘華而不實，鮮克全終。』」唐會要卷七五藻鑑、舊唐書王勃傳所述略同。考王勃咸亨二年（六七一）六月尚在蜀，有文存焉，故所謂咸亨之初「參時選」，當在咸亨二年秋冬。

〔二六〕「三府」句，後漢書承宫傳：「三府更辟，皆不應。」李賢注：「三府，謂太尉、司徒、司空府。」交辟，交相召辟。按：太尉、司徒、司空，即所謂「三公」。唐六典卷一三公：「周、漢已來，代存其任。自隋文帝罷三公府僚，皇朝因之，其或親王拜者，亦但存其名位耳。」則唐代「三公」無府僚，固無所謂「交辟」，此特用事耳。

〔二七〕「友人」六句，舊唐書王勃傳：「久之，補虢州參軍（新唐書本傳謂『聞虢州多藥草，求補參軍』）。勃恃才傲物，爲同僚所嫉。有官奴曹達犯罪，勃匿之，又懼事洩，乃殺達以塞口。事發當誅，會赦，除名。」「坐免」指殺曹達事。兩唐書本傳皆言「會赦除名」，此謂「尋復舊職」，不言「赦」，蓋諱飾之詞。凌季友，「凌」原作「陵」，據英華改。按劉知幾史通卷一一史官建置：「起居郎二員，「龍朔中改名左史、右史。今上（唐中宗）即位，仍從國初之號焉。……高宗、則天時，有李安期、顧胤、高智周、張大素、凌季友，斯併當時得名，朝廷所屬也」。其人事迹别無可考。據元和郡縣志卷六河南道二，唐時虢州治所在弘農，故城在今河南靈寶市北。

〔二八〕「棄官」二句，舊唐書王勃傳：「時勃父福畤爲雍州司户參軍，坐勃左遷交趾令。上元二年（六七五），勃往交趾省父，道出江中，爲采蓮賦以見意，其辭甚美。渡南海，墮水而卒，時年二十八。」新唐書本傳謂「度海溺水，痵而卒，年二十九」。本文稱卒於上元三年八月，年二十八（見後）。王勃卒年、享年，學界向多争議，尚待考。

〔二九〕「長卿」句，史記司馬相如列傳：「司馬相如者，蜀郡成都人也，字長卿。」景帝時爲武騎常侍，病免。游梁孝王，孝王卒，歸。武帝喜其賦，召爲郎，又以中郎將使蜀。「其後人有上書言相如使時受金，失官。居歲餘，復召爲郎。相如口吃，而善著書，常有消渴疾，……稱病閒居，不慕官爵。」

〔三〇〕「君山」句，後漢書桓譚傳：「桓譚，字君山，沛國相人也。……性嗜倡樂，簡易不修威儀，而憙非毀俗儒，由是多見排抵，哀平間位不過郎。……王莽居攝篡弒之際，天下之士莫不競褒稱德美，作符命以求容媚。譚獨自守，默然無言。」光武即位，喜讖緯，譚「極言讖之非經，帝大怒，曰：『桓譚非聖無法。』將下斬之，譚叩頭流血，良久乃得解，出爲六安郡丞。意忽忽不樂，道病卒」。

〔三一〕「富貴」句，論語述而：「子曰：……不義而富且貴，於我如浮雲。」何晏集解引鄭玄曰：「富貴而不以義者。於我如浮雲，非己之有。」

〔三二〕「光陰」句，淮南子原道訓：「聖人不貴尺之璧，而重寸之陰，時難得而易失也。禹之趨時也，履遺而弗取，冠掛而弗顧，非争其先也，而争其得時也。」

〔三三〕「隨方」句，滲漉，史記司馬相如列傳載封禪文：「甘露時雨，厥壤可游；滋液滲漉，何生不育。」索隱案說文云：「滲漉，水下流之貌也。」此言其淵博知識常流露於詩文之中。

嘗以龍朔初載，文場變體〔一〕。争構纖微，競爲雕刻。糅之金玉龍鳳〔二〕，亂之朱紫青黃〔三〕。影帶以狥其功〔四〕，假對以稱其美〔五〕。骨氣都盡，剛健不聞。思革其弊，用光志業。薛令公朝右文宗，託末契而推一變〔六〕；盧照鄰人間才傑，覽清規而輟九攻〔七〕。知音與之矣，知己從之矣。於是鼓舞其心，發洩其用，八紘馳騁於思緒，萬代出没於豪端〔八〕。契將往而必融〔九〕，防未來而先制〔一〇〕。動搖文律，宮商有奔命之勞〔一一〕；沃蕩詞源，河海無息肩之地〔一二〕。以兹偉鑒，取其雄伯〔一三〕，壯而不虛，剛而能潤，雕而不碎，按而彌堅〔一四〕。大則用之以時，小則施之有序。徒縱橫以取勢，非鼓怒以爲資。長風一振，衆萌自偃。遂使繁綜淺術，無藩籬之固〔一五〕；紛繪小才，失金湯之險〔一六〕。積年綺碎，一朝清廓，翰苑豁如〔一七〕，詞林增峻。反諸宏博，君之力焉；矯枉過正，文之權也〔一八〕。後進之士，翕然景慕，久倦樊籠，咸思自擇〔一九〕。近則面受而心服，遠則言發而響應。教之者逾於激電，傳之者速於置郵〔二〇〕。得其片言，而忽焉高視；假其一氣，則邈矣孤騫。竊形骸者，既昭發於樞機；吸精微者，亦潛附於聲律〔二一〕。雖雅才之變例，誠壯思之雄宗也〔二二〕。好異之徒〔二三〕，別爲縱誕，專求怪説，争發大言。乾坤日月張其文，山河鬼神走其思，長句以增其滯，客氣以廣其靈〔二四〕。已逾江南之風，漸成河朔之制〔二五〕。謬稱相述，罕識其源。扣純粹之精機，未投足而先逝〔二六〕；覽奔放之偏節，已滯心而忘返〔二七〕。迺相循於跼步，豈見習於通方〔二八〕。倍譎不同，非墨翟之過〔二九〕；重增其放，豈莊周之失〔三〇〕？唱高罕屬〔三一〕，既知之矣；以文罪我，其可得乎〔三二〕！

【箋注】

〔一〕「嘗以」二句，變體，指詩歌演變爲臺閣流行之「上官體」。舊唐書上官儀傳：「上官儀，本陝州陝人也。……游情釋典，尤精三論，兼涉獵經史，善屬文。……舉進士。太宗聞其名，召授弘文館直學士，累遷秘書郎。時太宗雅好屬文，每遣儀視草，又多令繼和，凡有宴集，儀嘗預焉。（高宗）龍朔二年（六六二），加銀青光禄大夫、西臺侍郎、同東西臺三品，兼弘文館學士如故。本以詞彩自達，工於五言詩，好以綺錯婉媚爲本。儀既貴顯，故當時多有斆其體者，時人謂爲『上官體』。」

〔二〕「糅之」句，金、玉乃寶物，龍、鳳爲神物，稱「糅之」，謂詩多取用輕重不相稱之詞語，欲給人以高貴美，而内容卻華而不實。

〔三〕「亂之」句，朱、紫、青、黄，乃四種顔色，朱、青爲正色，紫、黄爲間色。論語陽貨：「子曰：惡紫之奪朱也。」何晏集解引孔（安國）曰：「朱，正色；紫，間色之好者。惡其邪好而奪正色。」後漢書黄瓊傳，稱黄瓊上書諫皇帝「（姦邪）與忠臣并時顯封，使朱紫共色，粉墨雜蹂，所謂抵金玉於沙礫，碎珪璧於泥塗」云云。朱紫不分，即正邪不辨，故言「亂之」。於文章（主要是詩歌）「亂之」，指好用色澤艷麗之詞藻，欲給人以視覺美，而其實乃虚飾浮誇。劉知幾史通卷四編次謂班固作史，「其間則有統體不一，名目相違，朱紫以之混淆，冠屨於焉顛倒」云云，亦「亂之」之義。此與上句義同。

〔四〕「影帶」句，舊題崔融唐朝新定詩格十體之「映帶體」：「映帶體者，謂以事意相愜，復而用之者是。詩曰：『露花疑濯錦，泉月似沈珠。』此意花似錦，月似珠，自昔通規矣。然蜀有濯錦川，漢有明月浦，故特以爲映帶。又曰：『侵雲蹀征騎，帶月倚雕弓。』雲、騎與月、弓是復用，此映帶之類。」影帶，同「映帶」。意謂由一個意象影射并帶出另一意象或典故，一實一虚，有如復用。

〔五〕「假對」句，假對，謂用聲韻爲對偶。文心雕龍聲律：「凡聲有飛沉，響有雙疊。雙聲隔字而每舛，疊韻雜句而必睽。沉則響發而斷，飛則聲揚不還：并轆轤交往，逆鱗相比，迂其際會，則往蹇來連，其爲疾病，亦文家之吃也。」又隋書李諤傳載上（隋高祖）書：「江左齊、梁，其（指文）弊彌甚。……競一韻之奇，争一句之巧。連篇累牘，不出月露之形；積案盈箱，唯是風雲之狀。世俗以此相高，朝廷據兹擢士。」所稱皆假對爲美之弊。

〔六〕「薛令公」二句，薛令公，即中書令薛元超，已見庭菊賦序注，其事迹詳本書卷十中書令汾陰公薛振行狀。「托末契」，文選陸機歎逝賦：「托末契於後生，余將老而爲客。」李周翰注：「末契，下交也。」

〔七〕「盧照鄰」二句，盧照鄰，字昇之，幽州范陽人，「初唐四傑」之一，兩唐書有傳。「覽清規」，「清」，原作「青」，據英華、王子安集本、全唐文改。「清規」意不詳，蓋指王勃之革弊主張，或其作詩之法。九攻，墨子卷一三公輸：「（墨子）於是見公輸盤。子墨子解帶爲城，以牒爲械，公輸盤九設攻城之機變，子墨子九距之。公輸盤之攻械盡，子墨子之守圉有餘。公輸盤詘。」蓋盧、王二人就文體革新問題曾有過辯難，至此達成一致，故謂「輟九攻」。其本事不詳。

〔八〕「八紘」二句，紘，原作「絃」，據英華、王子安集本、全唐文改。八紘，文選左思吳都賦：「古先帝代，曾覽八紘之洪緒，一六合而光宅。」劉淵林注引淮南子曰：「九州外有八澤，方千里；八澤之外有八紘，亦方千里，蓋八索也。」所引見淮南子墜形訓，高誘注曰：「紘，維也。維落天地而爲之表，故曰紘也。」陸機文賦：「其始也，皆收視反聽，耽思傍訊，精騖八極，心游萬仞。」即其義。謂創作思路極爲開闊。騁，英華校：「一作驟。」豪，通「毫」，細毛，此代指筆。

〔九〕「契將往」句，契，契合。將往，以往。謂往古凡合於己者，必融會而用之。陸機文賦：「收百世之闕文，採千載之遺韻。」即其義。

〔一〇〕「防未來」句，謂凡創新處，不要讓其有流弊，故先自我克制，以防患於未然。

〔一一〕「動搖」二句，文選陸機文賦：「普辭條與文律，良余膺之所服。」李善注引尚書（舜典）：「帝曰：律和聲。」又引孔安國曰：「律，六律也。」此所謂「文律」、宮商，指當時詩歌、駢文普遍使用之四聲論。謂王勃作品音韻諧合，運用自如。

〔一二〕「沃蕩」二句，文選王簡棲頭陀寺碑文：「頭陀寺……南則大川浩汗，雲霞之所沃蕩。」劉良注：「沃，流也；蕩，動也。」息肩，左傳襄公二年：「子駟請息肩於晉。」杜預注：「以負擔喻。」詞源，指詞藻。謂王勃作品詞彙豐富活潑，有翻江倒海之勢，無匱乏拘牽之態。

〔一三〕「取其」句，雄伯，當指「上官體」宮體詩之主要代表作家，謂其無抵抗之力，故能迅速戰而勝之。

〔一四〕「壯而」四句，謂革新後之作品雖氣勢雄壯而内容充實，風格剛健而不乏潤飾，文字渾厚峻潔。彌堅，論語子罕：「顔淵喟然歎曰：仰之彌高，鑽之彌堅。」何晏集解：鑽之彌堅，「言不可窮盡」。

〔一五〕「無藩籬」句，文選陸機辯亡論上：「城池無藩籬之固。」李善注引（賈誼）過秦論曰：「楚師深入鴻門，曾無藩籬之難。」張銑注：「言易取也。」藩籬，以竹木編成之籬笆。

〔一六〕「粉繪」二句，粉繪，猶言藻繪，指爲文華麗。粉，謂爲文虚飾，如同人之傅粉。其字英華、全唐文作「紛」，義同。金湯，漢書蒯通傳：「范陽令先降而身死，必將嬰城固守，皆爲金城湯池，不可攻也。」顔師古注：「金以喻堅，湯喻沸熱不可近。」失金湯，失去抵抗之力。

〔一七〕「翰苑」句，豁如，漢書高帝紀上：「寬仁愛人，意豁如也。」顔師古注：「豁然開大之貌。」

〔一八〕「矯枉」二句，漢書孝成許皇后傳：「吏拘於法，亦安足過？蓋矯枉者過直，古今同之。」顔師古注：「矯，正也；枉，曲也。言意在正曲，遂過於直。」又同書王莽傳：「矯枉者過其正。」文之權，權，變通。謂改革文風雖有過正處，乃不得已，目的在「矯枉」。

〔一九〕「久倦」二句，莊子養生主：「澤雉十步一啄，百步一飲，不蘄畜乎樊中。」郭象注：「樊，所以籠雉也。」又陶潛歸田園居詩：「久在樊籠裏。」此喻宫體詩作法有如「樊籠」，詩人久已厭倦，故「咸思自擇」，自擇，自求出路也。

〔二〇〕「傳之者」句，孟子公孫丑上：「孔子曰：德之流行，速於置郵而傳命。」趙岐注：「言王政不興久矣，民患虐政甚矣，若飢者食易爲美，渴者飲易爲甘，德之流行，疾於置郵傳書命也。」置郵，與上句「激電」義同，言文壇衰弊已久，故革新思想傳播之迅速，有如置郵傳書。郵，驛站。

〔一一〕「竊形骸」四句，形骸，本指人之肉體，此喻文體。樞機，周易繫辭上：「言行，君子之樞機。」韓伯注：「樞機，制動之主。」樞機之發，榮辱之主也。此指爲文關捩。精微，極細微處。聲律，指四聲。兩句言得其粗者，已明白爲文關鍵；得其精者，則掌握四聲運用技巧。當時發現四聲時間不長，人多不曉，故以其爲「精微」。

〔一二〕「雖雅才」二句，謂學得文體樞機及掌握聲律技巧，雖非高雅之才的學文正途，只能視爲「變例」，然對初學者言，已可稱文士之雄。

〔一三〕「好異」句，好異，喜歡立異。好，原作「妙」，各本同，據王子安集本改。

〔一四〕「客氣」句，客，原作「容」，據王子安集本、全唐文改。左傳定公八年：「陽虎僞不見冉猛者，曰：『猛在此，必敗！』猛逐之，顧而無繼，僞顛。虎曰：『盡客氣也。』」杜預注：「言皆客氣，非勇。」用之論文，指「好異之徒」走向極端，其作品内容、情感虚假不實。

〔一五〕「已逾」二句，江南之風，指南朝文風；河朔之制，指北朝文體。隋書文學傳論：「江左宮商發越，貴於清綺；河朔詞義貞剛，重乎氣質。氣質則理勝其詞，清綺則文過其意。」二句謂後學各執一偏，不能文質相稱。按：以上所謂「縱誕」、「怪説」、「大言」直至「長句」、「客氣」等等，皆「好異之徒」之文弊，具體所指已不可考。

〔二六〕「扣純粹」二句，扣，問，瞭解。純粹、精機，指文體改革之理論精髓。精機謂精神、關捩。未投足，文選揚雄解嘲：「欲步者擬足而投迹。」李善注：「言不敢奇異也。……欲行者擬足不前，待彼行而投其迹也。」此言尚未擬足，即已奔走，形容淺嘗輒止，未得其要。

〔二七〕「覽奔放」二句，奔放，指爲文無節制。偏節，猶言邪道。兩句謂好異者不知改轍，已積重難返。

〔二八〕「迺相循」二句，跼步，步欲舉而退縮貌。通方，漢書韓安國傳：「通方之士，不可以文亂。」顔師古注：「方，道也。」此指通達。皇甫謐三都賦序：「二國之士，各沐浴所聞，……皆非通方之論也。」兩句謂好異者氣度狹小，目光短淺。

〔二九〕「倍譎」二句，莊子天下：「相里勤之弟子五侯之徒，南方之墨者。苦獲、已齒、鄧陵子之屬，俱誦墨經，而倍譎不同，相謂『别墨』。」郭象注：「必其各守所見，則所在無通，故於墨之中又相與别也。」成玄英疏：「譎，異也。俱誦墨經而更相倍異，相呼爲『别墨』。」倍，原作「信」，形訛，據改。「倍」乃「背」之假借字。

〔三〇〕「重增」二句，文選嵇康與山巨源絶交書：「又讀莊老，重增其放。」李善注：「放，謂放蕩。」吕濟注：「莊、老忘榮辱，齊是非，故增放逸也。」按：以上四句，以墨子、莊子擬王勃，謂好異者之失，不應由王勃承擔責任。

〔三一〕「唱高」句，文選宋玉對楚王問：「客有歌於郢中者，……其爲陽春白雪，國中屬而和者不過數十人。引商刻羽，雜以流徵，國中屬而和者不過數人而已。是其曲彌高，其和彌寡。」

〔三二〕「以文」二句，孟子滕文公下：「孔子曰：知我者，其惟春秋乎！罪我者，其惟春秋乎！」趙岐注：「知我者，謂我正綱紀也；罪我者，謂時人見彈貶者，言孔子以春秋撥亂也。」按：蓋當時有人以「好異之徒」所作「縱誕」詩文加罪於王勃及文體改革，故以上特爲之詳辨并批駁。其史實已不可考。

君以爲摛藻彫章，研幾之餘事〔一〕；知來藏往，探賾之所宗〔二〕。隨時以發，其惟應變〔三〕；稽古以成，其殆察微〔四〕。循紫宮於北門，幽求聖律〔五〕；訪玄扈於東洛，響像天人〔六〕。每覽韋編〔七〕，思弘大易。周流窮乎八索〔八〕，變動該乎四營〔九〕。爲之發揮，以成注解〔一〇〕。嘗因夜夢，有稱孔夫子，而謂之曰：「易有太極〔一一〕，子其勉之。」寤而循環，思過半矣。於是窮蓍蔡以像告，考爻象以情言〔一二〕。既乘理而得玄，亦研精而狥道〔一三〕。虞仲翔之盡思，徒見三爻〔一四〕；韓康伯之成功，僅踰兩繫〔一五〕。君之所注〔一六〕，見光前古，與夫發天地之秘藏，知鬼神之情狀者〔一七〕，合其心矣。君又以幽贊神明，非杼軸於人事〔一八〕；經營訓導，迺優游於聖作〔一九〕。於是編次論語，各以群分，窮源造極，爲之詁訓〔二〇〕。仰「貫一」以知歸〔二一〕，希「體二」而致遠〔二二〕。爲言式序，大義昭然〔二三〕。

【箋　注】

〔一〕「君以爲」二句，摛藻彫章，指寫作華麗文章。彫，同「雕」。漢書叙傳上：「雖馳辯如濤波，摛藻如春華，猶無益於殿最。」顔師古注：「摛，布也；藻，文辭也。」文選任昉王文憲集序：「固以理窮言行，事該軍國，豈直雕章縟采而已哉！」吕延濟注「雕章」爲「雕飾文章」。研幾，周易繫辭上：「夫易，聖人之所以極深而研幾也。唯深也，故能通天下之志；唯幾也，故能成天下之務。」韓康伯注：「極未形之理則曰深，適動微之會則曰幾。」幾，本作機，幾，微也。兩句謂作詩文乃做學問之餘事，後者遠比前者重要。

〔二〕「知來」二句，易繫辭上：「神以知來，知以藏往。」韓康伯注：「明蓍卦之用，同神知也。蓍定數於始，於卦爲來；卦成象於終，於蓍爲往。往來之用相成，猶神知也。」同上又曰：「探賾索隱，鉤深致遠，以定天下之吉凶，成天下之亹亹者，莫大乎蓍龜。」孔穎達正義：「探賾索隱，鉤深致遠者，探謂闚探求取，賾謂幽深難見。卜筮則能闚探幽昧之理，故云探賾也。索謂求索，隱謂隱藏。卜筮能求索隱藏之處，故云索隱也。物在深處，能鉤取之；物在遠方，能招致之，卜筮能然，故云鉤深致遠也。以此諸事，正定天下之吉凶，成就天下之亹亹者，唯卜筮能然，故云莫大乎蓍龜也。案釋詁云：『亹亹，勉也。』」

〔三〕「隨時」二句，謂平日因事所作詩文，乃爲應付酬對，意謂其價值不高。惟，英華校：「一作文。」

〔四〕「稽古」二句，尚書堯典：「曰若稽古帝堯。」僞孔傳：「若，順；稽，考也。能順考古道而行之者。」察微，洞察精微之義。大戴禮記卷七五帝德：「聰以知遠，明以察微。」兩句謂考古道，察精微，方可稱文章高格。

〔五〕「循紫宫」句，文選班固西都賦：「焕若列宿，紫宫是環。」李善注引春秋合誠圖曰：「紫宫，大帝室，太一之精也。」漢書曰：中宫天極星，環之匡衛十二星，藩臣，皆曰紫宫也。」此指唐帝之皇宫。北門，舊唐書劉禕之傳：「上元中，遷左史、弘文館直學士，與著作郎元萬頃、左史范履冰、苗楚客，右史周思茂、韓楚賓等皆召入禁中，共撰列女傳、臣軌、百寮新誡、樂書，凡千餘卷。時又密令參決，以分宰相之權，時人謂之北門學士。」資治通鑑卷二〇二唐紀一八記此事，胡三省注曰：「不從南衙，於北門出入，故云然。」此言王勃常與當代著名文士交往。幽，深也。聖律，古先帝王典籍。

〔六〕「訪玄扈」句，藝文類聚卷九九祥瑞部下引春秋合誠圖曰：「黄帝游玄扈雒水上，與大司馬容光等臨觀，鳳皇銜圖置帝前，帝再拜受圖。」又太平御覽卷四三玄扈山引春秋合誠圖（大略同上），注曰：「玄扈山，在上洛縣北一百里。」此以「玄扈」代指圖讖秘籍。響像，文選王延壽魯靈光殿賦：「忽瞟眇以響像，若鬼神之髣髴。」李善注：「響像，猶依稀，非正形聲也。」天人，神、人。謂得覩秘書，依稀如見當日神人交接之狀。

〔七〕「每覽」句，謂讀易。史記孔子世家：「讀易，韋編三絶，曰：假我數年若是，我於易則彬彬矣。」漢書儒林傳：「（孔子）蓋晚而好易，讀之韋編三絶，而爲之傳。」顔師古注：「編所以聯次簡也。

言愛玩之甚，故編簡之韋爲之三絕也。」

〔八〕「周流」句，周易繫辭下：「易之爲書也，不可遠。爲道也屢遷，變動不居，周流六虚。」八索，僞古文尚書孔安國序：「八卦之説，謂之八索。」孔穎達正義：「言爲論八卦事義之説者，其書謂之八索。」

〔九〕「變動」句，易繫辭上：「是故四營而成易，十有八變而成卦。」韓康伯注：「分而爲二以象兩，一營也；掛一以象三，二營也；揲之以四，三營也；歸奇於扐，四營也。」孔穎達正義：「四營而成易者，營謂經營。謂四度經營蓍策，乃成易之一變也。」

〔一〇〕「爲之」二句，按舊唐書經籍志、新唐書藝文志皆著録「王勃周易發揮五卷」，所謂注易之書，當即指此。

〔一一〕「易有」句，易繫辭上：「易有大極，是生兩儀。」韓康伯注：「夫有必始於無，故大極生兩儀也。大極者，无稱之稱，不可得而名，取其有之所極，況之大極者也。『大』音『泰』。」

〔一二〕「於是」二句，周易繫辭上：「定天下之吉凶，成天下之亹亹者，莫大乎蓍龜。」蓍，草名，蔡，大龜也，古用以占卜。易繫辭下：「八卦以象告，爻彖以情言，剛柔雜居，而吉凶可見矣。」韓康伯注：「（八卦）以象告人。（爻彖）辭有險易，而各得其情也。」

〔一三〕「既乘理」二句，謂既重視周易卦象、爻彖之理，再由「理」進而入「玄」，即可在精研之中求得「道」。狥，同「徇」，求也。玄較理更爲深奥、微妙，故老子曰：「玄之又玄，衆妙之門。」河上公注「衆妙」爲「道要」。

〔一四〕「虞仲翔」句，三國志吴書虞翻傳：「虞翻，字仲翔，會稽餘姚（今屬浙江）人也。」舉茂才，漢召爲侍御史。著易注，又爲老子、論語、國語訓注，皆傳於世。裴松之注引虞翻别傳曰：「翻初立易注，奏上曰：『……臣生遇世亂，長於軍旅，習經於枹鼓之間，講論於戎馬之上，蒙先師之説，依經立注。又臣郡吏陳桃夢臣與道士相遇，放髮被鹿裘，布易六爻，撓其三以飲臣。臣乞盡吞之，道士言：易道在天，三爻足矣。』」

〔一五〕「韓康伯」二句，晉書韓伯傳：韓伯，字康伯，潁川長社（今河南許昌）人。舉秀才，仕至吏部尚書、領軍將軍。隋書經籍志：「周易十卷，魏尚書郎王弼注六十四卦六卷，韓康伯注繫辭以下三卷，王弼又撰易略例一卷。」按繫辭分上下，故稱「兩繫」。

〔一六〕「君之」句，「之」字原無，據英華、全唐文補。

〔一七〕「知鬼神」句，周易繫辭上：「精氣爲物，遊魂爲變。是故知鬼神之情狀，與天地相似，故不違。」韓康伯注：「盡聚散之理，則能知變化之道，無幽而不通也。」

〔一八〕「君又以」二句，謂易道雖深邃，然不關人事。周易説卦：「昔者聖人之作易也，幽贊於神明而生著。」韓康伯注：「幽，深也，贊，明也。著受命如嚮，不知所以然而然也。」杼軸，文選陸機文賦：「雖杼軸於予懷，怵他人之我先。」李善注：「杼軸，以織喻也。……毛詩曰：『杼軸其空。』」此喻料理，言神明不能治理人事。

〔一九〕「經營」二句，經營，治理社會；訓導，教化百姓。優游，悠閒自得貌。詩經小雅采菽：「優哉游哉，亦是戾矣。」此謂涵詠其間，不捨離去。聖作，此指論語。謂易與論語不同，前者乃「幽贊神明」，而後者方關於人事。

〔二〇〕「於是」四句，按舊唐書經籍志著録「次論語五卷，王勃撰」，新唐書藝文志著録爲「十卷」。皆久佚。

〔二一〕「仰『貫一』」句，貫一，即一以貫之，指忠恕。論語里仁：「子曰：『參乎！吾道一以貫之。』曾子曰：『唯。』子出，門人問曰：『何謂也？』曾子曰：『夫子之道，忠恕而已矣。』」

〔二二〕「希『體二』」句，體二，謂效法顏淵、冉有。文選李康運命論：「雖仲尼至聖，顏、冉大賢，……孟軻、孫卿，體二希聖，從容正道，不能維其末。」張銑注：「孟、孫二子體法顏、冉，故云『體二』；志望孔子之道，故云希聖。」

〔二三〕「爲言」二句，詩經周頌時邁：「明昭有周，式序在位。」鄭玄箋「式序」爲「次第」，孔穎達正義釋爲「次序」。此謂編次論語（指所著次論語），從而使論語之大義明明白白。

文中子之居龍門也，睹隋室之將散，知吾道之未行，循歎鳳之遠圖〔一〕，宗獲麟之遺制〔二〕，裁成大典，以贊孔門。討論漢、魏，迄於晉代，删其詔命，爲百篇以續書〔三〕。甄正樂府，取其雅奥，爲三百篇以續詩〔四〕。又自晉太熙元年，至隋開皇九年平陳之歲，褒貶行事，述元經以法春秋〔五〕。門人薛收竊慕，同爲元經之傳〔六〕，未就而殁。君思崇祖德，光宣奥義，續薛氏之遺傳〔七〕，制詩書之衆序〔八〕，包舉藝文〔九〕，克融前烈。陳群禀太丘之訓，時不逮焉〔一〇〕；孔伋傳司寇之文，彼何功矣〔一一〕。詩書之序，並冠於篇；元經之傳，未終其業。命不與我，有涯先謝〔一二〕，春秋二十八，皇唐上元三年秋八月〔一三〕。不改其樂，顔氏斯殂〔一四〕；養空而浮，賈生終逝〔一五〕。嗚呼，天道何哉！所注周易，窮乎晉卦〔一六〕；又注黄帝八十一難〔一七〕，幸就其功。撰合論十篇，見行於世〔一八〕。君平生屬文，歲時不倦，綴其存者，纔數百篇。嗟乎促齡〔一九〕，材氣未盡；殁而不朽，君子貴焉。

【箋注】

〔一〕「循歎鳳」句，論語子罕：「子曰：鳳鳥不至，河不出圖，吾已矣夫！」何晏集解引孔（安國）曰：「聖人受命，則鳳鳥至，河出圖。今天無此瑞。『吾已矣夫』者，傷不得見也。」遠圖，遠大志向，指著書爲後代所用。

〔二〕「宗獲麟」句，左傳哀公十四年（春秋）經：「春，西狩獲麟。」杜預注：「麟者，仁獸，聖王之嘉瑞也。時無明王出而遇獲，仲尼傷周道之不興，感嘉瑞之無應，故因魯春秋而修中興之教，絶筆於『獲麟』之一句。所感而作，固所以爲終也。」

〔三〕「討論」四句，指王通撰寫續書。杜淹文中子世家：「續書一百五十篇，列爲二十五卷。」又王勃續書序："經始漢魏，迄於有晉，擇其典物宜於教者，續書爲百二十篇。……遭世喪亂，未行於時。歷年永久，稍見殘缺。貞觀中，太原府君（當指其伯父王福郊）考諸六經之目，則亡其小序，其有録而無篇者，又十六焉。"又曰："間者承命，爲百二十篇作序，而兼當補修其闕。……始自總章二年（六六九），洎乎咸亨五年（六七四），刊寫文就，定成百二十篇，勒成二十五卷。"其書未見著録。

〔四〕"甄正"三句，王通中説事君篇："薛收問續詩。子曰：『有四名焉，有五志焉。何謂四名？一曰化，天子所以風天下也。二曰政，蕃臣所以移其俗也。三曰頌，以成功告於神明也。四曰嘆，以陳誨立誡於家也。凡此四者，或美焉，或勉焉，或傷焉，或惡焉，或誡焉，是謂五志。』"杜淹文中子世家："續詩三百六十篇，列爲十卷。"又王勃續書序："遂約大義，删舊章，續詩爲三百六十篇。"其書未見著録。

〔五〕"又自"四句，太熙，西晉武帝司馬炎年號，太熙元年爲公元二九〇年。隋文帝開皇九年，爲公元五八九年。平陳，隋書高祖紀下："（開皇）九年春正月己巳，……韓擒虎進師入建鄴，獲其將任蠻奴，獲陳主叔寶，陳國平。"按杜淹文中子世家："元經五十篇，列爲十五卷。"王勃續書序："考僞亂而修元經。"今傳元經爲十卷，舊稱前九卷爲王通原書，末一卷自隋開皇十年（五九〇）迄唐武德元年（六一八），爲薛收所續。然宋人多指其爲阮逸依託之僞作，見趙希弁郡齋讀書後志卷下、陳振孫直齋書録解題卷四。

〔六〕「門人」二句，薛收，字伯褒，蒲州汾陰人，隋内史侍郎道衡子。十二能屬文。歸唐，授天策府記室參軍。病卒，年三十三。兩唐書有傳。傳，指爲元經作注。按陳振孫直齋書録解題卷四著録元經薛氏傳十五卷，「稱王通撰，薛收傳，阮逸補并注，……其傳出阮逸，或云皆逸僞作也」。

〔七〕「續薛氏」句，遺傳，指薛收未完成之傳注遺稿。據下文「未終其業」，知王勃續作之注，亦未脱稿。

〔八〕「制詩書」句，所稱「衆序」，今王子安集只存續書序一篇，餘皆亡佚。

〔九〕「包舉」句，包，原作「危」，英華同，注曰：「疑。」據四子集、全唐文改。班固典引：「聖上固以垂精游神，苞舉藝文。」

〔一〇〕「陳群」二句，三國志魏書陳群傳：陳群，字長文，潁川許昌（今屬河南）人。事曹操爲侍中，領丞相東西曹掾。魏文帝踐阼，遷尚書僕射，加侍中，徙尚書令，進爵潁鄉侯。太丘，指陳群之祖陳寔，嘗爲太丘長，漢末遭黨錮，隱居荊山，有盛名。群爲兒時，寔常奇異之，謂宗人父老曰：「此兒必興吾宗。」此以陳寔喻王通，陳群喻王勃，而惜王勃出生時已不及見其祖。

〔一一〕「孔伋」二句，册府元龜卷七三九：「孔伋，字子思，孔子孫也。」舊稱孔子没後，七十二子之徒共撰所聞爲禮記，其中中庸爲子思作，或謂大學亦子思作，然無確切文獻可考。司寇，指孔子。史記孔子世家：「（魯）定公以孔子爲中都宰，一年，四方皆則之。由中都宰爲司空，由司空爲大司寇。」此言孔伋雖傳孔子之文，然較王勃於其祖，其功不足論。

〔二〕「命不」二句，與我，疑爲「我與」之倒。有涯，指生命。莊子養生主：「吾生也有涯。」郭象注：「所秉之分，各有極也。」先謝，謂早亡。

〔三〕「春秋」二句，皇唐，皇，原作「年」，據英華、全唐文改。高宗上元三年，爲公元六七六年。是序所載享年、卒年，學界多所質疑，至今尚無定論。

〔四〕「不改」二句，論語雍也：「子曰：賢哉回也！一簞食，一瓢飲，在陋巷，人不堪其憂，回也不改其樂。賢哉，回也！」何晏集解引孔（安國）注：「顔淵樂道，雖簞食，在陋巷，不改其所樂。」又：「季康子問弟子孰爲好學，孔子對曰：『有顔回者好學，不幸短命死矣。』」

〔五〕「養空」二句，史記賈生列傳：「賈生，名誼，雒陽人也。年十八，以能誦詩屬書聞於郡中。」文帝召爲博士，一歲中至大中大夫，「諸律令所更定，及列侯悉就國，其説皆自賈生發之。於是天子議以爲賈生任公卿之位，絳（周勃）、灌（灌嬰）、東陽侯（張相如）、馮敬之屬盡害之」，出爲長沙王太傅。後又爲梁懷王太傅，「懷王騎墮馬而死，無後，賈生自傷爲傅無狀，哭泣，歲餘亦死」，年三十三。在長沙時，嘗作鵩鳥賦，有曰：「不以生故自寶兮，養空而浮。」索隱引鄧展云：「自寶，自貴也。養空而浮，言體道之人，但養空性，而心若浮舟也。」

〔六〕「所注」二句，在周易六十四卦中，晉卦位列第三十五，則其所注似未完稿。與前文所謂「君之所注」（即周易發揮五卷）是否一書，已不可詳。

〔七〕「又注」句，今存黄帝八十一難經序，見王子安集注卷九，而注本未見著録。按難經序稱於龍朔元年（六六一）遇名醫曹元於長安，授周易章句及黄帝素問難經，伏習五年，「謹録師訓，編附聖經」云云。則似只是編附「師訓」，而并非爲之作注。

〔一八〕「撰合論」二句，本序前述王勃「奉教撰平臺秘略十篇」，然此似非所稱合論。合論今不傳。王子安集注卷一一有八卦卜大演論，不詳是否十篇之一。世，原作「代」，避太宗諱，徑改。

〔一九〕「嗟乎」句，促齡，短壽。文選袁宏三國名臣序贊：「惜其（指周瑜）齡促，志未可量。」吕濟注：「言（周）瑜早卒，故惜其年促。」

兄勔及勮〔一〕，磊落詞韻，鏗鏘風骨〔二〕，皆九變之雄律也〔三〕；弟助及勛〔四〕，摠括前藻，網羅群思，亦一時之健筆焉〔五〕。友愛之至，人倫所極〔六〕，永言存殁，何痛如之！援翰紀文，咸所未忍。蓋以投分相期〔七〕，非弘詞説，潸然擥涕〔八〕，究而序之。分爲二十卷，具諸篇目〔九〕。三都盛作，恨不序於生前〔一〇〕；七志良書，空撰得於身後〔一一〕。神其不遠，道或存焉〔一二〕。

【箋注】

〔一〕「兄勔」句，舊唐書王勃傳：「（勃）與兄勔、勮才藻相類，父友杜易簡常稱之曰：『此王氏三珠樹也。』」又曰：「勮弱冠進士登第，累除太子典膳丞。長壽中，擢爲鳳閣舍人。……尋加弘文館學士，兼知天官侍郎。……萬歲通天二年(六九七)，綦連耀謀逆，事泄，勮坐與耀善，并弟勔并伏誅。」「勔累官至涇州刺史。神龍初，有詔追復勮、勔官位。」勮，原作「劇」，據上引改。

〔二〕「磊落」二句，磊落，大氣貌。文心雕龍明詩：「慷慨以任氣，磊落以使才。」鏗鍧，象聲詞。文選班固東都賦：「鐘鼓鏗鍧，管絃曄煜。」李善注引禮記曰：「子夏曰：『鐘聲鏗。』鏗，苦耕切。鍧亦聲也，呼萌切。」

〔三〕「皆九變」句，周禮春官大司樂：「凡樂……於宗廟之中奏之，若樂九變，則人鬼可得而禮矣。」賈公彦疏：「言六變、八變、九變者，謂在天地及廟庭而立四表，舞人從南表向第二表爲一成，一成則一變。從第二至第三爲二成，從第三至北頭第四表爲三成。舞人各轉身南向，於北表之北，還從第一至第二爲四成，從第二至第三爲五成，從第三至南頭第一表爲六成，則天神皆降。若八變者，更從南頭北向第二爲七成，又從第二至第三爲八成，地祇皆出。若九變者，又從第三至北頭第一爲九變，人鬼可得禮焉。」此約周之大武，象武王伐紂。」此以樂喻文，謂其文章之美，臻於極致。

〔四〕「弟勛」句，新唐書王勃傳：「勛字子功，七歲喪母哀號，鄰里爲泣。居父憂，毁骨立。服除，爲監察御史裏行。」「萬歲通天二年坐綦連耀案，與兄勔等同時被殺。」詳舊唐書酷吏傳之吉頊傳。有雕蟲集一卷傳世，見新唐書藝文志。王勛事迹不詳。

〔五〕「揔括」三句，揔，同「總」字。前藻，前人作品。群思，諸家思想。謂王勛等善於汲取衆家之長。新唐書王勃傳：「初，勔、勮、勃皆著才名，故杜易簡稱『三珠樹』。其後助、劼又以文顯。劼早卒。福畤少子勸亦有文，福畤嘗詫韓思彥，思彥戲曰：『武子（按：王濟）有馬癖，君有譽兒癖，王家癖何多耶！』使助出其文，思彥曰：『生子若是，可夸也！』」

〔六〕「人倫」句，後漢書郭泰傳：「林宗雖善人倫，而不爲危言覈論，故宦者擅政而不能傷也。」李賢注：「禮記曰：『擬人必於其倫。』鄭玄注曰：『倫，猶類也。』」極，原作「及」，據英華改。

〔七〕「蓋以」句，投分，文選潘岳金谷集作詩一首：「投分寄石友，白首同所歸。」李善注：「阮瑀爲魏武與劉備書曰：『披懷解帶，投分記意。』分，猶志也。」謂志趣投合。

〔八〕「潸然」句，漢書景十三王傳中山靖王勝傳：「紛驚逢羅，潸然出涕。」顔師古注：「潸，垂涕貌。」擘涕，楚辭屈原九章懷沙：「思美人兮，擘涕而竚眙。」王逸注：「悲哀涕交横也。」

〔九〕「分爲」二句，舊唐書王勃傳：「勃文章邁捷，下筆則成。尤好著書，撰周易發揮五卷，及次論等書數部，勃亡後并多遺失。有文集三十卷。」或「三」乃「二」之訛，或三十卷爲後人重編。按王勃集宋以後散佚，今傳乃明崇禎間張燮重輯本王子安集十六卷，刊入四子集。清同治時蔣清翊作王子安集注，分爲二十卷。

〔一〇〕「三都」二句，都，原作「部」，各本同，唯蔣清翊王子安集注本作「都」，是，據改。三都，指左思所作蜀都、吴都、魏都三賦。晉書左思傳述其寫作過程道：「搆思十年，門庭藩溷皆著筆紙，遇得一句，即便疏之。自以所見不博，求爲秘書郎。及賦成，時人未之重。思自以其作不謝班

（固）、張（衡），恐以人廢言。安定皇甫謐有高譽，思造而示之，謐稱善，爲其賦序。……於是豪貴之家競相傳寫，洛陽爲之紙貴。」

〔二〕「七志」二句，南齊書王儉傳：「王儉，字仲寶，琅琊臨沂（今屬山東）人也。……解褐秘書郎、太子舍人，超遷秘書丞。上表求校墳籍，依七略撰七志四十卷，上表獻之。」撰得，王子安集本作「得撰」。此以七志喻指王勃文集，蓋謂七志雖爲良書，然身前無人撰序，而此序雖作，人已云亡，嘆作者無緣得覩，故謂「空撰」。

〔三〕「道或」句，此句之下，王子安集猶有「華陰楊烱撰」句。

宴族人楊八宅序〔一〕

僕聞八音繁會，合其德者宫商〔二〕；萬壑沸騰，殊其流者涇渭〔三〕。方以類聚，物以群分〔四〕。出言斯應，則四海之内可以爲兄弟〔五〕；吾道不行，則同舟之人可以成胡越〔六〕。夫俗徒擾擾，天下喧喧。風雲竭而交道衰〔七〕，勢利行而小人長〔八〕。固知深期罕遇，所以縱傾蓋之談〔九〕；高契難并，所以泣相知之晚〔一〇〕。道之存也〔一一〕，獨在兹乎！

【箋　注】

〔一〕楊八，在同族兄弟中排行第八。其人名未詳，據下文「薄游朝市」句，知其身在宦籍。又據文中

「遥遥别館，花開玉樹之宫」，望望八川，苔發璜溪（即磻溪）之水」四句，是序當作於長安附近，時在春季，年份不詳。

〔二〕「僕聞」二句，八音，八類樂器之音，見下注。宫、商，代指宫、商、角、徵、羽五聲。周禮春官大師：「大師掌六律六同，以合陰陽之聲。……皆文之以五聲宫、商、角、徵、羽，皆播之以八音金、石、土、革、絲、木、匏、竹。」

〔三〕「萬壑」二句，殊其流，謂渭清涇濁，見前送鄭州周司功詩注。

〔四〕「方以」二句，周易繫辭上：「方以類聚，物以群分，吉凶生矣。」韓康伯注：「方有類，物有群，則有同有異，有聚有分。順其所同則吉，乖其所趣則凶，故吉凶生矣。」孔穎達正義：「方謂法術，性行以類共聚，同方者則同聚也。物謂物色，群黨共在一處，而與他物相分别。」

〔五〕「出言」二句，斯應，有所回應，表示贊同。論語顔淵：「子夏曰：『……君子敬而無失，與人恭而有禮，四海之内皆兄弟也。』」

〔六〕「吾道」二句，論語公冶長：「子曰：道不行，乘桴浮於海，從我者其由與。」此謂道不相同。説苑卷五貴德：「魏武侯浮西河而下中流，顧謂吴起曰：『美哉！河山之固也，此魏國之寶也。』吴起對曰：『在德不在險。昔三苗氏左洞庭，右彭蠡，德義不修，而禹滅之。夏桀之居，左河濟，右太華，伊闕在其南，羊腸在其北。修政不仁，湯放之。殷紂之國，左孟門而右太行，常山在其北，太河經其南。修政不德，武王伐之。由此觀之，在德不在險。若君不修德，船中之人盡敵國也。』武侯曰：『善。』」胡越，胡在北，越在南，謂相去遼遠，彼此相背。

〔七〕「風雲」句，風雲，喻地位、權力。交道衰，後漢書王丹傳：「交道之難，未易言也。世稱管、鮑，次則王、貢。張、陳凶其終，蕭、朱隙其末，故知全之者鮮矣。」李賢注：「張耳、陳餘初爲刎頸交，後搆隙。耳後爲漢將兵，殺陳餘於泜水之上。蕭育字次君，朱博字子元，二人爲友，著聞當代，後有隙不終，故時以交爲難。并見前（漢）書。」

〔八〕「勢利」句，小人長，謂小人道長。周易否卦：「小人道長，君子道消也。」

〔九〕「固知」二句，深期，深相期許，謂交誼極深。傾蓋，史記鄒陽列傳：「有白頭如新，傾蓋如故。」索隱引服虔云：「如吴（季）札、鄭僑也。按家語，孔子遇程子於途，傾蓋而語。又志林云：傾蓋者，道行相遇，軿車對語，兩蓋相切小欹之義，故曰傾也。」後漢書朱樂何列傳論曰：「紵衣傾蓋，彈冠結綬之夫，遂隆其好。」李賢注：「傾蓋，謂駐車交蓋也。」

〔一〇〕「高契」二句，高契，極相契合。難并，難同時出現，與上句「罕遇」義同。古人以相知、相見恨晚之事甚多。如史記魏其武安侯列傳：「灌夫亦倚魏其（竇嬰）而通列侯宗室，爲名高。兩人相爲引重，其游如父子然相得，歡甚無厭，恨相知晚也。」又如後漢書第五倫傳：「倫始以營長詣郡尹鮮于褒，褒見而異之，署爲吏。後褒坐事，左轉高唐令，臨去，握倫臂訣曰：『恨相知晚。』」又同書王允傳：「趙戩，字叔茂，長陵人，性質正多謀。初平中，爲尚書典選舉，董卓數欲有所私授戩，輒堅拒不聽，言色强厲。卓怒，召將殺之，衆人悚栗，而戩辭貌自若。卓悔謝，釋之。

長安之亂，客於荆州，劉表厚禮焉。及曹操平荆州，乃辟之，執戩手曰：『恨相見晚。』」

〔一二〕存，全唐文卷一九一作「行」。

楊八官金木精靈〔一〕，山河粹氣。一門九龍之紱冕〔二〕，四世五公之緒秩〔三〕。天資學業，口談夫子之文；日用温良，身佩先王之德。獨遊山水，高步煙霞。諸侯聞之而願交，三公禮之而争辟。暫同流俗，薄遊朝市。人倫賞鑑，同推郭泰之名〔四〕；好事相趨，畢詣揚雄之宅〔五〕。爾其年光六合，草色三春〔六〕。膏雨零於山原，和風滿於城闕。遥遥别館，花開玉樹之宫〔七〕；望望八川，苔發璜溪之水〔八〕。當此時也，披雲霧，傲松喬〔九〕，坐忘樽酒之間〔一〇〕，戰勝形骸之外。雕蟲壯思，則符彩驚人〔一一〕；非馬高談〔一二〕，則鏗鏘滿聽。亹亹然信天下之奇賞，陶陶然誠域中之樂事。若使陳、雷可作，攝齊於廊廡之間〔一三〕；管、鮑再生，擁篲於高門之外〔一四〕。蓋因文會〔一五〕，共記良遊，人賦一言，同裁四韻〔一六〕。

【箋　注】

〔一〕「楊八官」句，孔子家語卷六五帝：「昔少皞氏之子有四叔，曰重、曰該、曰修、曰熙，實能金木及水。使重爲勾芒，該爲蓐收，修及熙爲玄冥。」宋范祖禹帝學卷一引此，謂勾芒爲金正，蓐收爲木正，玄冥爲水正。此「金木」代指金、木、水、火、土（即辰星、太白、熒惑、歲星、填星）五星，謂楊八爲星精下凡，有如少皞氏之子，能擔當大任。

〔二〕「一門」句，北齊書王昕傳：「王昕字元景，「母清河崔氏，學識有風訓，生九子，并風流蘊籍，世號『王氏九龍』」。紱冕，紱爲繫官印之絲帶，冕爲禮帽，此代指做官。蓋楊八兄弟甚多且皆從宦，故以「王氏九龍」爲喻。

〔三〕「四世」句，後漢書楊震傳：「楊震字伯起，弘農華陰人也。……自震至彪，四世太尉，德業相繼。」四世，指楊震及其子秉、孫賜、曾孫彪。五公，上述四世加楊震玄孫、楊彪子楊修。緒秩，後裔。「世」原作「代」，避太宗諱，徑改。

〔四〕「人倫」二句，東漢郭泰善人倫，已見上文注。

〔五〕「畢詣」句，揚雄之宅，謂清貧。漢書揚雄傳：「家産不過十金，乏無儋石之儲，晏如也。」

〔六〕「爾其」二句，年光，一年之好光景。何遜渡連圻：「客子行行倦，年光處處華。」六合，謂普天之下，前文已注。草色，英華卷七〇九作「常邑」，於「常」下注：「疑。」按「常邑」不詞，當爲「草色」漫漶而形訛。

〔七〕「遥遥」二句，别館（即離宫）、玉樹之宫，當指甘泉宫。三輔黄圖卷二漢宫甘泉宫：「甘泉宫，一曰雲陽宫。……關輔記曰：『林光宫，一曰甘泉宫，秦所造，……故甘泉山，宫以山爲名。』……今按甘泉谷北岸有槐樹，今謂玉樹。根幹盤峙，三二百年木也。楊震關輔古語云：耆老相傳，咸以謂此樹即揚雄甘泉賦所謂『玉樹青葱』也。」甘泉宫故址，在漢雲陽縣甘泉山，即今陝西淳化縣甘泉山。

〔八〕「望望」二句，八川，文選司馬相如上林賦：「蕩蕩乎八川分流，相背而異態。」李善注引潘岳關中記曰：「涇、渭、灞、滻、豐、鎬、潦、潏，凡八川。」璜溪，即磻溪。太平御覽卷八三四引尚書大傳曰：「周文王至磻溪，見吕望釣。文王拜之尚父。望釣得玉璜，刻曰：『周受命，吕佐昌。德合於今，昌來提。』」故後人稱磻溪爲璜溪。杜甫奉贈太常張卿垍二十韻：「幾時陪羽獵，應指釣璜溪。」可參讀。水經注渭水：「渭水之右，磻溪水注之。水出南山兹谷，乘高激流，注於溪中。溪中有泉，謂之兹泉，泉水潭積，自成淵渚，即吕氏春秋所謂『太公釣兹泉』也，今人謂之丸谷。……其水清泠神異，北流十二里，注於渭。」溪在今陝西寶雞市東南。

〔九〕「傲松喬」句，松、喬，指赤松子、王子喬，傳説中古代仙人。列仙傳卷上：「赤松子者，神農時雨師也。服水玉以教神農，能入火自（或作「不」）燒。往往至崑崙山上，常止西王母石室中，隨風雨上下。」同上王子喬：「王子喬者，周靈王太子晉也。……道士浮丘公接以上嵩高山。三十餘年後，求之於山上，見柏良曰：『告我家，七月七日待我於緱氏山巔。』至時果乘白鶴駐山頭。」句謂此景此情，令人心曠神怡，神仙不足慕也。

〔一〇〕「坐忘」句，莊子大宗師：「墮枝體，黜聰明，離形去知，同於大通，此謂坐忘。」郭象注：「夫坐忘者，奚所不忘哉！既忘其迹，又忘其所以迹者。内不覺其一身，外不識有天地，然後曠然與變化爲體，而無不通也。」

〔一一〕「雕蟲」二句，揚雄法言吾子：「或問：『吾子少而好賦？』曰：『然。童子雕蟲篆刻。』俄而曰：『壯夫不爲也。』」後謔稱作詩賦爲「雕蟲」，謂文字雕琢，而内容小巧。此指宴族人時所作「四韻詩」。符彩，光彩。兩句謂諸人詩思甚壯，讀來驚人耳目。

〔一二〕「非馬」句，莊子齊物論：「以指喻指之非指，不若以非指喻指之非指也；以馬喻馬之非馬，不若以非馬喻馬之非馬也。天地一指也，萬物一馬也。」郭象注以爲「反覆相喻，則彼之與我既同於自是，又均於相非。均於相非，則天下無是；同於自是，則天下無非」。因此，「天地萬物各當其分，同於自得，而無是無非也」。此指相聚清談。

〔一三〕「若使」二句，陳、雷，指陳重、雷義。據後漢書陳重、雷義二傳，陳重字景公，豫章宜春人，雷義字仲公，同郡鄱陽（今皆屬江西）人。二人「爲友，俱學魯詩、顔氏春秋，太守張雲舉重孝廉，重以讓義，前後十餘通記，雲不聽。義明年舉孝廉，重與俱在郎署」。二人皆喜行義，常代人受過。義舉茂才，讓於陳重，刺史不聽，義遂佯狂被髮走，不應命。鄉里爲之語曰：「膠漆自謂堅，不如雷與陳。」三府同時俱辟二人。攝齊，論語鄉黨：「攝齊升堂，鞠躬如也，屏氣似不息者。」何晏集解引孔（安國）曰：「皆重慎也。衣下曰齊，攝齊者，摳衣也。」摳衣，即提衣，謂極恭敬。兩句言族人間親情、友情甚深，非陳重、雷義可比。

〔一四〕「管、鮑」二句，史記管晏列傳：「管仲夷吾者，潁上人也，少時常與鮑叔牙游。……已而鮑叔事齊公子小白，管仲事公子糾。及小白立，爲桓公，公子糾死，管仲囚焉。鮑叔遂進管仲。管仲既用，任政於齊，齊桓公以霸。」擁篲，史記孟子荀卿列傳：「（騶衍）如燕，昭王擁彗先驅。」索隱：「彗，帚也。謂爲之埽地，以衣袂擁帚而卻行，恐塵埃之及長者，所以爲敬也。」篲、彗同。兩句與上兩句同義。

〔一五〕「蓋因」句，蓋，通「盍」，相當於「何不」。宴會作詩，故稱「文會」。

〔一六〕「人賦」二句，一言，即一句；四韻，謂八句。則所序當爲聯句律詩。

送東海孫尉詩序〔一〕

東川孫尉〔二〕，文章動俗，符彩射人。官裁下士，宣大夫之三德〔三〕；運偶上皇，作東南之一尉。庸才擾擾，流俗喧喧。談遠近爲等差，叙中外爲優劣〔四〕。殊不知三元合朔，九州同軌〔五〕。蓬瀛可訪，還疑上苑之中〔六〕；日月不占，更似靈臺之下〔七〕。彼其之子〔八〕，未爲後時；凡我友朋，無勞疑别。徒以士之相見，人之相知，必欲軒蓋逢迎，朝遊夕處；亦常煙波阻絶，風流雨散〔九〕。

【箋　注】

〔一〕東海，縣名。元和郡縣志卷一一海州東海縣：「本漢贛榆縣地，俗謂之鬱州，亦謂之田横島。

宋明帝失淮北地，乃於鬱州上僑立青州。地後入魏，魏改青州爲海州，又於此置臨海鎮。高齊廢臨海鎮，周武帝復置東海縣，後遂因之。」縣今屬江蘇連雲港市。序稱「作東南之一尉」，與之相合。孫尉，名未詳，東川（梓州）人，而據序末「夕望牽牛，余候乘槎之客」句，知當作於楊炯武后垂拱間爲梓州司法參軍時，具體時間不詳。

〔二〕東川，即梓州。元和郡縣志卷三三梓州：「今爲東川節度使理（治）所。」地即今四川三臺縣，孫尉當爲此地人。

〔三〕「官裁」二句，裁，通「才」。下士，古代官名。通典卷一九禄秩：「周制：自天子至下士，凡六等。……下士與庶人在官者同。」漢書王莽傳：「更名秩百石曰庶士，三百石曰下士。」據上引元和郡縣志，東海縣爲上縣。考唐六典卷三〇，諸州上縣「尉二人，從九品下」。則縣尉爲初級官，接近下士。三德，尚書皋陶謨：「皋陶曰：『都！亦行有九德。……』禹曰：『何？』皋陶曰：『寬而栗，柔而立，愿而恭，亂而敬，擾而毅，直而温，簡而廉，剛而塞，彊而義，彰厥有常吉哉！日宣三德，夙夜浚明有家。』」僞孔傳：「三德，九德之中有其三。宣，布。夙，早。浚，須也。卿大夫稱家。言能日日布行三德，早夜思之，須明行之，可以爲卿大夫。」兩句言孫尉官卑而德厚。

〔四〕「談遠近」二句，謂唐代官場重内輕外。舊唐書韋思謙傳：「竊見朝廷物議，莫不重内官，輕外職，每除授牧伯，皆再三披訴。比來所遣外任，多是貶累之人，風俗不澄，實由於此。」此風中唐以後尤盛。詩話總龜卷三志氣門引談苑：「長安舊以不歷臺省使出鎮廉訪節鎮者爲粗官，大率重内而輕外。今東都（開封）乾元門，舊宣武軍鼓角門，節度王彦威（引者按：元和時人，兩唐書有傳）有詩刻其上云：『天兵十萬勇如貔，正是酬恩報國時。汴水波濤喧鼓角，隋堤楊柳拂旌旗。前驅紅旆關西將，坐間青娥趙國姬。寄語長安舊冠蓋，粗官到底是男兒。』彦威自太常博士出辟使府，至茲鎮，故有是句，至今不知所在。薛能亦有謝寄茶詩云：『粗官寄與真抛擲，賴有詩情合得嘗。』」唐音癸籤卷二六談叢二：「唐人仕宦，每重内輕外，如領郡輒無色。『欲把一麾江海去』，見諸詩不一。至州縣親民吏，尤視爲輕，銓曹不甚加意。薛保遜有文云：『嘗於灞上逆旅見數物象人，詰之，口輒動，皆云江淮、嶺表州縣官也。』嗚呼！天子生民，爲此輩笞撻，治之不古，此尤其大端歟。』」

〔五〕「殊不知」二句，三元，即元日。初學記卷四歲時部下元日引玉燭寶典曰：「正月爲端月，其一日爲元日，亦云上日，亦云正朝，亦云三元，亦云三朔。」「三元」下原注曰：「歲之元時之元月之元。」所謂「三朔」，原注引尚書大傳云：「夏以平明爲朔，殷以雞鳴爲朔，周以夜半爲朔。」古代帝王立國之初，必先定正朔。「三元合朔」，謂三朔合而爲一，天下已大一統。九州同軌，史記秦始皇本紀：「車同軌，書同文字。」義與上句同，皆謂國家統一。

〔六〕「蓬瀛」二句，史記秦始皇本紀：「齊人徐市等上書，言海中有三神山，名曰蓬萊、方丈、瀛洲，仙人居之。」上苑，即上林苑，秦建，漢武帝擴建，以供天子春秋畋獵之用。地在今陝西長安、周至

（舊作「盩厔」）、户縣（舊作「鄠縣」）界。二句謂訪海外仙山，近如游上林苑。

〔七〕「日月」二句，謂天下太平，外出不必占卜行期，亦如已卜一般。靈臺，國家掌天文、曆象之機構，見渾天賦注。

〔八〕「彼其」句，詩經王風揚之水：「彼其之子，不與我戍申。」鄭玄箋：「之子，是子也。彼其是子。」

〔九〕「亦常」二句，煙波，謂朋友被山水阻隔，不能相見。謝朓謝宣城集卷四附蕭記室餞謝文學：「執手無還顧，别渚有西東。荆吴渺何際，煙波千里通。」風流，王粲贈蘇子篤詩：「風流雲散，一别如雨。」

去矣孫侯，遠離隔矣！但當晨看旅鴈，君逢繫帛之書〔一〕；夕望牽牛，余候乘槎之客〔二〕。未能免俗，何莫賦詩，綴集衆篇，列之如左。

【箋　注】

〔一〕「但當」二句，漢書蘇武傳：蘇武使匈奴被扣押，至漢昭帝即位，向匈奴索之。常惠教漢使者謂單于，「言天子射上林中，得鴈，足有繫帛書，言武等在某澤中」，於是蘇武等得以歸。此謂孫尉思念故鄉，每天等待書信。

〔二〕「夕望」二句，張華博物志卷一〇：有人乘槎至天河，見牽牛人，「牽牛人乃驚問曰：『何由至此？』此人具説來意，并問此是何處，答曰：『君還，至蜀郡訪嚴君平，則知之。』竟不上岸，因還如期。後至蜀，問君平，曰：『某年月日有客星犯牽牛宿。』計年月，正是此人到天河時也。」此謂我等有如蜀人嚴君平，期待孫尉歸來。

登秘書省閣詩序〔一〕

若夫麒麟鳳凰之署〔二〕，三臺四部之經〔三〕，周王群玉之山〔四〕，漢帝蓬萊之室〔五〕。觀星文而考南北，大象入於璣衡〔六〕；披帝册而質龍神，負圖出於河洛〔七〕。司先王之載籍，掌制書之典謨〔八〕。劉向沉研，揚雄寂寞之士，於兹翰墨〔九〕；馬融該博、傅毅文章之才〔一〇〕，此焉遊處。莫不出言斯善，有道則尊。黼黻其德行〔一一〕，珪璋其事業〔一二〕。心同匪石，達人千載之交〔一三〕；手握靈珠，文士一都之會〔一四〕。

【箋　注】

〔一〕秘書省，通典卷二六秘書監：「周官：太史掌建邦之六典，又有外史，掌四方之志，三皇五帝之書。漢氏圖籍所在，有石渠、石室、延閣、廣内，貯之於外府；又有御史中丞居殿中，掌蘭臺、秘書及麒麟、天禄二閣，藏之於内禁。……隋秘書省領著作、太史二曹，煬帝增置少監一人，後又改監、少監并爲令。大唐武德初，復改爲監。龍朔二年（六六二），改秘書省爲蘭臺，改監爲太史，少監爲侍郎。咸亨初復舊。天授初改秘書省爲麟臺，神龍初復舊。」秘書省閣，即秘書省之官廳。序末句「下走自强於玄晏」，知作是序時作者未仕。楊炯六歲舉童子科後，曾「齒迹」秘書省（參見附録年譜），然其時年幼，恐非作序時，故是序作年不詳。

〔二〕「若夫」句，三輔黄圖卷六閣引漢宮殿疏云：「天禄、麒麟閣，蕭何造，以藏秘書、處賢才也。」鳳凰，據三輔黄圖卷三載，漢宮有鳳凰殿，乃皇帝掖庭宮。漢書郊祀志下：神爵四年（前五八）冬，「鳳皇集上林，迺作鳳皇殿，以答嘉瑞」。則鳳凰殿與藏書無關。此當用荀勖事，指「鳳凰池」，代指晉初之中書監。晉書荀勖傳：荀勖，字公曾。魏時嘗領秘書監，整理汲郡冢中古文竹書。入晉，拜中書監，加侍中，領著作。「久之，以勖守尚書令。勖久在中書，專管機事，及失之，甚罔罔悵恨。或有賀之者，勖曰：『奪我鳳凰池，諸君賀我邪？』」又晉書職官志：「秘書監，……晉受命，武帝以秘書并中書省，其秘書、著作之局不廢。惠帝永平中（按永平不足一年，即公元二九一）復置秘書監。」

〔三〕「三臺」句，後漢書蔡邕傳：「舉高第，補侍御史。又轉持書御史，遷尚書。三日之間，周歷三臺。」又同書袁紹傳：「坐召三臺，專制朝政。」李賢注引晉書曰：「漢官，尚書爲中臺，御史爲憲臺，謁者爲外臺，是謂三臺。」此泛指朝廷。四部，指書目之經、史、子、集。通典卷二六秘書監

原注：「魏徵後爲秘書監，奏引學者校定四部書，自是秘府圖籍燦然畢備。」

〔四〕「周王」句，周王，指周穆王。穆天子傳卷二：「天子北征東還，乃循黑水。癸巳，至於群玉之山，……先王之所謂策府。」郭璞注：「言往古帝王以爲藏書册之府，所謂『藏之名山』者也。」

〔五〕「漢帝」句，後漢書竇章傳：「是時學者稱東觀爲老氏臧室，道家蓬萊山。」李賢注：「老子爲守臧史，後爲柱下史，四方所記文書皆歸柱下，事見史記。言東觀經籍多也。蓬萊，海中神山，爲仙府，幽經秘録并皆在焉。」又見初學記卷一二職官部秘書監引華嶠後漢書。

〔六〕「觀星文」二句，謂用璣衡考測星象。南北，實指東南西北二十八宿。劉向説苑卷一八辨物：「所謂二十八星者，東方曰角、亢、氐、房、心、尾、箕；北方曰斗、牛、須女、虚、危、營室、東壁；西方曰奎、婁、胃、昴、畢、觜、參；南方曰東井、輿鬼、柳、七星、張、翼、軫。所謂宿者，日月五星之所宿也。」大象，謂天象。璣衡，即旋璣玉衡，古代測天儀器，詳渾天賦注。

〔七〕「披帝册」句，帝册，帝王典册。質，考證。龍神，即龍魚。緯書説黄帝時河龍負圖授命；又云黄帝游於河洛之間，至澤鴻之泉，鱸魚負圖以授帝，詳見前幽蘭賦「昔聞」句注。

〔八〕「司先王」二句，唐六典卷一〇秘書省：「秘書監之職，掌邦國經籍圖書之事。」又通典卷二六秘書監，謂秘書監職能爲「掌經籍圖書，監國史。領著作、太史二局」。

〔九〕「劉向」二句，漢書劉向傳：劉向，字子政，宗室子。成帝河平三年（前二六），領校中五經秘書，與其子歆同時受詔校書秘閣，每校定一書，皆有叙録。又同書揚雄傳：揚雄字子雲，蜀郡成都人。嘗校書天禄閣，「上治獄事，使者來，欲收雄，雄恐不能自免，廼從閣上自投下，幾死。……京師爲之語曰：『惟寂寞，自投閣。爰清静，作符命。』」「於兹翰墨」，謂在秘閣校書。

〔一〇〕「馬融」句，後漢書馬融傳：馬融，字季長，扶風茂陵人也。博通經籍。拜爲校書郎中，詣東觀典校秘書。滯於東觀十年，不得調。後拜議郎，重在東觀著述，以病去官。才高博洽，爲世通儒，教養諸生，常有千數，涿郡盧植、北海鄭玄，皆其徒也。著三傳異同説，注孝經、論語、詩、易、三禮、尚書、列女傳、老子、淮南子、離騷。所著賦、頌、碑、誄、書記、表奏、七言琴歌、對策、遺令，凡二十一篇。同上書傅毅傳：傅毅，字武仲，亦爲扶風茂陵人。少博學。建初中，肅宗博召文學之士，以毅爲蘭臺令史，拜郎中，與班固、賈逵共典校書。著有詩、賦、誄、頌、祝文、七激、連珠凡二十八篇。才，四子集作「儔」。

〔一一〕「黼黻」句，禮記月令季夏之月：「是月也，命婦官染采，黼黻文章必以法。」孔穎達正義：「白與黑謂之黼，黑與青謂之黻，青與赤謂之文，赤與白謂之章。」此黼黻用如動詞，謂以文彩潤飾德行。

〔一二〕「珪璋」句，詩經大雅卷阿：「顒顒卬卬，如珪如璋，令聞令望。」鄭玄箋：「王有賢臣與之以禮義相切瑳，……如玉之珪璋也。人聞之則有善聲譽，人望之則有善威儀，德行相副。」按：珪、璋，皆玉製品，古代用作禮器。珪，其上爲三角形，下端爲方形。半珪爲璋。此亦用如動詞。

〔一三〕「心同」二句，詩經邶風柏舟：「我心匪石，不可轉也。我心匪席，不可卷也。」毛傳：「石雖堅，尚可轉；席雖平，尚可卷。」鄭玄箋云：「言己心志堅平，過於石、席。」此謂如劉向、揚雄、馬融、傅毅之徒，其於秘閣校書，志向堅確，故稱之爲「達人」。千載之交，謂與古人神交。

〔一四〕「手握」二句，文選曹植與楊德祖書：「當此之時，人人自謂握靈蛇之珠，家家自謂抱荆山之玉。」李善注：「淮南子曰：『隨侯之珠。』高誘曰：『隨侯見大蛇傷斷，以藥傅而塗之。後蛇於大江中銜珠以報之，因曰隨侯之珠。』」呂向注：「言人皆自以其才如玉也。」此謂文士多才，秘閣乃其會聚之所。

陶陰寡務〔一〕，紬素多閑〔二〕。命蘭芷之君子〔三〕，坐芸香之秘閣〔四〕。徒觀其重欄四絶，閣道三休〔五〕。紅梁紫柱，金鋪玉碣〔六〕。平看日月，唐都之物候可知〔七〕；坐望山川，裴秀之輿圖在即〔八〕。虹蜺爲之回帶，寒暑由其隔閡〔九〕。豈直崑崙十二〔一〇〕，瀛海千尋〔一一〕；西州有百尺之樓〔一二〕，東國有千秋之觀〔一三〕。

【箋注】

〔一〕「陶陰」句，陶陰，原作「陶泓」。英華卷七一五於「泓」下校：「集作陰。」今按：「陶泓」一詞，首出韓愈毛穎傳，謂硯也，初唐前無其語。北堂書鈔卷一〇一藝文部刊校謬誤「以陶爲陰」條引劉歆七略云：「古文或誤，以『典』爲『與』，以『陶』爲『陰』，如此類多。」則「陰」爲「陶」之錯字，作「泓」乃後人妄改。英華所校集本是，兹據改。「陶陰」即以「陶」爲「陰」，此用如動詞，指校勘辨正文字。陶陰寡務，謂校勘書籍，其事不多。通典卷二六秘書監：「秘書省但主書寫勘校而已，雖非要劇，然好學君子亦求爲之。」

〔二〕「紬素」句，紬，粗綢；素，原色之生帛，古代用以書寫，後世代指紙張。紬素多閑，謂寫作任務不重，與上句義同。

〔三〕「命蘭芷」句，楚辭東方朔七諫沉江：「明法令而修理兮，蘭芷幽而有方。」王逸注蘭芷喻「幽隱之士」。

〔四〕「坐芸香」句，初學記卷一二秘書監「芸臺」引魚豢典略曰：「芸臺香，辟紙魚蠹，故藏書臺稱芸臺。」

〔五〕「閣道」句，閣道，指宫中所修複道，如今之天橋，見前和騫右丞省中暮望詩注。三休，謂休息多次方能登上，極言其高，此言其長。賈誼新書退讓篇：「（楚王）饗客於章華之臺，上者三休，而乃至其上。」

〔六〕「金鋪」句，文選左思蜀都賦：「金鋪交映，玉題相暉。」劉淵林注：「金鋪，門鋪首，以金爲之。」張銑注：「金鋪，門上飾，以金爲之。」按：鋪，即金屬所製獸面，用以銜門環。玉碣，「碣」原作「鳴」，據英華改。文選張衡西京賦：「雕楹玉碣。」李善注引廣雅曰：「碣，礩也。」即柱下礎石。

〔七〕「平看」二句，唐都，漢代星象學家，見前渾天賦注。候，原作「侯」，據英華、全唐文卷一九一改。

〔八〕「坐望」二句，晉書裴秀傳：「裴秀，字季彦，河東聞喜（今屬山西）人。」「以秀爲司空。秀儒學洽聞，且留心政事。……又以職在地官，以禹貢山川地名，從來久遠，多有變易，後世説者或彊牽引，漸以暗昧。於是甄擿舊文，疑者則闕，古有名而今無者，皆隨事注列，作禹貢地域圖十八篇。奏之，藏於秘府。」

〔九〕「虹蜺」二句，文選班固西都賦：「軼雲雨於太半，虹霓回帶於棼楣。」張銑注：「雄曰虹，雌曰霓。楣，檻也。言此臺高，而上升三分，過雲雨之上。虹霓回帶於棼楣，言縈曲若佩帶於椽檻。」又同書左思吴都賦：「寒暑隔閡於邃宇，虹蜺回帶於雲館。」劉淵林注：「寒暑所閡，謂冬温夏涼。」李周翰注：「言宫室深邃，冬則寒氣隔而不入，夏則熱氣閡而不來。雲館，館名。言此館至高，虹蜺之氣繞帶於傍也。迴，繞也。」

〔一〇〕「豈直」句，太平御覽卷三八崑崙山引河圖括地象曰：「崑崙之墟，有五城十二樓，河水出焉，四維多玉。」

〔一一〕「瀛海」句，史記秦始皇本紀：「齊人徐市等上書言：『海中有三神山，名曰蓬萊、方丈、瀛洲，仙人居之。』」同上封禪書：「此三神山者，其傳在渤海中，……蓋嘗有至者，諸仙人及不死之藥皆在焉。其物禽獸盡白，而黄金銀爲宫闕。」莊子秋水：「夫（海）千里之遠，不足以舉其大；千仞之高，不足以極其深。」

〔二〕「西州」句，西州，此指成都。百尺之樓，指張儀樓。明曹學佺蜀中廣記卷二成都府二：「任豫益州記曰：『諸樓年代既久，榱棟非昔。惟西門一樓，雖有補葺，張儀時舊迹猶存。』古今集記云：『張儀樓，高百尺。初，張儀築城雖因神龜，然亦順江山之形，以城勢稍偏，故作樓以定南北。』李膺記曰：『成都有百尺樓，後名爲白菟樓也。』晉張載登成都白菟樓詩：『重城結曲阿，飛宇起層樓。累棟出雲表，嶢嶭臨太虛。高軒啟朱扉，迴望暢八隅。……』」

〔三〕「東國」句，東國，文選劉孝標廣絶交論：「郭有道人倫東國。」李善注：「東國，洛陽也。」此以洛陽代指東漢。千秋之觀，當即千秋亭，東漢光武帝即位處。後漢書光武帝紀一上：「群臣因復奏曰：『受命之符，人應爲大。……宜答天神，以塞群望。』光武于是命有司設壇場于鄗南千秋亭五成陌。六月己未，即皇帝位。」李賢注：「其地在今趙州柏鄉縣。」元和郡縣志卷一七趙州柏鄉縣：「高邑故城，在縣北二十一里，本漢鄗縣也。漢世祖廟，一名壇亭，縣北十四里，鄗縣故城南七里，即世祖即位之千秋亭也，後于此立廟。」「豈直」至「東國」四句，謂秘書省閣壯麗無與倫比，崑崙十二樓、三神山宮闕等皆不足道。

于時五行金王〔一〕，八月秋分。風生閶闔之門〔二〕，日在中衡之道〔三〕。煙雲悽慘，白露下而四郊空；林野蒼茫，青天高而九州迴。登山臨水，無非宋玉之詞〔四〕；高閣連雲，有似安仁之興〔五〕。列芳饌，命雕觴。扼腕抵掌，劇談戲笑〔六〕。假使神仙可得，自蔑松、喬〔七〕；富貴在天，終輕許、史〔八〕。閒之以博奕〔九〕，中之以詠歌，陶陶然樂在其中矣〔一〇〕！登高而賦，群公陳力於大夫〔一一〕；聞善若驚，下走自强於玄晏〔一二〕。輕爲序引，綴在辭章。

【箋注】

〔一〕「于時」句，金王，謂以五行之金德王，指秋季。淮南子天文訓：「西方金也，其帝少昊，其佐蓐收，執矩而治秋。」高誘注：「少昊，黄帝之子青陽也。以金德王，號曰金天氏，死託祀於西方之帝。」

〔二〕「風生」句，淮南子墜形訓：「西方曰西極之山，曰閶闔之門。」高誘注：「西方八月建酉，萬物成濟，將可及收斂。閶，大也；闔，閉也。大聚萬物而閉之，故曰閶闔之門。」此言西風生。

〔三〕「日在」句，古代用璇璣七衡六間測日。衡，乃璇璣上之横管，用以觀測日月星辰之位置。周髀算經卷下之一：「春分、秋分，日在中衡。春分以往，日益北五萬九千五百里而夏至；秋分以往，日益南五萬九千五百里而冬至。」此指秋分。

〔四〕「登山」二句，宋玉之詞，指宋玉九辯，其曰：「悲哉！秋之爲氣也。蕭瑟兮，草木摇落而變衰。憭栗兮，若在遠行；登山臨水兮，送將歸。」

〔五〕「高閣」二句，安仁，即潘岳。晉書潘岳傳：潘岳，字安仁，滎陽中牟（今屬河南）人。舉秀才，歷著作郎，轉散騎侍郎，爲長安令。諂事賈謐，爲謐「二十四友」之首。至趙王倫輔政，中書令孫秀「誣岳及石崇、歐陽建謀奉淮南王允、齊王冏爲亂，誅之，夷三族」。安仁之興，指其所作秋興賦，序有「高閣連雲，陽景罕曜」之句。

〔六〕「扼腕」二句，文選左思吴都賦：「劇談戲論，扼腕抵掌。」劉淵林注：「劇，甚也。鬼谷先生書有抵戲篇。桓譚七説曰：『戲談以要譽。』張儀傳曰：『天下之士，莫不扼腕以言。』戰國策曰：『蘇秦説趙王於華屋之下，抵掌而言。』皆談説之客也。」李周翰注：「抵，擊也。」

〔七〕「假使」二句，松、喬，指赤松子、王子喬，傳説爲古代仙人，見前宴族人楊八宅序「傲松喬」句注。兩句謂若能成仙，而又有登省閣之樂，當蔑視赤松子、王子喬。

〔八〕「富貴」二句，論語顔淵：「死生有命，富貴在天。」許史，文選左思詠史詩八首之四：「朝集金張館，暮宿許史廬。」李善注引漢書：「孝宣許皇后，元帝母，元帝封外祖父廣漢爲平恩侯。」又曰：「史良娣，宣祖母也，兄恭。宣帝立，恭已死，封恭長子高爲樂陵侯。」今按：分别見漢書元帝紀及史丹傳。兩句謂若天命使致富貴，則許、史之流不在話下。

〔九〕「間之」句，博奕，論語陽貨：「子曰：飽食終日，無所用心，難矣哉！不有博弈者乎？爲之猶賢乎已。」邢昺疏：「博，説文作簙，局戲也，六箸十二棊也。……圍棊謂之弈。」奕弈通。

〔一〇〕「陶陶然」句，詩經王風君子于役：「君子陶陶。」毛傳：「陶陶，和樂貌。」

〔一一〕「登高」二句，漢書藝文志：「傳曰：不歌而誦謂之賦。登高能賦，可以爲大夫。」論語季氏：「孔子曰：求！周任有言曰：陳力就列，不能者止。」何晏集解引馬融曰：「周任，古之良史。」

言當陳其才力，度己所任，以就其位，不能則當止。」

〔三〕「下走」句，下走，作者謙詞。文選阮籍詣蔣公：「辟書始下，下走爲首。」李善注引司馬遷書（按指報任少卿書）曰：「太史公牛馬走。」又引應劭漢書注：「走，僕也。」晉書皇甫謐傳：皇甫謐，字士安，幼名静，安定朝那（今甘肅靈臺）人，漢太尉嵩之曾孫也。「居貧，躬自稼穡，帶經而農，遂博綜典籍百家之言。沉静寡欲，始有高尚之志，以著述爲務，自號玄晏先生。」「不仕，耽玩典籍，忘寢與食，時人謂之『書淫』。」此乃作者自況，謂欲學皇甫謐。

崇文館宴集詩序〔一〕

天下之器也神，立武者所以經其化〔二〕；聖人之寶也大，建儲者所以贊其庸〔三〕。易所謂照於四方〔四〕，禮所謂貞於萬國〔五〕。皇家以中樞北極，清都有天子之宫〔六〕；儲后以大火前星，蒼震有乾男之位〔七〕。因心也孝，常問安於寢門〔八〕；行己也恭，每不絶於馳道〔九〕。有父子君臣之道焉，有夏干冬羽之事焉〔一〇〕。於是發德音，降明詔，封紫泥於璽禁〔一一〕，傳墨令於銀書〔一二〕。齒於成均，所以明其長幼〔一三〕；通於博望，所以昭其賓客〔一四〕。東方曼倩之文史，即預禖祠〔一五〕；用里先生之羽翼，仍參獻壽〔一六〕。

【箋　注】

〔一〕崇文館之來歷，通典卷三〇職官東宮官述之曰：「魏文帝始置崇文觀，以王肅爲祭酒，其後無聞。貞觀中，置崇賢館，有學士、直學士員，掌經籍圖書，教授諸王，屬左春坊。龍朔二年（六六二），改司經局爲桂坊，管崇賢館，而罷隸左春坊，兼置文學四員，司直二員。司直正七品上，職爲東宮之憲司，府門北向，以象御史臺也。其後省桂坊，而崇賢又屬左春坊。後沛王賢爲皇太子，避其名，改爲崇文館，其學士例與弘文館同。」唐六典卷二六崇文館：「崇文館學士掌刊正經籍圖書，以教授諸生。其課試舉送，如弘文館。校書掌校理四庫書籍，正其訛謬。」有學生二十人。東都崇文館，通典卷五三大學載：「龍朔二年，東都……置弘文館於上臺，生徒三十人；置崇文館於東宮，生徒二十人。」原注：「皆以皇族緦麻以上親，皇太后、皇后大功以上親，散官一品、中書門下平章事六尚書、功臣身食實封者、京官職事正三品、供奉官三品子孫，京官職事從三品、中書黄門侍郎子孫爲之，并尚書省補。」據唐六典卷四尚書禮部載：「其弘文、崇文館學生雖同明經、進士，以其資廕全高，試取粗通文義。」按楊炯應制舉後補弘文館校書郎，後又於永隆二年（六八一）由薛元超薦爲崇文館學士，遷太子詹事府司直。序中言「預群公之末坐」，似當在任崇文館學士後不久。

〔二〕「天下」二句，天下之器，舊題周鬻熊鬻子：「仁與信，和與道，帝王之器。」唐逄行珪注：「四者帝王有天下之器，所以樂用也。苟有違之，而天下離叛，非其所有也。」此指帝王統治之道，因極抽象，故曰「神」。立貳，確定繼承人，即立太子。經其化，謂由太子延續統治。經，長久也。

〔三〕「聖人」二句，周易繫辭下：「天地之大德曰生，聖人之大寶曰位。」建儲，確定副君，亦即立太子。建立儲副，以輔助皇帝，故謂「贊其庸」。贊，輔佐；庸，用也。

〔四〕「易所謂」句，周易離卦象曰：「明兩作離，大人以繼明照於四方。」王弼注：「繼謂不絕也。明照相繼，不絕曠也。」孔穎達正義曰：「明兩作離者，離爲日，日爲明。今有上下二體，故云明兩作離也。」

〔五〕「禮所謂」句，禮記文王世子：「父子君臣長幼之道得，而國治。語曰：樂正司業，父師司成，一有元良，萬國以貞，世子之謂也。」鄭玄注：「司，主也。一，一人也。元，大也。良，善也。貞，正也。」貞於萬國，謂全國皆行正道。

〔六〕「皇家」二句，晉書天文志上：「北極，北辰最尊者也，其紐星，天之樞也。天運無窮，三光迭耀，而極星不移，故曰『居其所而衆星共之』。」列子周穆王：「清都、紫微，鈞天、廣樂，帝之所居。」張湛注：「清都、紫微，天帝之所居也。」據史記天官書，北極紫微宫，乃「太一常居也」，故其象爲人間「天子之宫」。

〔七〕「儲后」二句，儲后，即太子。漢書五行志第七上：「心爲大火。」同書五行志第七下之下：「心，大星，天王也。其前星，太子；後星，庶子也。尾爲君臣乖離。」蒼震，「蒼」指蒼色。乾男，指皇帝長子。周易震卦象曰：「可以守宗廟、社稷以爲祭主也。」韓康伯注：「明所以堪長子之義也。」同書說卦：「震爲雷，爲龍，……爲長子，……爲蒼筤竹。」陸德明音義：「筤音郎，或作琅，通。」孔穎達正義：「此一節廣明震象爲玄黄，取其相雜而成蒼色也。……爲蒼筤竹，竹初生之時色蒼，筤，取其春生之美也。」按蔡邕獨斷卷下：「易曰『帝出於震』。震者，木也，言宓犧氏始以木德王天下也。」

〔八〕「因心」二句，因心，詩經大雅皇矣：「因心則友，則友其兄。」毛傳：「因，親也。」孔穎達正義：「言其有親親之心。」常問，禮記文王世子：「文王之爲世子，朝於王季，日三。雞初鳴而衣服，至於寢門外，問内竪之御者，曰：『今日安否何如？』内竪曰：『安。』文王乃喜。及日中又至，亦如之。及莫又至，亦如之。」鄭玄注：「孝子恒兢兢。」

〔九〕「行己」二句，論語公冶長：「子謂子産有君子之道四焉：其行己也恭，其事上也敬，其養民也惠，其使民也義。」馳道，漢書成帝紀：「孝成皇帝，元帝太子也。……帝爲太子，壯好經書，寬博謹慎。初居桂宫，上嘗急召，太子出龍樓門，不敢絶馳道，西至直城門，得絶，乃度，還入作室門。上遲之，問其故，以狀對。上大説，乃著令令太子得絶馳道云。」注引應劭曰：「馳道，天子所行道也，若今之中道。」顔師古注：「絶，横度也。」

〔一〇〕「有夏干」句，禮記文王世子：「凡學，世子及學士必時。春夏學干戈，秋冬學羽籥，皆於東序。」鄭玄注：「干，盾也；戈，句孑戟也。干戈萬舞，象武也，用動作之時學之。羽籥籥舞，象文也，用安静之時學之。」

〔一二〕「封紫泥」句，漢衛宏漢官舊儀：「皇帝六璽，皆白玉螭虎紐。……皆以武都紫泥封青布囊。」又蔡邕獨斷卷上：「璽者，印也；印者，信也。天子璽以玉螭虎紐。……秦以來，天子獨以印稱璽，又獨以玉，群臣莫敢用也。」元和郡縣志卷三九武州將利縣：「武都有紫水，泥亦紫。漢朝封璽書用紫泥，即此水之泥也。」

〔一三〕「傳墨令」句，宋書禮志二：「皇太子夜開諸門，墨令、銀字棨傳令信。」

〔一三〕「齒於」二句，禮記文王世子：「行一物而三善皆得者，唯世子而已，其齒於學之謂也。」鄭玄注「齒」爲「齒讓」。孔穎達正義：「世子齒於學者，唯在學受業時，與國人齒若朝會。」按：齒指年齡，齒讓，謂文王雖爲世子，而在學時以年齒長幼相讓，與國人同。成均，周禮春官大司樂：「掌成均之法，以治建國之學政，而合國之子弟焉。」鄭玄注引董仲舒云：「成均，五帝之學。」

〔一四〕「通於」二句，漢書武五子傳：「戾太子（劉）據，元狩元年（前一二二）立爲皇太子，年七歲矣。初，上年二十九乃得太子，甚喜。……及冠，就宫，上爲立博望苑，使通賓客，從其所好。」同書成帝紀：「建始二年（前三一）秋，『罷太子博望苑』。」注引文穎曰：「武帝爲衛太子作此苑，令受賓客也。」三輔黄圖卷四謂「博望苑在長安城南，杜門外五里有遺址」。

〔一五〕「東方」二句，漢書東方朔傳：「東方朔，字曼倩，平原厭次（今山東陵縣）人也。「武帝初即位，徵天下舉方正賢良文學材力之士。……朔初來，上書曰：『臣朔少失父母，長養兄嫂，年十三學書，三冬文史足用。十五學擊劍，十六學詩書。』」注引如淳曰：「貧子冬日乃得學書。言文史之事，足可用也。」同上傳述東方朔作品，有皇太子生禖。考漢書武五子傳：戾太子據，「上年二十九乃得太子，甚喜，爲立禖，使東方朔、枚皋作禖祝」。顔師古注：「禖，求子之神也。」又曰：「祝，禖之祝辭。」所謂「即預禖祠」事指此。

〔一六〕「角里」二句，史記留侯世家：漢高祖欲廢吕后所生太子，而立戚夫人之子。留侯（張良）爲吕后設計迎商山四皓輔太子。「及燕置酒，太子侍，四人從太子，年皆八十有餘，鬚眉皓白，衣冠甚偉。上怪之，問曰：『彼何爲者？』四人前對，各言名姓，曰東園公、角里先生、綺里季、夏黄公。上乃大驚，曰：『吾求公數歲，公辟逃我，今公何自從吾兒游乎？』四人皆曰：『……竊聞太子爲人仁孝，恭敬愛士，天下莫不延頸欲爲太子死者，故臣等來耳。』上曰：『煩公幸卒調護太子。』四人爲壽已畢，趨去，上目送之。召戚夫人指示四人者，曰：『我欲易之，彼四人輔之，羽翼已成，難動矣。』」

爲賓者四友，等黄龍之簡才〔一〕；論奏者八人，同赤烏之下士〔二〕。莫不縉紳舊德，縫掖名儒〔三〕。衣簪拜高闕之門〔四〕，驂駕陪直城之路〔五〕。琢磨其道，玉質而金相〔六〕；黼黻其辭，雲蒸而電激〔七〕。琴書暇景，風月名辰。周旋揖讓，觀禮儀之溢目〔八〕；合異離堅，聞辯論之盈耳〔九〕。八珍方饌，寒温取適於四時〔一〇〕；一獻雕觴，賓主交歡於百拜〔一一〕。爾其清垣繚繞，丹禁逶迤。魚鑰則環鎖晨開〔一二〕，雀牕則銅樓旦闢〔一三〕。周廬綺合，廨署星分。左輔右弼之官〔一四〕，此焉攸集；先馬後車之任〔一五〕，於是乎在。顧循庸菲〔一六〕，濫沐恩榮。屬多士之後塵，預群公之末坐。聽笙竽於北里，退思齊國之音〔一七〕；覿瓌寶於東山，自恥燕臺之石〔一八〕。千年有屬，咸蹈舞於時康；四坐勿諠，請謳歌於帝力〔一九〕。小子狂簡，題其弁云〔二〇〕。

【箋注】

〔一〕「爲賓者」二句，賓，指太子賓客，其事起於商山四皓，見上注。唐六典卷二六：「太子賓客四人，正三品。太子賓客掌侍從規諫，贊相禮儀而先後焉。凡皇太子有賓客宴會，則爲之上齒。」黄龍，三國時吴大帝孫權稱帝時年號（二二九—二三一），此代指孫權。簡，擇也。簡才，指孫權爲皇太子孫登選置賓客。三國志吴書孫登傳：「孫登，字子高，權長子也。魏黄初二年（二二一），以權爲吴王，拜登東中郎將，封萬户侯。登辭疾不受。是歲，立登爲太子，選置師傅，銓簡秀士，以爲賓友。於是諸葛恪、張休、顧譚、陳表等以選入，侍講詩書，出從騎射。……黄龍元年，權稱尊號，立爲皇太子，以恪爲左輔，休右弼，譚爲輔正，表爲翼正都尉，是爲四友，而謝景、范慎、刁玄、羊衜等皆爲賓客，於是東宫號爲多士。」

〔二〕「論奏者」，指太子通事舍人。唐六典卷二六引齊職儀，謂「通事舍人掌宣傳令書、内外啓奏」，故云。又述唐制曰：「太子通事舍人八人，正七品下。通事舍人掌導引東宫諸臣辭見之禮，及承令勞問之事。凡大朝謁及正冬百官與諸方之使者參見東宮，亦如之。若皇太子行，先一日京文武官、職事九品已上奉辭，及還宮之明日參見，亦如之。」此泛指東宮諸官。赤烏，亦孫權年號（二三八—二五一），此代指孫和，其於赤烏間立爲皇太子。下士，言孫和禮賢下士。三國志吴書孫和傳：「孫和，字子孝，……年十四，爲置宮衛，使中書令闞澤教以書藝。好學下士，甚見稱述。赤烏五年（二四二），立爲太子，時年十九。闞澤爲太傅，薛綜爲少傅，而蔡穎、張純、封俌、嚴維等皆從容侍從。」裴松之注引吴書曰：「和少岐嶷，有智意。……好文學，善騎射。承師涉學，精識聰敏，尊敬師傅，愛好人物。穎等每朝見進賀，和常降意，歡以待之。講校經義，綜察是非，及訪諮朝臣，考績行能，以知優劣，各有條貫。」按，以上四句，皆代指當朝皇帝及皇太子。楊炯被薦任崇文館學士時，皇帝爲高宗，皇太子爲李顯。

〔三〕「縫掖」句，禮記儒行：「衣逢掖之衣。」鄭玄注：「逢（與「縫」同）猶大也。大掖之衣，大袂禪衣也。此君子有道藝者所衣也。」

〔四〕「衣簪」句，衣簪，衣冠簪纓，乃貴者之所服，代指高官貴胄。高闕之門，即高門，謂門閥崇高。文選左思蜀都賦：「亦有甲第，當衢向術。壇宇顯敞，高門納駟。」劉淵林注：「言甲第高門，可以納駟。」李善注引西京賦曰：「北闕甲第，當道直啓。」又左思詠史詩八首其四：「峩峩高門内，藹藹皆王侯。」

〔五〕「驂駕」句，驂駕，詩經鄭風大叔于田：「執轡如組，兩驂如舞。」鄭玄箋：「在旁曰驂。」直城，漢長安城門名。漢書成帝紀：「上嘗急召太子，出龍樓門，不敢絶馳道，西至直城門，得絶乃度。」注引晉灼曰：「黄圖：西出南頭第二門也。」

〔六〕「琢磨」二句，玉，原誤「王」，據英華卷七一五、全唐文卷一九一改。文選劉孝標辨命論：「因斯兩賢以言古，則昔之玉質金相，英髦秀達。」李善注：「毛詩曰：『追琢其章，金玉其相。』毛萇曰：『相，質也。』」張銑注：「玉、金，所以比美君子；質、相，言其形貌也。」此形容其道極尊崇。

〔七〕「雲蒸」句，文選賈誼鵩鳥賦：「雲蒸雨降兮，糾錯相紛。」李善注引韋昭國語注曰：「蒸，升也。」同書班固西都賦：「雷奔電激，草木塗地。」李善注引説文曰：「電，陰陽激耀也。」此形容其辭極富文采。

〔八〕「周旋」二句，謂與宴者極講禮儀。儀禮燕禮：「若與四方之賓燕，則公迎之於大門内，揖讓，升。」鄭玄注：「四方之賓，謂來聘者也。」

〔九〕「合異」二句，謂與宴諸人論辯激烈。莊子則陽：「合異以爲同，散同以爲異。」同上秋水：「公孫龍問於魏牟曰：『龍少學先生之道，長而明仁義之行，合同異，離堅白，然不然，可不可，困百家之知，窮衆口之辯，吾自以爲至達已。今吾聞莊子之言，汒焉異之。』」所謂「堅白」，同書齊物論郭象注謂「公孫龍有淬劍之法，謂之堅白」。司馬彪注云：「謂堅石、白馬之辯也。」又引或曰：「設矛伐之説爲堅，辯白馬之名爲白。」此泛指争事論理。

〔一〇〕「八珍」二句，八珍，八種烹飪法。周禮天官膳夫：「珍用八物。」鄭玄注：「珍謂淳熬、淳母、炮豚、砲牂、擣珍、漬、熬、肝膋也。」其法，賈公彦疏有詳説，可參讀，文多不録。寒温，同上食醫：「掌和王之六食、六飲、六膳、百羞、百醬、八珍之齊（鄭玄注「和，調也」）。凡食齊，眡春時（注「飯宜温」）。羹齊，眡夏時（注「羹宜熱」）。醬齊，眡秋時（注「醬宜涼」）。飲齊，眡冬時（注「飲宜寒」）。」陸德明釋文：「食音嗣，下食齊同。齊，才細反。」

〔一一〕「一獻」二句，周禮冬官梓人：「梓人爲飲器，勺一升，爵一升，觚三升。獻以爵，而酬以觚。一獻而三酬，則一豆矣。」鄭玄注：「勺，尊（升）〔斗〕也。觚、豆，字聲之誤，觚當爲觶，豆當爲斗。」雕觴，謂有雕飾之酒杯。儀禮鄉飲酒：「司正升自西階，受命於主人。主人曰：『請坐於賓。』賓辭以俎。」鄭玄注：「至此，盛禮俱成，酒清肴乾，賓主百拜，强有力者猶倦焉。張而不弛，弛而不張，非文武之道。請坐者，將以賓燕也。俎者，肴之貴者。辭之者，不敢以禮殺當貴者。」以上四句，謂宴會食物極講究，賓主禮數極詳備。

〔一二〕「魚鑰」句，魚形鑰匙。宋朱勝非紺珠集卷一〇魚鑰：「鑰必以魚者，取其不瞑目守夜之義。」

〔一三〕「雀牕」句，雀窗，錦繡萬花谷前集卷四七夕引漢武内傳：「七月七日，西王母降漢武帝，東方朔於朱雀窗中窺王母。」此泛指窗，以與上句「魚鑰」對應。牕同窗。銅樓，漢書成帝紀：「上嘗急召太子，出龍樓門，不敢絶馳道。」注引張晏曰：「門樓上有銅龍，若白鶴、飛廉之爲名也。」後泛稱太子所居爲銅樓。舊唐書音樂志四載章懷太子（李賢）廟樂章六首迎神第一曰：「副君昭象，道應黄離。銅樓備德，玉裕成規。」

〔一四〕「左輔」句，漢書王莽傳：「立宣帝玄孫嬰爲皇太子，號曰孺子，以王舜爲太傅左輔，甄豐爲太阿右拂。」顔師古注：「拂，讀曰弼。」白虎通義卷上諫諍：「天子置左輔右弼，前疑後承以順。左輔主修政刺不法，右弼主糾周言失傾；前疑主糾度定德經，後承主匡正常考變失。四弼興道，率主行仁。」

〔一五〕「先馬」句，先亦作「洗」，洗馬，官名。後車，指文學侍從之臣。詳見前青苔賦注。

〔一六〕「顧循」句，庸菲，謂淺薄。蕭統和上游鍾山大愛敬寺：「顧惟實庸菲，沖薄竟奚施。」

〔一七〕「聽笙竽」二句，文選左思詠史詩八首之四：「南鄰擊鐘磬，北里吹笙竽。」李善注：「左氏傳曰：鄭伯有夜飲酒擊鐘焉。呂氏春秋曰：帝嚳令人擊磬。墨子曰：彈琴瑟，吹笙竽。」又韓非子卷九内儲説上：「齊宣王使人吹竽，必三百人。南郭處士請爲王吹竽，宣王説之。」兩句謂慣聽北里俗音，今聆群公之論，有如聞齊宣王笙竽之美。

〔一八〕「覩瓌寶」二句，覩，見也。東山，此指泰山，其爲東嶽，故稱。瓌寶，指泰山石。藝文類聚卷六地部石引應劭漢官儀曰：「馬伯弟登泰山，見石二枚。其一是武帝時石，用五車載不能上，因置山下爲屋，號曰五車石；其一是紀號石，刻文字，紀功德，立壇上。」自恥，同上書引闞子曰：「宋之愚人得燕石於梧臺之東，歸而藏之以爲寶。周客聞而觀焉。主人齋七日，端冕玄服以發寶，革匱十重，緹巾十襲。客見之，掩口而笑曰：『此特燕石也，其與瓦甓不殊。』」按水經臨淄水注：「系水又北逕臨淄城西門北，而西流逕梧宮南，昔楚使聘齊，齊王饗之梧宮，即是宮矣，其地猶名梧臺里。臺甚層秀，東西百餘步，南北如減，即古梧宫之臺。臺東，即闞子所謂宋愚人得燕石處。」兩句謂群公皆貴如泰山之石，而自己則鄙如燕石，相去霄壤。乃作者謙詞。

〔一九〕「請謳歌」句，藝文類聚卷一一引帝王世紀：帝堯之時，「天下大和，百姓無事。有五十老人擊壤於道，觀者歎曰：『大哉！帝之德也。』老人曰：『吾日出而作，日入而息，鑿井而飲，耕田而食，帝何力於我哉！』」

〔二〇〕「題其」句，弁，原作「序」，據全唐文改。弁，首，前面。

李舍人山亭詩序〔一〕

永嘉有高陽公山亭者〔二〕，今爲李舍人别墅也。廊宇重複，樓臺左右。煙霞棲梁棟之間，竹樹在汀洲之外。龜山對出，背東武而飛來〔三〕；鶴阜相臨，向東吴而不進〔四〕。青溪數曲，赤巖千丈〔五〕。寥廓兮惚恍，似蓬嶺之難行〔六〕；深邃兮眇然，若桃源之失路〔七〕。信可謂赤縣幽棲，黄圖勝景〔八〕。從來八子，闢高陽之邑居〔九〕；今日四郊，逢舍人之置驛〔一〇〕。故知樊家失業，遂作庾公之園〔一一〕；習氏不游，終成漢陰之地〔一二〕。

【箋　注】

〔一〕李舍人，其名不可考。文中述其與唐皇帝有親，蓋宗室子也。舍人，太子府官名。據唐六典卷二六，太子右春坊置太子中舍人二人，正五品上；太子通事舍人八人，正七品下。又導客舍人六人。不詳李氏爲何舍人。按：楊炯由梓州司法回洛陽後，嘗與宋之問分置習藝館。約在武則天天册萬歲元年（六九五），出爲盈川令。盈川縣，爲武氏如意元年（六九二）析衢州龍丘縣（地在今浙江衢州市東）置。李舍人當居家於永嘉（今浙江温州）。楊炯平生别無東南之行，其預李舍人山亭宴，必在爲盈川令期間。

〔二〕「永嘉」句，舊唐書地理志：「處州，隋永嘉郡。武德四年（六二一）平李子通，置括州。」同書高宗紀下：「上元二年（六七五）夏四月，分括州永嘉、永固二縣置温州。」高陽公，當爲許敬宗。舊唐書許敬宗傳：「許敬宗，杭州新城（按元和郡縣志卷二五杭州：「新城縣，本漢富春縣地，永淳元年〔六八二〕分富春西境置。」）人，隋禮部侍郎善心子也。其先自高陽南渡，世仕江左。」武德初，太宗聞其名，召補秦府學士。貞觀十七年（六四三），以修武德、貞觀實録成，封高陽縣男。顯慶三年（六五八），進封郡公。史臣論其人雖有文學，然「才優而行薄」，不足觀也。蓋許敬宗死後，其園林山亭子孫不能保，遂爲李舍人所有，故下文有「樊家失業」、「習氏不游」等語。

〔三〕「龜山」二句，太平寰宇記卷九六越州山陰縣：「龜山，縣東北九十四步。越絶書云：『勾踐游臺上，有龜公冢在。』又神異志云：『瑯邪東山，徙於會稽，壓殺百姓。』吴越春秋又云：『勾踐築城邑已成，怪山自至。怪山者，瑯琊東武縣山，海中一宿自來，故曰怪山。』山形似龜，亦呼爲龜山。東武，會稽志云：『龜山之下有東武里，即瑯邪東武縣山，一夕移於此，東武人因徙此，故里不動。』」

〔四〕「鶴阜」二句，太平寰宇記卷九六越州會稽縣：「鶴鳴山，郡國志云：『鶴鳴山上有石鶴，時復鳴，云是仙乘上飛者。』」漢袁康越絶書卷二吴地傳：「莋碓山，故爲鶴阜山。禹遊天下，引湖中柯山置之鶴阜，更名莋碓。」此言會稽鶴鳴山之鶴欲與吴地鶴阜山之鶴相會，故謂「向東吴」云。

〔五〕「赤巖」句，指天台山。文選孫綽游天台山賦：「赤城霞起而建標。」李善注引孔靈符會稽記：「赤城山石色皆赤，猶似雲霞。」又引天台山圖：「赤城山，天台之南門也。」元和郡縣志卷二六台州唐興縣：「赤城山，在縣北六里。」按：山在今浙江天台縣北六里，屬丹霞地貌。

〔六〕「寥廓」二句，寥廓，空曠高遠貌。蓬嶺，指海上蓬萊仙山，見前奉和上元酺宴應詔詩注。難行，謂不可到，難以追尋。

〔七〕「深邃兮」二句，桃源，即陶淵明桃花源記所述桃花源，詳前和劉侍郎入隆唐觀詩注。以上四句，言永嘉山水深邃迷茫，宛如仙窟秘境。

〔八〕「信可謂」二句，赤縣，指中國。史記孟軻傳附騶衍：「中國名曰赤縣神州。赤縣神州內自有九州，禹之序九州是也。」黄圖，古代地圖。

〔九〕「從來」二句，太平御覽卷七九顓頊高陽氏引帝王世紀：「帝顓頊高陽氏，黄帝之孫，昌意之子，姬姓也。」二十二而登帝位，納勝墳氏女，「有才子八人，號八愷」。此謂山亭原主人許敬宗，乃帝顓頊高陽氏八子之後裔。元和郡縣志卷七雍丘縣：「高陽故城，縣西南二十九里。顓頊高陽氏佐少昊有功，受封此邑。」按元和姓纂卷六許：「姜姓，炎帝四岳之後。周武王封其裔孫文叔於許。後爲楚所滅，子孫分散，以國爲氏。晉許偃、楚許伯、鄭許瑕，高陽北新城縣，今入博陵郡。……晉徵君詢，詢元孫懋，有傳（按傳見梁書，稱其爲「高陽新城人」）。懋孫善心，隋黄門侍郎，生唐中書令、高陽公敬宗。」

〔一〇〕「逢舍人」句，謂李舍人好客。漢書鄭當時傳：「孝景時爲太子舍人，每五日洗沐，常置驛馬長安諸郊。」注引如淳曰：「郊，交道四通處也，以請賓客便。」

〔一一〕「故知」二句，水經淯水注：淯水又南入新野縣，枝津分派。淯水又東與朝水合。「朝水又東，南分爲二水，一水枝分東北，爲樊氏陂，陂東西十里，南北五里，俗謂之凡亭陂。陂東有樊氏故宅。樊氏既滅，庾氏取其陂，故諺曰：『陂汪汪，下田良。樊子失業，庾公昌。』」新野縣，在今河南西南部，與湖北襄陽市接壤。樊氏，指東漢樊宏家族。後漢書樊宏傳：「樊宏，字靡卿，南陽湖陽人也。世祖之舅。……爲鄉里著姓。父重，字君雲，世善農稼，好貨殖。……財利歲倍，至乃開廣田土三百餘頃。其所起廬舍，皆有重堂高閣，陂渠灌注。」其下李賢注，即引水經注。庾公園事不詳。

〔一二〕「習氏」二句，習氏不游，謂習氏園池荒廢。晉書山簡傳：「簡字季倫，性温雅，有父（山濤）風。……永嘉三年（三〇九）出爲征南將軍、都督荆湘交廣四州諸軍事，假節鎮襄陽。於時四方寇亂，天下分崩，王威不振，朝野危懼，簡優遊卒歲，唯酒是耽。諸習氏，荆土豪，族有佳園池。簡每出嬉遊，多之池上，置酒輒醉，名之曰高陽池。」按：習池乃習鬱所建，故又稱習鬱池。元和郡縣志卷二一襄陽縣：「習郁池，縣南十四里。」又太平寰宇記卷一四五襄陽縣：「習郁池，在縣東南十五里。襄陽記云：『峴南八百步，西下道百步，有習家魚池。習郁將死，敕其長子葬於池側。池中起釣臺尚在。』按郁，即鑿齒之兄也。」漢陰，原作「濮陰」，各本同。今按：漢陰，即漢水之南，莊子天地有子貢「過漢陰」之語。後代多代指襄陽。水經注謂襄陽縣北有漢陰臺，而襄陽與濮（濮州、濮水）無關係，「濮」當是「漢」之形訛，因改。二句謂習氏園池荒廢後，終成襄陽尋常之土。以上四句，言高陽氏不能守其山亭，遂爲李舍人所得。

其人也，凝脂點漆〔一〕，瓊樹瑶林〔二〕。學富文史〔三〕，言成準的。葭莩爲漢帝之親〔四〕，凡蔣是周公之裔〔五〕。田孟嘗之待客，照飯無疑〔六〕；孔文舉之邀懽，樽中自溢〔七〕。

【箋　注】

〔一〕「凝脂」句，世説新語容止：「王右軍（羲之）見杜弘治，歎曰：『面如凝脂，眼如點漆，此神仙中人。』」劉孝標注引江左名士傳曰：「永和中，劉真長、謝仁祖共商略中朝人士。或曰：『杜弘治清標令上，爲後來之美，又面如凝脂，眼如點漆，粗可得方諸衛玠。』」蕭繹東宮薦石門侯啓：「點漆凝脂，事逾衛玠；渾金璞玉，才疋山濤。」

〔二〕「瓊樹」句，世説新語賞譽：「王戎云：『太尉（引者按：指王衍，字夷甫）神姿高徹，如瑶林瓊樹，自然是風塵外物。』」劉孝標注引名士傳曰：「夷甫天形奇特，明秀若神。」

〔三〕「學富」句，漢書東方朔傳：「年十三學書，三冬文史足用。」

〔四〕「葭莩」句，葭莩之親，謂薄親。漢書景十三王傳：「今群臣非有葭莩之親。」注引張晏曰：「葭，蘆葉也；莩，葉裏白皮也。」又引晉灼曰：「莩，葭裏之白皮也。皆取喻於輕薄也。」

〔五〕「凡蔣」句，凡、蔣，原作「枝葉」，據英華卷七一五、四子集、全唐文卷一九一改。左傳僖公二十四年：「凡、蔣、邢、茅、胙、祭，周公之胤也。」杜預注：「胤，嗣也。蔣在弋陽期思縣。高平昌邑縣西有茅鄉。東郡燕縣西南有胙亭。」孔穎達正義：「周公之胤，邢國見在隱七年解訖。凡、祭闕，故唯解蔣、茅、胙也。」同上襄公十二年：「魯爲諸姬臨於周廟，爲邢、凡、蔣、茅、胙、祭臨於周公之廟。」杜預注：「即祖廟也。六國皆周公之支子，别封爲國，共祖周公。」以上二句，喻指李舍人出身高華，與當今皇族有親。

〔六〕「田孟嘗」二句，史記孟嘗君列傳：「孟嘗君，名文，姓田氏。……食客數千人，無貴賤，一與文等。……孟嘗君曾待客夜食，有一人蔽火光，客怒，以飯不等，輟食辭去。孟嘗君起，自持其飯比之。客慚，自剄。士以此多歸孟嘗君。」

〔七〕「孔文舉」二句，後漢書孔融傳：「孔融，字文舉，魯國人，孔子二十世孫也。……拜太中大夫。性寬容少忌，好士，喜誘益後進。及退閒職，賓客日盈其門，常歎曰：『坐上客常滿，尊中酒不空,吾無憂矣。』」懽,同「歡」。以上四句,以孟嘗君、孔融喻李舍人,言其好客。

三冬事隙,五日歸休〔一〕。奏金石而滿堂,召琳瑯而觸目〔二〕。心焉而醉,德焉而飽〔三〕。大隱朝市,本無車馬之喧〔四〕;不出户庭,坐得雲霄之致。於是乎百年無幾,萬事徒勞。唯談笑可以遣平生,唯文詞可以陳心賞。既因良會,咸請賦詩。雖向之所歡,已爲陳迹;俾千載之下,感於斯文〔五〕。

【箋注】

〔一〕「三冬」二句,初學記卷三冬引梁元帝纂要曰:「冬曰玄英,亦曰安寧,亦曰玄冬、三冬、九冬。」五日,指休沐日。同上卷二〇假:「休假亦曰休沐。漢律:吏五日得一下沐,言休息以洗沐也。」據唐會要卷八二休假,唐十日一休沐,稱旬休。此用漢代事。

〔二〕「召琳瑯」句,尚書禹貢:「厥貢惟球、琳、琅玕。」僞孔傳:「球、琳,皆玉名。琅玕,石而似珠。」此言「召」、「琳瑯」當指歌女,言其貌美如玉。

〔三〕「心焉」二句,詩經大雅既醉小序:「既醉,大平也。醉酒飽德,人有士君子之行焉。」孔穎達正義:「莫不醉足於酒,厭飽其德。既荷德澤,莫不自修,人皆有士君子之行焉。」

〔四〕「大隱」二句,文選王康琚反招隱詩:「小隱隱陵藪,大隱隱朝市。」李周翰注:「伯夷、叔齊自竄首陽之山，老耼爲周柱下史，伯夷之德不如老耼，則小隱劣於大隱明矣。」又陶淵明雜詩二首其一：「結廬在人境，而無車馬喧。問君何能爾，心遠地自偏。」

〔五〕「雖向之」四句，王羲之蘭亭修禊序：「雖世殊事異，所以興懷，其致一也。後之覽者，亦將有感於斯文。」

送徐録事詩序〔一〕

徐學士風流蒨蒨〔二〕，容貌堂堂。汝南則顔子更生〔三〕，洛下則神人重出〔四〕。書有萬，覽之者實符於鄭玄〔五〕；州有九，游之者頗類於班固〔六〕。懷岐嶓之舊迹，想江漢之遺風〔七〕。粤在於永淳元年，孟夏四月，始以内率府録事，出攝蒼溪縣主簿〔八〕。同彼漆園之莊周〔九〕，聊居賤職；異乎安定之梁竦，不殫勞人〔一〇〕。騑驂而欲行，紛紜而戒道〔一一〕。

【箋注】

〔一〕徐録事，名不詳。文中謂徐氏爲内率府録事，按唐六典卷七尚書工部：「東宫官屬，凡府一，坊三，寺三，率府十。」注：「十率府，謂左右衛率府、左右清道率府、左右司御率府、左右内率府、左右監門率府。」同書卷二八太子左右衛及諸率府太子左右内率府：「録事參軍事各一人，正九品上。」則所謂「録事」，當即録事參軍。詩序謂徐録事出攝蒼溪縣主簿在永淳元年（六八二）四月；又稱「詩成『流火』之文」，則起程已爲初秋七月矣。是時楊炯爲太子詹事府司直、崇文館學士，詳附録年譜。

〔二〕「徐學士」句，蒨蒨，文選束晳補亡詩六首之二白華：「蒨蒨士子，涅而不渝。」李善注：「蒨蒨，鮮明之貌。」

〔三〕「汝南」句，汝南，漢高祖所置郡名，管三十七縣，見漢書地理志。其地在今河南汝南至安徽阜陽一帶。顔子，即顔回，孔子弟子。顔子更生，指黄憲。後漢書黄憲傳：「黄憲，字叔度，汝南慎陽人也。世貧賤，父爲牛醫。潁川荀淑至慎陽，遇憲於逆旅，時年十四，淑竦然異之，揖與語移日，不能去，謂憲曰：『子，吾之師表也。』既而前至袁閎所，未及勞問，逆曰：『子國有顔子，寧識之乎？』閎曰：『見吾叔度邪？』……」

〔四〕「洛下」句，神人，指郭泰，以喻徐録事。郭泰游洛陽，後歸鄉里，衣冠諸儒相送，衆賓望之，以爲神仙。詳下文注。

〔五〕「書有萬」二句，書有萬，即有萬卷書。「萬卷」乃約數。漢書藝文志：「大凡書，六略三十八種，五百九十六家，萬三千二百六十九卷。」言鄭玄讀書之多。後漢書鄭玄傳：「鄭玄，字康成，北海高密人也。」常詣學官，不樂爲吏。「遂造太學受業，師事京兆第五元先，始通京氏易、公羊春秋、三統曆、九章算術；又從東郡張恭祖受周官、禮記、左氏春秋、韓詩、古文尚書。以山東無足問者，乃西入關，因涿郡盧植事扶風馬融。……自遊學十餘年，乃歸鄉里。」此言徐録事讀書之多，有如鄭玄。

〔六〕「州有九」二句，州有九，即九州，言班固遊歷廣。後漢書班固傳：班固，字孟堅。「永元初，大將軍竇憲出征匈奴，以固爲中護軍，與參議。北單于聞漢軍出，遣使款居延塞，欲修呼韓邪故事，朝見天子，請大使。憲上遣固行中郎將事，將數百騎與虜使俱出居延塞迎之。會南匈奴掩破北庭，固至私渠海，聞虜中亂，引還。」

〔七〕「懷岐嶓」二句，岐，即岐山，在今陝西寶雞境内。嶓，即嶓冢山，在今陝西寧强縣北。江、漢，指長江、漢水，古謂同源於嶓冢山。水經漾水注：「漾水出隴西氐道縣嶓冢山，東至武都沮縣爲漢水。……漢水北，連山秀舉，羅峰競峙。……漢水又西，逕蘭倉城南，又南，右會兩溪，俱出西山，東流注於漢水。……漢水又南，入嘉陵道，而爲嘉陵水。」蒼溪縣在嘉陵水（即嘉陵江）畔，故云。

〔八〕「出攝」句，攝，代理。蒼溪縣，舊唐書地理志四劍南道閬州：「蒼溪，後漢分宕渠置漢昌縣，屬巴郡。隋改漢昌爲蒼溪也。」今屬四川廣元市。

〔九〕「同彼」句，史記老莊申韓列傳：「莊子者，蒙人也，名周。周嘗爲蒙漆園吏。」張守節正義引括地志云：「漆園故城，在曹州冤句縣北十七里。此云莊周爲漆園吏，即此。按其城古屬蒙縣。」

〔一〇〕「異乎」二句，後漢書梁統傳：「梁統，字仲寧，安定烏氏人。」子竦，字叔敬。少習孟氏易，弱冠能教授。坐兄松事，徙九真，顯宗後詔聽還本郡。「竦生長京師，不樂本土，自負其才，鬱鬱不得意。嘗登高遠望，歎息言曰：『大丈夫居世，生當封侯，死當廟食。如其不然，閒居可以養志，詩書足以自娱，州郡之職，徒勞人耳。』後辟命交至，并無所就。」二句言徐録事不懼州郡之職勞人，與梁竦不同。

〔二〕「騑驂」二句，騑，駕于車轅兩旁之馬，亦即驂。文選王融三月三日曲水詩序：「戒道執殳，展軨效駕。」張銑注：「戒道，謂清浄其路也。」此言啓程，「戒道」乃套語。

是日也，鶴鳴于野，龍昇于天〔一〕。詩成「流火」之文〔二〕，易占「清風」之卦〔三〕。聖主以叶時同律，義在於省方〔四〕；皇儲以守器承祧，任隆於監國〔五〕。留臺務静，博望時閑〔六〕。於是久敬之善交，平生之故友，臨御溝而帳飲〔七〕，就離亭而出宿。居成別易，坐覺悲來。平原二客，追子高而已遠〔八〕；河上諸公，餞林宗而有慕〔九〕。兩鄉風月，萬里江山。脩路爲下泣之思，長天非寄愁之所〔一〇〕。何以處我？戒之必軾〔一一〕；何以贈行？上路不拜〔一二〕。孫子荆「傾國」之送〔一三〕，豈若是乎；潘安仁金谷之篇〔一四〕，盡於斯矣〔一五〕。

【箋注】

〔一〕「鶴鳴」二句，詩經小雅鶴鳴：「鶴鳴于九皋，聲聞于野。」龍昇，乃由「鶴鳴」映帶而出。周易乾卦：「飛龍在天。」

〔二〕「詩成」句，詩經國風七月：「七月流火，九月授衣。」毛傳：「火，大火也。流，下也。」鄭玄箋：「大火者，寒暑之候也。火星中而寒暑退，故將言寒，先著火所在。」句謂時在七月。

〔三〕「易占」句，清風之卦，指巽卦。周易巽卦：「巽，小亨。」王弼注：「全以巽爲德，是以小亨也。上下皆巽，不違其令，命乃行也。故申命行事之時，上下不可以不巽也。」孔穎達正義：「説卦云：『巽，入也。』蓋以巽是象風之卦，風行無所不入。」又象曰：「隨風，巽，君子以申命行事。」正義曰：「隨風巽者，兩風相隨，故曰隨風。風既相隨，物無不順，故曰隨風巽。」句謂占卜得巽卦，利於出行。

〔四〕「聖主」二句，叶時，尚書舜典：「肆覲東后，協時月正日，同律度量衡。」僞孔傳：「合四時之氣節，月之大小，日之甲乙，使齊一也。律法制及尺、丈、斛、斗、斤、兩，皆均同。」叶、協同。省方，周易觀卦象曰：「風行地上，觀。先王以省方，觀民設教。」孔穎達正義：「先王以省方，觀民設教者，以省視萬方，觀看民之風俗，以設於教。」兩句謂高宗行幸東都洛陽。事在高宗永淳元年，詳前庭菊賦序注。

〔五〕「皇儲」二句，皇儲，即皇太子李顯。守器，左傳成公二年：「仲尼聞之，曰：『……唯器與名，不可以假人。君之所司也。』」杜預注：「器，車服名爵號。」承祧，承奉祖廟祭祀。祧，遠祖廟。沈約立太子詔：「自昔哲后，降及近代，莫不立儲樹嫡，守器承祧。」監國，謂留守國都。事詳前庭菊賦序注。

〔六〕「留臺」二句，是時皇太子李顯留守京師，故稱朝廷爲「留臺」。博望，漢成帝爲太子所立苑名，見前崇文館宴集詩序注。此代指太子李顯。

〔七〕「臨御溝」句，御溝，又稱楊溝，唐人常在此餞别，見前送梓州周司功詩注。

〔八〕「平原」二句，孔叢子卷中儒服：「子高（原注：「子高，孔穿之字，孔箕之子，伋之玄孫。」）游趙，平原君客有鄒文、季節者，與子高相善。及將還魯，諸故人訣，既畢，文、節送行三宿。臨别，文、節流涕交頤，子高徒抗手而已。分背就路，其徒問曰：『先生與彼二子善，彼有戀戀之心，未知後會何期，凄愴流涕，而先生屬聲高揖，此無乃非親親之謂乎？』子高曰：『始焉，謂此二子丈夫爾，乃今知其婦人也。人生則有四方之志，豈鹿豕也哉，而常聚乎？』其徒曰：『若此，二子之泣非邪？』答曰：『斯二子，良人也，有不忍之心。若於取斷，必不足矣。』其徒曰：『凡泣者，一無取乎？』子高曰：『有二焉：大姦之人以泣自信，婦人懦夫以泣著愛。』」

〔九〕「河上」二句，後漢書郭太（泰）傳：郭太（泰），字林宗，太原界休人。「就成皋屈伯彦學，三年業畢，博通墳籍。善談論，美音制。乃游於洛陽。始見河南尹李膺，膺大奇之，遂相友善，於是名震京師。後歸鄉里，衣冠諸儒送至河上，車數千兩。林宗唯與李膺同舟而濟，衆賓望之，以爲神仙焉。」

〔一〇〕「長天」句，後漢書仲長統傳：「作詩二篇，以見其志。辭曰：『……百慮何爲，至要在我。寄愁天上，埋憂地下。……』」此反其意。

〔一一〕「何以處我」二句，吕氏春秋卷二一期賢：「魏文侯過段干木之閭而軾之。其僕曰：『君胡爲軾？』曰：『此非段干木之閭歟？段干木蓋賢者也，吾安敢不軾？』」高誘注：「軾，伏軾也。」處，英華作「劇」，注：「疑作處。」按：作「劇」誤。

〔一二〕「何以贈行」二句，禮記少儀：「武車不式，介者不拜。」鄭玄注：「兵車不以容禮下人也。車中之拜，肅拜。」

〔一三〕「孫子荆」句，晉書孫楚傳：孫楚，字子荆，太原中都人。嘗爲征西將軍王駿參軍。其征西官屬送於陟陽候作詩有曰：「晨風飄岐路，零雨被秋草。傾城遠追送，餞我千里道。」據此，則「傾國」疑當作「傾城」。

〔一四〕「潘安仁」句，潘岳，字安仁，其金谷集作詩有曰：「王生和鼎實，石子鎮海沂。親友各言邁，中心悵有違。何以叙離思，攜手游郊畿。朝發晉京陽，夕次金谷湄。……飲至臨華沼，遷坐登隆坻。玄醴染朱顔，但愬杯行遲。揚桴撫靈鼓，簫管清且悲。春榮誰不慕？歲寒良獨希。投分寄石友，白首同所歸。」金谷，文選李善注引酈道元水經注曰：「金谷水，出河南太白原。東南流，歷金谷，謂之金谷水。東南流，經石崇故居。」

〔一五〕「盡於」句，斯，英華作「思」，校：「一作斯。」作「思」誤。

送并州旻上人詩序〔一〕

三元日月，不能改弦望之期〔二〕；四序炎涼，不能移變通之運〔三〕。況乎人生天地，嶽鎮東西〔四〕。良時美景，始雲蒸而電激；臨水登山，忽風流而雨散〔五〕。道之常也，復何言哉！旻上人天骨多奇，神情獨王。法門梁棟，豈非龍象之雄〔六〕；晉國英靈，即是河汾之寶〔七〕。道尊德貴，所以名稱並聞；盡性窮神，所以身心不動。

【箋注】

〔一〕并州，今山西太原。旻上人生平無考，當與前和旻上人傷果禪師詩之「旻上人」爲同一人。按序稱相送者有「麟閣良朋」，漢書揚雄傳下：「時雄校書天禄閣，上治獄事，使者來欲收雄，雄恐不能自免，迺從閣上自投下，幾死。」漢代另有騏麟閣，乃圖畫功臣處。天禄、騏麟皆傳説中獸名。此以麟閣代指唐弘文館。序當作於上元三年（六七六）舉制科、補弘文館校書郎數年間，具體年份不詳。

〔二〕「三元」二句，三元，即元日，其爲歲之元時之元月之元，詳前送東海孫尉詩序注。月半圓爲弦，當夏曆每月初七、初八日；月圓爲望，約當每月十五日。二句謂日月運行之規律不可改變。

〔三〕「四序」二句，四序，即春夏秋冬，亦變化流轉不息。周易繫辭上：「廣大配天地，變通配四時。陰陽之義配日月，易簡之善配至德。」又曰：「是故法象莫大乎天地，變通莫大乎四時；縣象著明莫大乎日月，崇高莫大乎富貴。」

〔四〕「嶽鎮」句，嶽鎮東西，謂有東嶽、西嶽，各爲一方之鎮。尚書舜典：「封十有二山。」僞孔傳：「每州之名山殊大者，以爲其州之鎮。」周禮夏官職方氏：「河南曰豫州，其山鎮曰華山。」鄭玄注：「鎮，名山安地德者也。」

〔五〕「良時」四句，謂朋友相聚，興致極高，然終究難免一別。雲蒸而電激，風流而雨散，分別見前崇文館宴集詩序、送東海孫尉詩序注。

〔六〕「豈非」句，龍象，即象。維摩經不思議品：「譬如迦葉，龍象蹴踏，非驢所堪。」嘉祥疏：「此言龍象者，只是一象耳，如好馬名龍馬，好象云龍象也。」佛家常以龍象比喻菩薩法力威猛。

〔七〕「晉國」二句，旻上人爲并州人，春秋時屬晉國；又汾水出自太原（即并州），西入於河。潘岳笙賦：「河汾之寶，有曲沃之懸匏焉。」此言晉國之人才，方爲河汾之寶。

偏觀天下，暫游城闕。劉真長之遠致〔一〕，雅契高風；習鑿齒之宏才，深期上德〔二〕。芝蘭一面，暫悦新知〔三〕；垂棘連城，將游舊府〔四〕。雞山法衆〔五〕，餞行於素滻之濱〔六〕；麟閣良朋，祖送於青門之外〔七〕。是日也，河山雨氣，原野秋陰。風煙淒而禁籞寒〔八〕，草木落而城隍晚〔九〕。雲中振錫，有如鴻鵠之飛〔一〇〕；水上乘杯，更似神仙之别〔一一〕。左右爲之魂動，金石由其色變。恒山岱嶽，看寶鼎於風雲〔一二〕；帝里神州，對長安於白日〔一三〕。兩鄉綿邈，何當惠遠之遊〔一四〕；千里相思，空有關山之望。群賢僉議，咸可賦詩，題其爵里，編之簡牘。

【箋注】

〔一〕「劉真長」句，晉書劉惔傳：「劉惔，字真長，沛國相人也。」惔少清遠，有標奇。尚明帝女廬陵公主。雅善言理，尤好莊老，任自然趣。

〔二〕「習鑿齒」二句，晉書習鑿齒傳：「習鑿齒，字彦威，襄陽人也。宗族富盛，世爲鄉豪。鑿齒少有志氣，博學洽聞，以文筆著稱。荆州刺史桓温辟爲從事。江夏相袁喬深器之，數稱其才於温。」出爲滎陽太守，著漢晉春秋五十四卷。上德，老子：「上德無爲。」河上公注：「謂法道安静，無所改爲也。」

〔三〕「芝蘭」二句，謂雖爲新知，卻交如芝蘭。芝蘭，香草也。周易繫辭上：「二人同心，其利斷金。同心之言，其臭如蘭。」

〔四〕「垂棘」二句，謂其極重鄉情，故將歸去。左傳成公五年：「秋八月，鄭伯及晉、趙同盟於垂棘。」杜預注：「垂棘，晉地。」垂棘産美玉。同上僖公二年：「晉荀息請以屈産之乘與垂棘之璧，假道於虞以伐虢。」注：「屈地生良馬，垂棘出美玉。」連城，謂所産玉極貴重。史記廉頗藺相如列傳：「趙惠文王時得楚和氏璧，秦昭王聞之，使人遺趙王書，願以十五城請易璧。」

〔五〕「雞山」句，雞山，即雞足山，在古印度。晉釋法顯佛國記：「到一山，名雞足，大迦葉今在此山中。劈山下入，入處不容人。下入極遠，有旁孔，迦葉全身在此中住。孔外有迦葉本洗手土，彼方人若頭痛者，以此土塗之即差。此山中即日故有諸羅漢住。彼方諸國道人年年往供養迦葉，心濃至者，夜即有羅漢來共言，論釋其疑已，忽然不現。此山榛木茂盛，又多師子、虎、狼，不可妄行。」傳説或稱即今雲南省大理州賓川縣之雞足山。此代指長安附近山寺，言其僧衆前來爲旻上人餞行。

〔六〕「餞行」句，滻，長安附近水名。文選潘岳西征賦：「南有玄灞素滻。」李善注：「玄、素，水色也；灞、滻，二水名也。」

〔七〕「麟閣」二句，麟閣，代指弘文館，見本文首注。祖，即祖道，漢書劉屈氂傳：「貳師將軍李廣利將兵出擊匈奴，丞相爲祖道，送至渭橋。」顔師古注：「祖者，送行之祭，因設宴飲焉。」青門，三輔黄圖卷一：「長安城東出南頭第一門曰霸城門，民見門色青，名曰青城門，或曰青門。」

〔八〕「風煙」句，籞，文選張衡東京賦：「於東則洪池清籞，渌水澹澹。」李善注引漢書音義應劭曰：「籞，在池水上作室，可用棲鳥，鳥入捕之。」按：籞、蘌通。禁籞，指帝王宫苑。

〔九〕「草木」句，楚辭宋玉九辯：「悲哉，秋之爲氣也。蕭瑟兮，草木摇落而變衰。」王逸注：「形體易色，枝葉枯槁也。」城隍，即城牆。隍是城下池。

〔一〇〕「雲中」二句，錫，僧人所持錫杖，又稱禪杖，梵名隙棄羅。其首有一鐵卷，振時錫錫作聲，故稱。梁高僧傳卷一〇神異下釋曇霍傳：「釋曇霍者，未詳何許人。……從河南來，至自西平，持一錫杖，令人跪之，云：『此是波若眼，奉之可以得道。』」史記陳涉世家：「陳涉太息曰：『嗟乎，燕雀安知鴻鵠之志哉！』」索隱：「尸子云『鴻鵠之鷇，羽翼未合，而有四海之心』是也。鴻鵠是一鳥，若鳳皇然，非鴻鴈與黄鵠也。」按：即天鵝。又文選丘遲與陳伯之書：「棄燕雀之小志，慕鴻鵠以高翔。」

〔一一〕「水上」二句，乘杯，梁高僧傳卷一〇神異下杯度傳：「杯度者，不知姓名，常乘木杯度水，因而爲目。初見在冀州。不修細行，神力卓越，世莫測其由來。嘗於北方寄宿一家，家有一金像，度竊而將去，家主覺而追之，見度徐行，走馬逐而不及。至孟津河，浮木杯於水，憑之度河，無假風棹，輕疾如飛，俄而度岸。」神仙之别，神仙傳卷四孫博傳：「孫博者，河東人也。有清才，能屬文，著書百許篇，誦經數十萬言。晚乃學道，治墨子之術。……能將人於水上敷席而坐，飲食作樂，使衆人舞於其上，不没不濡，終日盡歡。」以上四句，想像旻上人其行之速，有如鴻鵠高飛，又如神僧杯度、神仙孫博，極言其歸鄉情切。

〔一二〕「恒山」二句，恒山，古代五嶽之一。爾雅釋地：「恒山爲北嶽。」避漢諱稱常山，主峰在今河北曲陽縣西北。岱嶽，即東嶽泰山。此以二山代指各地。看寶鼎，藝文類聚卷九九祥瑞部鼎引孫氏瑞應圖曰：「禹治水，收天下美銅，以爲九鼎，象九州，王者興則出，衰則去。」此以「寶鼎」

代指天下，謂旻上人此前曾雲遊各地，盡覽天下形勝。

〔一三〕「帝里」二句，帝里神州，即長安。白日，指皇帝，用世説新語夙惠載晉明帝「舉目見日，不見長安」事。兩句謂旻上人又來京城，瞻仰皇家氣象。

〔一四〕「何當」句，梁高僧傳卷六慧遠傳：「釋慧遠，本姓賈氏，雁門樓煩人也。」後爲僧，創廬山東林寺，劉遺民、雷次宗等名士并棄世遺榮，依其游止。慧遠於是與貞信之士百有二十三人結社，以香花爲誓，即佛教史所謂廬山蓮花社。句謂何時方能再逢，以效當年惠遠之廬山雅集。

晦日藥園詩序〔一〕

天下皆知禮之爲貴，用周旋揖讓之儀〔二〕；天下皆知樂之爲盛，節金石絲簧之變。是則忠信之薄，飾容貌於矜莊；風俗之微，陶性靈於歌舞〔三〕。殊不知達人君子，遺形骸於得喪之機〔四〕；心照神交，混榮辱於是非之境〔五〕。若諸公者，玄素之相知也〔六〕。以爲煙霞可賞，歲月難留，遂欲極千載之交歡，窮百年之樂事。莫不如珪如璋，令聞令望〔七〕，濟濟鏘鏘〔八〕，同會於文場者也。

【箋注】

〔一〕晦日，即夏曆每月最後一日。按文曰「於時丁丑之年，孟春之晦」，丁丑爲高宗儀鳳二年（六七七），孟春爲正月。上年楊炯應制舉中第，補校書郎，是時當仍爲此職。

〔二〕「天下」二句，禮記內則：「在父母舅姑之所，有命之，應唯敬對，進退周旋慎齊，升降、出入、揖游不敢噦、噫、嚏、咳、欠、伸、跛、倚、睇視，不敢唾、洟。」鄭玄注：「齊，莊也。睇，傾視也。」左傳襄公三十一年：「君子在位可畏，施捨可愛，進退可度，周旋可則，容止可觀，作事可法，德行可象，聲氣可樂，動作有文，言語有章，以臨其下，謂之有威儀也。」兩句謂所謂「禮」，實則講究容貌、動作以表威儀。下二句謂樂實爲歌舞，皆揭禮樂之本質。

〔三〕「是則」四句，謂儒家所謂禮、樂，乃忠信薄、風俗微之僞飾。此類言論，於莊子中比比焉，如馬蹄篇曰：「及至聖人，蹩躠爲仁，踶跂爲義，而天下始疑矣；澶漫爲樂，摘僻爲禮，而天下始分矣。」釋文曰：「蹩躠、踶跂，皆用心爲仁義之貌。」同上又曰：「及至聖人，屈折禮樂以匡天下之形，縣跂仁義以慰天下之心，而民乃始踶跂好知，争歸於利，不可止也，此亦聖人之過也。」餙，同「飾」。

〔四〕「遺形骸」句，莊子天地：「汝方將忘汝神氣，墮汝形骸，而庶幾乎！而身之不能治，而何暇治天下乎？」

〔五〕「混榮辱」句，莊子逍遥遊：「舉世而譽之而不加勸，舉世而非之而不加沮。定乎内外之分，辨乎榮辱之竟，斯已矣。」以上四句，謂遺形骸、混榮辱方爲人生真諦，而禮樂不與焉。

〔六〕「若諸公」二句，原作「非若諸公者，大夫之相知也」，義礙，據四子集本改。南史宋本紀文帝紀，宋文帝劉義隆嘗令何尚之立「玄素學」，即玄學。玄素相知，謂以好老莊、談玄理相知，故有上述遺形骸、混榮辱之語。

〔七〕「莫不」二句，如珪如璋，令聞令望，出詩經大雅卷阿，已見前登秘書省閣詩序注。

〔八〕「濟濟」句，詩經大雅文王：「濟濟多士，文王以寧。」毛傳：「濟濟，多威儀也。」同上烝民：「四牡彭彭，八鸞鏘鏘。」鄭玄箋：「鏘鏘，鳴聲。」劉向說苑卷三建本：「田里周行，濟濟鏘鏘。」句謂諸公雖好玄談，然皆儀容都雅，佩帶整齊，以文章會聚在一起。

於時丁丑之年，孟春之晦。歲陰入於星紀〔一〕，斗柄臨於析木〔二〕。衣冠雜沓，出城闕而盤游；車馬駢闐，俯河濱而帳飲〔三〕。乃有神州福地，上藥中園〔四〕，左太沖所云「當衢向術」〔五〕，潘安仁以爲「面郊後市」〔六〕。九莖仙草，摇八卦之祥風〔七〕；四照靈葩，泫三危之寶露〔八〕。豈直帝神農旋赤鞭而驅毒〔九〕，崔文子擁朱幡以救人〔一〇〕；山圖採之而得道〔一一〕，姮娥竊之而奔月〔一二〕，若斯而已哉！加以回溪漱石，茂林修竹，澹風日之逶迤，妙山泉之體勢。然後搴杜若〔一三〕，籍芝蘭，高論參玄，飛觴舉白〔一四〕。凡我良友，同聲相應〔一五〕。心冥寵辱，推富貴於皇天〔一六〕；事一窮通，任運隨於大命〔一七〕。若使適情知足，則玉帛子女爲伐性之源〔一八〕；達變通機，則尊官厚禄非保全之地。所以列坐羲皇之代〔一九〕，安歌帝堯之力〔二〇〕。

陽光稍晚，高興未闌，請諸文會之游，共紀當年之事。凡厥衆作，列之於後。

【箋注】

〔一〕「歲陰」句，歲陰，即太歲，古代天文學虛擬之星名，與歲星相應。漢書律曆志上：「斗綱之端連貫營室，織女之紀指牽牛之初，以紀日月，故曰星紀。」星紀，即歲星，亦即木星。史記天官書：「察日月之行，以揆歲星順逆。」索隱引姚氏案：「天官占云：歲星，一曰應星，一曰經星，一曰紀星。」又正義引天官占：「歲星者，東方木之精，蒼帝之象也。」古代以十二次與十二辰對應，用以紀年。歲陰入於星紀，所對應者爲丑，故即指丁丑年。

〔二〕「斗柄」句，國語卷三周語下：「昔武王代殷，歲在鶉火，月在天駟，日在析木之津，辰在斗柄。」韋昭注：「析木，次名。從尾十度至斗十一度爲析木，其間爲漢津，謂戊子日，日宿箕七度。」按：次名，指十二次名，古代將黄赤道帶天區自西向東分爲十二部分，並依次命名，其名爲：星紀、玄枵、娵訾、降婁、大梁、實沈、鶉首、鶉火、鶉尾、壽星、大火、析木。此即指孟春之晦日。

〔三〕「車馬」二句，駢闐，連綿字，相屬貌。其形又作「駢田」。文選張衡西京賦：「駢田偪仄。」薛綜注：「駢田、偪仄，聚會之意。」帳飲，設帳而飲。

〔四〕「上藥」句，類證本草卷一序例上：「上藥一百二十種，爲君主養命以應天。無毒，多服久服不傷人。」中園，謂禁苑中之藥園。

〔五〕「左太沖」句，左思，字太沖。文選左思蜀都賦：「亦有甲第，當衢向術。」劉淵林注：「術，道也。」

〔六〕「潘安仁」句，潘岳，字安仁。文選潘岳閒居賦：「陪京泝伊，面郊後市。」李善注引周禮（天官冢宰）曰：「面朝後市。」又引鄭玄儀禮（士相見禮）注曰：「面，前也。」

〔七〕「九莖」二句，漢書武帝紀：元封二年（前一〇九）六月詔曰：「甘泉宮内中産芝，九莖連葉。」注引應劭曰：「芝，芝草也，其葉相連。」八卦祥風，太平御覽卷九風引易通卦驗曰：「冬至廣莫風至，誅有罪，斷大刑。立春條風至，赦小罪，出稽留。春分明庶風至，正封疆，修田疇。立夏清明風至，出幣帛，禮諸侯。夏至景風至，辨大將，封有功。立秋涼風至，報土功，祀四鄉。秋分閶闔風至，解懸垂，琴瑟不張。立冬不周風至，修宮室，完邊城。八風以時，則陰陽正，治道成，萬物得以育生。王當順八風，行八政，當八卦也。」此時爲正月，當爲條風。

〔八〕「四照」二句，文選王簡棲頭陀寺碑文：「九衢之草千計，四照之花萬品。」李善注引山海經曰：「南山之首山曰鵲山，有木焉，其狀如榖而黑，其華四照。」又引郭璞注：「言有光炎若木華赤，其光照下地，亦此類也。」靈葩，此指藥草之花。泫，露珠晶瑩貌。三危，吕氏春秋卷一四孝行覽本味：「水之美者，三危之露。」高誘注：「三危，西極山名。」尚書禹貢：「三危既宅。」孔穎達正義：「左傳稱舜去四凶，投之四裔。舜典云竄三苗於三危，是三危爲西裔之山也，其山必是西裔，未知山之所在。」三危寶露，此泛指露。

〔九〕「豈直」句，搜神記卷一：「黄帝以赭鞭鞭百草，盡知其平毒寒温之性，臭味所主，以播百穀，故天下號神農也。」

〔一〇〕「崔文子」句，列仙傳卷上崔文子：「崔文子者，太山人也。文子世好黄老事，居潛山下。後作黄散赤丸，成石父祠，賣藥都市，自言三百歲。後有疫氣，民死者萬計。長吏之文所請救，文擁朱旛，繫黄散以徇人門，飲散者即愈，所活者萬計。後去，在蜀賣黄散，故世寶崔文赤丸黄散，實近於神焉。」

〔一一〕「山圖」句，列仙傳卷下山圖：「山圖者，隴西人也。少好乘馬，馬蹋之，折腳。山中道人教令服地黄、當歸、羌活、獨活、苦參散。服之一歲，而不嗜食。病愈身輕，追道人問之，自言五嶽使，之名山采藥，能隨吾，使汝不死。山圖追隨之六十餘年，一旦歸來，行母服於家間，期年復去，莫知所之。」

〔一二〕「姮娥」句，淮南子覽冥訓：「羿請不死之藥於西王母，姮娥竊以奔月。」高誘注：「姮娥，羿妻。羿請不死之藥於西王母，未及服之，姮娥盜食之，得仙，奔入月中，爲月精。」

〔一三〕「然後」句，搴，原作「芳」。全唐文卷一九一作「搴」。按下句「籍」爲動詞，則此作「搴」是，據改。杜若，香草名。屈原九歌湘夫人：「搴汀洲兮杜若。」杜若及下句芝蘭，皆泛指藥園所種藥草，謂其芳香也。

〔一四〕「飛觴」句，文選左思吴都賦：「里讌巷飲，飛觴舉白。」劉淵林注：「白，罰爵名也。漢書曰：

『引滿舉白。』」劉良注：「飛觴，行觴疾如飛也。大白，杯名，有犯令者舉而罰之。」

〔一五〕「同聲」句，周易乾卦文言：「子曰：同聲相應，同氣相求。」

〔一六〕「心冥」二句，冥，遠也。寵辱，老子：「寵辱若驚。」河上公注：「身寵亦驚，身辱亦驚。」此謂不安寵、不驚辱也。論語顏淵：「商聞之矣，死生有命，富貴在天。」

〔一七〕「事一」二句，謂視窮通若一，一切任運隨命。莊子秋水：「孔子游於匡，宋人圍之數匝，而絃歌不輟。子路入見，曰：『何夫子之娛也？』孔子曰：『來！吾語女。我諱窮久矣，而不免，命也；求通久矣，而不得，時也。當堯舜而天下無窮人，非知得也；當桀紂而天下無通人，非知失也。時勢適然。……知窮之有命，知通之有時。』」郭象注：「無爲勞心於窮通之間。」

〔一八〕「若使」二句，玉帛，泛指財物；子女，此偏指女子。國語吴語：「玉帛子女以賓服焉，未嘗敢絶。」伐性，吕氏春秋孟春紀本生：「貴富而不知道，適足以爲患。……靡曼皓齒，鄭衛之音，務以自樂，命之曰伐性之斧。」高誘注：「靡曼，細理弱肌，美色也。皓齒，詩所謂『齒如瓠犀』者也。……以其淫辟滅亡，故曰伐性之斧者也。」又枚乘七發：「皓齒娥眉，命曰伐性之斧。」

〔一九〕「所以」句，陶淵明與子儼等疏：「常言五六月中，北窗下卧，遇涼風暫至，自謂是羲皇上人。」此翻其義，謂所處即羲皇之世。文選揚雄劇秦美新：「上罔顯於羲皇。」李善注：「伏羲爲三皇，故曰羲皇。」

〔二〇〕「安歌」句，太平御覽卷八〇帝堯陶唐氏引帝王世紀：「帝堯陶唐氏……天下大和，百姓無事。

有八十老人擊壤歌於道，觀者歎曰：『大哉帝之德也！』老人曰：『吾日出而作，日入而息，鑿井而飲，耕田而食，帝力何有於我哉！』」此翻其義，謂當安歌帝力。帝堯及上句羲皇，皆代指當朝皇帝唐高宗。

群官尋楊隱居詩序〔一〕

若夫太華千仞〔二〕，長河萬里〔三〕，則吾土之山澤〔四〕，壯於域中；西漢十輪〔五〕，東京四世〔六〕，則吾宗之人物，盛於天下。乃有渾金璞玉〔七〕，鳳戢龍蟠〔八〕。方圓作其輿蓋〔九〕，日月爲其扃牖〔一〇〕。天光下燭，懸少微之一星〔一一〕；地氣上騰，發大雲之五色〔一二〕。以不貪爲寶，均珠玉以咳唾〔一三〕；以無事爲貴，比旂常於糞土〔一四〕。諸侯不敢以交游相得〔一五〕，三府不敢以辟命相期〔一六〕。與夫形在江海，心游魏闕〔一七〕；跡混朝市，名爲大隱〔一八〕，可得同年而語哉！

【箋　注】

〔一〕近人高步瀛唐宋文舉要乙編卷一收此文，有解題曰：「舊唐書高宗紀曰：『調露二年（六八〇）二月丁巳，至大室山，又幸隱士田游巖所居。己未，幸嵩陽觀。』群官尋楊隱居，疑在此時，而楊隱居名字事蹟不詳。」據文中「軒皇駐蹕，將尋大隗之居；堯帝省方，終全潁陽之節」等句，其説是。楊炯既預「群官」之列，當仍在校書郎任。

〔二〕「若夫」句，山海經西山經：「華山之首……又西六十里曰太華之山，削成而四方，其高五千仞，其廣十里。」郭璞注：「即西嶽華陰山也。今在弘農華陰縣西南。」

〔三〕「長河」句，河，即黄河，華山在其南。

〔四〕「則吾土」句，據新、舊唐書楊炯傳，楊炯爲華陰人，故稱其地爲「吾土」。

〔五〕「西漢」句，文選楊惲報孫會宗書（按：原載漢書楊惲傳）：「惲家方隆盛時，乘朱輪者十人。」李善注：「二千石皆得乘朱輪。」按：楊惲，華陰人。

〔六〕「東京」句，東京即洛陽，此代指東漢。後漢書楊震傳：「楊震，字伯起，弘農華陰人也。……震少好學，受歐陽尚書於太常桓郁，……年五十，乃始仕州郡。……延光二年（一一二三），代劉愷爲太尉。」順帝延熹五年（一六二），子秉代劉矩爲太尉。秉子賜，靈帝熹平二年（一七三）爲司空，五年，代袁隗爲司徒。賜子彪，中平六年（一八九）代董卓爲司空，又歷任司徒、太尉。孔融曰：「楊公四世清德，海内所瞻。」世，原作「代」，避太宗諱，徑改。

〔七〕「乃有」句，渾金璞玉，未煉之金，未琢之玉。喻人純真質樸，此指不仕宦。世説新語賞譽：「王戎目山巨源（濤）如璞玉渾金，人皆欽其寶，莫知名其器。」

〔八〕「鳳戢」句，文選陸機漢高祖功臣頌：「怡顔高覽，弭翼鳳戢。」李周翰注：「戢，藏也。……退歸靜理，如鳳之止，羽翼不見也。」龍蟠，同上書左思蜀都賦：「龍蟠於沮。」李善注引方言曰：「未升天龍，謂之蟠龍。」鳳戢、龍蟠，此皆喻隱士。

〔九〕「方圓」句，方指地，圓指天。周禮考工記輈人：「軫之方也，以象地也；蓋之圜也，以象天也。」宋玉大言賦：「方地爲車，圓天爲蓋。」又淮南子原道訓：「以天爲蓋，以地爲輿。……以天爲蓋，則無不覆也；以地爲輿，則無不載也。」按：天圓地方，乃古之蓋天説，詳參前渾天賦注。

〔一〇〕「日月」句，文選劉伶酒德頌：「有大人先生，以天地爲一朝，萬期爲須臾，日月爲扃牖。」張銑注：「扃牖，門也。」以上二句，形容隱士生活，謂其一無所有，而又擁有一切。

〔一一〕「天光」二句，天光，此指星光。史記天官書：「廷藩西有隋星五，曰少微，士大夫。」索隱引春秋合誠圖云：「少微，處士位。」又引天官占云：「少微，一名處士星也。」晉書謝敷傳：「初，月犯少微，少微一名處士星，占者以隱士當之。」

〔一二〕「地氣」二句，禮記月令孟春之月：「是月也，天氣下降，地氣上騰。」藝文類聚卷二〇人部四賢引京房易飛候曰：「視四方常有大雲五色，具而不雨，其下有聖賢人隱。」

〔一三〕「以不貪」二句，左傳襄公十五年：「子罕曰：我以不貪爲寶。」莊子漁父：「孔子曰：『……幸聞咳唾之音，以卒相丘也。』」此以咳唾所出爲穢物，而均之於珠玉，極言隱士不貪財。

〔一四〕「以無事」二句，梁劉峻山栖志：「若夫蠶而衣，耕而食。日出而作，日入而息。晚食當肉，無事爲貴。」旂常，旗名。古代王用太常，諸侯用旂，以爲紀功授勳之儀制。周禮春官司常：「日月

（按：謂畫日月）爲常，交龍（按：謂畫交龍形）爲旂……王建大常，諸侯建旂。」此以旂常代指功業，言視之若糞土。

〔一五〕「諸侯」句，莊子讓王：「曾子居衛，……天子不得臣，諸侯不得友。故養志者忘形，養形者忘利，致道者忘心矣。」

〔一六〕「三府」句，三府，指太尉、司徒、司空府，見前王勃集序注。

〔一七〕「與夫」二句，莊子讓王：「中山公子牟謂瞻子曰：『身在江海之上，心居乎魏闕之下，奈何？』」郭象注：「魏觀闕，人君門也。言心存榮貴。」

〔一八〕「跡混」二句，王康琚反招隱詩：「小隱隱陵藪，大隱隱朝市。」朝市，指官場。

天子巡於下都〔一〕，望於中嶽〔二〕。軒皇駐蹕，將尋大隗之居〔三〕；堯帝省方，終全潁陽之節〔四〕。群賢以公私有暇，休沐多閑。忽乎將行，指林壑而非遠；莞爾而笑〔五〕，覽煙霞而在矚。登坱圠〔六〕，踐莓苔〔七〕。阮籍之見蘇門，止聞鸞嘯〔八〕；盧敖之逢高士，詎識鳶肩〔九〕。憶桑海而無時〔一〇〕，問桃源之易失〔一一〕。寒山四絶，煙霧蒼蒼；古樹千年，藤蘿漠漠。誅茅作室〔一二〕，掛席爲門〔一三〕。石隱磷而環階〔一四〕，水潺湲而匝砌。乃相與旁求勝境，遍窺靈跡。論其八洞，實唯明月之宮〔一五〕；相其五山，即是交風之地〔一六〕。仙臺可望，石室猶存〔一七〕。極人生之勝踐，得林野之奇趣。

【箋　注】

〔一〕「天子」句，舊唐書高宗紀下：「（調露）元年（六七九）秋七月己卯朔，詔以今年冬至有事嵩嶽，禮官、學士詳定儀注。」下都，指洛陽。同上高宗紀上：顯慶二年（六五七）十二月乙卯「還洛陽宮。……丁卯，手詔改洛陽宮爲東都」。山海經西山經：崑崙山，「是實惟帝之下都」。此仿其説，以長安爲上都，洛陽遂爲下都。

〔二〕「望於」句，望，遥祭。尚書舜典：「望於山川，徧於群神。」僞孔傳釋「望」爲「望祭之」。爾雅釋山：「嵩高爲中嶽。」山在今河南登封市北。按舊唐書高宗紀下：調露二年二月丁巳，「至少室山。戊午，親謁少姨廟。……己未，幸嵩陽觀及啓母廟，并命立碑。……甲子，自温湯還東都」。

〔三〕「軒皇」二句，軒皇，即黄帝。史記五帝本紀：黄帝者，「姓公孫，名曰軒轅」。莊子徐無鬼：「黄帝將見大隗乎具茨之山。」大隗，隗，原作「塊」，據全唐文卷一九一改。大隗，或曰神名，或曰即大道，此蓋謂其爲隱者。元和郡縣志卷五河南府密縣：「大騩山，在縣東南五十里。本具茨山，黄帝見大隗於具茨之山，故亦謂之大騩山。」騩、隗同。

〔四〕「堯帝」二句，省方，周易觀卦象曰：「風行地上，觀。先王以省方，觀民設教。」孔穎達正義釋「省方」爲「省視萬方」。莊子逍遥遊：「堯讓天下於許由。……許由曰：『……歸休乎君，予無所用天下爲。』」潁陽，潁水之北，代指許由。全節，謂保全其隱德。史記伯夷列傳：「説者曰：『堯讓天下於許由，許由不受，恥之，逃隱。』正義引皇甫謐高士傳云：『許由，字武仲。堯聞，致天下而讓焉。乃退而遁於中嶽潁水之陽，箕山之下隱。堯又召爲九州長，由不欲聞之，洗耳於潁水濱。……許由歿，葬此山，亦名許由山。』在洛州陽城縣南十三里。」

〔五〕「莞爾」句，論語陽貨：「夫子莞爾而笑。」何晏集解：「莞爾，小笑貌也。」

〔六〕「登坱圠」句，文選左思吴都賦：「爾乃地勢坱圠，卉木䖢蔓。」劉淵林注：「坱圠，莽沕也，高下不平貌也。」

〔七〕「踐莓苔」句，文選孫綽游天台山賦：「踐莓苔之滑石。」李善注：「莓苔，即石橋之苔也。……異苑曰：『天台山石有莓苔之險。』」

〔八〕「阮籍」二句，晉書阮籍傳：「籍嘗於蘇門山遇孫登，與商略終古，及栖神導氣之術。登皆不應。籍因長嘯而退，至半嶺，聞有聲若鸞鳳之音，響乎巖谷，乃登之嘯也。遂歸，著大人先生傳。」蘇門，元和郡縣志卷一六衛州衛縣：「蘇門山，在縣西北十一里，孫登所隱，阮籍、嵇康所造之處。」清一統志卷一五八衛輝府：「蘇門山，在輝縣西北七里。一名蘇嶺，即太行支山也。」輝縣，今屬河南。

〔九〕「盧敖」二句，淮南子道應訓：「盧敖游乎北海，經乎太陰，入乎玄闕，至於蒙轂之上，見一士焉，深目而玄鬢，淚注而鳶肩，豐上而殺下，軒軒然方迎風而舞。」盧敖語之曰：「子殆可與敖爲友乎？」「若士者䶗然而笑曰：『……然子處矣，吾與汗漫期於九垓之外，吾不可以久駐。』若士舉臂而竦身，遂入雲中。」高誘注：「盧敖，燕人，秦始皇召以爲博士，使求神仙，亡而不反也。」

〔一〇〕「憶桑海」句，桑海，謂滄海桑田，用麻姑事，見前和輔先入昊天觀星占詩注。

〔一一〕「問桃源」句，桃源，即桃花源，見前和劉侍郎入隆唐觀詩注。

〔一二〕「誅茅」句，楚辭屈原卜居：「寧誅鋤草茅以力耕乎？」此言鋤草茅以建屋。

〔一三〕「掛席」句，漢書陳平傳：「家迺負郭窮巷，以席爲門，然門外多長者車轍。」

〔一四〕「石隱磷」句，文選司馬相如上林賦：「隱轔鬱壘。」郭璞注：「隱轔鬱壘，堆壟不平貌。」又李周翰注：「皆山勢高峻長遠之貌。」磷、轔同，連綿字。

〔一五〕「論其」二句，八洞，道教謂神仙所居洞府，後泛指神仙或修道者住所。王績遊仙詩其一：「三山銀作地，八洞玉爲天。」明月之宫，指月光童子之宫。藝文類聚卷七山部上嵩高山引仙經云：「嵩高山東南大巖下石孔，方圓一丈。西方北入五六里，有太室，高三十餘丈，周圓三百步，自然明燭，相見如日月無異。中有十六仙人，云月光童子，常在天台，時亦往來此中，人非有道，不得望見。」

〔一六〕「相其」二句，相，審視。五山，指五嶽。交風，風雨交會。謂五嶽中唯嵩山爲風雨交會處。文選張衡東京賦：「總風雨之所交，然後以建王城。」薛綜注：「總，猶括也。王城，今河南（即洛陽）也。周禮曰：土圭之法測土深，正日景，以求地中。四時之所交，風雨之所會，陰陽之所和，乃建王國也。」按晉書天文志上儀象：「鄭衆説土圭之長尺有五寸，以夏至之日，立八尺之表，其景與土圭等，謂之地中。今潁川陽城地也。」按：潁川陽城遺址，在今河南登封市。

〔一七〕「仙臺」二句，太平御覽卷三九嵩山引戴延之西征記曰：「少室山中多神藥，漢武帝築登仙臺，在其峰。」又引嵩高山記：「又一石室，有自然經書、飲食。」

杯浮若聖〔一〕，已蔑松喬〔二〕；清論凝神，坐驚河漢〔三〕。遊仙可致，無勞郭璞之言〔四〕；招隱成文，敢嗣劉安之作〔五〕。

【箋注】

〔一〕「杯浮」句，杯浮，即浮杯，謂酒滿杯。若聖，藝文類聚卷七二食物部酒引魏略曰：「太祖（曹操）禁酒，而人竊飲之故，難言『酒』，以白酒爲賢者，清酒爲聖人。」

〔二〕「已蔑」句，蔑，原作「茂」，據全唐文改。謂既飲酒，遂蔑視仙人。松、喬，指赤松子、王子喬，傳説爲古代仙人，見前宴族人楊八宅序「傲松喬」句注。

〔三〕「清論」二句，清論，指同尋群官之清談高論。莊子達生：「孔子顧謂弟子曰：用志不分，乃凝於神，其痀僂丈人之謂乎！」坐，因也，副詞。河漢，天上星座名，代指天，謂所論驚動上天。

〔四〕「遊仙」二句，郭璞，字景純，河東聞喜縣人，好道教及術數。晉書有傳。文選收其遊仙詩七首，李善注曰：「凡遊仙之篇，皆所以滓穢塵網，錙銖纓紱，飡霞倒景，餌玉玄都。而璞之製文多自叙，雖志狹中區，而辭無俗累，見非前識，良有以哉！」二句謂有酒有友即是仙，勿勞郭璞用遊仙詩以勸也。

〔五〕「招隱」二句，謂群官尋楊隱居所作之詩，可嗣劉安招隱士之篇。楚辭淮南小山招隱士王逸解題曰：「招隱士者，淮南小山之所作也。昔淮南王安博雅好古，招懷天下俊偉之士，自八公之徒，咸慕其德而歸其仁，各竭才智，著作篇章，分造辭賦，以類相從，故或稱小山，或稱大山，其義猶詩有小雅、大雅也。」

宴皇甫兵曹宅詩序〔一〕

皇甫君冠冕於安定，李校書羽儀於隴西〔二〕，岑正字明目於漢南〔三〕，石宮坊抵掌於河朔〔四〕。高侯邦之司直〔五〕，下走齊之濫吹〔六〕。若夫風雲龍虎，水火陰陽，隔千里而應之，莫不潛契於同聲矣〔七〕。聖明千載，區宇一家，掩八紘以得之，莫不高會於中京矣〔八〕。

【箋　注】

〔一〕皇甫兵曹，據序文當爲安定（今甘肅平涼地區）人，疑爲皇甫無逸後裔或族子，具體何人不可考。舊唐書皇甫無逸傳：「皇甫無逸，字仁儉，安定烏氏人。」隋末爲右武衛將軍，投李淵，拜民部尚書，累轉益州大都督府長史。兵曹，即兵曹參軍。據唐六典等，唐代尚書兵部、諸衛、諸衛府及太子左右衛、諸王衛皆有兵曹參軍。序文稱「高會於中京」，又云「河圖適至」、「冰納千金之水」，則此文當作於洛陽，時在垂拱四年（六八八）十二月（詳下注）。作者自謂「下走齊之濫吹」，其時亦當在洛陽。

〔二〕「李校書」句，李校書，名不詳。校書，即校書郎，官名。據唐六典卷一〇、卷二六，唐秘書省有校書郎八人，著作局有二人，皆正九品上。崇文館有校書二人，從九品下；司經局有校書四人，正九品上。隴西，郡名，漢置，隋廢，地在今甘肅東南。

〔三〕岑正字句，岑正字，名未詳。正字，官名。據唐六典卷一〇、卷二六，唐秘書省有正字四人，著作局有正字二人，皆正九品下；太子府司經局亦有正字二人，從九品下。漢南，今河南西南、湖北東北即南陽、襄陽一帶，屬漢江水系。按舊唐書岑文本傳：「岑文本，字景仁，南陽棘陽人。」棘陽在今河南南陽市，正可稱漢南。岑氏於高宗、武氏時甚得勢，上引岑文本傳稱其子孫及族人仕之者達數十人，疑岑正字即其後裔或族人。

〔四〕「石宮坊」句，石宮坊，名未詳。宮坊，指太子左右春坊，不詳任何職。抵掌，相談投機貌，見前登秘書省閣詩序注。河朔，泛指黃河以北之地。

〔五〕「高侯」句，高侯，名未詳。司直，官名。唐六典卷二六：「太子司直二人，正七品上。司直掌彈劾宮寮，糾舉職事。凡皇太子朝宮臣，則分知東西班。凡諸司文武應參官，每月皆具在否，以判正焉。凡諸率府配兵於諸職掌者，亦如之，皆受而檢察，其過犯者隨以彈啓。」

〔六〕「下走」句，下走，自謙之詞，見前登秘書省閣詩序「下走自强於玄晏」句注。濫吹，謂自己如吹竽之齊人，事詳前崇文館宴集詩序注。楊炯是時已由梓州司法參軍解職歸來，參附録年譜。

〔七〕「若夫」四句，謂風雲、龍虎、水火、陰陽，皆兩兩相配，相互對應，朋友之道亦如是。同聲，即「同聲相應，同氣相求」，見前晦日藥園詩序注。

〔八〕「聖明」四句，謂皇帝英明，國家統一，朋友相聚不難。八紘，「紘」原作「弦」，據英華卷七一五、全唐文卷一九一改。淮南子墬形訓：「八殥之外，而有八紘，亦方千里。」高誘注：「紘，維也。維落天地而爲之表，故曰紘也。」文選左思吴都賦：「古先帝代，曾覽八紘之洪緒，一六合而光宅。」劉淵林注「八紘」，即引淮南子，謂「并有天下而一家也」。中京，指洛陽。六朝稱洛陽爲中京，如南齊書明帝紀：「昔中京淪覆，鼎玉東遷。」後遂爲洛陽别稱。

是日也，河圖適至〔一〕，海鯨初死〔二〕。五嶽四瀆，漢皇帝崇其望祀〔三〕；一日三朝，周天子展其莊敬〔四〕。君臣慶色，朝野歡心。玄晏先生開甲第而留賓〔五〕，二三君子赴龍門而廣讌〔六〕。陰雲已墨〔七〕，肅氣彌高。霜寒萬里之園，冰納千金之水〔八〕。面郊後市，即爲潘岳之居〔九〕；累代通家，咸言李膺之客〔一〇〕。百年何計，相知在於我心；四海何求，爲樂止於名教〔一一〕。抽毫進牘，皆請賦詩；日暮途遠，聊裁序引。

【箋注】

〔一〕「河圖」句，舊唐書則天皇后紀：垂拱四年（六八八）夏四月，「魏王武承嗣僞造瑞石，文云『聖母臨人，永昌帝業』。令雍州人唐同泰表稱獲之洛水。皇太后大悦，號其石爲『寶圖』」。所謂「河圖」，當指此。

〔二〕「海鯨」句，淮南子天文訓：「鯨魚死而彗星出。……彗星者，天之忌也。」又太平御覽卷八七五孛星引春秋考異郵曰：「鯨魚死，彗星合。」原注：「鯨魚，陰物，生於水。今出而死，是爲有兵相殺之兆也，故天應之以妖彗。」按舊唐書則天皇后紀垂拱四年（六八八）八月壬寅，「博州刺史、琅邪王（李）沖據博州起兵，命左金吾大將軍丘神勣爲行軍總管討之。庚戌，沖父豫州刺史、越王（李）貞又舉兵於豫州，與沖相應。九月，命内史岑長倩、鳳閣侍郎張光輔、左監門大將軍鞠崇裕率兵討之。丙寅，斬貞及沖等，傳首神都，改姓爲虺氏」。所謂「海鯨初死」，當指此。按前謂「適至」，此言「初死」，雖同在一年，并不同時。

〔三〕「五嶽」二句，爾雅釋山曰：「泰山爲東嶽，華山爲西嶽，霍山爲南嶽，恒山爲北嶽，嵩高爲中嶽。」宋鄭樵注：「霍山，即天柱山。漢武帝以衡山遼曠，移其神於此，號爲南嶽。」同書釋水：「江、河、淮、濟爲四瀆。四瀆者，發源注海者也。」鄭樵注：「中原之地，諸水所流皆歸此四瀆。惟此四瀆得專達海，故爲瀆祠焉。」漢皇帝，指漢武帝。史記封禪書：武帝尤敬鬼神，嘗與公卿諸生議封禪。「封禪用希曠絶，莫知其儀禮，而群儒採封禪尚書、周官、王制之望祀射牛事」，不能辨明。於是盡罷諸儒不用，遂東幸緱氏，禮登中嶽太室；又東上泰山，「泰山之草木葉未生，乃令人上石立之泰山巔」。考舊唐書則天皇后紀，武氏臨朝稱制以來，唯垂拱四年十二月嘗「拜洛水，受『天授聖圖』（即所謂「寶圖」）」，此蓋即指其事。

〔四〕「一日」二句，禮記文王世子：「文王之爲世子，朝於王季，日三。」此指皇嗣（皇太子李旦，即睿宗），言其孝敬。舊唐書睿宗紀：「嗣聖元年（六八四），則天臨朝，廢中宗爲廬陵王，立豫王爲皇帝，仍臨朝稱制。及革命，改國號爲周，降帝爲皇嗣，令依舊名輪，徙居東宮，其具儀一比皇太子。」

〔五〕「玄晏先生」句，按皇甫謐，字士安，安定人，自號玄晏先生，晉書有傳（參前登秘書省閣詩序注）。此當指皇甫兵曹乃皇甫謐之後，故亦以玄晏先生相稱。

〔六〕「二三君子」句，二三君子，猶言諸君子、諸位。左傳昭公十六年：「宣子曰：二三君子請皆賦，起亦以知鄭志。」此謂能赴皇甫氏之宴，有如登龍門。後漢書李膺傳：「膺獨持風裁，以聲名自高，士有被其容接者，名爲登龍門。」藝文類聚卷九六龍引辛氏三秦記曰：「河津一名龍門，大魚集龍門下數千，不得上，上者爲龍，不上者魚。」地在今山西河津市。

〔七〕「陰雲」句，太平御覽卷八雲引易通卦驗：「陰雲出而黑，大雪降。」

〔八〕「冰納」句，謂十二月。千金之水，言冰雖爲水，然極貴重。詩經豳風七月：「二之日鑿冰沖沖，三之日納於凌陰。」毛傳：「冰盛水腹，則命取冰於山林。沖沖，鑿冰之意。凌陰，冰室也。」孔穎達正義：「月令：季冬冰方盛，水澤腹堅，命取而藏之。」按周禮天官凌人：「凌人掌冰正，歲十有二月，令斬冰，三其凌。」鄭玄注：「正歲季冬，火星中，大寒，冰方盛之時。……凌，冰室也。三之者，爲消釋度也。」

〔九〕「面郊」二句，謂皇甫氏宅位置極佳。用潘岳閒居賦事，見前晦日藥園詩序注。

〔一〇〕「累代」二句，謂皇甫兵曹德望甚高，爲賓客所仰慕。後漢書孔融傳：「孔融，字文舉，魯國人，孔子二十世孫也。……年十歲，隨父詣京師。時河南尹李膺以簡重自居，不妄接士賓客，敕外自非當世名人及與通家，皆不得白。融欲觀其人，故造膺門，語門者曰：『我是李君通家子弟。』門者言之，膺請融，問曰：『高明祖父嘗與僕有恩舊乎？』融曰：『然。先君孔子與君先人李老君同德比義，而相師友，則融與君累世通家。』衆坐莫不歎息。」

〔一一〕「爲樂」句，晉書樂廣傳：「是時王澄、胡毋輔之等，皆亦任放爲達，或至裸體者。廣聞而笑曰：『名教内自有樂地，何必乃爾！』」此謂勿須放達，亦可爲樂。